AF275145

Alicia en el país de las ideas

ROGER-POL DROIT

Alicia EN EL país DE LAS ideas

¿CÓMO VIVIR?
Una novela para
descubrir la filosofía

Traducción de Sion Serra Lopes

Ariel

Primera edición: septiembre de 2025

Título original: *Alice au pays des ideés*
Roger Pol-Droit

© Éditions Albin Michel, Paris, 2025

© por la traducción, Sion Serra Lopes, 2025

Derechos exclusivos de edición en español:
© Editorial Planeta, S. A., 2025
Avda. Diagonal, 662-664, 08034 Barcelona
Editorial Ariel es un sello editorial de Planeta, S. A.
www.ariel.es
www.planetadelibros.com

ISBN: 978-84-344-3955-9
Depósito legal: B. 13.361-2025

Impreso en España

La lectura abre horizontes, iguala oportunidades y construye una sociedad mejor. La propiedad intelectual es clave en la creación de contenidos culturales porque sostiene el ecosistema de quienes escriben y de nuestras librerías. Al comprar este libro estarás contribuyendo a mantener dicho ecosistema vivo y en crecimiento. En **Grupo Planeta** agradecemos que nos ayudes a apoyar así la autonomía creativa de autoras y autores para que puedan seguir desempeñando su labor. Dirígete a CEDRO (Centro Español de Derechos Reprográficos) si necesitas fotocopiar o escanear algún fragmento de esta obra. Puedes contactar con CEDRO a través de la web www.conlicencia.com o por teléfono en el 91 702 19 70 / 93 272 04 47.

Queda expresamente prohibida la utilización o reproducción de este libro o de cualquiera de sus partes con el propósito de entrenar o alimentar sistemas o tecnologías de inteligencia artificial.

PEFC Certificado

Este libro procede de
bosques gestionados
de forma sostenible

PEFC

PEFC/14-38-00305   www.pefc.es

*Para Léonia,
para Arno,
mis nietos,
cuando puedan irse de viaje con Alicia*

ÍNDICE

PRÓLOGO

EN EL QUE APRENDEMOS CÓMO EMPEZÓ TODO   15

1. Alicia se va a otro país
y habla con dos ratoncitos   17

2. Aparece un canguro
con su bolsa llena de fichas   24

3. Se persona un hada,
¡y qué hada!   31

Diario de Alicia   33

PRIMERA PARTE

EN LA QUE ALICIA DESCUBRE LOS PRIMEROS
FILÓSOFOS DE LA ANTIGUA GRECIA
Y CÓMO ANALIZABAN LAS IDEAS   35

4. El Hada Objeción toma la palabra   37

5. En el mercado, con Sócrates   39

6. Sócrates ante el tribunal   54

7. En la caverna de Platón   60

8. Alicia aprende a viajar bien   72

Diario de Alicia   79

9. La lección de Aristóteles   80

Diario de Alicia   92

10. Alicia conoce a la Reina Blanca   94

SEGUNDA PARTE

EN LA QUE ALICIA EXPLORA LAS ANTIGUAS ESCUELAS DE SABIDURÍA PARA APRENDER A VIVIR   101

11. Diógenes vive en la calle   103

Diario de Alicia   112

12. La calma de Epicuro   114

Diario de Alicia   122

13. En casa de Marco Aurelio, filósofo y emperador   123

Diario de Alicia   140

14. La glorieta de la Reina Blanca   141

TERCERA PARTE

EN LA QUE ALICIA SE DA CUENTA DE QUE LOS GRIEGOS NO TIENEN EL MONOPOLIO DE LAS IDEAS   149

15. En el desierto con los hebreos   151

Diario de Alicia   166

16. En la India, a orillas del Ganges   168

Diario de Alicia   183

17. Doctor Buda   185

Diario de Alicia   200

18. En China, con Confucio y Lao-Tse   201

Diario de Alicia   214

19. Alicia entra en cólera en el palacio
     de la Reina Blanca   216

Diario de Alicia   224

CUARTA PARTE

EN LA QUE ALICIA DESCUBRE CÓMO CAMBIA
LA HISTORIA CUANDO EL MUNDO LO DOMINA
LA IDEA DE DIOS   225

20. En el transbordador temporal   227

21. Asesinato de la filósofa Hipatia
     en el año 415 de nuestra era   231

Diario de Alicia   237

22. De la fe al fanatismo, ¿cómo se llega?   239

Diario de Alicia   252

23. En el islam de la Ilustración:
     Avicena en Bujará en el año 1000   253

Diario de Alicia   259

QUINTA PARTE

EN LA QUE ALICIA DESCUBRE CÓMO NACIERON LAS IDEAS DE LOS MODERNOS   261

24. Lección de humanismo en la librería de Montaigne, junio de 1585   263

Diario de Alicia   270

25. Lección de realismo político con Maquiavelo, diciembre de 1513   272

Diario de Alicia   281

26. Triunfan las ciencias, avanza la tecnología   282

Diario de Alicia   287

27. Visita relámpago a Descartes, primavera de 1638   288

Diario de Alicia   298

28. En el taller de Spinoza, en Rijnsburg, primavera de 1662   300

Diario de Alicia   310

SEXTA PARTE

EN LA QUE ALICIA ESTÁ DE CELEBRACIÓN Y VE BRILLAR LAS LUCES   313

29. La igualdad de las mujeres, con Louise Dupin en Chenonceau, primavera de 1746   315

Diario de Alicia   322

30. Una conversación con Voltaire   323

Diario de Alicia   327

31. Un baile con Rousseau   328

Diario de Alicia   332

32. Regreso al transbordador   334

33. Almuerzo con Kant en Königsberg, 1790   338

Diario de Alicia   346

34. De regreso a la glorieta:
final de trayecto a la vista   347

SÉPTIMA PARTE

EN LA QUE ALICIA EMPIEZA
A ENTENDER POR QUÉ NUESTRA ÉPOCA
Y SUS REVOLUCIONES RESULTAN APASIONANTES Y,
A LA VEZ, ASUSTAN   351

35. Última conferencia de Hegel
en Berlín, 1831   353

Diario de Alicia   360

36. Té con Marx en el Museo Británico
de Londres, 1858   361

Diario de Alicia   370

37. Un paseo con Nietzsche por Sils-Maria,
verano de 1887   371

Diario de Alicia   380

38. Entrevista en el consultorio
de Freud en Viena, 1910   381

Diario de Alicia   387

39. Nazismo, comunismo y otros *-ismos*   389

40. ¿Adónde se han ido los sabios?   397

Epílogo

En el que Alicia encuentra al fin respuestas a su pregunta «¿cómo vivir?»..., pero las sorpresas no han terminado   403

Diario del autor   407

Diario de Alicia   418

Agradecimientos   421

La biblioteca del abuelo   423

PRÓLOGO
EN EL QUE APRENDEMOS CÓMO EMPEZÓ TODO

1

Alicia se va a otro país
y habla con dos ratoncitos

Esta mañana, Alicia está sola en casa y le está costando hacer los deberes. Las redacciones le encantan: describir un viaje, un cumpleaños, un encuentro..., eso siempre le ha gustado. Sin embargo, es la primera vez que tiene que elaborar un texto con argumentos, sopesar pros y contras, fundamentar ideas y defenderlas, y está hecha un lío.

Mamá ha salido de compras; no hay nadie vigilando, así que divaga, sigue con la mirada un rayo de sol, contempla un pájaro en el césped, observa a su gata Dina durmiendo en el sofá. «¡Qué tranquila!», piensa Alicia. Es como si viviera en otro mundo, sin preocupaciones, sin guerra, sin angustias ni preguntas complicadas.

Últimamente, Alicia se plantea cada vez más dilemas. No deja de cuestionarse el futuro del planeta y la supervivencia de la especie humana. ¿Por qué las personas se declaran la guerra? ¿Por qué destruyen la Tierra, matan a los animales, terminan con la vida? ¿Qué se puede hacer para detener esta masacre? ¿Cómo coexistir con nuestras diferencias sin arrasar el mundo?, ¿es posible? ¿Cuál será el camino?

«¿Y qué voy a hacer con mi vida, que a veces me parece tan insignificante? —piensa Alicia—. ¿Cuál será mi trabajo? ¿Tendré casa? ¿Encontraré a alguien a quien amar? ¿Qué futuro me espera? ¿Qué o quién me guiará?»

A veces, se despierta con una energía desbordante y se comería el mundo, pero muchas otras, como esta mañana, la invade una sensación de agobio que hace que se esfume su confianza. Alicia se siente perdida y busca orientación para actuar.

El sueño que tuvo anoche no se le va de la cabeza; fue uno de esos que parecen increíblemente reales. Oyó la voz de su abuelo, que le tendió la mano y le susurró al oído:

—Ven, voy a enseñarte caminos que te ayudarán...

Luego, según recuerda, habló largo y tendido. Intentó explicarle que los seres humanos llevamos miles de años reflexionando sobre esas mismas cuestiones que la preocupan, que no debemos pensar que el mundo está en peligro, que no hay salida o que no tenemos soluciones. Es mejor que descubramos y nos enteremos de lo que han dicho los filósofos y los sabios a lo largo de los siglos para que comparemos sus ideas y nos quedemos con aquellas que nos sean útiles para aprender a pensar y vivir bien.

Para ello, le advirtió que el viaje sería largo, que a veces se sentiría desconcertada, pero que esa sería la única manera de seguir adelante. «Sé que puedo confiar en él; lo quiero mucho —pensó—. Lo que no entiendo es adónde me quiere llevar con este discurso.» En ese momento, se despertó.

Se dice a sí misma que no fue más que un sueño. Definitivamente, la disertación que debe hacer para la escuela la está aburriendo como una ostra. Hoy no es el día. Mejor salir al jardín a tomarse un respiro, con el magnífico *smartphone* que le regaló mamá la semana pasada por su cumpleaños. Entonces, la despertó gritándole a pleno pulmón: «¡Hija mía, a partir de hoy ya no eres una niña! Sigues teniendo el mismo pelo rubio, los mismos ojos dorados, la misma mirada pensativa, ¡pero ya no eres una niña! ¿Te das cuenta?».

No, no se da cuenta. Por mucho que se mire los pies, las manos, las rodillas, todo sigue como antes. De pequeña, imaginaba que, llegado el gran día, las cosas serían distintas, que sería una persona muy diferente, mucho más alta, pero nada de esto ha ocurrido. Cada año, recibía regalos, pasteles y abrazos, y todos le decían «¡Cuánto has crecido!», pero ella seguía teniendo la misma cara y pensando en las mismas cosas. Al final, lo único que quería eran regalos, dulces y abrazos. La gran transformación de su cumpleaños era una ilusión.

De hecho, se pregunta para qué sirve crecer si los adultos tienden a estropearlo todo. Solo hay que ver lo que han hecho con el clima, el hábitat de los animales, el agua de los océanos. Y, encima, dicen una cosa y hacen otra. Hablan de cambiar nuestro estilo de vida como sea, pero todo sigue igual. Alicia hace lo mejor que puede: cierra el grifo de la ducha mientras se enjabona, clasifica la basura, se desplaza en bici, le pide a mamá que evite los envases de usar y tirar..., pero sabe bien que no es suficiente. Al igual que sus amigos, está convencida de que se avecina una catástrofe, lo que resulta paralizante.

En algunos momentos, hace como si nada: se pone los auriculares, baila y se desmelena, dejando a un lado las preocupaciones. En el fondo, le gustaría volver a ser niña y buscar bajo el seto la madriguera del Conejo Blanco, como la otra Alicia, la de Lewis Carroll, que termina en el País de las Maravillas y viaja al otro lado del espejo. Cada noche, mamá le leía algunas páginas de estos cuentos, que le encantaban. Fruto de esta pasión, decidió llamarla Alicia.

De niña, le encantaba el Conejo Blanco que consulta su reloj y siempre llega tarde, así como la niña que quiere atraparlo, cae en su madriguera y tiene extraños encuentros. «Eres mi Alicia de las maravillas», le decía su madre una y otra vez. A menudo, por diversión, iban juntas a mirar bajo el seto, por si veían la madriguera. Alicia esperaba hacerlo, pero sin demasiada convicción.

Entonces, esta mañana, le surge la idea de ir a ver, como en otros tiempos, qué ha sido de la famosa madriguera al final del jardín. Sabe que no existe, pues hace años que no se cree esos cuentos chinos, pero nada le impide volver allí.

Bajo el seto, por supuesto, no hay ningún Conejo Blanco consultando su reloj, pero sí una madriguera que no había visto nunca, o en la que nunca se había fijado: una de verdad, enorme, «¡para un conejo gigante!», exclama Alicia a grito pelado. Al instante, se ve atraída, atrapada, absorbida, incapaz de resistir, arrebatada por una poderosa ráfaga silenciosa.

Su caída es suave y lenta, justo como la de la otra Alicia, en un aire cálido y la más absoluta oscuridad. Una sensación extraña pero no desagradable al acostumbrarse.

«¡Vaya idea he tenido!», exclama. Mientras cae, porque la caída va para largo, se pone bocarriba, hace la plancha como en la piscina, da vueltas sin parar. Saca su nuevo móvil, cuya luz invade de golpe la oscuridad, pero es imposible conectarse: ¡no hay señal!

No le queda otra opción que ponerse a pensar. No cree en el País de las Maravillas. Animales que hablan, galletas que dicen «cómeme», cambios de tamaño, que si crecer, que si encoger..., nada de esto la divierte ya.

En este túnel sin cobertura, empieza a sentir que el tiempo se hace eterno. Así, se concentra en el tatuaje con el que sueña, el cual se ha convertido en una obsesión. Ni unicornios, ni mariposas, ni flores de loto..., no, no es su estilo. Para nada. Alicia sueña con tatuarse una frase en su brazo derecho, unas palabras que la acompañen siempre. La frase definitiva que la ayude a vivir, a superar los cataclismos que se avecinan, esa que nunca la abandonará, que le indicará el rumbo y que cobrará un nuevo significado en cada etapa. Una frase brújula, un salvavidas, una protección, pero también un horizonte, un reto, un estímulo; todo a la vez, eso es lo que quiere. Una idea que le proporcione consuelo en los días grises y que la ilumine por las noches, que la arroje hacia las estrellas, que sepa reñirla y perdonarla, que sea su amiga, que siempre esté a su lado, vaya donde vaya, haga lo que haga.

«Pero ¿dónde voy a encontrar una frase así? —se pregunta Alicia mientras sigue cayendo, hundiéndose cada vez más en las profundidades de la Tierra—. Estoy segura de que existe, pero ¿dónde debería buscarla?»

Aterriza por fin, súbita pero suavemente, sobre un mullido tapiz de hojas secas. Alicia se da cuenta de que ha salido de la penumbra. La luz es tenue, como una neblina dorada. ¿Dónde está?

—¡Bienvenida! —exclama una vocecita muy aguda.

—¡Bienvenida! —repite otra voz idéntica.

Alicia no identifica quién se dirige a ella.

—¡Muchas gracias! —contesta amablemente—. ¿Con quién tengo el honor de hablar?

Se acuerda de que en el País de las Maravillas hay reinas capaces de sufrir rabietas tremendas, así que intenta ser respetuosa, por si las moscas.

—¡Eh! ¡Estamos aquí, a tus pies!

Aunque Alicia busca, no ve nada, así que hace un esfuerzo, no se rinde y..., por fin, entre sus zapatos, distingue dos siluetas que no paran de gesticular: dos ratoncitos microscópicos de color rosa. «Absurdo —piensa—, pero nada de que preocuparse.»

—Ahora sí, ¡os veo! —dice Alicia—. ¿Quiénes sois?

—¿Que quiénes somos? ¡Tus ratoncitos! —replican al unísono las dos vocecitas, como si la pregunta fuera una memez.

—A mí me llaman Ratoncito Loco, pero quizá yo sea el más cuerdo de los dos —aclara la voz más aguda.

—A mí me llaman Ratoncito Cuerdo, pero puede que sea yo el más loco —añade la otra voz.

Y se ponen a cantar, con una melodía que a Alicia le suena de algo:

Somos hermanos gemelos, nacidos bajo el signo de géminis,
mi, fa, sol, la, mi, re, re, mi, fa, sol, sol, sol, re, do...

Alicia, alucinando, piensa en su gata Dina, que se enfadaría mucho si supiera que está escuchando a unos ratones cantar.

—¿Dónde estamos? ¡Decídmelo! —pide Alicia.

A cada pregunta contestan con una carcajada. Al menos, Alicia supone que es una carcajada, porque nunca ha oído reír a unos diminutos ratoncitos rosas, y menos a la vez.

—¿Dónde estamos? ¡Pues AQUÍ! ¿Dónde quieres que estemos si no? —dice el Ratoncito Cuerdo.

—No podemos estar en otro sitio que no sea AQUÍ. De hecho, tú tampoco estás en otro sitio —añade el Ratoncito Loco.

Alicia empieza a perder la paciencia.

—¡Ya sé que estamos aquí! Solo os pido que me digáis qué es este lugar, qué pasa en él, a qué clase de sitio acabo de llegar. ¿Tan complicado es?

—Desde luego, gran señorita, es complicado saber dónde estamos —dice uno.

—Comprender dónde uno se encuentra nunca es sencillo —dice el otro.

—Estamos... ¡en el país de las ideas! ¡El país de las ideas! ¡El país de las ideas! —gritan los ratoncitos saltando alrededor de los zapatos de Alicia.

—¿Y qué ocurre en este país?

La pregunta de Alicia deja sin habla a los dos ratoncitos. Por un instante, se quedan de piedra; ni un gesto, ni mu.

—Lo siento —dice por fin el Ratoncito Cuerdo rompiendo el silencio—, pero tu pregunta me ha descolocado. Porque, verás, TODO ocurre en el país de las ideas. Por ejemplo: si amas a una persona es por la idea que tienes de ella. Si quieres ser feliz es por la idea que tienes de la felicidad. Si no quieres vivir en una casa encantada es por la idea que tienes de los fantasmas. Si temes que la Tierra se vuelva inhabitable es por la idea que tienes del futuro...

»Todo lo que te gusta, lo que no te gusta, lo que odias, lo que más quieres, todo lo que ya sabes y todo lo que te queda por aprender: TODO depende de las ideas, las que están en tu cabeza y en la de los demás, en los libros y en los periódicos, en las charlas...

—Qué curioso —observa Alicia—, nunca pensé que las ideas fueran tan importantes. He descubierto que las hay buenas y malas, verdaderas y falsas, pero, en el fondo, no sé muy bien qué son. He oído hablar de ideas para regalos, ideas preconcebidas, ideas de niños y de adultos, ideas para recetas, para salir de fiesta, para peinados, para vacaciones... He jugado a las adivinanzas y, cuando no tenía idea de la respuesta, se me comía la lengua el...

¡Ay! Alicia se acuerda justo a tiempo de que está hablando con ratoncitos.

Los dos la miran con una sonrisita entre burlona y apenada. El Ratoncito Cuerdo toma la palabra:

—Sabes más de lo que crees, pero no piensas lo suficiente. Cuando sueñas con ser libre, lo haces por la idea que tienes de la libertad. Desde que eras pequeña, cada vez que gritas «¡No es justo!» (lo has hecho mil veces y lo seguirás haciendo) es por la idea que tienes de justicia. Cuando piensas en tu futuro, en lo que harás más adelante, cuando seas adulta, también es por las ideas que tienes del tiempo, del porvenir, de ser previsora. Tienes muchas ideas y ellas guían tu vida. Debes saber que existen, tienes que aprender a examinarlas y comprobar si te convienen. Y están todas aquí, en este país.

2

Aparece un canguro
con su bolsa llena de fichas

El Ratoncito Loco no para de dar vueltas. Parece medio atarantado.

—¡Ojo! No olvides que hay muchas ideas sobre cosas que no existen que son igual de útiles. Por ejemplo: tienes la idea de la libertad de todos los seres vivos, cuando en realidad hay animales que viven atados o encadenados, así como humanos en esclavitud. Tienes la idea de la igualdad entre hombres y mujeres, aunque en la práctica a muchas de estas últimas aún se las trata como si fuesen inferiores.

»Yo, el Ratoncito Loco, creo en un mundo ideal en el que ya no habrá violencia, ni agresiones, ni guerras, ni muchas otras desgracias, en el que se erradicarán la hambruna y la pobreza. Soy consciente de que ese mundo no existe, aún, pero es una idea que nos mantiene vivos y nos mueve a actuar.

De repente, el Ratoncito Loco se pone a bailar canturreando:

Amo a quien sueña con lo imposible.

—Esa sí que es una frase preciosa... —susurra Alicia—. Espero que no se me olvide. La añadiré a la lista de frases para mi tatuaje que tengo apuntadas en el móvil.

—Si me permites, esa es de Goethe, de la segunda parte de *Fausto,* acto II, escena titulada «En el Peneo inferior» —murmura detrás de ella una voz grave y tierna que no reconoce.

Alicia se vuelve de inmediato. El recién llegado tiene pelaje beis, ojos dulces y una gran bolsa de cuero en la que guarda unas fichas. Son fichas de estudio, como las que usa ella para tomar apuntes en clase y preparar sus exámenes. Parece un canguro de verdad.

—¿Quién eres tú?

—¿No lo ves? Me llamo Zingular, pero todos me llaman Canguro. Me encargo de referencias de todo tipo: citas, autores, fechas, libros, idiomas, traducciones, así como resúmenes, presentaciones, contextos, explicaciones... Lo tengo todo a disposición, día y noche, y ni siquiera hace falta que me lo pidas.

—Eso es muy útil —reconoce Alicia intentando ser amable—. Pero ¿qué aportan todas estas referencias a nuestro futuro? La Tierra arde, el clima está patas arriba... ¡y nadie hace nada! No veo qué idea puede sacarnos de este embrollo.

—¡Ahí te equivocas! —replica el Ratoncito Cuerdo—. Es un gran error olvidar que las ideas existen y que es imprescindible examinarlas, ponerlas a prueba, cotejarlas. Es la única manera de descubrir cómo vivir bien. Para ayudarte, te llevaremos a recorrer el país en el que conviven las ideas de todos los libros, de todos los pensadores, de todas las épocas, de todas las civilizaciones, de todas las tradiciones. Estas ideas las custodian unos especialistas, las verifican, las mantienen y las corrigen. Los llamamos «filósofos»: expertos en ideas, sus artesanos. Ellos saben cómo preservarlas, probarlas y compararlas. A veces, incluso inventan nuevas. Para conocerlas todas, te harían falta varias vidas.

—¿Y con ellas voy a encontrar los medios para salvarnos?

—Eso es algo que solo tú sabrás. Nuestra misión es orientarte hacia lo esencial, mostrarte la diversidad de ideas que hay, así como su poder y utilidad.

Alicia piensa en su abuelo. Se ha pasado la vida rodeado de filósofos, así que no le sorprendería descubrir que se ha convertido en uno de ellos. Sin embargo, él nunca saca el tema. Cuando le pregunta, su respuesta siempre es la misma: que ya lo entenderá más tarde, que debe esperar un poco. Ahora que está en el país de las ideas, quiere enterarse de una vez, quiere descubrir la filosofía, experimentar con las ideas, ya sean divertidas o serias, pero no entiende por qué no puede hacerlo sola.

—¿Por qué tenéis que venir conmigo?

—Ya te lo hemos dicho: somos tus ratoncitos.

—¿Cómo que míos?

—Bueno, es a ti a quien hemos venido a acompañar —dice el Ratoncito Cuerdo—. Estamos aquí para informarte, guiarte y explicarte todo lo que te vas a encontrar en el camino, y para protegerte si es necesario.

—Y yo estoy aquí para que te rías, dar piruetas, hacer el tonto —exclama el Ratoncito Loco—, ¡y que no te tomes muy en serio lo que dice mi hermano, aunque parezca el más veterano!

—¡No le hagas caso, está loco! —interrumpe el otro.

—No le des cuerda, ¡te aburrirás como un queso! —le replica.

—Tengo que instruirla. ¡Lo estropeas todo! —rebate el Ratoncito Cuerdo.

—Y mi deber es hacer que se lo pase de lujo, ¿entiendes, merluzo? —insiste el Ratoncito Loco.

De repente, Alicia se da cuenta de algo extraño: los dos hermanos van aumentando de tamaño a razón de sus gritos, cada vez más fuertes. Cuanto más chillan, más crecen. Los ratoncitos, ahora casi tan altos como ella, la miran avergonzados.

—Una buena disputa siempre ayuda. Si siempre tuviéramos el mismo parecer que los demás, nos pasaríamos el rato durmiendo —dice el Ratoncito Cuerdo retomando la conversación.

—La Fontaine, «El gato y la zorra», libro IX, fábula 14, versos 9 y 10 —añade el Canguro, que ha sacado de su bolsa la ficha correspondiente.

—Una frase con mucho arte. ¿Verdad que sería buena para tatuarte? —pregunta el Ratoncito Loco.

—¿Cómo os habéis enterado? —se indigna Alicia.

—Muy simple. Nosotros lo sabemos todo —contesta el Ratoncito Cuerdo sin despeinarse.

Alicia se queda de piedra. ¿Cómo pueden dos ratoncitos que nunca ha visto saber lo de su tatuaje? Es un plan secreto. No se lo ha contado a nadie, ni siquiera a su madre.

—¿Lo sabéis todo? No me lo creo.

—No es cuestión de creencia, es un hecho como un helecho —aclara el Ratoncito Cuerdo—. Aquí, en el país de las ideas, están absolutamente todas las ideas, por eso lo sabemos todo.

—Entonces, ¿tenéis una idea de mi idea de hacerme un tatuaje?

—Por supuesto.

Alicia se esfuerza por entenderlo, pero no lo consigue. Sus ideas están en su cabeza, no en otra parte. ¿Cómo pueden estar en su mente y, al mismo tiempo, en el país de las ideas? ¡Y sin que ella se entere! Si tal cosa fuera posible, ¿cómo sabría el ratoncito que esa idea es de ella? Además, incluso antes de saber que le pertenece, ¿cómo iba a conocer su significado, su contenido?

«No lo veo nada claro. De hecho, lo veo todo un poco turbio», piensa Alicia.

—No, ¡de turbio nada! —exclama el Ratoncito Loco—. ¡Turbia tu mirada!

—¡Pero si no he abierto la boca! ¿Cómo sabéis en qué estoy pensando?

—Muy simple. Las ideas que tienes en tu cabeza también están todas en este país. Nosotros no hacemos más que repetir —insiste Ratoncito Loco.

—Pero, entonces —exclama Alicia, como iluminada por un rayo—, si lo sabéis todo, ¡me lo podéis enseñar todo!

—Por supuesto —dicen los ratoncitos al unísono—, por eso vamos a llevarte de viaje al país de las ideas. Y no iremos solos. Nos acompañará el Canguro y otros que irás conociendo por el camino.

Alicia empieza a intuir que le esperan varias sorpresas. ¿Serán buenas o malas?

Los ratoncitos se ponen serios.

—Antes de partir, hay algunas cosas que debes saber sobre el país —dice el Ratoncito Cuerdo.

—¡No es un país como los demás! —puntualiza el Ratoncito Loco.

—¿Quién vive allí? —pregunta Alicia.

—Gente de todas las nacionalidades y de todas las épocas —responde el Ratoncito Cuerdo—. Por eso, vas a retroceder en el tiempo, vas a descubrir sociedades diferentes, arquitecturas y regímenes políticos muy distintos. Las ideas no son plantas en una maceta; surgen en entornos vivos, en medio de situaciones variopintas.

—De hecho, todo el mundo habita este país —puntualiza el Ratoncito Loco—. A partir del momento en que alguien se pregunta dónde encontrar la verdad, cómo vivir bien, cómo aprender a pensar, ya está en él, ¡sin tener que desplazarse!

—¿Es un país peligroso? —pregunta Alicia, preocupada por lo que le espera.

Los ratoncitos no contestan. Alicia duda que hayan entendido la cuestión, pues los ve mirar hacia otro lado, sin decir nada.

—¿Es peligroso? —repite Alicia subiendo el volumen.

—Todo depende de ti —dice el Ratoncito Cuerdo—. En el país de las ideas, ningún peligro viene de fuera. Si dejas que las ideas malas se apoderen de ti, puedes ser muy infeliz, sufrir o hacer que sufran otros, dejar de saber dónde estás, perder tus puntos de referencia.

—Esas malas ideas, ¿cómo voy a reconocerlas?

—No existen ideas malas en sí mismas —aclara el Ratoncito Loco—. Las ideas no son malas o buenas de por sí. Has de encontrar las que te convienen, pues una idea mala para ti puede ser buena para otra persona.

—¡No le hagas caso! —protesta el Ratoncito Cuerdo—. ¡Siempre dice lo primero que le viene a la cabeza! Las ideas malas son las falsas y las buenas, las verdaderas. ¡No le des más vueltas!

—¿Y cómo se reconocen las verdaderas? —pregunta Alicia no muy convencida.

—¡Ahí está el problema! —entonan los gemelos.

«¡Qué embrollo! —piensa Alicia—. En resumen: no sé muy bien dónde estoy ni adónde voy. En este país vive gente de todas las épocas y continentes. Es mi responsabilidad descubrir qué ideas son verdaderas y cuáles me convienen, aunque no sepa cómo hacerlo. Encima, si me equivoco, puede resultar peligroso. Y, a pesar de todo, ¡esto tendría que ayudarme a vivir mejor! Vaya lío... Y, para guías, no tengo más que a estos dos...»

—Ratoncitos —dice el Ratoncito Cuerdo—. No olvides que conocemos tus pensamientos tan bien como tú.

Alicia se siente increíblemente atraída por la aventura, sobre todo si el viaje que le prometen le da la oportunidad de toparse con la frase perfecta para su tatuaje... y, tal vez, descubrir la manera de ayudar al planeta y preparar el futuro de su generación. Por otro lado, no sabe dónde se está metiendo.

—Tenemos que puntualizar algo importante —interviene el Ratoncito Cuerdo.

—Exacto —añade su hermano, que no sabe qué decir, pero tampoco sabe estar callado.

—¡Estás en el país de la libertad! —dice el Ratoncito Cuerdo—. Aquí, nadie te obligará jamás a pensar algo que no quieras. En el país de las ideas, se permiten todos los pensamientos, palabras y audacias. Puedes pensar que todos los seres humanos son buenos o que todos son malvados. Puedes decir que depende del día o que no hay forma de saberlo...

—¡Imagínate! —continúa el Ratoncito Loco brincando alrededor de Alicia—. Puedes hacerte a la idea de que el mundo no es real, ¡sino que vivimos en un sueño total!, ¡que la muerte es un mito!, ¡que nacemos sabiéndolo todo y lo olvidamos con el paso del tiempo!, ¡que las palabras cambian el mundo o que el mundo cambia las palabras! ¡Puedes decir que todos somos iguales o todos diferentes!, ¡que el tiempo no pasa o que a cada instante se traspasa! Puedes afirmar lo que quieras. Eres libre, ¿te enteras? ¡LI-BRE!

—¡CON UN PERO! —agrega el hermano—. Una condición, una sola, pero absolutamente ESENCIAL.

—¿Cuál? —se interesa Alicia.

—Debes jus-ti-fi-car tu idea, debes ser capaz de demostrar por qué es verdadera y, por tanto, saber contestar a quienes defienden lo contrario.

—¿Y si no soy capaz? —se inquieta Alicia.

—Bueno, ¡siempre puedes pedir ayuda!

—¿A quién?

—¡Al hada!

—¿Qué hada?

—Aquí solo hay una: ¡el Hada Objeción!

3

Se persona un hada,
¡y qué hada!

—¿Quién me llama? —La potente y autoritaria voz se oye a lo lejos.

Alicia ve acercarse una dama majestuosa con un vestido de terciopelo rojo, una larga melena castaña recogida bajo un sombrero negro y un busto imponente. La medida de su cintura debía de ser como tres o cuatro veces la suya. Sin pensarlo, recordando sus lecturas de cuando era niña, Alicia hace una reverencia; nunca se sabe, puede ser una reina, ¡la temida Reina Roja! Si resulta ser tan cruel como en el País de las Maravillas, más vale no caerle mal.

—Por favor, no hagas eso, no soy ninguna monarca. Soy el Hada Objeción y estoy aquí para ayudarte. Sin mí, el país de las ideas ni siquiera existiría.

—¿Qué quieres decir? —pregunta Alicia, que ya no se sorprende de que esta hada XL se dirija a ella por su nombre, porque empieza a comprender que en este país puede pasar cualquier cosa.

—Una idea nunca existe por sí misma —explica el Hada—. No hay «arriba» sin «abajo», ni «derecha» sin «izquierda», ni «positivo» sin «negativo», y así con todo. Mi labor consiste en recordar a la gente esta doble cara porque, tarde o temprano, los filósofos y todos los que se ocupan de las ideas tienden a olvidarla.

»Cuando se tiene una idea, enseguida se cae en la trampa de creer que es única. En un momento dado, todos los pensadores, más importantes o menos, empiezan a soñar despiertos y se creen que su idea soluciona todos los problemas, sin reparos.

»Yo, el Hada Objeción, ¡soy la campeona de los reparos! Cuando veo que un pensador se sube a la parra, lo hago bajar de nuevo a tierra. ¿Así que crees haber encontrado la solución para que el mundo sea más justo? Pues fíjate en lo injusta que es tu solución. ¿Crees que has encontrado la clave para alcanzar la verdad absoluta? Pues todavía queda algún error en tu poción mágica.

El Hada Objeción suelta una carcajada.

—Pero lo que haces no está bien, es cruel —opina Alicia.

—¡Al revés! Es indispensable —contesta el Hada—. Así es como las ideas viven, crecen y se hacen más fuertes. De hecho, todas ellas se tienen que enfrentar a objeciones; si no, pierden fuelle. Es cuando se las pone en tela de juicio y se las reta cuando estas se comprenden mejor. No estoy aquí solo para bajar las ideas de cualquier pedestal, sino, ante todo, ¡para ayudarlas a desarrollarse! Hay quienes me ven como si fuera la enemiga de las ideas, pero ¡lo que soy es su niñera! Da la impresión de que molesto a todo el mundo, la lío parda y no dejo a la gente tranquila con sus ideas, pero, en realidad, ayudo a pensar mejor, con rigor, con más claridad.

—Pero eso hace que la gente se ponga a discutir —replica Alicia.

—¿Y qué? —El Hada Objeción se encoge de hombros con una sonrisa de oreja a oreja—. En el país de las ideas, las discusiones son esenciales. ¿Sabes cómo avanzamos? ¡Oponiéndonos! Hagámoslo bien: empecemos por visitar al inventor de la contradicción y el desconcierto. Te llevaré a que conozcas a Sócrates ahora mismo, porque es la mejor manera de comenzar tu viaje. Ese hombre inventó un juego extraordinario: hacernos discutir con nosotros mismos.

—¿De qué va esta tontería? —pregunta Alicia nerviosa.

—Cosas de la sabiduría —dice el Ratoncito Loco.

⚜ *Diario de Alicia* ⚜

No sé qué misterio me ha traído a esta tierra donde el tiempo no existe y los ratones hablan. El canguro sabelotodo es muy simpático y la enorme hada sonrojada, aunque parezca bruta, es inteligente. Tengo muchas ganas de visitar este lugar tan extraño. No sé si este viaje ayudará al planeta; la verdad es que lo dudo bastante. Ya veremos. Mientras tanto, seguiré anotando las frases que me interesan.

UNA FRASE PARA LA VIDA

Amo a quien sueña con lo imposible.
(Goethe, *Fausto*, II, acto II)

Soñar lo imposible es querer cambiar el mundo. La paz mundial parece imposible, así como la justicia universal y la libertad, por no hablar del amor universal, la igualdad para todos y el respeto a la Tierra y a los animales. Precisamente porque estas cosas parecen inalcanzables hay que luchar por ellas sin rendirse, y por eso hay que amar a quienes, además de soñarlas, las hacen realidad.
El Hada me dijo que esta frase plantea dos problemas: el de lo posible y lo imposible, así como el de los sueños. El cambio parece inviable, cuando en realidad es posible.
Me contó el Hada que Mark Twain dijo un día: «Lo hicieron porque no sabían que era imposible». En este caso, el sueño es un empuje, la fuerza capaz de transformar la realidad.
Nada que ver con cuando imposible significa «del todo irrealizable». El Hada me sugirió que

imaginásemos, por ejemplo, a alguien que sueña con caminar hasta la Luna, lo cual es imposible, salvo en su imaginación. Puede que nos guste esta idea, pero sería una estupidez creer en ella y esforzarnos por hacerla realidad. En este caso, no hay que amar a quien sueña con lo imposible, pues va por el mal camino, y se lleva a los demás consigo. ¡Vaya con el Hada Objeción!

PRIMERA PARTE

En la que Alicia descubre a los primeros
filósofos de la antigua Grecia y cómo
analizaban las ideas

4

El Hada Objeción toma la palabra

—Antes de irnos, hay algo que he de comentarte. Vamos a empezar por los inicios de la filosofía, cuando esta nació y, con ella, la vida de las ideas. Lo haremos para que lo entiendas mejor, está claro, pero también porque estas ideas, después de miles de años, no han desaparecido; continúan vivas y se siguen debatiendo hoy en día.

»Estos pensamientos fundamentales se desarrollaron en mundos donde los cambios eran muy lentos. Antiguamente, en Grecia, Roma, Israel, India y China, las personas vivían igual que sus padres y esperaban que sus hijos vivieran de la misma manera. Por supuesto, hubo avances en el transporte, la agricultura, las herramientas y el comercio, aunque sucedían de manera tan lenta, tan gradual, que la gente apenas se daba cuenta de ellos. El mundo parecía fijo. A veces, surgían ideas, pero nadie se imaginaba que fueran a cambiar algo de un día para otro. La verdad, como las estrellas, permanecía inalterable, o casi.

»Déjate sorprender por todo, ¡pero sin tenerle miedo a nada! Vas a descubrir ciudades, lenguas y estilos de vida que no son los tuyos, te vas a encontrar con concepciones opuestas de la verdad, de la vida que deben llevar los humanos, de cómo ejercer autoridad e incluso de la muerte. Te toparás con ideas filosóficas, religiosas y espirituales que se contradicen. Estarás en presencia de filósofos famosos con pensamientos opuestos.

»¡No te sientas frustrada a la primera contradicción! Ten paciencia. Los Ratoncitos, el Canguro y yo te ayudaremos a encontrar el camino por estos mundos, estoy segura.

»Pero basta ya de hablar. Es hora de cambiar de aires. Vámonos a Atenas, al siglo v antes de nuestra era.

5

En el mercado, con Sócrates

¡Qué laberinto de callejuelas! Alicia nunca había dado tantas vueltas para llegar a ningún sitio. A los pies de la Acrópolis, dominada por las columnas del Partenón, Atenas es un hervidero de casas, jardincitos, cisternas y mercancías a la espera de ser compradas o transportadas. Entre los edificios, el espacio para circular es tan angosto que a duras penas pasan las caderas del Hada Objeción, que está decidida a presentarle a Sócrates a Alicia.

—Es una cuestión de principios —explica con su vozarrón—. Hay que empezar por quien todo lo empezó. Y quien lo hizo, ya ves, Alicia, ¡es él!

—Quien empezó ¿el qué?

—La filosofía.

—¿No había filósofos antes de Sócrates?

—Es difícil contestar a esa pregunta. Si te digo que no y que él fue el primero, ¡tendré que hacer algunas objeciones!

—¿Qué quieres decir?

—En Grecia, varias generaciones antes de Sócrates, algunos pensadores trataron de explicar el mundo de otra forma que no fuera a través de mitos, dioses y poderes. Sus nombres eran Pitágoras, Tales...

—¿Como los teoremas?

—¡Exacto! Los teoremas de Pitágoras y de Tales llevan sus nombres porque fueron ellos quienes los demostraron. Querían encontrar una explicación lógica para la existencia de la Tierra, los animales y los seres humanos, así como el funcionamiento de todo el conjunto, al que llamaban «cosmos». Otros pensadores anteriores a Sócrates que también buscaron esta explicación fueron Heráclito, Empédocles o Parménides. Cada uno dio una respuesta distinta, pero todos ellos compartían el propósito de construir un conocimiento sólido de la realidad a partir de la reflexión y el razonamiento, sin dar por sentadas las creencias de la gente de su tiempo.

—Eran científicos, al fin y al cabo.

—¡Bien visto, Alicia! Al menos en parte, porque ellos aún no distinguían entre eruditos, filósofos, sabios y profetas. Estos primeros pensadores eran seres de conocimiento y sabiduría. En su lengua, el griego antiguo, *sophos* quiere decir tanto 'erudito' como 'sabio'. Alguien que posee el verdadero conocimiento se transforma moralmente por aquello que sabe, y eso le permite transformar a los demás y tomar parte en los acontecimientos.

—Entonces, si entiendo bien lo que dices, ¡eran una especie de gurús!

—Sí, en parte. Eran matemáticos y poetas, físicos y adivinos, moralistas y médicos, diplomáticos y curanderos. Según se cuenta, eran capaces de hablar con los animales, como Pitágoras, que inventó el teorema del triángulo, o de curar enfermedades a través de su canto, como Empédocles. Sus competencias abarcaban la medicina, la vida política, la gobernanza del pueblo y las leyes de la naturaleza. Además, muchas veces, imponían reglas estrictas a sus seguidores; por ejemplo, para que los admitiesen en el grupo de Pitágoras, los seguidores debían no comer carne, vestir con sencillez y pasar un año sin hablar.

—¡Parece una secta! ¿Eran veganos?

—Pitágoras, sí. ¿Sectas? No exactamente. Las escuelas que precedieron a Sócrates eran comunidades que compartían ideas y estilo de vida.

—Entonces, ¿qué cambió con Sócrates?

—No todo; la coherencia entre las ideas y el estilo de vida es algo que se mantuvo, pero la concepción de sabio supremo se transformó por completo y empezó a desaparecer.

—¿A qué te refieres?

—Antes, había sabios, aquellos que tenían las respuestas, pero, a partir de Sócrates, solo había personas que buscaban la sabiduría. Los sabios poseen facultades relacionadas con sus conocimientos, verdades, mientras que aquellos que buscan la sabiduría solo van tras la verdad. Esto es lo que significa la palabra *filó-sofos*: aquellos que aman la sabiduría, que la desean y la buscan, precisamente, porque saben que no la han alcanzado y no están seguros de que vayan a hacerlo. Los sabios creen contar con el conocimiento, mientras que los filósofos son conscientes de su propia ignorancia. Esta es la nueva tarea comenzada por Sócrates: para empezar, revelar la ignorancia, tomar consciencia de que no sabemos; luego, ir en busca de la verdad empezando a pensar.

—¿Y cómo se le ocurrió?

—Él mismo te lo dirá. Ya hemos llegado.

El Hada Objeción choca con toda su tripa contra un agricultor que vende cebollas en una esquina y esquiva por los pelos a un burro, que se desploma con un cargamento de aceitunas. Alicia casi tropieza con una piedra. La gente se las queda mirando descolocada. Finalmente, llegan a una pequeña plaza donde hay un mercado. En él, se venden abrigos de lana, alfombras de piel de oveja, candiles de terracota, frutas y verduras. Un hombre canoso muy mal vestido recorre atento los puestos con una sonrisa en los labios.

—¡Cuántas cosas que no necesito! —acaba murmurando.

Alicia se lleva una sorpresa, y muy grata: ¡un adulto que no piensa solo en consumir! Y eso que este pequeño mercado no es un vertedero de trastos, novedades absurdas e inventos que no sirven para nada. Pero, susurra el Hada, a Sócrates solo le interesa lo esencial. Un viejo abrigo le basta para protegerse del frío y lleva sandalias de cuero incluso cuando nieva en invierno. Lo que más le importa son las ideas, pues la vida, buena o mala, depende de ellas.

Avisada estaba: Sócrates no es guapo. Peor todavía: es feo se mire por donde se mire. Cuerpecito encorvado, cabeza enorme, ojos a punto de salirse de las órbitas, nariz chata, dientes grises... «Mientras haya belleza en su interior...», piensa Alicia.

—¿Eres tú, pues, la chica de quien me han hablado? —le pregunta Sócrates.

—Así que sabes que estoy aquí. Me han dicho que afirmas no saber nada, pero eso ya es saber alguna cosa, ¡algo es algo!

—¿Ya estás intentando provocarme? Claro que lo sé, igual que sé hablar, caminar, respirar. También sé tallar piedra, ese fue mi primer oficio, y utilizar una lanza y un escudo, porque he estado en la guerra. Además, sé encender un fuego, desplumar un pollo, preparar una sopa de ajo y muchas otras cosas. No es a eso a lo que me refiero cuando afirmo que lo único que sé es que no sé nada.

—Explícamelo, ¡por favor!

—Me quedé muy sorprendido cuando el oráculo de Delfos declaró que yo era el más erudito.

El Canguro saca una pequeña ficha y la muestra a Alicia:

En el templo de Apolo en Delfos, la sacerdotisa, conocida como Pitia, contestaba a las preguntas de los peregrinos de una forma que muchas veces costaba entender. Se consideraba que sus respuestas las inspiraba el propio dios. Se cuenta que a la pregunta «¿Quién es el hombre más sabio?» respondió «Sócrates».

—Oír decir eso de mí —continuó Sócrates—, que no había estudiado en una escuela ni había trabajado jamás con ningún gran maestro, me pareció un chiste. Así pues, fui al encuentro de personas consideradas eruditas, que decían tener ciertos conocimientos, y les hice preguntas, ya que es mi manera de proceder. Me llevé una gran sorpresa.

—¿Por qué?

—Por constatar que, en realidad, no sabían lo que decían saber. Por ejemplo, hablando con Laques, un gran militar, me di cuenta enseguida de que desconocía lo que era la valentía. Para él, ser valiente era no tener miedo. Sin embargo, cuando tienes miedo y eres capaz de vencerlo, ¿acaso no eres valiente? Esa fue la pregunta que le hice. Tuvo que reconocer que estaba equivocado. Creía que sabía lo que significaba la valentía, cuando en realidad no era así.

»Podría darte muchos más ejemplos. Cuando interrogué a Hipias, un famoso orador que presumía saber de todo y poder hablar de cualquier cosa, sucedió lo mismo. Le pregunté si sabía lo que era la belleza, a lo que respondió que sí, por supuesto, y empezó a enumerar una serie de cosas que le parecían bellas: un jarrón, una yegua, una chica..., pero no fue capaz de definir la idea de belleza, ¡aunque era necesaria para saber qué incluir en su lista y qué no! ¿Entiendes lo que quiero decir? Para asegurar que algo es bello o que no lo es, hay que tener una idea de belleza; solo así puede definirse. ¡Ese pretencioso no fue capaz de explicar su propia idea de belleza!

—Muy contento no estaría, me imagino.

—Estaba furioso, como todos aquellos a quienes demostré que, en realidad, no sabían aquello que creían saber. Sin embargo, si hubieran tenido más luces, ¡me habrían dado las gracias! Los libero de una ilusión, de un conocimiento falso, y les abro el camino para que busquen la idea que les falta.

El Hada Objeción, que hasta ahora no se ha pronunciado, interviene:

—Pones de los nervios a las personas a las que cuestionas. Presumen de que saben, pero, de repente, cuando se enfrentan a tus preguntas, se dan cuenta de que lo que dicen no tiene sentido y se sienten ridículas. No me extraña que se enfaden contigo.

—Pues sí, Hada, así es —contesta Sócrates—. Sé que se enfadan conmigo y entiendo sus motivaciones, pero me parece superficial. ¿Sabes cómo me han apodado algunos?

—¿Cómo?

—Torpedo, como el pez...

—¿Ese que paraliza a quienes lo tocan?

—¡Ese mismo! Así pues, tu objeción no me sorprende, querida Hada. A menudo, la gente se queda estupefacta ante mis preguntas, aunque esto no tiene demasiada importancia. Lo que importa es que las personas con quienes hablo se liberen de lo que creen que es cierto y, sin embargo, es falso, porque no hay nada peor que lo falso.

—¿Pero por qué? —se inquieta Alicia.

Sócrates se sienta en el brocal de un pozo. Alicia hace lo mismo, aunque el Hada prefiere quedarse de pie, apoyada en el muro. A medida que anochece, va pasando menos gente. Sócrates, por su parte, tiene tiempo de sobra. Mira con mucha dulzura a Alicia con sus grandes ojos.

—Voy a contestar a tu pregunta, querida visitante. O, mejor todavía, vas a contestar tú misma con mi ayuda; ese es mi método habitual. Me has preguntado por qué creer algo que es falso es lo peor que hay, ¿no?

—Sí.

—Cuando sabes qué hora es, ¿consultas el reloj?

—¡Claro que no!

—Cuando sabes la hora exacta, puedes llegar puntual, ni pronto ni tarde, ¿a que sí?

—Tal cual.

—Y, si te equivocas y crees que es una hora, pero es otra, ¿qué pasará?

—Que no llegaré a la hora que debería. O me retrasaré o llegaré temprano.

—Sin embargo, si estás convencida de que es la hora que crees que es, y resulta que no es así, ¿vas a intentar averiguar la hora?

—¡Para nada!

—Bueno, ahí lo tienes: has contestado a tu propia pregunta. Como piensas que sabes la hora, no la consultas, pero, si lo que crees que es verdadero resulta ser falso, ya nada te cuadrará. Y, como no sabes que te equivocas, no puedes solucionarlo. Por eso, ¡no hay nada peor que creer algo falso!

Alicia se queda en silencio, dándole vueltas a lo que acaba de oír, pues quiere asegurarse de que lo ha entendido.

—¿Creer algo falso es como los muros de una prisión? —pregunta tras unos instantes.

—En efecto —responde Sócrates—. Es la peor de todas las prisiones, porque es una donde uno ni siquiera sabe que está.

Alicia cierra los ojos, respira hondo y se concentra, apretando las manos. Tiene la impresión de que todo da vueltas vertiginosamente dentro de su cabeza, como el tambor de una lavadora.

—¿Entonces, tú, Sócrates, te dedicas a derribar prisiones invisibles?

—¡Córcholis, chiquilla, hablas como una diosa! Sí, es una buena metáfora. Una vez derribada esta creencia falsa, te sientes ignorante, pero ya sabiendo que no sabes, y eso marca la diferencia. Estoy seguro de que ya has descubierto por qué.

—Bueno, porque... Espera... ¿Porque, al saber que no sabemos, empezamos a buscar?

—¡Tú lo has dicho! Saber que no sabemos es la condición inicial. ¿Se te ocurre alguna más?

—La verdad es que no.

—Examinar las ideas una por una es igual de importante. Hay que ver si están bien planteadas o mal.

—¿Cómo lo hacemos?

—Mi madre era comadrona, ayudaba a otras mujeres a dar a luz. Suelo decir que hago un poco lo mismo. Ella sacaba a los recién nacidos del vientre de las mujeres, y yo saco ideas de la cabeza de la gente con la que hablo.

Alicia siente un aliento en la oreja.

—Es lo que llamamos «mayéutica» de Sócrates —le susurra una voz—. Y, mira tú por dónde, la palabra tiene que ver con la obstetricia. Aparece en un diálogo titulado *Teeteto,* en el que Platón representa a Sócrates conversando con un joven matemático.

—¡Cállate, Zingular! Estoy escuchando...

Canguro guarda la ficha y se queda quieto con cara de haber metido la pata.

—En esta comparación —prosigue Sócrates—, se suele olvidar un factor fundamental.

—¿Cuál? ¡Dilo! —suplica Alicia, ansiosa.

—Te voy a escandalizar, pues las costumbres de aquí no son las tuyas. Las condiciones de vida son difíciles y muchos bebés no sobreviven al frío, a las enfermedades o a una fiebre alta; solo los más fuertes superan los primeros meses de vida. Para saber si son capaces de resistir, las comadronas, como mi madre, ponen a prueba a los recién nacidos: los cogen por los pies, los sacuden y los meten en agua fría. Los más débiles mueren enseguida. Entiendo que suena cruel e inhumano, aunque es una sociedad diferente a la tuya, con otra manera de hacer las cosas.

—¿Por qué me cuentas esas atrocidades?

—Para que veas que, muchas veces, se malinterpreta esa comparación entre mi trabajo y el de las comadronas. ¡Lo que yo hago no es simplemente sacar ideas de la cabeza de los demás! Las observo y las pongo a prueba yo también con el propósito de ver si son sólidas o demasiado frágiles como para sobrevivir, las sacudo, las pongo patas arriba. Dicho de otra manera, las analizo de manera lógica para averiguar si son coherentes o si se contradicen de tal forma que no se pueden sostener.

—¿Y todo eso para qué?

—Para vivir.

—¿Para vivir? ¡No te sigo!

—Es sencillo. El objetivo es descartar las ideas engañosas y quedarse con las que tienen fundamento, pero este análisis ha de ser constante: hemos de hacerlo con todas las ideas que se nos presentan, así como con las decisiones que tomamos o los juicios que emitimos sobre lo que nos ocurre. Siempre hay ideas en juego, ya sean ilusorias o consistentes. Por eso, analizar las que nos definen nos vuelve mejores.

Alguien vuelve a susurrar:

—Cuando lo llevaron a juicio, Sócrates dijo que «una vida sin examen no merece la pena vivirse». Platón escribió sobre esto en su *Apología de Sócrates.*

La frase se le queda en la cabeza a Alicia. «Quiero tatuarme estas palabras. Así nunca se me olvidará examinar lo que hago, las ideas que se me ocurren, las decisiones que tomo...».

—Disculpa —interviene Alicia—, no estoy segura de haberte entendido. Hablas de volvernos mejores, pero ¿mejores en qué?

—No se trata de volvernos mejores bailarines, atletas, luchadores, matemáticos o gramáticos, sino más humanos, más acordes con lo que somos y nuestro lugar en el mundo. Si actuamos solo según nuestros deseos, buscando satisfacer nuestros caprichos, sin distinguir lo que de verdad importa, sin pensar, nos volvemos injustos. Fíjate en los dictadores: matan y traicionan para llegar al poder y, cuando lo alcanzan, siguen liquidando a sus oponentes, malversando dinero público, apoderándose de lo que no es suyo. Violan, torturan y deportan a su antojo, sabiendo que nadie irá a por ellos, ni siquiera la justicia, porque tienen a la policía y a los tribunales bajo su control. Si reflexionaran, no se comportarían así.

—¿Por qué no? Son malvados y están encantados de someter a la gente. La reflexión no puede cambiar eso.

—¡Al revés! Estoy convencido de que la reflexión lo cambia todo. Esos que dices que son malvados no son demonios, solo ignorantes. Como todo el mundo, quieren el bien, pero se equivocan y eligen lo que creen que es bueno para ellos: su placer, su capacidad de dominio, su poder y su disfrute. Ignoran que el verdadero bien tiene que ver con el funcionamiento del mundo, las relaciones entre las personas y los vínculos entre los animales, los seres humanos y los dioses.

—¿De verdad crees que reflexionando dejarán de ser malvados?

—Absolutamente. Por una sencilla razón: como todos los seres humanos, quieren ser felices, y la injusticia no hace feliz a nadie.

—¡Pero hay dictadores felices! ¡Pueden hacer lo que quieran y nunca van a castigarlos!

—Yo lo veo igual que tú: hay asesinos que viven en suntuosas mansiones, sicarios que llevan vidas de lujo, criminales que mueren en su cama..., pero eso no es más que una cara de la realidad. Estoy convencido de que existe otra realidad en la que la idea del bien y la idea de la injusticia resultan incompatibles. Solo el ser humano justo puede ser feliz, aunque no tenga dinero ni viva en una mansión, porque tiene la mente bien amueblada y la conciencia tranquila. Sin embargo, la mente del injusto está desordenada, hecha un lío. Por eso, defiendo que más vale ser víctima que verdugo.

—¡Pero eso es una locura! ¡Ser la víctima no puede ser mejor!

—Sí lo puede. Es la conclusión inevitable de un análisis basado en la razón.

—Quiero saber más.

—Si te quedas en el mundo de los hechos, de las cosas, de los cuerpos, verás que, en efecto, el verdugo sale ganando. A la víctima la maltratan, se retuerce de dolor y acaba sucumbiendo. En el mundo de los hechos, la víctima pierde. La victoria es para el sicario, que no sale herido ni muere y se va a casa a seguir viviendo cómodamente. Sin embargo, existe otro plano de la realidad, el de la idea de justicia y la idea del bien. En este plano, basado en los valores, el verdugo pierde de forma irremediable, mientras que la víctima gana, y su victoria es definitiva.

Alicia se queda muda. Por un lado, intuye que Sócrates tiene razón: sí, le queda claro que las víctimas son más dignas, más humanas, más respetables que los verdugos, despiadados, inhumanos e indignos. Aun así, eso de que ganen las víctimas, que su destino sea preferible, que vale más ser una de ellas es algo que le cuesta reconocer. Siente que esa es la verdad, pero no puede aceptarla sin reservas.

Así, se dispone a hacer más preguntas, pero Sócrates se ha esfumado, desaparecido, desvanecido, volatilizado como una burbuja de jabón, en un abrir y cerrar de ojos. En el brocal del pozo, no queda rastro del hombrecillo encorvado y canoso, aunque alrededor nada se ha movido.

Las callejuelas, el mercado, la gente que pasa, Canguro...; todo sigue igual, todo menos Sócrates. Alicia se queda de una pieza.

—Lo he hecho desaparecer, basta ya —refunfuña el Hada Objeción—. Tampoco hay que escucharlo demasiado rato; si no, te absorbe y ya no te lo quitas de encima.

—Pero..., si lo que dice es la verdad, ¿por qué echarlo?

—La verdad..., ¡menudo rollo! La verdad siempre es lo mismo, te aburre hasta el infinito —apunta el Ratoncito Loco.

—Anda —se sorprende Alicia—, conque estáis ahí, Ratoncitos.

—Todo el rato. No te hemos dejado en ningún momento, es solo que nos hemos vuelto a hacer pequeños y ni siquiera nos has visto.

—De todos modos —continúa Alicia dirigiéndose al Hada—, ¡creo que te has pasado! Me encantaría seguir hablando con Sócrates. Es muy interesante lo que dice.

—Nada te impide continuar.

—¿Cómo?, ¿leyendo sus libros?

Canguro se rasca el cuello, haciendo un ruidito con timidez, y empieza a hablar bajo, como para no molestar.

—Hay un problema: Sócrates no dejó nada escrito. Todo lo que hizo fue hablar, hacer preguntas, dialogar. No dejó ninguna obra, ningún texto, ni un solo libro.

—Entonces, ¿cómo vamos a saber lo que dijo? —pregunta Alicia.

—Lo sabemos gracias a los que escribieron sobre su manera de proceder, sus discípulos (como Jenofonte), quienes fueron testigos de sus discursos. El más importante de ellos es Platón. Este conoce a Sócrates a los veinte años y eso cambia el curso de su vida. En lugar de convertirse en un alto cargo del ejército o en un dirigente político, como estaba destinado a ser por haber nacido en una poderosa familia de Atenas, este joven aristócrata se convierte en filósofo y escritor, e incluye a su maestro en muchos de sus famosos diálogos, escritos como obras de teatro, donde le da voz.

—¡Yo quiero leer esos diálogos! —reclama Alicia con curiosidad.

—¡Te los recomiendo! —replica Canguro—. Seguramente no haya nada más entretenido, inteligente y estimulante que los diálogos de Platón. Son todo un espectáculo, ¡palabra de Canguro!, una comedia con personajes variopintos, chistes, momentos trágicos, historias de amor, explicaciones científicas, rabietas, poesía... ¡Son brillantes! De hecho, ese es el problema.

—¿Qué quieres decir, Canguro?

—Platón era un genio, por eso muchas veces no es nada fácil saber si nos cuenta lo que dijo su maestro en realidad. Hizo de su maestro el protagonista de los diálogos que escribió, pero lo reinventó. Como Platón escribió y pensó toda su vida, acabó poniendo sus propias ideas en boca de Sócrates, al que convirtió en un personaje. Por tanto, después de tantos siglos, Sócrates sigue siendo un misterio.

—¿Por qué no escribiría nada de nada?

—Es difícil saberlo, la verdad. Lo más probable es que no se fíe más que del diálogo directo, en esa interacción entre las mentes. Los escritos no contestan a las posibles preguntas de quienes los leen, no pueden ajustarse a sus interlocutores, como hace nuestro cerebro al hablar. A pesar de todo, sin escribir nada, Sócrates cambió el pensamiento mismo. Además, no es el único que ha transformado el mundo limitándose a hablar. Buda, que fue su coetáneo, pues vivía en Asia en la misma época en la que él vivía en Atenas, tampoco escribió nada y sus palabras cambiaron gran parte de la historia de la humanidad. Jesús, que vivió más tarde, tampoco dejó nada escrito; solo habló. Sin embargo, Sócrates, Buda y Jesús transformaron la historia sin escribir. Fueron sus discípulos o alumnos quienes divulgaron sus ideas a título póstumo.

—¿De qué murió Sócrates?

—Pregúntale al Hada —sugiere Canguro—, que está perdiendo la paciencia.

El Hada se ha puesto más roja que su vestido. Parece que esté hirviendo.

—¿Te has enfadado? —le pregunta Alicia.

—Este Canguro es muy simpático, muy útil, pero se cree que tiene que explicarlo todo, comentarlo todo, comprobarlo todo. Ve el mundo a través de una biblioteca, pero ¡la vida no son solo libros! Las ideas también están en la calle, las conversaciones, las obras de teatro, las asambleas políticas, los tribunales..., ¡allí donde la gente discute, allí donde hay pasión!

—No lo dudo —conviene Alicia tratando de calmar al Hada—, pero dime cómo murió Sócrates.

—¡Ven! Ya lo verás.

UNA FRASE PARA LA VIDA

Una vida sin examen no merece la pena vivirse.
(Platón, *Apología de Sócrates*)

Acabo de oír a Sócrates decir esta frase y quiero
anotarla enseguida porque me conmueve.
Corresponde a lo que siento en mi interior,
fuerte y, a la vez, frágil. Una existencia hecha
de días que pasan, unos tras otros, como un
mecanismo automático, sin pensar en lo que
es, no tiene sentido. Es como una línea de
montaje: respira, come, duerme, despierta,
vuelve a empezar..., y todo ello sin reflexionar,
sin fijarte en lo que haces, sin buscarle sentido.
A esto no se lo puede llamar «vida». Quiero
decir, no es una vida de verdad, una vida
humana. Lo será para una col. Para mí, es
sobrevivir, como si estuviera en coma. En
algunos hospitales, se mantiene vivos a seres
humanos durante semanas, meses o años sin
que sean conscientes de nada. Alimentados
por sondas y ventilados por tubos, sobreviven
dormidos, sin sueños ni pensamientos,
incapaces de examinar lo que les ocurre.
No critico lo que hacen los médicos. Solo quiero
decir que, si nos pasamos todo el tiempo en
ese estado, sin darnos cuenta de lo que nos
sucede, sin reflexionar, no estamos viviendo.
Vivir es empezar a analizar lo que hacemos,
lo que nos hacen y lo que queremos hacer.

«Piensa qué quiere decir "una vida examinada"», me ha susurrado el Ratoncito Loco. En ese momento, no lo entendí. Creía que estaba bromeando, pero no, para nada, es muy ocurrente. Porque «una vida sin examen», como dice la frase de Sócrates, no puede significar meramente una vida que se contempla o se observa; significa una vida que se evalúa, que se cuestiona activamente con el fin de mejorarla. Cuando le dije esto al Hada, esta se mostró de acuerdo en que este examen no es una mera descripción. Piensas en lo que estás viviendo para entenderlo, para saber qué está bien y qué está mal con el objetivo de cambiar lo que haga falta. «¡Y sin dormirse en los laureles!», ha añadido el Ratoncito Cuerdo. Esto no se me había ocurrido, pero tiene razón: no hay que bajar la guardia. En cuanto se deja de pensar, se vuelve a la vida de col, y yo no estoy por la labor.

6

Sócrates ante el tribunal

De repente, Alicia se siente arrastrada por un vendaval y todo se arremolina a su alrededor. En un instante, se encuentra al aire libre en medio de centenares de personas sentadas en un graderío de piedra semicircular y se da cuenta de que lleva la cabeza cubierta por la capucha de una gran capa.

—Procura no llamar la atención y que no te vean la cara —le susurra el Hada al oído—. Las mujeres no pueden estar aquí. En Atenas, solo los hombres participan en la asamblea popular.

Al ir a preguntarle al Hada cómo hace para que no la vean, Alicia comprueba que su guía se ha hecho invisible. Está sentada a su lado, pero nadie la puede ver. Ser un Hada es así de práctico.

—Estamos asistiendo al juicio de Sócrates —prosigue el Hada—, así que no hables; escucha y observa.

Hay mucha gente, pero apenas se oye una mosca. Casi todo son caras largas, rostros inquietos y pendientes, como el del hombretón que está sentado junto a ella comiendo aceitunas con una sonrisa maliciosa. Alicia lo oye murmurar:

—Por fin vamos a acabar con ese lunático. Lleva mucho tiempo fastidiándonos con sus disparates.

Entre la muchedumbre, Alicia ve hombres mal vestidos y otros ataviados con preciosas telas. Al otro lado del graderío, se fija en un grupito aislado y, a unos pasos, reconoce a Sócrates, solo, demacrado, con el cansancio plasmado en su rostro, pero aparentemente tranquilo y decidido.

—¿Qué sitio es este? —pregunta Alicia en sordina, esperando que el Hada siga allí al volverse invisible.

—Es la asamblea popular reunida en tribunal. Los que ves ahí abajo son los tres acusadores de Sócrates, ciudadanos como él. Denunciaron su comportamiento alegando que era peligroso para la ciudad. En el sistema ateniense, es necesario que un ciudadano presente una acusación para que un caso llegue a juicio. Esta asamblea decide al respecto después de escuchar a la acusación y a la defensa. A Sócrates se le hacen tres acusaciones: no reconocer a los dioses de la ciudad, querer introducir otros y corromper a la juventud, aunque ninguna de ellas concuerda con su comportamiento ni con sus discursos; no son más que rumores, equívocos, mentiras. Aun así, Sócrates se enfrenta a la pena de muerte. ¡Mutis! Va a tomar la palabra en su propia defensa.

El anciano se pone de pie y empieza a hablar. No le tiembla la voz, sino al contrario: habla con claridad y aplomo. Explica que se expresará como de costumbre, sin filtros ni adornos, ya que no es ni abogado ni un orador hábil.

—Lo que importa no es pronunciar un gran discurso —afirma Sócrates—, sino decir la verdad.

Sabe perfectamente que circulan rumores sobre él desde hace mucho tiempo. Voces anónimas han hecho creer que se trata de un peligroso manipulador que desafía leyes y tradiciones e incita a los jóvenes a rebelarse contra sus padres. Lleva años soportando estas calumnias, que le han dado mala reputación, sin que haya tenido la oportunidad de refutarlas.

—Hum... —susurra Canguro, apenas un hilo de voz—. En una comedia de Aristófanes, un personaje llamado Sócrates anima a un joven a no respetar a su padre. Muchos atenienses vieron esta obra veinte años antes del juicio de hoy. La obra se titula *Las nubes*, lo que da a entender que la gente como Sócrates vive en las nubes.

—Gracias, Canguro, pero ¡calla! —lo interrumpe Alicia—. Quiero oír todo lo que va a decir.

Sócrates asegura que no ha faltado al respeto a los dioses y que su intención nunca ha sido perturbar a los jóvenes. Estas acusaciones no tienen ningún fundamento. Son solo rumores, sin base real ni pruebas, ni siquiera rostro. ¿Quién los difunde? Todos y nadie.

—Me veo obligado a luchar contra las sombras —dice.

Según recuerda, emprendió su viaje solo para verificar una palabra del oráculo de Delfos. Al consultarlo su amigo Querefonte, el oráculo respondió que el hombre más sabio de Atenas era él, Sócrates, aunque él mismo afirma no saber nada. Como el oráculo del dios Apolo no puede mentir, se propuso averiguar el significado de tal afirmación.

Así pues, se fue a interrogar a aquellos que se consideraban más eruditos y, al hacerles algunas preguntas para ponerlos a prueba, descubrió que tenían la cabeza llena de pájaros.

«Él confirma lo que me ha dicho», piensa Alicia.

—Al fin y al cabo, ¡nadie sabe nada! —continúa Sócrates—. El conocimiento humano no es más que una serie de engaños, apariencias, creencias falsas. Si soy el que más sabe es solo porque sé que soy un ignorante.

Alicia está impresionada, tanto por la dignidad y sencillez de este anciano obstinado y sincero como por lo que descubre gracias a sus explicaciones. Entonces, ¿todo el conocimiento, la ciencia y las disciplinas que enseñamos y respetamos no valen nada?, ¿son solo espejismos?, ¿pájaros en la cabeza?, ¿trampantojos? ¿Lo único que hace falta saber es que nunca llegaremos a saber nada? Es para quedarse de piedra.

Por un momento, Alicia no puede oír nada más, como si hubiese tenido una revelación: ¡nadie sabe nada! Nunca había imaginado algo así. Siempre había creído que un día, por fin, sabría quiénes somos, qué hacemos aquí y cómo debemos actuar. Se había convencido a sí misma de que alguien se lo explicaría de verdad y de una vez por todas. Y, ahora, gracias a ese extraño hombrecillo llamado Sócrates, descubre que quizá la ignorancia humana no tenga arreglo.

Eso lo cambia todo. La verdad es algo que no conoceremos nunca. Hay que buscarla, y es una búsqueda sin fin. A Alicia le parece que haya dejado de pisar tierra firme. Aunque está sentada, siente vértigo, como si el suelo se abriera bajo sus nalgas y pies. Poco le falta para odiar a ese Sócrates que la hace dudar tan intensamente. En el fondo, él siembra la des-ilusión: echa por tierra las ilusiones. Si bien despeja el camino y hace que se desvanezcan los espejismos, apenas proporciona respuestas.

Mientras tanto, Sócrates sigue dirigiéndose a la asamblea.

—Es diciendo la verdad como me gano enemigos.

Alicia se queda con esta frase. ¡No estaría mal para su tatuaje! Le recordaría a sí misma que la verdad no protege, sino que pone en peligro.

Entonces, Sócrates pasa a la ofensiva y Alicia no puede creer lo que oye. ¡Este viejo es increíble! Está en el tribunal, delante de los hombres del pueblo, jugándose el pellejo; aunque la inmensa mayoría de sus conciudadanos le son hostiles, él se niega a agachar la cabeza. No pide disculpas; mejor, o peor: provoca. Sócrates explica a los atenienses que, si lo condenan, se condenarán a ellos mismos de por vida, porque él es inocente. No solo no ha hecho nada malo, sino que lo que hace sirve para despertar a la gente de la ciudad, obra por su bien, pese a su hostilidad. En lugar de castigarlo, ¡le tendrían que pagar! En lugar de condenarlo a muerte, al exilio o a pagar una multa, deberían acogerlo y alimentarlo a costa del erario público, ¡como a un héroe, una gloria nacional, un benefactor del pueblo!

Se oyen gritos de protesta entre el público, y se monta un guirigay de indignación. «Está exagerando», piensa Alicia. Esto se le va a volver en contra. No obstante, Sócrates no se rinde y asegura que no tiene miedo a morir, que prefiere perder la vida antes que desdecirse. Además, ¿la muerte es un mal o un bien? ¿Quién lo sabe?

Cada vez hay más bullicio; el ambiente es tenso. El filósofo, decidido, no hace nada por cautivar a sus oyentes. Llega entonces el momento de la votación.

Condenan a Sócrates a muerte. A Alicia se le humedecen los ojos y tiene el corazón en un puño. A sus lágrimas pronto se suman la ira y la indignación. «¿Es esta su justicia? ¿El mejor hombre del mundo, el más atento, el más respetuoso, condenado a muerte como el peor de los criminales?» Ya no es capaz de ver el hemiciclo ni a la muchedumbre. El Hada la envuelve en un abrazo, tratando de consolarla.

—¿Qué le va a ocurrir? ¿Crees que aún se puede salvar? —pregunta Alicia.

—No —responde el Hada—, va a morir. Voy a contarte el resto de su historia. Las cárceles de la antigua Atenas no son como las que conoces, sino que la huida es fácil. Los amigos de Sócrates intentan sacarlo para que se marche a otra ciudad, lejos, donde pueda seguir viviendo. Es algo factible, pero él se opone.

—¿Y eso por qué?

—Para cumplir la ley hasta las últimas consecuencias. Aunque la decisión sea injusta, es legal. Por virtud, Sócrates se niega a transgredir las leyes de su ciudad, que lo han educado y protegido. No teme la muerte, así que elige ser víctima de la injusticia antes que huir ilegalmente.

—Es de locos.

—Eso o todo un ejemplo, puede ser ambas cosas; estaría bien que reflexionaras sobre ello.

—¿Cómo se muere?

—También de forma ejemplar. Los condenados deben beber cicuta, un veneno que tarda varias horas en provocar la muerte. La sustancia primero paraliza las piernas y después el torso. Mientras tanto, Sócrates sigue hablando con sus discípulos, los consuela, les pide que no estén tristes y reflexiona con ellos hasta que...

El Hada no termina la frase, pues se produce una enorme avalancha de barro en la plaza que arrasa con aquello que encuentra a su paso: ella misma, los Ratoncitos, el Canguro y todo alrededor. Sin olvidar a Alicia, por supuesto, que se pregunta si no acabará ahogada al verse arrastrada por el aluvión. Se desmaya.

7

En la caverna de Platón

Al abrir los ojos de nuevo, Alicia saborea por primera vez la alegría de estar viva. ¡Ha pasado mucho miedo de morir! No recuerda nada más. Ah, sí…, el país de las ideas, los Ratoncitos, el Hada, el Canguro; poco a poco todo vuelve. También Sócrates, ese increíble viejo rebelde que tal susto le ha dado.

Aparentemente, Alicia está sola en la penumbra. Lleva los pantalones cubiertos de barro reseco, tiene el pelo sucio y revuelto y siente hambre y sed. Además, descubre que está atada: lleva amarres de cuero en los tobillos y cuerdas en las muñecas; está sujeta a una especie de silla de madera. No puede moverse, ni siquiera girar la cabeza; solo mirar al frente.

Está oscuro y no ve nada. El pánico se apodera de ella. ¿Dónde se encuentra? ¿Por qué está presa? Piensa en su madre, a quien querría pedir auxilio. Tiene ganas de llorar y salir corriendo. ¿Y los Ratoncitos?, le han prometido que la ayudarían, y el Hada ha jurado protegerla. Todos ellos se han comprometido a acompañarla, a guiarla por este país desconocido. De hecho, Canguro lo sabe todo sobre cualquier cosa. ¿Dónde se han ido? ¿Por qué la han abandonado? ¿Por qué no hay luz?

Al poco, Alicia se va acostumbrando a la penumbra y empieza a distinguir sombras en una pared al fondo: siluetas, objetos reflejados. Gradualmente, va viendo un poco mejor y oyendo con más claridad.

Entre las imágenes que desfilan ante sus ojos, empieza a reconocer a gente pasando, una cama, una mesa, un árbol. Los movimientos son algo bruscos y la luz es inestable, como en las películas antiguas en blanco y negro.

—Qué curioso —dice Alicia—, ¡es como estar en el cine!

—¿Cine?, ¿qué es eso? —pregunta alguien a su derecha.

—Sí, ¿qué es? No me suena de nada —añade otra persona a su izquierda.

—Y vosotros, ¿quiénes sois? —grita Alicia.

—¡Nosotros vivimos aquí! —dicen varias voces al unísono procedentes de distintas direcciones, retumbando en la pared del fondo.

«¡Increíble!», piensa Alicia, pues hay mucha gente. Tras el asombro inicial que le ha supuesto oír esas misteriosas voces, empieza a sentirse más calmada al ver que no está sola e intenta entender lo que sucede. Parece haber muchas personas; personas a las que oye, pero no ve. Y, al parecer, estas tampoco pueden verla a ella, pero sí oírla. Además, no saben qué es el cine...

—¿Vosotros también estáis atados? —grita Alicia.

—Obviamente, claro que sí. ¡Qué pregunta! —le contestan.

—¿Y por qué?

—¿Por qué? ¿A qué te refieres?

—¿Por qué estáis atados?

—¡Siempre lo hemos estado! ¿Cómo vamos a estar si no?

—¿Siempre? ¿Qué queréis decir? ¿Desde pequeños?

—Por supuesto, ¡hemos crecido aquí!

—¿Siempre conectados? Quiero decir... ¿atados en todo momento?

—Por supuesto, pero miramos hacia delante, así que lo vemos todo y comentamos lo que vemos.

—¿Y qué veis?

—¡Todo! La realidad, el mundo, todo lo que pasa.

—¿Os referís a las imágenes que tenéis delante?

—¿Imágenes? ¿De qué hablas?

61

Alicia se pregunta si esto es una pesadilla. ¿Quiénes son estas personas sentadas en una especie de cine que no saben que lo que están viendo es una película? Si llevan viviendo así desde pequeñas, deben de pensar que están viendo la realidad. No saben que la realidad está fuera.

—Vamos a mostrarles el mundo real —susurra al oído de Alicia una voz masculina—. Ven, voy a desatarte, y también al prisionero que está a tu lado; así podremos salir. Pero ten paciencia, pues tú... tú puedes andar, ¡pero a él le va a doler!

—¿Quién eres?

—Pronto lo sabrás. De momento, basta con que me llames Filósofo.

Alicia calla y obedece, pues no quiere echar a perder su oportunidad de huir. Lo que importa es salir de este agujero oscuro: ser libre, estar en el exterior. Lo demás, ya se verá.

Cuando el desconocido la desata, Alicia se frota las muñecas y los tobillos, se quita el polvo de los pantalones y se sacude el pelo. ¡Al menos ya puede estar de pie y moverse! Claro que una hamburguesa y un refresco tampoco estarían mal. Sin embargo, el preso que está a su lado no es capaz de levantarse solo. Así pues, el desconocido lo sujeta, obligándolo a poner un pie delante del otro.

—¿Adónde me lleváis? ¿Adónde nos dirigimos? —pregunta el prisionero.

—¡Afuera! —contesta el hombre—. Ánimo, apóyate en mi brazo, que la cuesta es empinada y tendrás que hacer un gran esfuerzo.

—¿Afuera? ¿Qué es afuera?

—¡El mundo verdadero, el mundo real!

—¿Qué dices? ¡Ya estamos en el mundo real!

—No, no precisamente. Ya verás... —insiste el Filósofo.

Alicia intenta comprender. Esto de que haya dos mundos es un poco turbio. Así pues, se deja llevar por la corriente; sea como sea, no tiene elección. Además, algo habrá para comer en el mundo real.

Sin embargo, todavía les queda un trecho por recorrer, un camino pedregoso bastante empinado. El prisionero tropieza y cae varias veces, así que Alicia lo ayuda lo mejor que puede y, mientras sube, mira hacia atrás de vez en cuando hasta que se da cuenta de dónde está. Es una caverna profunda y la salida está arriba del todo, por lo que desde el interior no se ve.

Al acercarse al exterior, queda deslumbrada por una luz insoportable, tan intensa que es. ¿Ha visto alguna vez algo así? Este mundo brilla tanto que no hay manera de mirarlo. Una vez, cuando era niña, tuvo una sensación parecida en una casa de vacaciones. Estaba en el sótano y no podía distinguir la playa que había justo al lado: hasta tal punto la cegaba el sol.

Sin embargo, lo peor está por llegar. Fuera, tiene que ponerse la mano sobre la frente a modo de visera y mirar al suelo. El prisionero ni siquiera se quita los dedos de encima de los ojos, que mantiene cerrados.

—Tardará mucho en acostumbrarse. Dejemos que se tome su tiempo. Tú puedes venir, pues no llevas tanto en la sombra como él —le confía a Alicia su misterioso liberador.

Tiene razón. Poco a poco, Alicia alcanza a distinguir lo que hay alrededor. Ve borroso y le duele al principio, pero cada vez menos. Al cabo de un rato, consigue abrir completamente los ojos y lo que ve es muy, pero que muy extraño.

Es como un cielo estrellado brillante lleno de formas muy variadas: círculos, cuadrados, rombos, rectángulos y mil figuras a las que Alicia no sabría ni cómo llamar, pues no se parecen a nada de lo que conocía hasta ahora.

—¿Qué son todas estas cosas? —pregunta.

—No son cosas. ¡Son ideas! —contesta el Filósofo.

—¿Ideas? Pero las ideas no se ven. Quiero decir: no se ven con los ojos, como vemos una cama, un caballo o una casa. Están dentro de la cabeza, no fuera.

—Eso es lo que cree todo el mundo, pero es una ilusión. Las ideas existen de verdad. Las tienes delante de ti, las estás contemplando.

«¿Qué me está contando? —piensa Alicia—. Este barbudo no sabe lo que dice. Si cree que voy a seguirlo en su delirio...»

—¿Y de dónde viene cada idea? —pregunta al darse cuenta de que quizá se equivoque pensando que la cuestión es sencilla.

—Vienen todas de aquí, del país de las ideas, donde viven.

—¿Y cómo han surgido?

—¡Siempre han estado aquí!

Alicia está desorientada. El agotamiento, el fango, el desmayo, el pánico en la oscuridad, la salida hacia la luz, este filósofo explicándole que las ideas son eternas y tienen su propio mundo..., son muchas cosas que asimilar en tan poco tiempo. Necesita un descanso para poner su cabeza en orden. Le gustaría echarse una siesta.

—Disculpa, ¿dónde podría encontrar una cama?

El Filósofo la mira con la misma expresión seria, pero Alicia percibe una leve sonrisa en sus labios.

—Creo que aún no te has dado cuenta de dónde estás. Aquí es imposible encontrar una cama. Solo existe *la* cama, la idea de cama, la forma que sirve de modelo a todas las camas. Pero no podrás tumbarte en ella para descansar porque no es una cama de madera, lana, paja o cualquier otro material. Es la idea de cama.

—¿Y qué idea es?

—Te lo repito, es la forma, el modelo o, si lo prefieres, la maqueta, lo que sirve de punto de partida para hacer todas las camas que dices que son reales.

Qué difícil seguir a este hombre.

—Explícate. ¿Las camas de madera o de hierro no son reales?

—Sí, pero de manera inferior, secundaria. Estas camas materiales son perecederas y distintas entre sí, más pequeñas o más grandes. Lo que no cambia es la idea de cama, la forma utilizada como modelo para hacer todas las camas, las que sean. Cualquier cama en la que dormimos no es más que un reflejo de esta realidad superior. Por eso, la idea de cama es más real que todas las camas que tú llamas «reales».

Alicia sigue sin entender esta explicación. Es desconcertante, como si el mundo estuviera patas arriba. Está agotada y quiere descansar, lo necesita.

—¿Seguro que no puedo tumbarme un rato en esta idea de cama y descansar un poco?

—Mira, ahí tienes la idea de cama. Inténtalo tú misma, ya verás...

La luz es tan intensa que Alicia no distingue la idea de cama entre todas las formas brillantes que tiene alrededor.

Hay ideas de todo. Ideas de elementos abstractos, como los números (el dos, el tres, el cuatro y así sucesivamente) o el cuadrado, el círculo, el triángulo y todas las figuras de la geometría. Ideas sobre cosas de uso diario: ropa, cuencos, mesas, sillas. Ideas de cualidades, defectos, sentimientos: ternura y rabia, respeto y desprecio, amor y odio. En lo más alto, como un sol iluminando el conjunto, las ideas de lo que se considera lo mejor: lo Bueno, lo Bello, lo Justo...

Alicia se siente muy mareada. Necesita una cama y por fin la encuentra, entre la mesa y la silla. Obviamente, no es una cama, sino *la* cama, la idea, la forma; no resulta fácil de explicar. «¿Cómo podría describirla?», se pregunta. Es un espacio plano, horizontal, seco, ni demasiado duro ni demasiado expuesto al frío o al calor, donde un ser humano puede tumbarse y dormir.

Alicia se empecina en intentar atrapar la idea de cama, pero esta se le escurre continuamente de las manos. Salta, trata de posarse con suavidad sobre el colchón, como hace en su habitación. Ella insiste, intenta apoyar encima la pierna, la rodilla, las nalgas para descansar un poco. El problema es que no se puede tumbar sobre una idea. Necesita una cama de verdad, no la idea de cama.

—Eh, Filósofo, ¡la idea de cama no es una cama!

—¡Te lo he dicho!

—Por favor, dime dónde hay una cama de verdad.

—¡Aquí!

—¿Cómo voy a encontrarla en este sitio?

—Te lo repito: la cama real es la idea de cama. Todas las demás son copias, reflejos que duran lo que duran, por lo que son menos reales y menos verdaderas, ¿cuántas veces hay que decirlo?

—Entonces, ¿la cama de verdad es la única en la que no me puedo tumbar? No soy filósofa como tú, pero, si te digo la verdad, prefiero una cama fea, cutre y destartalada en la que pueda dormir.

El hombre no dice nada; es evidente que la reacción de Alicia lo descoloca por un momento. Así, mientras piensa en cómo explicarse, se pasa los dedos por la barba rizada y se rasca la nariz. Luego, sonríe.

—¡Es totalmente comprensible! —exclama triunfante—. Todo el mundo quiere una cama donde descansar en lugar de una cama donde no pueda hacerlo. Sin embargo, te equivocas en un aspecto central: no es con los ojos como ves la idea de cama, sino con la mente. ¡Y la mente no se acuesta!

—Ay madre... —responde Alicia—. ¿Te importa repetirlo despacio?

—¿Qué haces con los ojos?

—Ver.

—¿Ver qué?

—¡Todo!

—No estoy seguro. Ves mucho, pero hay cosas que no puedes ver.

—¿Por ejemplo?

—¿Has visto a Dos?

—¿Te refieres al número dos?

—No, no a la cifra, sino a lo que representa, es decir, Dos.

—¿Qué diferencia hay?

—¡Una diferencia enorme! La cifra dos es un signo, una especie de imagen asociada a la idea. La idea es Dos, el número, y solo puedes pensar en ella, no verla, como sí puedes hacer con platos, zapatos o juguetes. Esta idea no está entre los objetos, no se encuentra en el mundo que puedes tocar, escuchar, saborear, oler o mirar. ¿Te has topado alguna vez con el número dos en alguna parte?

—¿Te refieres al número dos en persona, delante de mí, en carne y hueso, como un gato en mi jardín?

—Si quieres utilizar esos términos...

—¡No, por supuesto que no! Ya he visto a dos gatos e incluso...

Alicia rompe a llorar. Acaba de acordarse de los dos Ratoncitos, sus nuevos amigos. ¿Qué habrá sido de ellos? ¿Se los habrá llevado para siempre la avalancha de barro? ¿Y el Hada Objeción? Solloza pensando que pueden estar en peligro, heridos o muertos.

El Filósofo no entiende esta repentina reacción.

—Entonces, ¿qué pasó con esos dos gatos?

—Fue hace mucho tiempo —responde ella secándose los ojos, pues solo confía a medias en el hombre que acaba de conocer.

Se suena la nariz, respira hondo y retoma la conversación a pesar de su cansancio, porque busca una manera de salir de aquí y dormir de una vez. El barbudo es la única persona con la que puede hablar, así que no le queda más remedio.

—Disculpa, ya no me acuerdo de tu pregunta.

—Te preguntaba si alguna vez te habías encontrado el número dos.

—Ah, sí, y ya te he dicho que no. Sé contar, ¡pero la verdad es que nunca me lo he encontrado cara a cara en la vida real!

—Bueno, pues ahí lo tienes, puedes saludarlo.

Alicia se queda con los ojos como platos. Entre las formas que llenan el paisaje, distingue una que empieza a perfilarse y aumenta de tamaño al avanzar hacia ella. Vistas desde lejos, son como barras verticales de luz, pero, a medida que se acercan, da la impresión de que se vuelven más claras, primero una y luego la otra. No obstante, no se trata de un parpadeo ni de una intermitencia y el espacio entre una barra y la otra parece aproximarse, como si fuera más importante que estas.

Alicia nunca ha visto un espectáculo así en ningún lado. Esta cosa es increíble. Parece fija y animada a la vez, móvil e inmóvil, real e irreal, visible e invisible. Intenta disimular su fascinación.

—¿Así que eres Dos?

La cosa hace una ligera venia, como si dijera que sí.

—Entonces, ¿gracias a ti puedo contar hasta dos?

Da un saltito apenas perceptible que Alicia interpreta de inmediato como un «sí».

—¿Vives aquí?

Otro saltito, esta vez más claro.

—Pero, si vives aquí, ¿cómo es que estás dentro de mi cabeza al mismo tiempo?

Retrocede a toda velocidad para ocupar de nuevo su lugar en el Cielo de las Ideas.

—¿He dicho alguna burrada? ¿Lo he ofendido? —pregunta Alicia al filósofo barbudo.

—Al contrario, ¡has hecho una gran pregunta! Pero, como no ha podido contestar, ha regresado a su sitio.

—¿Quién me puede contestar? ¿Dónde están todas estas ideas?, ¿en mi cabeza o fuera?

—Están en este cielo, pero tú las percibes con la mente. Es volviendo tu mente hacia las ideas como puedes contemplar el Dos, la Cama, pero también la Verdad, el Bien, lo Bello, lo Justo.

—Si no fuera de esta manera, ¿no podría conocerlas?

—No, sin las ideas, no sabrías nada ni podrías saberlo.

—¿Y cómo se hace para contemplarlas? He acabado aquí por casualidad, ¿no? Si no hubieras venido a buscarme, si no me hubieras liberado y sacado con ese pobre prisionero, nunca me habría enterado de nada.

—Eres muy lista, Alicia, ¡muy espabilada! Intentaré contestar a tus preguntas, pero ten paciencia, estate atenta y respira, porque igual te llevas una sorpresa. Has entendido el problema: si son las ideas las que nos permiten saber, ¿cómo podemos saber algo antes de tenerlas en la cabeza?

—¡Exacto!

—Pues piénsalo. ¿No ves la solución?

—Pues..., si te digo la verdad, ¡me estás liando!

—He aquí la única respuesta coherente: cuando naciste, ¡ya tenías estas ideas en tu mente!

—¿Cómo es eso?

—Antes de que nacieras, tu mente las contemplaba, pero esa visión original se ha borrado, se ha difuminado. Tienes la sensación de que vas aprendiendo, descubriendo cosas, adquiriendo nuevos conocimientos e ideas, pero, en gran medida, no pasa de una ilusión. Lo esencial ya lo sabes.

—¡Cuesta de creer!

—Al contrario, es muy lógico. No aprendes, solo recuerdas. A medida que reflexionas, redescubres la pureza de las ideas que ya has contemplado antes.

—¿Y qué hay que hacer para encontrar las ideas?, ¿cuál es la vía?

—Se llama «filosofía». Para seguir este camino, debemos ignorar nuestras sensaciones, todas esas imágenes cambiantes que nuestro cuerpo nos hace creer que son realidades estables, pues esta ilusión nos confunde y nos desvía de la verdad. Solo existe una salida: orientar nuestra mente hacia la búsqueda de las ideas, hacer que avance hacia el mundo inmutable de las verdades. No solo para obtener conocimiento, sino para guiar nuestra existencia.

—Entonces, ¿las ideas nos ayudan a vivir?

—¡Así es! Nos hacen saber lo que es bueno, justo, verdadero... Nos salvan de la ignorancia y, por tanto, de la crueldad, la maldad, la desgracia, la injusticia...

—¿Por qué tendría la ignorancia que hacernos infelices y malas personas?

—Una mala persona es aquella que elige un bien equivocado, como te dijo mi maestro Sócrates; una persona que sabe que el verdadero bien está ligado al orden del mundo, que el bien ilumina el Cielo de las Ideas, como el sol ilumina el cielo que vemos desde la Tierra. Sócrates defiende que «nadie es voluntariamente malo».

Alicia no puede quitarse de la cabeza esta última afirmación. Se ha preguntado a sí misma en muchas ocasiones por qué los seres humanos son tan crueles, por qué el mundo, tan bello, a veces se transforma en un infierno por una incomprensible maldad.

—¿Qué intenta decir Sócrates?, ¿que nadie es malo a propósito?

—Queremos algo que consideramos que es un bien. Alguien que roba o mata sabe perfectamente que todos los demás piensan que eso está mal, pero se dice que está bien porque le proporciona un beneficio. Así pues, esa persona quiere un bien, pero se equivoca de bien. Si reflexionara sobre ello, comprendería su error y cambiaría su comportamiento.

—¿Las ideas tienen ese poder?

—¡Por supuesto que sí! Nuestro comportamiento depende directamente de ellas. Lo importante no es vivir, sino vivir bien, como es debido, como un ser humano. Esto solo se puede descubrir a través de las ideas, y eso es lo que aprendí de Sócrates.

»Al seguir reflexionando sobre lo que me había mostrado, me di cuenta de que era imposible que los filósofos se quedaran contemplando las ideas. Una vez fuera de la caverna, deben volver para transformar la ciudad y organizarla inspirándose en ellas. En esta ciudad justa, mi maestro Sócrates ya no puede ser condenado a muerte.

Alicia ha olvidado lo cansada que está. Le interesa tanto lo que está escuchando y lo que empieza a descubrir que quiere saber más. Sócrates es un genio, no cabe duda. Y él, el barbudo, también parece muy inteligente, pero ¿cómo se llama?

—Eh... Disculpa, ni siquiera sé cómo te llamas.

—Me llamo Platón. Mi verdadero nombre es Aristocles, pero todo el mundo me conoce por mi apodo, Platón, que quiere decir «ancho».

No hay más que verlo para que Alicia entienda el porqué de su apodo: parece un auténtico luchador, ¡con una constitución impresionante!

—¿Haces deporte?

—No conozco esa palabra.

—Quiero decir, ¿haces ejercicio, gimnasia, compites?

—Gané unas medallas en lucha libre en los Juegos Olímpicos.

Alicia está impresionada. Se imaginaba a los filósofos como campeones de las ideas, pero no como atletas. Este Platón es una caja de sorpresas.

—Me gustaría preguntarte si...

No le da tiempo a acabar la frase. De repente, se ve interrumpida por gritos, alaridos y risas que perturban la calma del Cielo de las Ideas.

—¡Quiero encontrarla! ¡Prometí que la ayudaría! ¡No puedo abandonarla!

Alicia reconoce esa voz chillona. ¡Sí, es el Ratoncito Cuerdo! ¡Qué alegría! «No ha desaparecido, viene a rescatarme», se dice.

Pronto, aparece también el Ratoncito Loco, así como el Hada Objeción.

Alicia les salta al cuello preguntando:

—Pero ¿qué os ha pasado?

—¡Es una larga historia! —responden a la vez.

—¿Quieres la ficha de Platón? —susurra Canguro.

8

Alicia aprende a viajar bien

—¡De verdad que llegué a pensar que os había perdido! ¿Qué ha ocurrido? Una avalancha os arrastró hacia no sé dónde.

—No te preocupes, Alicia, son cosas que pasan —dice el Ratoncito Cuerdo.

—Sí, sí, todo el rato, sí, sí, país putrefacto —canta el Ratoncito Loco.

—Son avalanchas de ideas —explica el Hada Objeción—. Cuando aparecen algunas nuevas o cuando vuelven las viejas, estos torrentes arrasan con todo lo que se encuentran a su paso. Al compartir mucha gente las mismas ideas a la vez, se generan turbulencias, presiones y depresiones, como en el clima. Fue lo que sucedió la otra tarde justo cuando íbamos a darte la bienvenida, aunque el Ratoncito Cuerdo tiene razón: no suele ser peligroso.

—¿Qué debo hacer si pasa otra vez lo mismo? —pregunta Alicia inquieta.

—¡Relájate! Aquí no hay peligro. Estamos en la parte más tranquila del país.

—Espero que no haya otra avalancha...

—Eso nunca se sabe —dice el Hada Objeción—. El país de las ideas está lleno de sorpresas. Hay tormentas, tempestades, periodos de sequía y choques entre corrientes opuestas. ¡Es un no parar!

Alicia está feliz de haber vuelto con sus amigos y no se

arredra ante las aventuras que tiene por delante: lo inesperado le gusta. Claro que una siesta no le vendría nada mal.

—¡Difícil! ¡Difícil! —grita el Ratoncito Loco—. Aquí, ya lo sabes, ¡no hay cama ni colchón, pero yo tengo una solución!

—Dímelo rápido, estoy que me caigo.

—¡Piensa en la idea de dormir!

—¡Una idea no da sueño!

—En este país, pensar en dormir y dormir es casi lo mismo. La idea de bienestar te hace disfrutar, la idea de siesta te renueva... ¡como para irte de fiesta!, la idea de felicidad feliz te hará. Aquí, sí, sí, sí... —dice el Loco.

—¿Y la idea de agua mojándome? ¿Me valdrá la idea de ducha como si me diese una?

—Pruébalo a ver...

Alicia piensa en su ducha. Se imagina entrando en ella y abriendo el grifo, y empieza a notar agua tibia cayendo por su coronilla y recorriéndole el pelo y la espalda. ¡Qué relax! Sentir las gotas sobre la cara nunca había sido tan placentero.

¿Qué sucede? En un abrir y cerrar de ojos, tiene la ropa empapada.

—¡No se te ocurrió la idea de quitarte la ropa antes de pensar en la ducha! Vaya despiste... —dice el Ratoncito Cuerdo—. Verás, aquí, cuando tienes la idea de algo, tienes ese algo. Si piensas en agua, esta fluye de verdad.

Entonces, Alicia piensa en desnudarse, en enjabonarse y en ponerse el albornoz y el camisón. Piensa en su cama mullida, con sus sábanas blancas, el edredón malva y la suave almohada. Piensa en dormir; de hecho, ya está soñando.

Entretanto, los Ratoncitos bailan mientras el Hada los mira fijamente taconeando y Canguro canturrea a la par que ordena sus fichas.

¿En el sueño de Alicia o en la realidad? Es difícil saberlo, sobre todo para ella, que está durmiendo a pierna suelta.

Al despertar, se encuentra sola en medio de un bosque, con ropa limpia y su móvil a los pies. Al encenderlo, ve una nueva aplicación y la abre. Entonces, aparece en pantalla un mensaje de los Ratoncitos:

Querida Alicia, hemos tenido que ausentarnos, pero te hemos conectado a la red del país de las ideas. Ya no volverás a quedarte sin ayuda ni información. Encontrarás las explicaciones que necesites tocando los iconos (definiciones, autores, citas, teorías, ubicación, vocabulario, etc.). Para hablar con nosotros o pedirnos que acudamos, solo tienes que tocar el icono «Urgencia» y enseguida estaremos contigo.

Todo va mejor ahora que ha dormido, pues se siente descansada, y tranquila por haber recuperado su teléfono, así puede orientarse en este lugar tan extraño hasta que se reencuentre con sus nuevos amigos.

¿Quién es, pues, ese hombre barbudo llamado Platón? Alicia abre la aplicación, toca «Autor» e introduce su nombre. Acto seguido, aparece su ficha:

Nacido en 427 o 428 antes de nuestra era en el seno de una importante familia ateniense, recibió la mejor educación literaria, poética, matemática y deportiva de su época.

Destacó en la práctica de la lucha y ganó varios premios.

A los veinte años, conocer a Sócrates cambió el rumbo de su vida. Pasó varios años con el filósofo, cuyas palabras lo iluminaron y lo convencieron de que dedicara su vida a buscar las ideas verdaderas.

Para Platón, la condena a muerte de Sócrates en el año 399 antes de nuestra era fue la peor injusticia posible: el hombre más recto condenado a causa de rumores sin fundamento.

Después de la muerte de Sócrates, Platón abandonó Atenas para emprender un viaje, el cual duró doce años y lo llevó a Egipto, al sur de Italia y a Sicilia, con Dionisio, el gobernante de Siracusa, donde vivía su cuñado Dion, interesado en la filosofía. Gracias a su protección, Platón esperaba establecer un nuevo sistema político basado en los valores del orden y la justicia, pero no lo consiguió.

A través de los diálogos que escribió, que parecían auténticas obras de teatro, Platón empezó por dar a conocer las enseñanzas de su maestro Sócrates, que no dejó nada escrito. Lo representaba en sus discusiones con numerosos personajes, a los que Sócrates hacía conscientes de su ignorancia sobre temas de los que se creían buenos conocedores.

De vuelta a Atenas, en el año 387 antes de nuestra era, Platón fundó su escuela, la Academia. Fue entonces cuando escribió sus principales obras, entre ellas *El Banquete*, *Fedro* y *La República*, en las que expuso su filosofía. Sócrates, siempre presente en estos diálogos, se convirtió en un personaje que desarrollaba las ideas de Platón.

En 361, emprendió un último viaje a Siracusa, esperando establecer allí el sistema político ideal que había concebido, pero ese intento supuso un fracaso rotundo.

Así pues, regresó a Atenas, donde murió a los ochenta años, después de haber escrito *Las Leyes*, su último diálogo.

«Es mejor cuando puedo hablar con el Hada —piensa Alicia—. ¡Con estas explicaciones en el móvil me aburro! Además, no entiendo de qué me sirve ese tal Platón. Lo que me interesa es nuestro planeta y las catástrofes que nos esperan, no las teorías de los griegos, ya pasadas de moda.» Así pues, toca la pantalla y aparece el Hada.

—Gracias por la aplicación —dice Alicia—, ¡pero prefiero oírte a ti! Necesito que me ayudes a aclararme. He conocido a Sócrates y a Platón, los cuales me han hecho reflexionar, dudar, pero me da que no me han servido de mucho.

—Ahí te equivocas. Pueden serte muy útiles para lo que buscas: entender qué ideas nos han traído a esta situación en que estamos y así evitar seguir por un camino que ya vemos adónde lleva. O para encontrar otras formas de juzgar nuestra situación y disponer de más recursos para pensar sobre lo que está ocurriendo actualmente. O para identificar en esos viejos pensamientos qué elementos podrían ayudarnos en el futuro.

—¿Estás segura?

—¡Por supuesto! Pero no tienes que fiarte de mí, sino juzgar por ti misma y tratar de entender con sinceridad. De todos modos, estoy dispuesta a ayudarte, y no creo que te arrepientas.

—¡Muy bien, vamos a intentarlo! Por ejemplo, Sócrates, a quien conocí contigo, ¿en qué me puede ser útil? ¿Cómo van a ayudarme hoy las ideas que él tiene sobre el Bien y lo Justo en la lucha contra el calentamiento global?

—Es tan obvio que ni siquiera me pareció necesario aclararlo. Cuando dices que debemos cambiar nuestro comportamiento, reducir nuestra huella de carbono y abandonar viejos hábitos, ¿crees que es la mejor solución?

—¡Por supuesto!

—¿También crees que es la forma más justa de hacerlo?

—Sí, claro.

—¿Y estás convencida de que las personas que viajan a menudo en avión, comen fruta que procede de otros continentes o dejan lámparas encendidas toda la noche se equivocan y hacen cosas malas, a pesar de que ganen dinero y ocupen cargos importantes? Aunque hoy en día las personas que respetan la naturaleza y procuran consumir menos sean las que salen perdiendo, ¿crees que moralmente ganan?

—¡Desde luego!

—Ahí lo tienes. Compruébalo por ti misma: ¡lo que dice Sócrates debería ayudarte!

Alicia permanece un momento en silencio, con la mirada fija en la punta de los zapatos, señal de que está muy concentrada. Se pregunta quién es el Hada, ¿qué espera?, ¿qué planes tiene para ella?, ¿por qué la lleva por el país de las ideas con tanto cuidado y atención?, ¿qué tendrá en mente?

—Oye —exclama el Hada—, te olvidas de que yo también puedo leerte la mente.

—Os voy a decir una cosa: esta costumbre que tenéis es muy desagradable. ¿No hay forma de desconectar esta función?

—No, de ninguna manera. Aquí, las cabezas son transparentes. Sabemos lo que piensa todo el mundo todo el tiempo.

—¡Es terrible!

—Quizá no tanto. Este sistema elimina las mentiras, la hipocresía y el secretismo de todo tipo. Entonces, te preguntas qué tengo pensado para ti.

—Exacto. No me queda claro.

—¡Aclarémoslo pues! ¿Crees que tengo un objetivo concreto?

—La verdad es que sí.

—Tienes razón, pero es muy diferente de lo que imaginas. ¿Crees que trato de convencerte, de lograr que estés de acuerdo con unas ideas, y no con otras?

—Seguro.

—Para nada. Quiero que encuentres las que te convienen y sigas tu propio camino. No pretendo imponerte nada. Mi propósito es mostrarte los principales recorridos de las ideas, su diversidad, sus opuestos, incluso sus contradicciones, eso es todo. Eres tú quien elige hacia dónde dirigirte.

Alicia se examinó los zapatos de nuevo, medio avergonzada, medio disgustada, y volvió a la carga:

—Aun así, me pregunto por qué tengo que visitar este país contigo para dirigir mi propia vida. Debería poder hacerlo sola, elegir lo que pienso sin ti, sin estos viajes, ¡sin todas estas preguntas!

—Es una opción, pero subestimas el poder de las ilusiones, la fuerza de las convicciones, todo lo que nos da la impresión de que estamos en posesión de la verdad, cuando en realidad son solo apariencias, espejismos, creencias falsas. Lo que te ofrezco no es un conocimiento predefinido o un inventario de ideas; más bien, es una visión general de las ideas posibles, de los campos opuestos y de las trampas que hay que evitar. Básicamente, es esto lo que te resultará útil para tus viajes, sean cuales sean. Y, cuando digo «útil», créeme, quiero decir «indispensable».

—¿Pero por qué entonces?

—Porque la vida depende de las ideas que tenemos, ¡sin más! En el país de las ideas, no estás en otro lugar, en otro mundo, un universo aparte. Estás donde todo se decide. Todo depende de las ideas. No son solo tu actitud y tu carácter lo que está en juego, sino que la existencia misma —la tuya, la de los demás humanos, la de otros seres, la del planeta— depende de las ideas. Seguro que esto ya te interesa más.

—Me cuesta creerlo. El CO_2 no es una idea; los gases de efecto invernadero, el plástico en los océanos y el calentamiento global son hechos. Hay que combatirlos como tal, no con ideas.

—¡Tienes suerte de que sea un hada paciente! Comprendo que te cueste tomarte en serio todo lo que digo; en realidad, tienes razón: los hechos concretos solo pueden cambiarse con acciones concretas. Una idea no basta para cambiar la realidad. Si solo con pensar en algo eso se hiciera realidad, sería magia, no filosofía.

—¿Te das cuenta? ¡Las ideas no son tan importantes!

—Te equivocas, querida, porque las acciones dependen de las ideas; es decir, se actúa según lo que se piensa. La industria, el consumismo y la explotación de los combustibles fósiles existen gracias a ciertas ideas sobre la naturaleza, la humanidad y la felicidad. Esas ideas por sí solas no habrían bastado, pero abrieron las puertas a las acciones que acabaron provocando la situación contra la que luchas y las fomentaron. ¡Y lo que necesitas para combatirlas son otras ideas!

Alicia permanece en silencio. Su larga melena rubia le oculta el rostro, lo que le viene de perlas porque no quiere que Objeción note su asombro. Acaba de comprenderlo, ahora sí, pero sigue sorprendida y aún no sabe lo que le espera.

❦ *Diario de Alicia* ❧

Descubrir este país me está dejando la cabeza hecha un lío. Desde que oí hablar a Sócrates, me he dado cuenta de que aquello de que yo estaba convencida no puedo darlo por sentado, sino que he de cuestionármelo. Es una sensación rara, como si hubiera salido de mí misma y estuviese viéndome desde fuera. Antes, todo parecía sencillo y claro: sabía lo que me gustaba y lo que no, lo que me daba miedo y lo que no.

Espero que mamá esté al tanto, porque no quiero que se preocupe. El Hada prometió enviarle mensajes y confío en ella, pues, aunque parece una tía dura, es todo fachada.

¿Y si nuestras ideas también son una fachada? Las ideas no son lo que parecen. Me da la impresión de que están llenas de sorpresas que perturban, hacen reír o sorprenden. Veamos cómo sigue todo esto.

9

La lección de Aristóteles

¿Cuántas personas hay en la sala? Es difícil de saber, aunque, según los cálculos de Alicia, unas cien; tal vez menos. Todos son hombres, en su gran mayoría jóvenes, y van vestidos con togas. Sentados en semicírculo, escuchan atentamente al maestro. Algunos toman notas, otros no.

Alicia y Canguro se encuentran al fondo de la sala, cerca de la entrada, medio escondidos. A Alicia le impresionan la atención y la gravedad del rostro de los presentes. Lo que quiera que esté pasando parece muy importante.

—¿En la Grecia antigua ya había universidades? —pregunta Alicia en voz baja.

—Sí —le susurra Canguro—. Platón fue el primero en crear su escuela, a la que llamó Academia. Es precisamente en memoria de esta por lo que tantas instituciones educativas se llaman «academias». No era una universidad como las de hoy: los estudiantes vivían allí y cumplían una normativa interna muy estricta. Aun después de la muerte de Platón, esta institución siguió funcionando durante siglos.

—¿Siglos?

—Sí, Alicia, ¡siglos! Platón murió en el 347 antes de nuestra era y su escuela continuó en marcha casi cuatro siglos más, en los primeros años del Imperio romano. Tras un cierre temporal, reabrió a principios de la Edad Media. La Academia de Platón estuvo transmitiendo sus ideas y su filosofía durante casi mil años.

—¡Impresionante!

—¿Y sabes dónde estamos ahora? —continúa Zingular a media voz.

—No, el Hada me ha traído aquí sin más. Solo me ha dicho que ibas a venir tú a explicármelo.

—Estamos en el Liceo.

—¿Como en el que estoy terminando mis estudios?

—No exactamente, aunque llevan el mismo nombre. Fue una escuela que abrió uno de los antiguos alumnos de Platón, Aristóteles, y es el motivo de que los centros de educación secundaria de algunos países se llamen así. Aristóteles quería fundar su propia escuela porque discrepaba de Platón.

—¿En qué?

—En cuanto a las ideas, por supuesto. ¿Te acuerdas de que, para Platón, las ideas existen en sí mismas, con independencia de nosotros? Él considera que se hallan en un mundo aparte, eterno e inmóvil. Para contemplarlas, y por tanto para conocer la verdad, hace falta apartarnos de la realidad que tenemos ante nuestros ojos y dirigir nuestra inteligencia hacia ellas. ¿Te acuerdas?

—¡Perfectamente! Sigo dándole vueltas porque me parece muy extraño aunque también apasionante.

—Pues bien, Aristóteles no era del mismo parecer que su maestro, Platón. Él defendía que las ideas no existen en un mundo aparte, sino que se encuentran en la Tierra, en aquello que observamos, en la materia de la que están hechas las cosas, en cómo se organizan tanto los cuerpos vivos como nuestra inteligencia, en la manera como construimos las frases que decimos o las sociedades en las que vivimos. Podemos extraer ideas del mundo si lo observamos metódicamente.

—¡Chis! ¡Va a empezar la clase!

Alicia se ajusta unos pequeños auriculares con interpretación simultánea para seguir lo que dice Aristóteles. Está hablando de la amistad y enseguida subraya que es lo más necesario para la existencia. «Sin amigos, nadie querría vivir.»

«¡Vaya frase! Esa es una idea que realmente me gusta», piensa Alicia acordándose de sus amistades, pues sin ellas su vida no sería la misma.

Escucha mientras Aristóteles continúa su conferencia: barba blanca, cabeza calva, voz firme. Este explica que la amistad consiste en desear el bien a aquellos con quienes tenemos ese vínculo y alegrarnos de las cosas buenas que les suceden. Añade que esperamos que nuestros amigos sean buenos con nosotros. Por eso, no podemos ser amigos de un objeto. Cuando una prenda de vestir nos gusta, no le deseamos el bien, ni esperamos que nos desee el bien.

«¡Cuánta verdad! Y, sin embargo, nada de esto se me había ocurrido antes», piensa Alicia. Sigue atentamente la clase, que se va volviendo más difícil a medida que avanza. Aristóteles intenta discernir qué hace que una amistad sea más o menos intensa, más o menos duradera. Entre todas ellas, ¿cómo distinguimos la más fuerte? ¿Existirá alguna forma de garantizar que no nos enfadaremos, que seremos siempre amigos?

Todo el mundo contiene la respiración. El maestro considera primero las amistades basadas en un interés común, aquellas que tenemos con compañeros de trabajo o con quienes compartimos la misma actividad o negocio; esto es, aquellas que nos unen por alguna forma de asociación. Explica que estas no son las más duraderas porque, si la situación cambia, si los negocios van mal, si deja de haber intereses en común, los lazos se vuelven más frágiles.

Luego, analiza otro tipo de amistad, la que nace de los placeres compartidos. Esta se da con personas con preferencias similares, aquellas que se dedican a las mismas actividades que nosotros, de las que nos hacemos amigos por los gustos que tenemos en común. También en estos casos basta que los gustos cambien o que el placer disminuya para que el vínculo se vuelva más frágil o incluso desaparezca.

¿Qué es, entonces, lo que hace que una amistad sea sincera, intensa y duradera? Esto es lo que intenta definir Aristóteles y, por eso, ha empezado por descartar aquellas más superficiales. Alicia está fascinada. Se sujeta los auriculares con los dedos para oír con claridad, pues no quiere perderse ni una pizca de esta interpretación de la noción de amistad.

Aristóteles retoma la idea de que en la verdadera amistad se desea el bien, al margen de cualquier interés o placer. Esto presupone que cada parte conoce a la otra y confía en ella. Esta amistad no surge de la noche a la mañana, aunque, una vez establecida, se mantiene firme porque no depende de situaciones externas. Se basa en lo que cada uno es y en lo que tiene de bueno. Cuando dos personas son amigas, lo que una busca en la otra no es un interés común ni el placer que le proporciona, ¡sino la persona misma!

—¡Es increíble! —susurra Alicia a Canguro.

—Estos análisis se encuentran en el libro VIII de la *Ética a Nicómaco* de Aristóteles.

—Vale, vale, después lo busco. No te molestes por la ficha.

Alicia está contrariada, pues comparte su entusiasmo y el pesado responde con una referencia. ¿Es que este animal no entiende ni papa?

Él aparta la mirada, visiblemente ofendido. Tiene los ojos casi cerrados y las orejas gachas, un signo de que los canguros están enfadados aunque no lo digan. «No sé los demás canguros —piensa Alicia—, no sé lo suficiente sobre ellos para estar segura, pero es obvio que este no está contento. ¿Tan desagradable he sido?» Tose inquieta y decide tenderle la mano.

—Es bonito lo que ha dicho sobre la amistad —murmura Alicia—. Me gustaría que fuéramos amigos así tú y yo.

Zingular levanta una oreja y empieza a abrir los ojos de nuevo. «Buena señal», piensa Alicia.

—Amigos así, ¿cómo? —susurra el animal con emoción.

—Amigos... de verdad —aclara Alicia.

—¿Para ser mejores? —pregunta Zingular con la voz llorosa (Alicia ha oído hablar de lágrimas de cocodrilo, pero las de canguro son toda una novedad).

—¡Por supuesto! —contesta Alicia pasándole el brazo por el cuello.

Al instante, siente dos enormes patas cálidas sobre los hombros y un beso en la mejilla.

—¿Sabes?, mis fichas son para ayudarte —puntualiza Canguro—, ¡no para fastidiarte! Solo quiero que conozcas mejor el país de las ideas. Y, en la historia de este lugar, ¡Aristóteles es todo un personaje!

—Entonces, explícamelo, ¡no me digas páginas!

Alicia no sabe muy bien cómo es la sonrisa de un canguro, pero cree que debe de ser algo parecido a lo que está viendo.

—Vamos a salir de esta aula si quieres charlar tranquilamente. Podemos sentarnos bajo el árbol de aquella plaza.

Una vez acomodados, Canguro permanece inmóvil, agacha la cabeza y se concentra. Alguien que no haya visto nunca a un canguro bibliotecario sentado a los pies de una higuera intentando explicar la importancia de Aristóteles a una joven que no sabe casi nada de filosofía no puede imaginarse su expresión seria y el esfuerzo que le supone esto. Se rasca un momento la barbilla con las patas delanteras, su manera de poner orden en sus pensamientos, y por fin vuelve a hablar.

—Aristóteles inventa las ciencias naturales. Y eso no es todo lo que hace, como has corroborado tú misma al oírlo hablar sobre la amistad, pero empezar por este punto te permite comprender enseguida lo que lo hace distinto de otros filósofos. Es él, que piensa en muchos temas diferentes y quiere saber todo lo posible, quien inventa las ciencias naturales, el estudio de las plantas, los organismos vivos y los animales.

»Dedica todo su tiempo a ello, observando meticulosamente. Los pescadores le llevan peces desconocidos o extraños en sus redes para que estudie su anatomía. Le interesan los órganos de las especies animales, su forma de desplazarse, digerir y reproducirse. Intenta clasificar sus diferencias y comprender la lógica de su organización interna y sus comportamientos.

Alicia está pensativa. Menos mal que conoce por fin a alguien en este país de las ideas que se interesa por los animales, las plantas y la Tierra.

—Este Aristóteles parece más un científico que un filósofo —observa.

—Tienes razón —contesta Zingular—. Pero recuerda lo que te explicó el Hada Objeción justo antes de que te encontraras con Sócrates: en su época, la gente no distinguía entre ciencia y sabiduría; de hecho, utilizaban la misma palabra griega para referirse a ambas cosas. Lo que entendían por conocimiento englobaba elementos científicos y de transformación moral. Aprender algo verdadero es...

—Lo que me llama la atención —interrumpe Alicia— es que se dedica a conocer nuestro entorno, las especies vivas con las que compartimos la Tierra.

—Ya veo que eso te interesa más que el Cielo de las Ideas de Platón. En realidad, lo más importante no es que Platón se interese por las ideas eternas y Aristóteles por el tubo digestivo de los peces. No te apresures a pensar que uno es un teórico puro, centrado en abstracciones, y otro, alguien que observa la realidad de cerca. Lo esencial es la forma tan distinta en que conciben las ideas: no ven de la misma manera ni cómo se forman ni el papel que desempeñan. Eso es lo que te quiero mostrar, porque es lo que nos ayuda a comprender por qué no se trata de que Platón y Aristóteles sean dos pensadores opuestos, sino de que entre ellos hay una tensión permanente, siempre presente, entre modos de ver las ideas.

—¡Esto me parece bastante lioso, Canguro!

—No es para tanto, Alicia, ¡hazme caso! Voy a empezar por una imagen.

Ambos son transportados a otro lugar por una ventolera. Cuando la niebla que los rodea se disipa, Alicia descubre una gran pared pintada en un salón que le resulta familiar. La decoración monumental, el estilo del fresco..., lo ha visto antes en alguna parte.

—¿Conoces *La Escuela de Atenas*?

—¿Es lo que estamos viendo?

—Sí, aquí estamos, en el Vaticano, ante esta obra realizada hacia 1510. Rafael representa en ella toda la filosofía antigua y reúne en un solo fresco a más de veinte pensadores que vivieron en épocas distintas: Sócrates, al que ya has conocido, Diógenes, al que pronto conocerás, y muchos otros. En el centro de la pintura, están Platón, a quien vemos ahí, vestido de rojo, con un largo cabello blanco, y Aristóteles, a su lado, más joven, barbudo, vestido de azul. Fíjate en los mamotretos que llevan en la mano.

—¿Qué pasa con ellos?

—Si te fijas, hay un detalle que lo dice todo. El brazo de Platón está en vertical, señalando el cielo con un dedo. Aristóteles, en cambio, aparece con el brazo horizontal y la mano paralela al suelo.

—¿Y qué?

—¡Dame un momento, Alicia, por favor! Esta diferencia de gesto y actitud simboliza la manera de ver las ideas que tiene cada uno. Para Platón, como ya te habrás dado cuenta, las ideas están fuera del mundo y son la realidad primaria. Existen desde siempre en sí mismas y son los modelos que dan forma a las cosas que erróneamente llamamos «reales». Para Platón, lo real son solo las ideas, por eso considera que convertirse en filósofo implica apartar la mirada de este mundo de apariencias, de cosas que siempre están cambiando, de ilusiones, y dirigirla hacia las ideas, hacia lo eterno y lo inmutable. Esto es lo que significa el dedo levantado.

—¿Y la mano de Aristóteles?

—Indica, al contrario, que las ideas se encuentran en la Tierra, y no en el cielo. No están en otro mundo, no habitan en un lugar extraterrestre. Más bien, están imbricadas con las cosas, los cuerpos, la materia. Son formas inseparables de la materia real, siempre están encarnadas.

»Una de las fórmulas esenciales de Aristóteles es que no hay forma sin materia, ni materia sin forma. Esto quiere decir que las ideas que tenemos en la mente pueden dar forma a las cosas (tengo en mi cabeza la idea de un gato y con ella doy forma a la plastilina, la madera o la arcilla para moldear o esculpir la figura de un gato); pero también existe el proceso inverso: examinar atentamente las cosas y los seres que encontramos permite transformar nuestras ideas.

—Si lo he entendido bien, amigo Canguro, para Aristóteles las ideas se construyen.

—¡Has dado en el clavo! Esa es la diferencia entre Platón, que fue su maestro, y Aristóteles, que enfiló un camino distinto. Para Platón, las ideas existen en sí mismas, así que su método es sacarnos de este mundo de ilusiones y que volvamos nuestra mente hacia las ideas (acuérdate de la caverna). Aristóteles rechaza tal cosa, porque no cree que las ideas existan sin nosotros. Para él, tenemos suficientes herramientas en la cabeza: la memoria, para recordar; la lógica, para comparar y deducir, y el lenguaje, para formular nuestros pensamientos y expresarlos. Utilizándolas, podemos examinar nuestras ideas y ponerlas en orden. Así, eliminaremos algunas y reforzaremos otras, incluso podemos inventarlas.

—Buena explicación, pero ¿de qué sirve todo esto? ¡Es muy abstracto!

—Sé paciente, Alicia. Al contrario de lo que piensas, ¡las repercusiones que tiene esta oposición entre ambos son colosales!

—Vamos, Canguro gurú, vamos, gurú... —canta divertida Alicia sonriendo mientras el bueno de Zingular, impertérrito, continúa esforzándose por aclarar el tema.

—¿Crees que es importante saber lo que es justo y lo que es injusto?

—Qué pregunta, ¡por supuesto! —exclama Alicia.

—Veamos, entonces. Si piensas como Platón, buscas la idea de justicia en el Cielo de las Ideas. Esta idea, única y eterna, debe ponerse en práctica en la sociedad, en los tribunales, en el comportamiento de cada uno de nosotros. No obstante, si piensas como Aristóteles, comparas varias formas de justicia entre ellas. Por ejemplo, si se les da una tarta para merendar a todos los niños, excepto a algunos, aquellos que no la reciben dirán, con razón, que no es justo, pues no se los trata como a los demás, cuando debería ser así. El principio es «Un niño, una tarta». Esto se llama «justicia conmutativa»: todos reciben el mismo trato.

»Ahora, imagínate que tenemos en cuenta otro principio a la hora de repartir las tartas. Los niños que reciben una son los que han estudiado u ordenado su habitación. Los que lo han hecho pensarán que es justo que les den una tarta y que es injusto que se la den a los que no han hecho lo que se les pidió. Esta vez, lo que no es justo es tratar a todos los niños de la misma manera. Así, pasamos a utilizar la regla del mérito, basada en recompensas y castigos en función del merecimiento de las cosas. Esto se llama "justicia distributiva": a cada uno se lo trata según se comporta.

—¿Esto significa que la justicia puede cambiar?

—Más bien, significa que no existe una idea fija y eterna de justicia; lo que hay son definiciones que varían según la situación y la realidad que se tenga en cuenta. Eso es lo más interesante de la enseñanza de Aristóteles: se preocupa por lo concreto de cada caso y por la variedad de circunstancias que pueden darse. Tú misma lo has comprobado al oír su lección sobre la amistad. Él no parte de una idea única ni llega a una definición absoluta válida para cualquier caso. Más bien, se esfuerza por distinguir entre las formas que hay de amistad, clasificarlas y averiguar qué tienen en común. Intenta identificar la amistad más sólida, la más duradera, sin descartar otras formas de amistad no tan fuertes.

—¿Y hace lo mismo con cada cosa?

—Sí, lo hace con todo lo que puede examinar y conocer, con todas las cuestiones que se plantean. Aristóteles comienza por hacer un inventario de las realidades, comparándolas entre ellas. Así procede con los regímenes políticos: no decide cuál sería ideal ni describe la ciudad perfecta, como Platón, sino que examina las formas de gobierno de distintos países. En uno, un hombre tiene el poder absoluto, gobierna de forma autoritaria, sin tener que rendir cuentas a nadie, y este régimen se denomina «tiranía» o «dictadura». En otro, varios hombres de élite gobiernan juntos, y esto se denomina «oligarquía». En griego antiguo, la palabra *arjé* significa 'poder', 'mando', 'principio de autoridad', y *oligoi* significa 'unos pocos'. Es decir, la oligarquía es un sistema político en el que un número reducido de personas ejercen el poder. Por otro lado, la monarquía (*monos* quiere decir 'solo') es el sistema en el que gobierna una sola persona, ya sea un rey, que se convierte en jefe de Estado por herencia, o un tirano, que se hace con el poder mediante fraude o fuerza.

—¿Y la democracia?

—*Democracia* significa 'poder del pueblo'. Consiste en que no hay más gobernantes que los ciudadanos, todos son iguales y gobiernan juntos, tomando las decisiones mediante debate y votación, y gana la mayoría. Los griegos conocían muy bien este sistema político, sobre todo los ciudadanos de Atenas, que lo perfeccionaron hasta el extremo.

—¡Este sí que me gusta! —lo interrumpe Alicia.

—Entiendo que te guste más la democracia, pero es importante que sepas que la democracia de los antiguos atenienses no tiene mucho que ver con la nuestra. Entonces, como solo había unos pocos miles de ciudadanos, podían reunirse, debatir y votar directamente todas las decisiones relativas a la vida de la ciudad. Sin embargo, en las democracias modernas, con millones de ciudadanos, esto no es posible. Por eso hay que elegir representantes, y de ahí surgen otros problemas...

—¿Por qué hay tan pocos ciudadanos en Atenas?

—Porque su Estado es poco mayor que la ciudad de Atenas, que estaba mucho menos poblada que hoy. Por otro lado, solo los hombres libres son ciudadanos, mientras que las mujeres y los esclavos están excluidos de la vida política. Por eso, los hombres son los únicos con derecho a voto y a tomar decisiones.

—¿Y eso?

—Es la época del patriarcado. Se considera que solo los hombres tienen inteligencia, lógica y poder. Las mujeres, salvo raras excepciones, solo se ocupan de la crianza de los niños, la cocina y demás tareas del hogar. No tienen voz ni voto en las decisiones políticas.

—¿Y a tu amigo Aristóteles esta situación le parece normal?

—Completamente. Los filósofos, incluso los más interesantes, no siempre consiguen ir más allá de las ideas de su época. El gran Aristóteles, más tarde apodado Maestro de los que Saben, también decía cosas que hoy nos parecen tonterías, porque veía el mundo a través de la mirada propia de su tiempo. Incluso llegó a defender que los únicos humanos *normales* eran los hombres. Las mujeres eran más o menos monstruos, ¡varones anormales!

—Guau, ¡no voy a poder ser amiga de ese viejo misógino! —grita Alicia hecha una furia.

—Te entiendo... —dice Canguro apenado—, te entiendo. Estas afirmaciones te sacan de quicio, pero sería un error que rechazaras todo lo que enseña Aristóteles por culpa de estos prejuicios. Todos los filósofos defienden tanto ideas interesantes como otras que pueden enfadarte. Tienes que aprender a quedarte solo con lo que te sirva, no a desecharlo todo ni a aceptar cualquier cosa.

—¿Y con qué debería quedarme de un hombre que considera inferiores a las mujeres?

—Con su método, que consiste en separar los elementos que componen las ideas, en distinguir en las cosas aquello que tienen en común y los rasgos específicos. Esto es, diferenciar los conceptos de las palabras, definir las diferencias para actuar con mayor conocimiento de causa y criterio: eso es con lo que nos debemos quedar. Cambiar de ideas es cambiar la vida.

—Tendrías que hacerlo cambiar de ideas con respecto a las mujeres... ¡Eso le cambiaría la vida!

—Para él, es demasiado tarde. Lo que importa es el método de pensamiento, más que el contenido. Podemos desechar sus ideas erróneas y sus prejuicios, aunque su método deberíamos quedárnoslo.

—¡Entendido, amigo Canguro! Tomo nota. El método nos lo quedamos. La verdad es que no sé dónde ponerlo, pues no tengo bolsillos. ¿Me lo guardas en tu mochila, mi pequeño Canguro?

El marsupial muestra una leve sonrisa, revelando unos grandes dientes que no son precisamente bonitos. Que cada cual se imagine su rostro como quiera. ¿Cómo describir con precisión el rubor de un canguro erudito admirador de Aristóteles?

Diario de Alicia

Canguro es simpático, pero ¿de qué leches me sirve este método? El planeta está patas arriba y la naturaleza se resiente cada vez más. Y todo sigue como si nada, aunque tengamos que cambiarlo todo, ¡y lo antes posible! ¡Y este va y me vende un método! Además, lo toma prestado de un pensador viejuno que, para colmo, cree que las mujeres somos hombres mal hechos...

Hablando de esto, ¿dónde están las mujeres en el país de las ideas? Aparte del Hada, no he visto ninguna. ¿Cómo es posible? Tendré que preguntar. Este país es muy raro; lo encuentro interesante, pero raro de narices.

¿Dónde están los verdaderos rebeldes?, ¿los que se niegan a ser esclavos?, ¿los que no quieren el orden establecido? ¿Esos no tienen ideas?

¿Dónde están? ¿Dónde están los que resisten?

¡Voy a pedir que me lleven a conocerlos como que me llamo Alicia!

UNA FRASE PARA LA VIDA

Sin amigos, nadie querría vivir.
(Aristóteles, *Ética a Nicómaco*, libro VIII)

Me gustaría tener esa frase siempre presente.
Para recordar, a cada instante, que no se puede vivir solo. Canguro me mencionó una cita de John Donne, poeta inglés, que coincide con la de Aristóteles: «Ningún ser humano es una isla en sí mismo». Todos estamos en relación con los demás. Cada uno de nosotros forma parte de un todo. La frase de Aristóteles sobre la amistad va más allá. No se limita a destacar que somos seres en relación unos con otros en general o porque tenemos que estarlo. No se limita a afirmar que estamos unidos a nuestros semejantes por la vida orgánica, la vida

---

social, el lenguaje, los intercambios. Habla de los lazos afectivos que se forman entre nosotros. Les deseamos lo mejor a los demás y ellos nos desean lo mejor. Somos felices cuando los otros lo son y lo mismo les pasa a ellos con nosotros. Sufrimos cuando otras personas están mal o les ocurre una desgracia, y viceversa. Queremos a los demás.

Y la vida es esto. Sin alguien a quien querer, sin alguien que nos quiera, la muerte nos vencería. No hay vida sin amigos. «¿Y qué pasa con la traición, con las amistades que se acaban rompiendo? —me preguntó el Hada Objeción—. ¿Y qué pasa cuando se pierde la confianza al descubrir mentiras y habladurías?» El Hada citó a Blaise Pascal, un filósofo francés: «Si la gente supiera lo que dicen los demás, no habría ni cuatro amigos en el mundo». Creo que exagera, y el Hada también. Hay que confiar en la amistad, a pesar de las decepciones. Seguro que hay desengaños, pero hay muchas más alegrías. Además, si me quedo esta frase de Aristóteles, puede que me sirva de consuelo si pierdo algunos amigos por el camino.

10

Alicia conoce a la Reina Blanca

Nada más entrar en el parque, Alicia se da cuenta de que acaba de llegar a un punto neurálgico, pues varios caminos convergen en esta finca, que da la impresión de estar fuera del tiempo. Al final de un larguísimo sendero flanqueado por grandes álamos, divisa un majestuoso palacio blanco, aunque solo ve parte de la fachada. ¿Quién vivirá en él?

—Te llevo ante la Reina Blanca —explica el Hada Objeción—. Es nuestra protectora. Supervisa todos los viajes al país de las ideas, recibe a los visitantes y les ofrece orientación. Es obligatorio y tengo que dejarte a solas con ella, pero no te asustes, pues, aunque parezca un poco estricta, en realidad es muy considerada con la libertad de todos.

—¿Y cómo es que vive en un lugar tan lujoso?

—Es un antiguo palacio real de la época en que la reina Sofía gobernaba el país de las ideas, aunque actualmente la Reina Blanca no ejerce ningún poder. En el palacio trabajan traductores, bibliotecarios, documentalistas... y una persona a la que vas a conocer enseguida. Su papel es ayudarte a ver las cosas con claridad. Responde a las preguntas que te haga y no dudes en consultarle lo que quieras. Yo tengo que irme. ¡Hasta pronto!

El Hada desaparece, dejando a Alicia sola y pensativa en la alameda del parque. Rememora a la Reina Blanca, su personaje favorito cuando su madre le leía *A través del espejo y lo que Alicia encontró allí*. Su fascinación infantil por ella se debía a la asombrosa memoria bidireccional del personaje, que recuerda el futuro incluso mejor que el pasado. ¿Será la misma o mera coincidencia?

A medida que Alicia va avanzando, se confirma su primera impresión con respecto a la majestuosidad del lugar. Estatuas de filósofos y científicos enmarcan la escalera principal y, en lo alto, la espera una mujer vestida de blanco.

—Hola, Alicia, ¡cuánto me alegra recibirte! Estás aquí, en el centro del país de las ideas, una encrucijada donde la gente se reúne para repasar su vida y orientarla o cambiar de rumbo. Mi papel es ayudarte a encontrarte a ti misma.

—¿Crees que no puedo hacerlo por mi cuenta?

—Me han dicho que eres muy inteligente, pero este país está formado por tantas regiones que resulta más peligroso de lo que crees y, a veces, más de uno se pierde. A menudo, vemos a viajeros desorientados, que confunden una idea con otra, que entienden las cosas al revés, que se encaprichan con una idea pensando que puede resolverlo todo..., y acaban por mal camino. Mi papel, en primer lugar, consiste en comprobar que no haya malentendidos graves. Si no te importa, vamos dentro, que estaremos mejor.

La dama de blanco invita a Alicia a seguirla. «Es mucho más simpática de lo que esperaba», se dice Alicia mientras cruza la galería. El palacio es realmente gigantesco. Hay dos pabellones, que no se ven desde la alameda, enmarcando el edificio principal y el parque, adornado con un sinfín de estanques, se extiende hasta donde alcanza la vista. Sin embargo, Alicia no tiene tiempo de contemplar el paraje, pues ya están de pie frente al gran ventanal.

Tras atravesar una amplia sala ovalada, llegan a un pequeño salón con sofás de cuero antiguos donde hay té servido en una mesita baja.

—Te he visto paseando con nuestros amigos. Has conocido a Sócrates, Platón y Aristóteles, los grandes fundadores de la filosofía. Para entender en qué punto estás, dime qué es una idea.

—¿Tengo que contestar?

—Sí, pero ¡no es un examen! Solo dime, en este momento de tu viaje, cómo defines lo que llamamos «idea».

Alicia frunce el ceño y se pasa la mano por su pelo rubio mientras se mira los zapatos, como cada vez que se concentra. Al poco, esboza una ligera sonrisa.

—¡Es un pensamiento verdadero que nos vuelve mejores!

—Nada mal —aprueba la Reina—, lo cierto es que no está mal. ¿Y de dónde viene este pensamiento verdadero?

—Platón cree que estas ideas verdaderas existen en sí mismas, como las estrellas en el cielo. Para contemplarlas y adaptar a ellas nuestro comportamiento, tendríamos que dejar a un lado nuestras sensaciones. Aristóteles, en cambio, considera que hace falta observar el mundo para elaborar las ideas poco a poco a medida que vamos reflexionando sobre lo que vemos. ¿Me equivoco?

La Reina insiste en que esta conversación no tiene por objetivo poner a prueba los conocimientos de Alicia, que sin embargo ha captado perfectamente el quid de la cuestión: o bien las ideas existen en sí mismas, o bien las elaboramos.

—Este es un punto central —admite la mujer de blanco—, porque estas dos hipótesis siguen enfrentando a los filósofos.

También recuerda que ambas se sostienen por argumentos sólidos y que no hay forma de decidirse por una de ellas de manera definitiva. Dos mil quinientos años después de Platón, los matemáticos siguen defendiendo que las ideas de los números y la teoría de conjuntos existen independientemente de nosotros. Las personas de ciencia consideran que, cuando descubren propiedades, no se trata de inventos ni de creaciones de su mente. Por otra parte, muchos pensadores sostienen que es nuestra mente la que forja las ideas a partir de nuestras sensaciones y percepciones.

Así pues, parece imposible conciliar estas dos teorías. Por ejemplo, para Platón y sus seguidores, la idea de círculo existe desde siempre. Los círculos dibujados con tiza o en la arena, aquellos que vemos impresos o incluso la forma de cualquier anillo no son más que copias del modelo ideal. Por el contrario, para quienes creen que son las sensaciones las que forjan nuestras ideas, es contemplando cosas circulares —la luna llena, el sol antes de ponerse, la pupila del ojo...— como vamos produciendo, poco a poco, la idea de círculo.

Alicia pregunta a la Reina Blanca si acaso esta oposición cambia la forma como vivimos. Al fin y al cabo, tal vez no sea tan importante.

—¿Estás segura? No te planteas de la misma manera la cuestión «¿cómo vivir?» en el caso de que las ideas existan en sí mismas, con independencia de nuestra mente, que en el caso de que solo existan en función de nuestra actividad mental. En el primer caso, hablamos de modelos eternos que existen en algún lugar, los cuales tenemos que encontrar y poner en práctica. En el segundo, todo parece estar a nuestro alcance, pues somos nosotros quienes creamos las ideas. Si hay un mundo eterno de ideas, independiente de nuestra mente, entonces no es humano, sino sobrehumano, divino, el cual debe servirnos de regla para saber cómo vivir. Por el contrario, si nuestras ideas son solo humanas, forjadas por nuestro cerebro, nos corresponde a nosotros inventar las reglas de nuestra existencia. Como ves, ¡el panorama cambia por completo!

—¿Y de qué lado está el país de las ideas?

—¡Buena pregunta, Alicia! Algunos te dirán que este país existe fuera de nuestra cabeza, como uno de los países que ya conocías, pero otros dirán que este país solo existe dentro de nuestra cabeza, gracias a nuestros pensamientos.

—En nuestra cabeza o en el cielo..., ¿no hay más opciones?

—¡Piénsalo!

—No se me ocurre nada.

—¿Dónde encuentras las ideas?

—En mis clases, hablando con amigos, leyendo libros, escuchando pódcast, viendo programas...

—¿Te das cuenta? No todo está en el cielo o en tu cabeza. Las ideas también están en las bibliotecas, los periódicos, las revistas, las bases de datos, las charlas... Circulan en papel impreso, en pantallas, en las palabras que nos decimos... Pasan de un cerebro a otro, de un lugar a otro, se mueven, se intercambian, se metamorfosean.

—Nunca lo había pensado así.

—Aún te queda mucho por descubrir.

La Reina Blanca plantea un nuevo acertijo a la joven visitante: le pregunta si es capaz de encontrar un ámbito en el que tenga poca repercusión la diferencia entre las ideas que existen fuera de nosotros y las que elaboramos.

Alicia se sume una vez más en la contemplación de sus zapatos sin decir una palabra. Se lo está pensando mucho, pues no está segura de su respuesta, pero la Reina Blanca le inspira confianza. Así pues, decide arriesgarse.

—Vuelvo a mi primera intuición. Quizá esta oposición no sea decisiva a la hora de hacernos mejores.

—¡Bravo por tu sutileza! ¡Muy bien! No estaba segura de que fueras a advertirlo, pero, sí, tienes razón: contrariamente a lo que he dicho hace un instante, cuando se trata de volvernos mejores a través de ideas verdaderas, estas diferencias pasan a un segundo plano. A primera vista, quizá parezcan determinantes, pero en realidad poco importa si nuestra mejora se debe a ideas que existen independientemente de nosotros que tomamos como guías de nuestro comportamiento o a ideas que ha forjado nuestra mente. Lo que importa es que nos transformen ideas que sean justas y verdaderas y que no nos causen sufrimiento.

—¿E incluso nos lo quiten quizá?

—Ahora lo has clavado. Una de las principales tendencias entre los filósofos de la Antigüedad, primero los griegos y luego los romanos, fue considerar la filosofía como una terapia: «medicina para el alma», en palabras del romano Cicerón. Saber distinguir las ideas justas y verdaderas de las malas y perversas es una forma de cuidarnos, de transformar nuestra vida, de gozar de una salud que nos haga sentir plenos...

»Has empezado a darte cuenta de esto con Sócrates, Platón y Aristóteles. ¿Qué esperan ellos de la filosofía? Muchas cosas: alejarse de la ilusión, la mentira, las medias tintas y el exceso; dejar de andar de un lado para otro al azar, sin rumbo; llevar una vida con sentido, centrada, sabia, que puedes manejar; vivir acorde con la naturaleza del cuerpo y la mente; utilizar la razón de manera que no se sufra, y encontrar una forma estable de comportarse. Este es su objetivo común, aunque traten de alcanzarlo con métodos diferentes.

»La idea central es llegar a ser sabio, capaz de llevar una vida humana perfecta, libre de errores, miedos y deseos inútiles. Al sabio ya no lo puede alcanzar la desgracia, pues es dueño de su propia existencia.

»Lo comprenderás mejor en cuanto descubras las antiguas escuelas de sabiduría, inventadas por los griegos y ampliadas por los romanos. Todas ellas se proponían enseñar a la gente a vivir feliz volviéndose sabia.

—¡Qué ganas! —exclama Alicia.

—No seré yo quien te retenga. El Hada, los Ratoncitos y el Canguro te están esperando. Te lo advierto: te sorprenderá, Alicia, e incluso tal vez te escandalice. Después nos vemos. ¡Buen viaje!

Nada más oír las últimas palabras de la Reina Blanca, Alicia ya no sabe dónde está. Todo a su alrededor desaparece y tiene la sensación de estar durmiéndose. «¿Dónde voy a acabar esta vez?», es el último pensamiento que se le pasa por la cabeza. No con preocupación, sino con curiosidad, ansiosa como está de nuevas aventuras. ¿Sabios que saben cómo vivir bien? ¡Rápido, a por ello!

SEGUNDA PARTE

EN LA QUE ALICIA EXPLORA LAS ANTIGUAS
ESCUELAS DE SABIDURÍA PARA APRENDER A VIVIR

11

Diógenes vive en la calle

—¡Estoy harto! Estoy harto de ser un ratoncito, loco o cuerdo, harto de enseñar el país a la gente y de dar respuestas, harto de que me llame al orden un Hada, un Canguro u otro cualquiera. Solo quiero ser un ratoncito, vivir según mi naturaleza, eso es todo lo que deseo: mirar alrededor, darme un paseo, seguir recto, parar o dar un rodeo; tomar un tentempié; ir a la derecha, volver a la izquierda; dormir cuando nadie me ve; no hablar con nadie. Nada más. ¡Solo vivir de una vez por todas!

Alicia no puede evitar reírse por lo bajo. Ella y el Ratoncito —no sabe con certeza si es el Loco o el Cuerdo— están en un granero que parece abandonado. Unas cuantas herramientas viejas y algo de paja es todo lo que hay en el lugar, que no está en muy buen estado. El Ratoncito parece inquieto y, por un instante, no se mueve; nunca se sabe, quizá haya gatos escondidos entre las viejas paredes. Entonces, el pícaro de él divisa un mendrugo de pan en un rincón, lo engulle y corre a digerirlo bajo una paca de heno.

Alicia se da cuenta entonces de que un hombre los está observando desde arriba, tumbado sobre una viga en lo que queda de la techumbre. Lleva varios días durmiendo ahí, como un vagabundo. Ha huido de su país y no tiene ni idea de cómo vivir, no encuentra una sola salida.

Sin embargo, mirando al Ratoncito, ¡ha dado con la respuesta! ¡Qué epifanía! Lo sorprendente es que no hay nada que buscar, lo tiene todo delante. No hay que devanarse los sesos ni hacerse preguntas que solo llevan a otras. Simplemente, vivir como la naturaleza lo ha dispuesto, igual que el Ratoncito.

Alicia oye susurrar al hombre:

—¡Hay que vivir como este ratón, sin ropa, sin casa, sin trabajo, sin limitaciones! Nuestro estilo de vida lo ha puesto todo patas arriba. Tenemos que ponerlo todo al derecho de nuevo, deshacernos de lo inútil, volver a la naturaleza.

»Voy a vivir como ese ratón. O, mejor, como un perro. Sí, como un perro: hacer pis donde sea, comer de todo, escarbar en la basura, dormir en el suelo. Como un perro: ladrar cuando me molesten, mostrar los colmillos cuando se acerquen. Seré amo de mí mismo, pasando de la ley, haciendo lo que me apetezca. Los animales actúan así y son felices.

»Los humanos, por su parte, han inventado toda una serie de prohibiciones y obligaciones que no sirven para nada. Le han dado la espalda a la naturaleza y viven infelices. Es hora de acabar con estas limitaciones, de salir de esta prisión de una vez.

Alicia alucina. Canguro le cuenta que este extraño personaje se llama Diógenes. Es originario de Sinope, a orillas del mar Negro, pero huyó de su patria, pues lo condenaron a muerte por falsificar monedas. Se refugió en Atenas y decidió falsificarlo todo: las convenciones, la cortesía y las normas de convivencia. Lo que hace es vivir según la naturaleza, dando ejemplo de una existencia libre.

Alicia decide seguirlo, discretamente, por las calles de Atenas, donde conoció a Sócrates. Mugriento y desgreñado, lo ve robar comida o recoger lo que cae al suelo en los mercados. En un templo, se lleva la carne asada de los sacrificios ofrecidos a los dioses. Sin techo, Diógenes se pasa el día merodeando y duerme en una cisterna abandonada. Sin ropa: solo una vieja túnica y un saco. Sin pertenencias: al ver que un niño bebe de sus manos, rompe su propio cuenco, otra cosa inútil, otro artilugio del que puede prescindir.

Alicia lo sigue hasta la casa de un ateniense adinerado. El personal le advierte que no escupa en el suelo —es de mármol impoluto y está recién lavado—, pero, en cuanto llega el dueño, Diógenes le escupe en la cara. Al salir, grita:

—¡Es lo único sucio que he encontrado!

«¡Esto es muy fuerte!», se dice Alicia, debatiéndose entre dos posturas: admira el valor de Diógenes, pero no sabe qué pensar de sus excesos. Se pasa de la raya: lo ve insultar a los transeúntes, burlarse de la gente. Esto resulta insólito, rayando en lo divertido, pero para nada es agradable, se dice a sí misma. Sin embargo, este filósofo vagabundo también la impresiona, pues con gestos, casi sin palabras, da lecciones profundas. Ahí está, mendigando enfrente de una estatua, donde se queda mucho rato con la mano extendida, inmóvil.

—¿Por qué haces eso? —le pregunta alguien que pasa.

—Para acostumbrarme al rechazo —contesta Diógenes.

El Ratoncito, más tranquilo, explica la situación a Alicia:

—Acostumbrarse a los disgustos para no sufrir cuando surgen es una regla básica para Diógenes. Se ha entrenado para soportar el frío caminando descalzo por la nieve y para soportar el calor quedándose al sol durante el estío. De hecho, se ha entrenado para que nada lo sorprenda, para estar siempre en paz y vivir en armonía con la naturaleza.

—¿Es un ecologista? —pregunta Alicia intrigada.

—Un poco, sí —conviene el Ratoncito—, porque al final nada le interesa salvo la naturaleza. Lo único que cuenta es lo que realmente experimentamos en el presente con nuestro cuerpo. No importa lo que nos hayan enseñado, lo que sepamos, ni lo que creamos que estamos obligados a hacer por convención o educación, por respeto al poder. Hay una escena que ilustra su forma de ver las cosas a la perfección: su encuentro con el emperador Alejandro Magno. Cuando el viejo rebelde se hizo famoso, Alejandro, ya dueño del mundo, fue a verlo. El emperador apreciaba a los filósofos y lo había educado el mismísimo Aristóteles, así que fue a saludar a Diógenes y le ofreció cumplir lo que desease. Diógenes respondió con esta famosa frase: «Apártate y no me tapes el sol». El poder no lo impresionaba y la sombra le molestaba, así que el más poderoso de los emperadores tuvo que hacerse a un lado.

—¡Qué genialidad! A menos que lo hiciese solo para provocar —murmura Alicia.

—Si me permitís... —interviene Canguro.

—¿Tú también estás aquí? —se extraña Alicia.

—Yo SIEMPRE estoy aquí, alteza —contesta Zingular.

—Haga el favor, señor Canguro, tome la palabra.

—Diógenes pertenecía a un grupo de filósofos conocidos como «cínicos». En la antigua Grecia, la palabra para perro era *kunos*. Los llamados «filósofos cínicos» eran «caninos», hombres y mujeres que vivían como perros. El término se les aplicó al principio de forma hostil, y ellos optaron por reivindicarlo. Hoy llamamos «cínico» de forma corriente a alguien que dice cosas chocantes, que rechaza los prejuicios morales. El sentido ya no es el mismo, pero sigue teniendo relación, porque los cínicos escandalizaban a la gente al contrariar los valores establecidos.

—¿Pero por qué? —pregunta Alicia.

—Porque, para los cínicos, la felicidad no está en la riqueza o en el poder, ni siquiera en el conocimiento. Tiene que ver, en primer lugar, con nuestro cuerpo, y al cuerpo hay que darle lo que necesita por naturaleza: comida, descanso, sexo, libertad de movimiento y... ¡ya está! Por eso, todo el mundo puede ser feliz con casi nada, siempre que renuncie a la falsa felicidad que hemos inventado como sociedad. ¡Lo esencial es deshacerse de lo que no hace falta!

—¡Estoy flipando! —susurra Alicia.

—Yo no lo habría dicho mejor —prosigue Canguro—. Platón, al que ya conoces, dice que Diógenes es un «Sócrates enloquecido». Un flipado, vamos.

—¿Qué quiere decir con eso? —rezonga Alicia.

—Al igual que Sócrates, Diógenes quiere que seamos mejores, capaces de cambiar nuestra vida a través de las ideas, pero se pasa de la raya, pues, intentando vivir de acuerdo con la naturaleza, acaba destruyendo la sociedad. Los filósofos cínicos eran unos antisistema muy radicales.

—Mi sabio Canguro, dime, ¿hay alguna mujer entre los cínicos?

—Sí, querida Alicia —responde Zingular halagado—, hay mujeres. Una de las más conocidas se llama Hiparquia. Es una joven de buena familia a la que le prometen un gran matrimonio con un aristócrata joven, rico y guapo, pero se enamora de Crates, un filósofo cínico viejo, pobre y feo. Imagínate lo que hacen sus padres para intentar separarlos. A Hiparquia le importa un rábano lo que quieran ellos, amenaza con suicidarse y, por fin, se casa con Crates. Entonces, lleva una vida totalmente libre. Se niega a que la marginen, como a las mujeres de su época, y defiende sus ideas en público. Ella y su marido hacen el amor en la calle, a la vista de todos, como los perros, lo cual es un escándalo. No obstante, ella afirma que eso es vivir según la naturaleza, que el pudor es una invención social que no sirve para nada e incluso hace daño, ya que da a entender que el sexo es algo vergonzoso e impuro, cuando no es así.

Alicia se queda pensativa. Desde que empezó a luchar por salvar el planeta, siempre ha creído que la naturaleza es más sabia, equilibrada y armoniosa que los humanos, que han perturbado el orden natural con sus desmanes. Sin embargo, ahora no ya no lo tiene claro. La naturaleza es buena, ¿no?; entonces, ¿no deberíamos imitarla? Por otro lado, no resulta nada fácil escapar de la civilización y limitarse a vivir según la naturaleza, pues hay ciertos comportamientos que evitar, cosas que no debemos hacer...

—Me vais a disculpar, pero primero tenemos que reflexionar sobre la idea que tenemos de naturaleza.

¡Es la voz del Hada Objeción! Alicia la reconocería en cualquier parte.

—¡Mi querida Hada! ¿Dónde has estado? —Alicia le salta al cuello y le da un beso—. ¡Qué alegría que hayamos vuelto a encontrarnos! Estoy descubriendo a Diógenes y a esos filósofos que quieren vivir según la naturaleza, como los perros.

—Pues bien, Alicia, esta es mi objeción: ¡todo depende de la idea que tengas de naturaleza! Si decimos que hay que vivir según la naturaleza, y no la sociedad, estamos dando por hecho que la naturaleza va en contra de la vida en sociedad o en un sentido distinto. Estamos determinando que la naturaleza es salvaje y buena a la vez, que la hemos olvidado, que estamos pagando el precio de ese olvido, y concluyendo que debemos volver a esa naturaleza a la que hemos abandonado.

—¡Eso es lo que creo yo!

—Pues no es del todo así. ¿Y si te dijera, por ejemplo, que la naturaleza es peligrosa, hostil y mortal para los seres humanos si se nos deja a nuestra suerte en ella? ¿Y si te dijera que lo primero que tenemos que hacer para sobrevivir y prosperar es unir fuerzas, ayudarnos unos a otros, intercambiar experiencias, conocimientos y habilidades? ¿Y si te dijera que nuestra naturaleza humana, con nuestros instintos e impulsos, también puede ser destructiva para nosotros y para los demás, así como hacernos daño?

—Si te digo la verdad, no sé qué responder. ¡Esto también lo creo!

—¡Espera y verás, pues pronto estarás aún más confusa! Por algo mi apodo es Objeción. También podría ser que el hecho de que los humanos se reúnan, procuren vivir juntos e inventen reglas de convivencia forme parte de su naturaleza. Una vez que se tiene esa idea, no hay cómo oponer naturaleza y sociedad, pues la sociedad humana forma parte de la naturaleza, o al menos viene de ella, la encarna; no son ámbitos ajenos ni separados.

—Ay..., menudo mareo me está entrando. Me lo vas a tener que volver a explicar todo con calma. ¿Vamos a tomar algo?

—Con mucho gusto —replica el Hada—. Yo también necesito un descanso.

Hace mucho calor en las estrechas calles de Atenas, a los pies del Partenón. En la base de la colina, las casitas están apretujadas, sin verdaderas calles entre ellas. Para avanzar, hay que serpentear entre muros y jardines, entre niños que gritan y gallinas que cacarean. Además, no hay ningún sitio donde sentarse a la sombra y pedir un vaso de agua fresca... Sin embargo, el Hada siempre tiene una solución. Habla durante largo rato con una mujer de avanzada edad, cuya antipatía inicial acaba dando paso a una expresión amable. Alicia no sabe qué habrán dicho, pero de pronto el Hada y ella están a la sombra en el jardincito de la señora con una taza en la mano.

Si bien el espacio es modesto, la vista de la Acrópolis desde ahí es impresionante. Apenas se oye una mosca y hace un día estupendo. Por fin, ambas pueden tomarse un respiro y hablar. Alicia prueba lo que el Hada ha echado en su taza. No reconoce la planta con la que está hecha la infusión, pero resulta refrescante; algo amarga para su gusto, aunque no está mal.

Alicia cierra los ojos unos instantes y las preguntas sobre la idea de naturaleza la asaltan de nuevo. Todo este tema le resulta confuso, así que habrá que aclararlo. Eso piensa el Hada.

—No te preocupes —le dice a la visitante—, estoy acostumbrada a esto, sé bien cómo deshacer este tipo de nudos. Las ideas son como el bordado, es mejor ir paso a paso con ellas, sin prisas. Normalmente, la dificultad surge cuando se enredan varios hilos y tiramos demasiado deprisa para soltarlos, con lo que solo conseguimos empeorar la situación. Si se enredan los hilos, lo mejor es volver atrás y deshacer el nudo con calma.

—Entonces, volvamos al principio y así me ayudas a desenredar los hilos —pide Alicia—. Si he entendido bien, Diógenes espera ser feliz ajustándose a la naturaleza porque piensa que es la sociedad la que nos hace infelices, ¿es así?

—Sí, pero voy a retroceder un poco. Primer hilo conductor: las ideas nos sirven para vivir. Este fue el punto de partida de las escuelas griegas de sabiduría, aunque también encontramos este modo de pensar en otros lugares y culturas. Por tanto, analizar las ideas no es un juego ni un pasatiempo; al contrario: pensamos para vivir mejor, para llevar una vida feliz.

—¿Quieres decir que las ideas nos hacen felices?

—Sí, ese es el objetivo. El resultado no está garantizado ni se alcanza por arte de magia, pero estos filósofos están convencidos de que alcanzar la felicidad es posible. Si la infelicidad de los seres humanos proviene de nuestros errores e ilusiones, de falsas ideas que tenemos acerca del mundo, de nosotros mismos y de los demás, entonces, si corregimos esas ideas, las rectificamos, ¡eliminamos la causa de la infelicidad!

—¡Lo veo difícil!

—O efectivo... Se podría debatir. En todo caso, este es el segundo hilo. Después del argumento de que las ideas nos sirven para vivir, tenemos el de que las ideas pueden hacernos felices.

—Déjame pensar un momento. ¿Eliminar la causa de nuestra infelicidad significa necesariamente ser felices?

—¡Muy buena pregunta, Alicia! Los filósofos de la Antigüedad discutieron al respecto largo y tendido. Algunos piensan que, para ser felices, hay que multiplicar los placeres y el gozo y, por tanto, intensificar nuestros deseos y hacerse con los medios para satisfacerlos. Otros, en cambio, argumentan que esta carrera sin fin solo crea insatisfacción y que la verdadera felicidad está en la ausencia de problemas y de sufrimiento, en la paz del espíritu y del cuerpo. No se trata solamente de dos puntos de vista enfrentados o de dos sistemas de ideas opuestos, sino que es un conflicto entre dos filosofías de vida.

—Explícamelo, tú que lo sabes todo...

—Bueno —dice el Hada halagada aclarándose la garganta—, si crees que la felicidad consiste en satisfacer tantos deseos como puedas, tratarás de multiplicar tus caprichos y placeres y procurarás tener los medios para satisfacerlos. De este modo, llevarás una vida disfrutona, buscando todos los placeres que puedas y lo más intensos posible.

—¡Pues la verdad es que pinta muy bien!

—Obviamente, porque nadie quiere ser infeliz, todo el mundo quiere el placer. Pero hay un problema.

—¿Cuál?

—Que hay que volver a empezar. Cuando satisfaces un deseo, tienes que ir a por el siguiente. Es una búsqueda sin fin, no hay descanso; se trata de repetirlo, de replicarlo. Por eso, tienes que comenzar de nuevo, arriesgándote a caer en el tedio absoluto, y sobre todo a decepcionarte o sentirte frustrada, pues no siempre es posible satisfacer todos nuestros deseos, ni tampoco que estos sean cada vez más intensos. Al final, justo cuando crees que eres más feliz, puedes llevarte un gran chasco o quedarte atrapada en la vorágine del más y más...

—¿Y entonces?

—Tranquila, Alicia, ya volveremos a ello, pero cuando hayas aprendido un poco más. Primero, debemos proseguir nuestro viaje. Sugiero que vayamos a visitar el Jardín de Epicuro.

—¿El jardín del picor? —interrumpe el Ratoncito Loco—. ¿Qué es lo que pica, una flor?, ¿espinas de rosa?, ¿una ardilla?, ¿alguna enfermera con su jeringuilla?

—¡Imbécil! —grita el Hada—. Es el jardín de un filósofo que se llama Epicuro. E-pi-cu-ro.

—Vaya nombrecito, ¿cómo iba yo a saberlo? —refunfuña el Ratoncito.

—¿Vamos? —apremia Alicia.

❧ *Diario de Alicia* ❧

Tengo una sensación como de agujetas en la cabeza. Analizar mis ideas, enterarme de dónde vienen, preguntarme cómo puedo vivir mejor..., nunca me había hecho tantas preguntas.

Podría decirse que ahora mismo me cuesta ubicarme, pues está todo en tela de juicio. Cada cual dice una cosa distinta.

Y cada persona a la que oigo me da la impresión de que tiene razón en algo, pero, luego, en cuanto empiezo a sacar algo en claro, llega otra y me demuestra que esas ideas que empezaba a dar por buenas no se sostienen.

De todos modos, esto no puede ser: no pueden tener razón todos al mismo tiempo.

Tiene que haber una solución.

UNA FRASE PARA LA VIDA

Apártate y no me tapes el sol.
(Diógenes a Alejandro Magno, según Plutarco,
Vida de Alejandro, **XIV, 2-5)**

¡Qué fuerte! El viejo Diógenes, sin hogar, sin dinero, está a gusto tomando el sol. Alejandro, que se ha convertido en el mayor conquistador de la historia, acude a saludarlo con todo el respeto y se ofrece a cumplir su mayor deseo. Diógenes podría pedir una bella casa, algo para vivir en paz y tranquilidad el resto de su vida, ¡pero no! Lo único que pide es que el amo del mundo se aparte para no quitarle el sol.
Cero sumisión al poder, aunque tampoco desprecio. Canguro me explicó que el texto griego no dice «desaparece de mi vista» o «quítate de en medio», como se suele traducir, sino «apártate un poco».

Diógenes no le pide a Alejandro que se vaya, tan solo quiere que se aparte para no hacerle sombra. Cero angustia por el futuro. No importa si es mañana o el año que viene: lo que está por venir no le interesa a Diógenes, solo el presente y lo que le sucede al cuerpo en este momento. Lo único que importa es que el emperador dé un paso al lado y deje de hacerle sombra... Tengo que guardar esta frase para reflexionar sobre ella. ¿Cuál es mi sol ahora? ¿Qué hay en la sombra? Y, sobre todo, ¿realmente hace falta vivir al margen de las jerarquías, pasando de las convenciones y las reglas de la sociedad?

12

La calma de Epicuro

—Qué buen tiempo hace aquí —susurra Alicia al entrar en el Jardín.

El Jardín es el nombre de la propiedad a la que acaba de llegar. Es en este lugar tan apacible, a los pies del Partenón, donde vive el filósofo Epicuro, junto con un grupo de discípulos y amigos, hombres y mujeres. Todos ellos comparten sus reglas de vida, conversaciones, comidas y hogar.

El Hada Objeción ha llevado a Alicia a este mítico lugar donde nacieron las ideas clave del epicureísmo: la felicidad es la ausencia de preocupaciones y la alcanzamos a través de la filosofía, que permite desmontar las creencias falsas que nos hunden en la angustia y la infelicidad, al darnos el poder de librarnos del deseo, que no acaba nunca porque nunca está satisfecho. Viviendo así, libres de deseo, descubrimos una vida mucho más dulce, en el presente, sin que nos falte nada.

Desde luego, este lugar y sus habitantes transmiten una profunda calma. El aire es templado, aunque al final del día se ha levantado una ligera brisa, la luz empieza a desvanecerse y los árboles dan cobijo a grupos de amigos que se reúnen en paz a su sombra, así como en torno a una fuente y un estanque de piedra. Una mujer ligera de ropa toca la lira y otra a su lado, la flauta, cuya suave melodía no ahoga las voces. Al fondo, en una mesa contra la pared, hay cuencos para tomar agua de la fuente, pan de cebada, uvas pasas y aceitunas.

Poco a poco, Alicia se va dando cuenta de que hay más gente en el Jardín de lo que parecía. Al observar con atención, ve a unas quince personas, quizá veinte, sentadas en bancos de madera o tumbadas en el suelo en pequeños grupos. El que está rodeado de más gente, conversando con otros seis o siete, ese hombre de pelo canoso y toga blanca impecable, ¿será el dueño de la casa, Epicuro?

—¡Venga, vamos! —exclama el Hada agarrando a Alicia del brazo con tanta energía que casi le hace daño.

—¿Eres tú la joven extranjera que me dijeron que vendría a visitarme? —aventura Epicuro al advertir a Alicia—. Bienvenida a esta casa. Pareces muy joven, pero no hay edad para filosofar: nunca es demasiado pronto ni demasiado tarde. ¿Y sabes por qué?

—Todavía no.

—Porque no hay una edad mejor que otra para olvidar las desgracias y empezar a ser feliz. El ejercicio de la filosofía siempre calma lo que llamo «tormenta del alma».

—¿Y cómo es esa tormenta?

—Ah, querida extranjera, ¡esa es una pregunta que exige varias respuestas! Siéntate y te lo explicaré. En primer lugar, debes saber una cosa: no se puede encontrar una cura para los males de nuestra existencia sin conocer el mundo, la naturaleza de las cosas, porque somos partes del mundo.

—¿Partes de la naturaleza? —se sorprende Alicia.

—Sin duda, pertenecemos a la naturaleza —responde Epicuro.

—También estoy convencida de eso, ¡y tengo muchas ganas de escucharte y que me lo expliques!

—En el mundo, no existe nada más que átomos y vacío. Todo lo que nos rodea (estos árboles, estas piedras) son conjuntos de átomos. Nosotros también lo somos. Cuando morimos, el conjunto se deshace y no queda nada de nuestras sensaciones ni de nuestro espíritu.

—¿Solo los átomos?

—¡Sí, bien visto, señorita! Estos átomos entran en otros conjuntos y lo que éramos se disuelve. Por eso, la muerte no es algo que haya que temer; la muerte no es nada, así de simple. Cuando estamos vivos, la muerte no está y, cuando llega, ya no estamos nosotros. La vida y la muerte son dos universos separados excluyentes. Así pues, nunca viviremos la muerte como un estado, una situación o una sensación de ningún tipo. Imaginarnos sufriendo en la tumba, sintiendo algo después de la muerte, eso es pura locura, una ilusión total fruto de la ignorancia y la falta de reflexión de algunos.

—¿No hay de qué preocuparse entonces?

—¡Nada de nada! Esta es la primera parte de la respuesta a tu pregunta sobre la tormenta del alma. De hecho, lo que más perturba a los seres humanos, y muchas veces les provoca una gran angustia, es justo la idea de que la muerte no haga más que prolongar una existencia llena de dolor, desconocida y terrible, cuando en realidad no hay nada. ¿Cómo podría alguien tener miedo de esa nada? Es absurdo. No hay razón para alarmarse por la muerte. Para nosotros, ¡solo existe la vida! Por tanto, no hay que temer a la muerte, ni a los dioses.

—¿Crees que hay dioses?

—No es que lo crea, estoy seguro de que existen. Los dioses también son conjuntos de átomos, pero estables. Su cuerpo no muere, así que viven para siempre. Pero a ellos nosotros les damos absolutamente igual. Lo que los humanos hagamos, lo que merezcamos, a los dioses les importa un pepino. Ellos viven su vida sin interesarse por la nuestra. Por eso, temer que nos castiguen o esperar que nos recompensen es tan absurdo como preocuparse por lo que va a ocurrir después de morir.

—¿Este miedo a los dioses también es responsable de la tormenta del alma?

—¡Claro! Enhorabuena, eres avispada y rápida de entendimiento. El miedo a los dioses o a su castigo, el temor a no satisfacerlos, la angustia de desconocer lo que quieren de nosotros: todo esto suele agitarnos. Y, aunque estos temores sean inútiles, nos perturban y nos impiden vivir en paz. Al acabar con estas ilusiones, la filosofía ayuda a calmar la tormenta y a avanzar hacia un mar tranquilo.

—¿Cuándo llegamos a ese mar calmo?

—Dando un par de pasos más. Una vez se termina el miedo a la muerte y a los dioses, aún tenemos que deshacernos de los deseos insaciables que nos empujan a buscar constantemente cosas que en el fondo no nos hacen falta y nos alejan de la auténtica alegría de vivir. Para estar en paz, nuestro cuerpo necesita muy poco: comida para saciar el hambre, agua para calmar la sed, un lugar seco donde dormir cuando tenemos sueño..., eso es todo lo que necesitamos para estar satisfechos, ¡y todo está a nuestro alcance!

»El problema es que nuestra mente siempre aspira a más: ama la novedad, el lujo, las cosas sofisticadas. En lugar de un trozo de pan y unas aceitunas, lo cual basta para que nuestro cuerpo sienta el placer de calmar el hambre, tenemos ganas de platos elaborados, ingredientes raros, sabores exóticos, hasta el punto de que lo esencial ya no nos contenta. Lo mismo ocurre con el sueño: mi cuerpo solo necesita una cama cómoda y limpia, pero mi mente quiere un palacio con un sinfín de habitaciones... ¡Nada será nunca suficiente!

Alicia supone que a Epicuro le parecería una locura el consumismo del mundo en el que ella vive, la creación constante de necesidades, los deseos fabricados, las falsas promesas de felicidad...

También reconoce que los deseos de sus amigos y ella se inclinan más hacia el equilibrio y el decrecimiento: ¡las ideas de este filósofo en su Jardín serían una gran inspiración para ellos!

—Querido Epicuro, ¿me puedes ayudar con algo? Intento hacer comprender a los adultos, a todo el mundo, que, cuanto más simple, mejor. Nuestra sociedad, que busca cada vez más placer, me asusta. ¿Qué les digo?

—Puedes mostrarles lo que es en realidad el placer. Cuando tienes sed, lo que te satisface es beber, es decir, aliviar el malestar que te provoca la sed. La sed es una molestia, y el placer consiste en eliminar eso que te está molestando. En el fondo, disfrutamos lo mismo si bebemos agua como cualquier otra cosa. No es principalmente el gusto o el sabor lo que proporciona placer, sino mitigar la tensión, la molestia. Del mismo modo, cuando tenemos hambre, el pan puede ser suficiente para hacernos felices, porque no necesitamos nada más para calmar el hambre.

—Pan, agua, ¿eso es todo? ¡Pero es muy duro! ¡Nadie quiere vivir con tan poco!

—Entiendo que te sorprenda, pero mira a tu alrededor. ¿Dirías que los hombres y las mujeres que viven aquí son infelices? ¿Te parece que les impongo un estilo de vida insoportable?

—No, para nada. Todos están sonrientes y relajados. De hecho, cuando llegué, sentí la calma total que reina en este jardín. Aun así, en las mesas veo queso, pescado, vino...

—Por supuesto, porque nada está prohibido.

—Entonces, ¿qué te impide disfrutar?

—¡Nada!

—Me refería a qué nos impide beber vino y alcohol en general o echar salsa a la comida y comer pasteles y cremas hasta reventar.

—Nada nos impide hacerlo de vez en cuando. En cambio, si te das un festín muy a menudo, lo pagarás con dolor, ya que esos placeres te acabarán causando malestar. Todo es cuestión de medida. La aritmética de los placeres puede hacerte elegir un dolor para evitar otros mayores.

»Míralo de este modo: cuando te tomas un desagradable jarabe amargo, obviamente, no es eso lo que buscas, sino que aceptas ese remedio por el dolor que evitará. Es decir, eliges una leve inconveniencia a cambio de ahorrarte otras peores.

»Lo mismo sucede cuando te sometes a una operación: no es esto lo que quieres, sino poder disfrutar de los placeres de la vida cuando te cures. A la inversa, puedes renunciar a ciertos placeres, como el alcohol, las drogas y otros excesos, que probablemente solo te traigan disgustos en el futuro. En realidad, es una cuestión de lógica.

—¡Y de autocontrol!

—¡Tienes toda la razón, cajita de sorpresas! La ausencia de malestar es la vida en paz, cuando todas las necesidades están satisfechas. Mira a mis amigos: han comido y ya no tienen hambre, han bebido y ya no tienen sed, han dormido y ya no tienen sueño, han hecho el amor y ya no les preocupa cómo satisfacer su deseo sexual... Así, conversamos, felices, entre personas que se aprecian, sin miedo a nada, sin necesidad de nada, sin ningún problema..., ¡como dioses!

—Perdóname, pero he oído decir que tus discípulos y tú sois lo peor, gente libertina, peligrosa, atea, antisistema... ¿Cómo es posible?

—La estupidez y los celos hacen mucho daño. Vivimos felices y libres, sin miedo a la muerte ni a los dioses, buscando el verdadero placer y evitando el sufrimiento, nada más. Pero la gente dice que somos unos cerdos, que nos revolcamos en orgías, que tenemos malas costumbres. ¿Por qué lo hacen? Porque nos negamos a vivir con culpa, porque aquí las mujeres son libres de participar en las conversaciones, no solo los hombres, así como de compartir su cama, porque hemos elegido vivir por nuestra cuenta en lugar de mezclarnos con la multitud y meternos en las peleas de la ciudad. Fuera, hay amenazas de guerra y los conflictos se multiplican, pero nosotros ya no creemos en la política; preferimos vivir retirados, al margen, a nuestra manera. No me extraña que esto fastidie.

—¡A mí también me fastidia!

Es la voz del Hada, que Alicia oye a través de sus auriculares. Se había olvidado de ella, pero ha vuelto. De repente, desaparecen Epicuro y todo el Jardín y Alicia se encuentra en una habitación desconocida. Frente a ella, está el Hada con las mejillas sonrojadas; parece furiosa.

—¿Qué bicho te ha picado? —exclama Alicia—. ¡No se interrumpe una conversación! Estaba escuchando a Epicuro, es importante lo que dice, ¡y tú cortas el sonido y la imagen sin avisar!

—Lo siento —se excusa el Hada—, pero toda esta cháchara me pone de los nervios. De acuerdo, todos parecen muy majos en este Jardín. Es un buen lugar para vivir, se quieren, se respetan, blablablá...

—Y las mujeres son iguales a los hombres y los esclavos son iguales a sus amos. Seguro que no tienes nada que objetar.

—Mi objeción es que el hecho de que se decanten por la calma, los mares tranquilos y el aislamiento tal vez sea una ilusión. Necesitamos tomar partido, ya sea por nosotros mismos o por los demás, en lugar de vivir al margen.

—Explícate, porque no te entiendo.

—Piensa de nuevo en lo que acabas de ver y oír. ¿De verdad crees que el objetivo de nuestra vida es no tener problemas?, ¿vivir sin tensiones, sin nada que nos moleste? A mí me parece...

—¡Atención! Dejen pasar al canguro invisible. ¡Permiso! ¡Traigo una carta! —interrumpe Zingular.

—¿Estabas aquí? —se sorprende Alicia.

—Siempre, Alicia, ¡siempre! Y, ya que estoy, me gustaría señalar un término técnico: esa «ausencia de problemas» de la que hablan Epicuro y sus seguidores se llama «ataraxia». *Taraxos*, en griego antiguo, significa 'problema', 'perturbación', 'agitación'. La *a* al principio indica privación o ausencia de la palabra que viene a continuación, así que ataraxia hace referencia a la ausencia de problemas. Eso es todo.

—Gracias, Canguro, pero déjame que te diga que me has interrumpido. Estaba diciendo que esta «ataraxia», como tú la llamas, hay que criticarla.

—¿Pero por qué? —se indigna Alicia.

—Por la pasividad que supone, e incluso por su lado negativo. Me explico: la felicidad no es solo bienestar y el bienestar no es solo paz y tranquilidad. ¿Acaso no forman parte de la vida también el hambre, la sed o el sueño? Estar siempre al margen de la sociedad, de charla con los amigos, ¿a eso lo llaman «vivir»? ¿Qué hay de cambiar el mundo? ¿Qué pasa con el valor de actuar, de fracasar, de empezar de nuevo?, ¿de caer y volver a levantarse?

—Bueno, vale, Hada, ya lo entiendo —zanja Alicia—. Te parecen demasiado blandos.

—Sí, podría decirse así. Respetables y simpáticos pero cortos de miras, sin ganas de arriesgarse. Lo que olvidan los epicúreos, en mi opinión, es que en la vida también hay que luchar, actuar y asumir los conflictos.

—Me sorprende que digas eso, querida Hada —confiesa Alicia—. ¿Ahora te va la guerra? ¡Arriba la competición! *Struggle for life!* Yo paso... ¡Sabes muy bien que prefiero colaborar antes que competir, hacer la paz antes que la guerra!

—¡Qué pasión tienes, Alicia! Pero piénsalo. ¿No dices que el planeta está en peligro?

—¡Es evidente!

—¿Y que tenemos que hacer todo lo posible para salvarlo?

—¡Sin pensárselo dos veces!

—Entonces, ¿qué opinas de esta gente que te dice «preferimos ir por nuestra cuenta, vivir aquí juntitos en nuestro Jardín y no sufrir, no tener problemas y, por tanto, no desear nada»? ¿Realmente crees que es viviendo en una comuna apartados de la sociedad como vamos a cambiar el mundo?

Alicia se queda pensativa.

⚜ *Diario de Alicia* ⚜

Me vendría bien una brújula; una brújula en mi cabeza, me refiero. Me gusta la calma de Epicuro, pero, justo cuando le estoy cogiendo el gustillo, llega el Hada y mi gozo en un pozo. A veces es muy dura. Lo peor es que no se equivoca: la calma no basta; también hay que actuar, hay que luchar, no es posible quedarse al margen, como un mero espectador.

Tenemos que volver a hablar de la naturaleza. Ahora mismo, salvarla es la causa esencial, pero parece que ya esté oyendo al Hada Objeción: «¿De qué va realmente esta idea de naturaleza?, ¿son las estrellas?, ¿la hierba y los árboles?, ¿el océano, el cielo, las montañas?, ¿la vida en general?, ¿los animales?». Creo que todos estos elementos forman parte de ella, pero ¿en qué orden? Estaría bien entenderlo. Me esperaré, pues a ratos lo veo todo confuso, aunque luego se aclara, y así sucesivamente.

UNA FRASE PARA LA VIDA

Todo lo hacemos para no sufrir y que nada nos perturbe.

(Epicuro, *Carta a Meneceo*)

Poner fin a todos los dolores y a todo malestar, físico o mental, es una buena forma de vivir y un buen objetivo. Nos creemos tantas cosas que nos causan angustia y tenemos tantos deseos que nos atormentan que lo mejor que podemos hacer es acallarlos, pero ¿es suficiente? ¿Basta con eliminar lo negativo para ser feliz? ¿Resolver los problemas garantiza nuestra felicidad de por sí? ¿No necesitaremos algo más?

13

En casa de Marco Aurelio, filósofo y emperador

—Brrrr, brrrr —tiembla Alicia—. ¡Qué frío hace!

—Lo que más cuesta soportar es la humedad —comenta el Hada Objeción—, debida al río y las lluvias, que aquí son habituales.

—¿A qué hemos venido?

—¡A visitar al emperador!

—Vaya... ¿El país de las ideas lo gobierna un emperador?

—No, nadie gobierna el país de las ideas, pero puede ocurrir que un hombre gobierne un imperio gigantesco y, además, sea filósofo, como este que vas a conocer.

—¿Cómo se llama?

—Marco Aurelio, jefe del Imperio romano, un filósofo estoico.

—¿Qué significa «estoico»?

—Espera un poco y lo sabrás. Nos ha concedido una audiencia y vamos a reunirnos con él en su tienda.

—¿Un emperador que vive en una tienda?

—Desde hace meses, sí, porque dirige los ejércitos romanos para defender el imperio contra los pueblos que intentan invadirlo. Por eso estamos aquí. Al otro lado del río, en la linde del bosque, acampan las tropas enemigas, venidas del norte, mientras que de este lado están las tropas romanas. ¿Ves a los vigías?

—¿En las cabañitas de arriba?

—¡Chis! No hables tan alto, no queremos llamar la atención.

El Hada frunce el ceño y Alicia refunfuña un poco, aunque al final sonríe como disculpándose mientras sigue temblando de frío.

—Si me permitís un apunte —dice Canguro—, estamos en el año 172 de nuestra era y el Imperio romano lleva varios años siendo atacado por pueblos hostiles que vienen del norte, de las regiones que corresponden a las actuales Alemania, Hungría y Eslovaquia. Son los marcomanos, los cuados, los variscos y los yacigios. Estos guerreros quieren conquistar tierras para establecerse en ellas y son muy intrépidos. Aunque el imperio se esfuerza por proteger su frontera, pierde varias batallas hasta que el emperador Marco Aurelio toma las riendas de la situación.

»Estamos a orillas del Granus, ahora llamado Hron, en la actual Eslovaquia; es un afluente del Danubio que cruza una zona de bosques montañosos. Aquí, Marco Aurelio dirige los ejércitos romanos, que es su labor de emperador, mientras que, por la noche, anota sus pensamientos, que es su labor de filósofo.

—No parece un emperador como los demás —observa Alicia.

—Desde luego que no —conviene el Hada—. Su primera decisión fue colocar una malla de cuerda bajo los acróbatas para evitar que murieran al caer.

—¡Eso sí que es una gran idea! —exclama Alicia.

—Pero hay más —añade Canguro—. Para no subir los impuestos por los gastos de guerra, durante meses estuvo vendiendo muchos objetos de sus palacios: alfombras, jarrones de oro, piedras preciosas...

—¿Qué más?

—No le gustan los crueles espectáculos de gladiadores, que vuelven locos a los romanos. Sin embargo, como está obligado a asistir en calidad de emperador, aprovecha para leer, tomar notas y recibir visitas.

—¿Y qué más?

—Muchas otras cosas. Dice que debemos vivir de acuerdo con la naturaleza y respetar a los demás.

—¡Me gusta este emperador filósofo! —dice Alicia—. Canguro, quería saber si...

—Lo siento —interrumpe el Hada—. Gracias, Zingular, déjalo ya, que si no vamos a llegar tarde. Quédate aquí con los Ratoncitos. Esperadnos bajo ese arbusto, que ahí estaréis a salvo, y no hagáis ruido. Volveremos en cuanto podamos.

—¿Y por qué? —pregunta el Ratoncito Cuerdo.

—Nada de animales en visita oficial —responde el Hada tajante.

—¡Abajo la discriminación! —protesta el Ratoncito Loco mostrando sus dientecillos, pero Alicia y el Hada ya se han puesto en marcha.

Al acercarse al campamento del ejército romano, Alicia queda impresionada por el estricto orden que reina. Todo está alineado, recto, limpio. Se ha desbrozado una gran extensión de terreno y se ha delimitado con empalizadas y torres de madera para los vigías. En el centro, destaca una carpa defendida por guardias apostados cada dos metros.

—Me recuerda al circo que montaron al lado de mi casa el año pasado —dice Alicia al Hada—, aunque no tan colorido.

—¡Es la tienda del emperador!

—Grandioso... —exclama Alicia al descubrir el palacio de lona con sus pesadas cortinas, protegido del viento y las tormentas por unas gruesas capas de cuero clavadas en la tierra.

Un legionario de la guardia pretoriana, con una reluciente armadura, sale a su encuentro. El Hada le entrega un pergamino. Él lo desenrolla y, tras hojearlo, las acompaña ante Marco Aurelio.

El emperador camina de un lado a otro frente a una imponente mesa al fondo de una amplia estancia llena de alfombras, sillones y pequeñas estatuas. Les da la bienvenida con un gesto de la mano y las invita a tomar asiento. No es muy alto y tanto en su pelo rizado como en su barba ya se aprecian muchas canas.

Alicia se fija en sus amables ojos y su discreta sonrisa, que inspira confianza. Además, su actitud es sorprendentemente sencilla.

—Soy todo oídos —dice sin rodeos.

Afortunadamente, Alicia se ha preparado su primera pregunta durante el camino por el frío bosque.

—¿Cómo es posible ser a la vez emperador y filósofo?

—¿Por qué no iba a serlo? El mundo es como una orquesta. Cada uno tiene una partitura que tocar y debe interpretarla lo mejor que sepa. Uno es guardia, otro jinete, otro herrero, panadero o zapatero. Lo importante no es lo que hacemos, sino que lo hagamos bien, con entrega, perseverancia y dedicación.

»A mí me ha tocado dirigir, lo cual es algo útil, incluso imprescindible. Lo importante no es mi ambición ni mi gloria, sino que el imperio funcione bien, que se cumplan las leyes y que se mantenga la integridad de las fronteras. Este rol no lo he elegido yo, pero he decidido desempeñarlo lo mejor que sé. No somos responsables de dónde nacemos, la familia que nos toca o la educación que nos dan, pero podemos elegir lo que hacemos con ello.

Marco Aurelio guarda silencio un momento, paseándose de un lado a otro, y luego continúa:

—Interpreto mi partitura de emperador sin olvidar que soy tan solo una pequeña gota en el gran océano del mundo. Este mundo tiene un orden y una coherencia, y cada uno ocupa un lugar en él, por eso nadie ha de sentirse superior. El papel de emperador me impone deberes: recaudar impuestos, mantener el orden, hacer justicia, dirigir las guerras si hace falta..., pero no me da derecho a vivir con lujos o derrochando. Mira a tu alrededor: nada de lo que ves aquí es mío. Duermo al lado, en un catre, como mis soldados, no como mucho y, por la noche, escribo en aquella mesita de allí.

—¿Puedo preguntarte sobre qué escribes?

—Claro que sí. Escribo mis pensamientos, para mí mismo. Desde que me interesé por la filosofía, me di cuenta de que hay que practicar todos los días.

—¿Practicar qué?

—Comprobar si has vivido ese día de acuerdo con tus principios, esos que dices defender. Si no, no te tomas la vida en serio. Cada noche me pregunto si he entendido bien, si he juzgado correctamente, si he hablado como debería. ¿Me he dejado impresionar o influenciar? ¿Me he dejado llevar por la rabia o el desprecio? ¿He sabido evitar errores y vanidades? ¿He sido injusto, aunque no fuera mi intención ni lo supiera?

Alicia se queda pensativa. Está impresionada; no se le había pasado por la cabeza que un personaje tan importante fuese tan escrupuloso y estuviera tan atento a su propia conducta. Se imaginaba a un emperador muy seguro de sí mismo y de tener siempre la razón. Sin embargo, al oír a Marco Aurelio, ha descubierto a alguien diferente, a un hombre que busca comportarse lo mejor posible. ¿En nombre de qué?, ¿de su filosofía? Eso es lo que a Alicia le gustaría entender.

—No sé cómo plantear mi próxima pregunta. Me gustaría saber qué te impulsa a cuestionarte ese tipo de cosas.

—La mejor parte de nosotros mismos, la que tendría que gobernar, es la razón. Es la razón la que me hace comprender mi lugar en el orden del mundo, la que me permite cuestionarme y me ayuda a encontrar las respuestas correctas. Este principio es la única parte de nuestra mente que es soberana.

—¿A qué te refieres?

—Lo que sucede en el mundo no depende de nosotros. A lo largo de mi vida, se me han presentado muchas oportunidades: buenos padres, buenos profesores y unos hijos encantadores. También he pasado por muchas situaciones difíciles: he visto morir a amigos, he combatido, he sufrido derrotas, he luchado contra la peste... Nada de eso dependía de mí. Lo único que depende de mí es mi actitud ante estos acontecimientos.

»Gracias a la razón, puedo orientarme en medio de situaciones inciertas e imprevisibles. Dejándonos guiar por ella, nos convertimos en una fortaleza y ninguna circunstancia externa puede con nosotros. Incluso aunque esté en la cárcel, mi mente sigue siendo libre. La tortura quizá me doblegue, pero nada puede contra esta libertad...

»Una vida verdaderamente libre implica, en primer lugar, comprender que el placer o el dolor no tienen importancia. Lo más importante es actuar de forma razonable y justa. Es eso, y solo eso, lo que nos hace felices. No pierdas esta idea, chiquilla, ¡ella te guiará hacia la sabiduría!

—¿Puedo hacerte una última pregunta? —dice Alicia tímidamente.

—Con mucho gusto. A ver si puedo responderte...

—Me han dicho que aconsejas vivir según la naturaleza, pero esa razón de la que hablas toma muchas decisiones que van en contra de ella. Me pregunto cómo haces para conciliarlas.

—Muy sencillo: la razón y la naturaleza no son opuestas. Los animales actúan guiados por sus instintos. Es la naturaleza la que hace que una araña teja su tela, que las abejas construyan panales y tantas otras actividades según cada especie. Los seres vivos no analizan lo que hacen, ni pueden hacerlo porque carecen de razón. El ser humano, en cambio, está dotado de razón por naturaleza, por lo que, al hacer uso de ella, sigue la naturaleza. Sin embargo, los seres humanos que actúan solo por pasión o de forma automática, sin pensar, ¡esos no siguen la naturaleza! Solo el sabio, la persona razonable, vive según la naturaleza, precisamente porque piensa. Ahora tengo que dejaros: las legiones me esperan.

El legionario que las ha recibido, el de la armadura brillante, escolta a Alicia y el Hada hasta la salida. Alicia va dándole vueltas a lo que le ha dicho el filósofo emperador, pues le intriga esto de la naturaleza y la razón. Siempre había pensado que la razón humana era, en cierto modo, peligrosa para la naturaleza, pues la usamos para calcular rendimientos, recursos y productividad o para inventar máquinas cada vez más eficaces, y al hacerlo destruimos el planeta. Así pues, que la razón sea algo que nos da la naturaleza resulta perturbador.

Una vez en el bosque, el Hada y Alicia aprietan el paso. Esperan que no les haya pasado nada a los Ratoncitos ni a Canguro. En cuanto dejan de estar en el punto de mira de los guardias, echan a correr. Pronto están de vuelta en el arbusto que usan como refugio y comprueban que todos duermen plácidamente. Los Ratoncitos se han metido en la bolsa de Zingular, donde están más calentitos, y él se ha envuelto en un montón de fichas.

—Eh —dice el Hada—, ¡tenemos que irnos! Y sin rechistar, o la liaremos parda...

El Hada saca a los Ratoncitos de la bolsa de Canguro, lo sacude a este para que se despierte y mete todas sus fichas en su bolsa, y se ponen en marcha.

La pequeña cuadrilla avanza en silencio oculta bajo los helechos. Al poco, ya se han alejado lo suficiente de los soldados como para echar a volar sin que los vean. El Cuerdo y el Loco, para que sus compañeros no los pierdan de vista, se han vuelto fluorescentes y van dejando a su paso una hermosa nubecita brillante. Alicia no puede contener la risa. ¡Qué fantasía esos dos!

Para no quedarse atrás, Alicia empieza a correr y Canguro da grandes saltos, impulsado por sus patas traseras. El Hada, que no está tan en forma, empieza a quedarse sin aliento, así que, ni corta ni perezosa, comienza a deslizarse sobre los árboles.

«Desde luego, ser hada tiene sus ventajas», piensa Alicia, sintiéndose un poco discriminada.

Al leerle el pensamiento, el Hada baja en picado hasta el suelo y se la sube a la espalda para que surquen juntas el aire de las montañas, siguiendo el rastro fosforito de los Ratoncitos.

Poco después, el grupo aterriza en un gran refugio bajo tierra, cómodo y bien iluminado. En él, Alicia divisa de inmediato una mesa repleta de fruta, pasteles y botellas multicolores.

—¿Dónde estamos? —pregunta.

—¡Ya estamos con el «dónde»! ¿Qué más te da? —protesta el Ratoncito Cuerdo.

—Estamos en algún bar, en algún lugar... —canturrea el Ratoncito Loco.

—Lo importante, Alicia, es que aquí estamos a salvo —dice el Hada—. Puedes comer y descansar. Lo demás es cosa nuestra, ¿entiendes? Cosa nuestra.

A Alicia no le gusta su tono, pero prefiere callarse. Además, los pasteles son muy tentadores y tiene demasiada hambre y sed como para no correr a la mesa. Se sirve una tartaleta de fresa, dos bollos de crema, mousse de chocolate, helado de vainilla y *coulis* de frambuesa, así como un gran vaso de limonada, al que añade sirope de menta, y se va con las manos llenas a un rincón para que nadie la moleste.

Apenas ha terminado su helado, la mousse y sus pastelitos, se queda dormida en el suelo, agotada.

—¿La dejamos ahí mismo? —pregunta el Ratoncito Loco.

—Sí, ya no puede más, la pobre —dice el Hada—. Voy a ponerle un cojín para la cabeza y una buena manta que la cubra de los pies a los hombros, y que sueñe con Marco Aurelio o con quien le apetezca. El resto lo decidiremos mañana.

—Si me permitís, hay algunas cosas que debería saber —añade tímidamente Zingular.

—¿Con respecto a qué? —pregunta el Hada.

—A todo lo que ha visto.

—¡Obviamente! ¿Pero no querrás despertarla ahora?

—Hum..., no, por supuesto que no.

—Bueno, pues entonces guarda tus fichas y duerme un poco, que ya empiezas a hablar como un viejo canguro. ¡Todos a la cama! Mañana será otro día —remata el Hada con su vozarrón.

Alicia se despierta tras una larga noche de sueño reparador. La habitación es sencilla, pero la cama es muy cómoda. ¡Qué alegría estar en un lugar cálido, seco y tranquilo! «Epicuro no se equivocaba —piensa—, ¡mejor que andar siempre en busca de placeres es no tener problemas ni preocupaciones!»

A pesar de todo, tiene un poco de hambre; más que un poco. El olor a tortitas calientes que se cuela por la rendija de la puerta le cosquillea en las fosas nasales, como en los dibujos animados de antes. Así pues, se pone los pantalones y baja a la estancia principal. La gran mesa es un festín de cereales, mermeladas, patés y cremas para untar: todo lo que le gusta.

—¿Y los buenos días, te los has comido? —la regaña el Hada con dulzura.

—El hambre sí que me está comiendo a mí... —contesta Alicia con la boca llena mientras se sirve más.

—¡Sin pasarse! —exclama el Hada—. Es hora de hacer repaso, Alicia. ¿Qué te pareció la última visita?

—Tengo sentimientos encontrados. Por un lado, Marco Aurelio era amable y atento, inspiraba confianza, y lo que dijo sobre la libertad del sabio me pareció muy interesante. Por otro lado, no entiendo cómo puede asegurar que debemos ser indiferentes al placer y al dolor.

—Si me permitís...

—¡Adelante, Canguro! —exclama Alicia.

—Seguramente, te habrás dado cuenta de que Marco Aurelio no piensa para nada de la misma manera que Epicuro. Recordarás que, para Epicuro, todo el bien y todo el mal tienen que ver con las sensaciones: el placer es bueno y el dolor, malo. Para Marco Aurelio, en cambio, no existe esta diferencia entre placer y dolor; el único bien verdadero es la virtud, que significa comprender las cosas de forma sensata y actuar con sentido de justicia. Esta es la principal diferencia entre sus dos escuelas de pensamiento.

—La de Epicuro es el epicureísmo.

—Sí, lleva su nombre, porque él es su fundador y todos sus discípulos continúan su pensamiento.

—Y la escuela de Marco Aurelio, ¿es el marcaurelismo?

—No, en absoluto. Es el estoicismo. El nombre viene de *Stoa*, 'pórtico' en griego. *Stoa Poikilé*, 'Pórtico Pintado', es un lugar del ágora de Atenas donde se encontraban Zenón de Citio, fundador de esta escuela, y sus alumnos. En realidad, el pensamiento estoico surgió más de cuatrocientos años antes de Marco Aurelio. Se desarrolló en Grecia y se fue extendiendo por todo el mundo romano. Los primeros estoicos eran coetáneos de Epicuro y sus ideas se fueron transmitiendo de una generación a otra. En el mundo romano, Epicteto, un antiguo esclavo liberado, escribió un famoso *Manual* en el que resumía sus ideas. En él, se responde a la pregunta que acabas de hacer: ¿cómo se puede ser indiferente al dolor y al placer? A primera vista, parece difícil de entender.

—Sí —conviene Alicia—, porque nadie quiere sufrir. Todo el mundo busca sensaciones agradables.

—Epicteto te da la respuesta de los estoicos. Ellos saben que nadie desea sufrir, que todo el mundo prefiere el placer, como acabas de apuntar. Pero Epicteto dice que hay que distinguir entre lo que depende de nosotros y lo que no. Aunque hagas todo lo posible por tener un viaje seguro, eligiendo un buen barco, un capitán capacitado y una ruta conocida, no te libras de que se desate una tormenta o de sufrir cualquier otro incidente. Aunque hagas todo lo posible por vivir sana, no eres inmune a ningún virus o enfermedad. De hecho, no hay nada que dependa única y exclusivamente de nosotros, que podamos controlar al cien por cien, excepto...

—Lo dijo Marco Aurelio —interrumpe Alicia—, lo que depende de mí es mi actitud.

—¡Bravo, qué buen oído tienes! Sí, Marco Aurelio leyó a Epicteto y, como él, pensó que la actitud con la que nos enfrentemos a cualquier situación es lo único que siempre está en nuestras manos. En una tormenta, puedo ponerme a temblar de miedo o afrontarla; en la enfermedad también. En cualquier situación, mi actitud depende de mí.

—¿Y eso es así? —pregunta Alicia.

—¡Por supuesto que no! —se lamenta el Hada Objeción—. ¡Los estoicos creen que pueden soportar cualquier cosa! Dolor, emociones..., ¿qué es eso? Piensan que es posible vivir como si la mente fuera una torre de marfil, una fortaleza invencible que ningún miedo, tristeza o rabia puede atacar. ¡Se podría objetar que eso es pura ilusión!

—Mi labor es explicar, no objetar —protesta Canguro un tanto ofendido—. Expongo las ideas de cada uno, no las discuto.

—¿Y pretendes entenderlas sin cuestionarlas? —replica el Hada molesta con las mejillas coloradas.

Alicia intuye que se van a enzarzar, así que los interrumpe:

—¡No es momento de discutir, amigos! Vamos a disfrutar un poco más de esta mesa, que todavía tengo algo de hambre.

—Pero nada de excesos ¡o lo pagarás! Recuerda a Epicuro —dice Canguro devorando una pila de tortitas.

—Ante este comilón, dura es la decisión: ¿resistirse a un buen manjar o comer hasta cansar? —canturrea el Ratoncito Loco.

—Yo hago como los estoicos —replica el Ratoncito Cuerdo—, no me voy a atiborrar. Con un poco de queso tengo más que suficiente.

Una vez saciados todos, el Hada carraspea y adopta una actitud solemne, como si fuera a pronunciar un discurso:

—Querida Alicia, lo que has visto hasta ahora es solo una pequeña parte del país de las ideas. Sin embargo, las ideas de los filósofos que has conocido han trascendido varias épocas, pues sus doctrinas se han ido transmitiendo a lo largo de siglos. Las formas de pensar y los estilos de vida que defienden aún existen. Esto es lo que quiero destacar, con la ayuda de Canguro.

—Y la nuestra —gritan los Ratoncitos al unísono.

—Y la vuestra —suspira el Hada, harta de oír sus estridentes voces—. Empecemos por el epicureísmo, ¡que no terminó con la muerte de Epicuro!

—Al contrario, si me permitís —prosigue Zingular—, la doctrina de Epicuro alcanzó una gran divulgación entre las generaciones siguientes. En Grecia, muchos discípulos reivindicaron su pensamiento y forma de vida. En Roma, el poeta Lucrecio, que vivió a principios de nuestra era, escribió el poema filosófico *Sobre la naturaleza*. Al poner en verso la doctrina de Epicuro, la dio a conocer a una multitud de lectores.

»Estas ideas se recuperaron durante el Renacimiento, en especial gracias a Montaigne, a quien conocerás un día. Luego, volvieron a difundirse en la Europa de la Ilustración, en el siglo XVIII, cuando muchos filósofos se opusieron a la religión basándose en los argumentos de Epicuro. Incluso hoy en día hay filósofos que se proclaman epicúreos y el epicureísmo no ha perdido ni un ápice de su relevancia ni de su fuerza.

—¡Qué bien ha hablado! ¡Qué bien documentado! —cantan los Ratoncitos.

—Gracias, mi Zingularito —dice Alicia apurando un vaso de zumo de manzana—. ¿Y qué pasa con los estoicos?

—Os he hablado de los inicios de esta escuela de sabiduría en Grecia y, luego, en Roma, con Epicteto, pero también con Cicerón, abogado y escritor romano que se interesó mucho por las ideas de los filósofos, en particular de los estoicos.

»Séneca fue otro gran estoico que no hemos mencionado todavía. Fue tutor del emperador Nerón, escribía en latín y publicó una serie de tratados, de lectura muy amena, que explican las ideas de los estoicos y las ilustran, como *De la brevedad de la vida*. También escribió *Cartas a Lucilio*, una correspondencia con un amigo imaginario al que guía paso a paso hacia la sabiduría y el modo de vida filosófico. Además, por la forma en que murió, Séneca demostró que ponía en práctica sus principios.

—Explícate, señor sabelotodo —dice Alicia impaciente.

—Nerón, que fue un emperador y dictador sanguinario, decidió quitarse de encima a Séneca, pero el filósofo prefirió suicidarse antes de que lo degollaran los soldados. Se cortó las venas y, como la sangre no fluía lo bastante rápido, tomó veneno, aunque tampoco le hizo efecto enseguida. Pasó horas así, por lo que acabó metiéndose en una bañera con agua caliente para acelerar el efecto del veneno y la hemorragia, y durante todo ese tiempo estuvo tranquilizando a su mujer, explicándole que morir no es trágico, así como hablando con su familia y criados para que no lo lloraran ni lamentaran.

—Guau... —suspira Alicia.

—Pues sí —prosigue Zingular—. A esto llaman los estoicos «fortaleza del alma»: la voluntad del sabio es más fuerte que todos los miedos y emociones. No es casualidad que la muerte de Séneca haya inspirado tantos cuadros.

—¿De pintores romanos?

—No, pinturas clásicas de los siglos XVII y XVIII, porque el estoicismo también ha perdurado en Occidente. La cultura cristiana asimiló ciertos aspectos del pensamiento estoico. De hecho, la difusión de los principales conceptos del estoicismo prácticamente jamás se ha visto interrumpida. Todavía hay personas que se esfuerzan por vivir según sus principios, siguiendo a Séneca o Marco Aurelio.

—¿Y lo consiguen?

—Lo intentan..., igual que el propio Marco Aurelio, pero sin pretender conseguirlo, pues ser sabio es un ideal. Dominar tus emociones, actuar solo por el bien, no dejarte llevar, mostrarte indiferente a las cosas que te van sucediendo..., ¡no es moco de pavo! Incluso los estoicos solían decir que quizá ningún ser humano haya llegado nunca a ser sabio, pero eso no les impedía hacer todo lo posible por serlo. Como ves, estas escuelas de sabiduría nunca han desaparecido.

—¿Y aún quedan cínicos y rebeldes como Diógenes?

—Tuvo seguidores durante varios siglos después de su muerte. Hay muchas referencias a Diógenes en la pintura clásica, en relatos y fábulas, pero se centran en el personaje más que en sus ideas, que muchas veces ni aparecen. Algunos movimientos de los siglos xx y xxi podrían asimilarse al cinismo. Recuerdo, por ejemplo, los *beatniks* de los años sesenta y los contestatarios de los ochenta.

—Y bien, ¿has terminado? —interpela una voz ratonil.

—¿El qué? —pregunta Canguro.

—Tu discurso. Estoy harto de escuelas de sabiduría. Unos mucho y otros poco, ¿no estarán todos ellos medio locos? —pregunta un Ratoncito, el Loco obviamente.

—No le quito razón —añade el Ratoncito Cuerdo—, a mí también me gustaría ponerme en marcha. Lo ha expresado a su manera, pero no le falta razón.

—¿Qué tiene de malo mi manera, criticón?

—Dices lo primero que se te pasa por el bigote —le grita el Cuerdo al Loco—, deberías tener más cuidado con lo que dices. Un cuerdo es cuerdo; un loco es un loco...

—No veo mucha diferencia, lo que veo es impertinencia... —replica el Loco empezando a alterarse.

—Los cuerdos actúan con sabiduría, aunque les parezcan locos a los tontos. Los locos actúan mal, aunque haya tontos que se dejen embaucar —responde el Cuerdo con voz chillona.

—Da igual, no hay ninguna diferencia. Tú piensas que cambia algo, pero lo dudo. Al final, no son más que cuentos que nos inventamos.

—¿Qué le pasa? —pregunta Alicia.

—Está con una crisis de escepticismo agudo —dice Canguro.

—¿Crisis de qué?

—De escepticismo, del griego *skeptó*, que significa 'yo dudo'. Los escépticos eran una escuela de sabiduría que aún no hemos mencionado. La fundó un filósofo llamado Pirrón, por eso al pensamiento de los escépticos también se lo llama a veces «pirronismo».

—¿Cuál es su idea principal?

—Que no conocemos la verdad. Para ellos, todo lo que sabemos es incierto y aproximado, por lo que hay que cogerlo con pinzas. Creen que hay diferencias, ideas opuestas, contradicciones, pero tal vez solo sean apariencias y no tengamos medios para llegar a ninguna certeza. Así pues, según ellos, hay que dejar el juicio en suspensión; esto es, no considerar nada ni verdadero ni falso.

—¿Y cómo actuamos entonces? Me parece muy difícil tomar ninguna decisión sobre qué hacer si nada es verdad.

—¡Excelente observación, Alicia! A los escépticos siempre les cuesta actuar. Por ejemplo, se dice que Pirrón no acudió en ayuda de su amo cuando este cayó en una zanja porque era incapaz de decidir si ayudarlo o no. «No más lo uno que lo otro» es la frase clave de la actitud escéptica, no más sí que no, no más bien que mal, no más agradable que repugnante... El mismo Pirrón se encargaba de lavar la pocilga sin que le diera asco, ¡porque no era más agradable que repugnante!

—Friqui, friqui, friqui, friqui, friqui, friqui... —canturrea el Ratoncito Loco—, ya te lo decía yo, chiqui.

—Friquis pero listos, si me permites, querido Ratoncito —continúa Canguro—. De hecho, a su manera, la tradición escéptica también es una vía para alcanzar cierta serenidad. Si te convences de que el verdadero conocimiento no está a tu alcance, dejas de pasarlo mal. Al fin y al cabo, te liberas de la preocupación por la verdad, de la inquietud por saber.

—¡Objeción! —dice el Hada—. Si te liberas de la búsqueda de la verdad, ya no eres un filósofo propiamente dicho.

—Más despacio, por favor —protesta Alicia—, que no te sigo... ¿Qué quieres decir, Hada?

—Algo muy sencillo: la filosofía es ante todo la búsqueda de lo verdadero, ya lo has visto con Sócrates y todos los demás. Si perdemos de vista este objetivo diciendo que nunca podremos alcanzarlo, ¿qué tipo de filósofos somos?

—Dejad que os diga que creo que hay una solución —puntualiza Zingular—. Por supuesto, los escépticos no tardaron mucho en toparse con la objeción que acaba de hacer el Hada, y con otra todavía peor: decir que no se puede alcanzar la verdad es... la verdad que ellos defienden. Sin embargo, si la verdad es que nada es verdad, nada es verdad, excepto que nada es verdad. ¡Es un círculo vicioso!

—¿Lo ves? —continúa el Hada—. Al contrario de lo que dices, ¡no hay solución!

—Si me lo permitís, sí que hay una salida, siempre que seamos menos radicales en nuestras afirmaciones. Estas contradicciones solo existen si se lleva el escepticismo al extremo, pero no hay por qué hacer tal cosa.

»Uno de los grandes filósofos escépticos de la Antigüedad, Sexto Empírico, era un buen médico. ¿Crees que actuaba partiendo de la base de que el remedio no es más eficaz que el veneno, ni el veneno más perjudicial que el remedio? Como escéptico, creía que no conocemos el porqué último de las cosas, pero se basaba en su experiencia para actuar en beneficio de sus pacientes. Su escepticismo lo llevó a criticar la exagerada certeza de *los que saben*. Esta es la idea principal del escepticismo.

»Filósofos como Montaigne en el siglo xvi, David Hume en el siglo xviii y Bertrand Russell en el siglo xx ya vieron que el escepticismo ayuda a mantener vivo el espíritu crítico, la capacidad de dudar. Cada vez que ciertos filósofos o científicos se muestran demasiado seguros de sí mismos, los escépticos los invitan a la modestia, impidiéndoles volverse dogmáticos, autoritarios. Lo que cuenta es la actitud, y dudar es lo que se debe hacer.

—¡Bien dicho, Zingular! —concluye el Hada—. Me gusta esa palabra, «actitud». Al final, todas estas escuelas de sabiduría trabajan para proponer una actitud determinada ante la vida, y esta, que ha de mantenerse a lo largo de la existencia, es más importante que las doctrinas y métodos. Los epicúreos se proponen una actitud de serenidad basada en la ausencia de problemas y tensiones; los estoicos, una de aceptación del mundo y el destino; los cínicos, una de ruptura con la sociedad y sus normas; los escépticos, una de indiferencia. Y así, en resumen, diría que...

Silencio. Todo negro; ninguna imagen, ningún sonido. El Hada desaparece y los demás también, incluso Alicia, a la que solo le da tiempo a pensar «¡Qué raro!». Y, después, nada.

☙ *Diario de Alicia* ❧

Nunca había imaginado tantas ideas distintas que, a su vez, llevaran a la gente a tener una vida tan distinta. Estaba convencida de que todos vivíamos en el mismo mundo, con puntos de vista más o menos parecidos.

Resulta que podemos elegir entre muchas escuelas, muchos pensamientos, ideas y vidas. Tenemos muchas vidas y mundos a nuestra disposición.

¿Los tenemos? No lo sé, aunque por lo visto así es.

UNA FRASE PARA LA VIDA

No hay que enfadarse con los acontecimientos.

(Marco Aurelio, *Meditaciones*, libro XI, 6)

Aquí está una frase que ayuda a vivir, o eso me parece. Mucha gente culpa a las circunstancias de aquello por lo que se siente molesta o amenazada. No ve que lo esencial es decidir con qué actitud queremos enfrentarnos a los acontecimientos. No se trata de resignarnos, de creer que no podemos hacer nada. Todo lo contrario: se trata de entender que no somos responsables de lo que ocurre, pero sí de nuestra actitud ante ello. Echar la culpa a los acontecimientos no es solo un error, es una pérdida de tiempo y confundir la velocidad con el tocino. Los acontecimientos son lo que son. Lo que hagamos con ellos, eso sí depende de nosotros. Sean catástrofes naturales, guerras o crisis, el resentimiento no aporta nada. La voluntad de hacer lo mejor que podamos es suficiente. Gracias, Marco Aurelio.

14

La glorieta de la Reina Blanca

La Reina Blanca espera a su invitada en la terraza de su inmenso palacio. Alicia está contenta con el reencuentro porque las discrepancias entre los filósofos la tienen preocupada. Todos poseen una receta sobre cómo vivir, pero todas tan diferentes...

La Reina Blanca, que siempre muestra una sonrisa afable y mirada atenta y tiene una forma de gesticular que es muy suya, conduce a Alicia a su gabinete, forrado de libros del suelo al techo. Esta se fija en que todos los cuadros que ve son retratos de filósofos o representan escenas de su vida, como la muerte de Sócrates y la de Séneca, pero también momentos menos trágicos: Diógenes rompiendo su cuenco al ver que un niño bebía de sus propias manos, Epicuro conversando con sus amigos en su Jardín...

—Pareces desconcertada, Alicia. Dime cómo te sientes.

—Todos los filósofos que he conocido quieren explicar cómo vivir, pero me pregunto por qué no se ponen de acuerdo.

La Reina Blanca está dispuesta a aclarar la situación. Primera cuestión: ¿están de acuerdo todas las antiguas escuelas de sabiduría griegas y romanas en que el objetivo de la filosofía es permitirnos llevar una vida sabia, serena y feliz? En general, la respuesta es «sí». Son los medios para alcanzar este objetivo lo que las diferencia. Sus puntos de partida, métodos y caminos son distintos, pero su idea común es, sin duda, llegar a tener un control suficiente de nuestras emociones y deseos, haciendo uso de la razón, como para transformar nuestra vida de forma duradera y profunda.

Segunda cuestión: ¿comparten todos los filósofos este objetivo de sabiduría? Es decir, ¿todos los que analizan las ideas y se interesan por cómo se construyen y el poder que tienen están de acuerdo en que la finalidad es encaminarse hacia la sabiduría? En este caso, la respuesta es «no», pues muchos filósofos consideran que sus esfuerzos están orientados al saber, al conocimiento, a la verdad, y no necesariamente a transformar la vida. No comparten la idea de que la verdad conlleva felicidad, que nos permite transformar nuestra vida.

—¿De qué sirve la verdad si no es para vivir de otra manera? —pregunta Alicia.

—Sirve para conocer, ni más ni menos. Este conocimiento no tiene por qué repercutir en la manera como vivimos. ¡Lo que sabe un científico no cambia su vida de un momento a otro! Para algunos filósofos, el papel principal de las ideas es ampliar nuestros conocimientos, no cambiar nuestra vida. En este punto fundamental no se ponen de acuerdo.

—¿Quién tiene razón?

—El debate lleva siglos sobre la mesa, pero nadie lo ha ganado ni perdido. Según la época y la cultura, se hace más hincapié en la sabiduría o en el conocimiento, aunque ninguna de estas dos tendencias desaparece del todo, sino que ambas vuelven a surgir una y otra vez, van transformándose y se perpetúan.

La Reina Blanca tiene unos extraños ojos claros. Cuando los posa sobre Alicia, esta tiene la impresión de que la está atravesando con la mirada y viendo lo más profundo de ella.

—En tu viaje —prosigue la Reina con su voz pausada—, debes tener esto muy presente: las ideas viven mucho tiempo, mucho más que los humanos. A lo largo de toda su existencia, pueden cambiar de aspecto, mutar o renovarse, pero no mueren. Por ejemplo, muchas personas siguen dándole vueltas a la idea de transformar nuestro estilo de vida a través de la razón. Durante algunos siglos, esta idea perdió fuelle, sin llegar a desaparecer, y hoy ha vuelto con fuerza.

»De igual modo, tampoco ha desaparecido la idea contraria, la del saber por saber sin una finalidad práctica. Se sigue oponiendo a la idea de que la filosofía es un remedio para la infelicidad y abogando por hacer de esta una escuela de lucidez que proporcione una visión precisa de la realidad que compartimos, en lugar de ser una escuela más de desarrollo personal.

—¿Es una guerra? —se inquieta Alicia.

—No exageres..., aunque tampoco es que vayas desencaminada, pues la palabra «polémica» viene del griego antiguo *polemos* 'guerra'. Por tanto, no esperes encontrar paz en el país de las ideas, ya que lo que diga uno no lo dirá su vecino. Los filósofos siempre están criticando las ideas de sus precursores y las de sus coetáneos; esto es, de los que han vivido antes que ellos y de los de su tiempo.

—¿Por qué lo hacen? ¿Les gusta hablar mal de los demás?

—No es tan sencillo. Suele pasar que, cuando hay ciertas ideas compartidas, se forman comunidades con la misma creencia o convicción. En la religión y en la política, cada grupo está unido por sus ideas en mayor o menor medida. En cambio, la filosofía maneja las ideas de otra manera. En lugar de aferrarse a ellas, los filósofos las cuestionan, las analizan, las ponen a prueba; se preguntan de qué están hechas y cómo combinarlas o seleccionarlas. Ahí es donde suelen aparecer las divergencias. Y menos mal.

—¿Menos mal por qué?

—¡Que no te extrañe, Alicia! Estas disputas entre filósofos no son un punto débil; al contrario, son su punto fuerte. Gracias a la crítica bien argumentada, las ideas avanzan. Si la gente estuviera de acuerdo en todo, ¡el país de las ideas ni siquiera existiría! Se ha ido formando, precisamente, porque hay opiniones distintas, discrepancias y conflictos de ideas. El desacuerdo es el estado normal de la vida de las ideas.

—¿Cuantos más puntos de vista haya más ideas se generan?

—Más bien, las ideas, si se analizan desde varios ángulos, se vuelven más claras, más definidas. Por ejemplo, la idea de naturaleza...

—¡Eso sí que me interesa!

—Esta idea se ha ido ampliando con sentidos muy diferentes gracias a los debates filosóficos. *Naturaleza* puede referirse a todo lo que no han creado los humanos, al conjunto del universo, desde la más pequeña hoja de hierba hasta la galaxia más lejana, o atenerse solo al medio terrestre: océanos y continentes, plantas y animales.

»Sin embargo, cuando hablamos de la naturaleza de un problema o persona, evocamos la idea de carácter, de aquello que le hace singular. Y, cuando comemos yogur *natural*, tenemos otra idea en mente. Otra fuente importante de diversidad de ideas es la pluralidad de culturas y lenguas.

—¿Qué tienen que ver las lenguas con todo esto?

—*Naturaleza*, en español, no tiene exactamente el mismo significado que *physis* en griego antiguo o *natura* en latín. De hecho, las lenguas son fundamentales, querida Alicia, pues nuestras ideas dependen, en gran medida, de las palabras que utilizamos. Y es la lengua la que determina cada concepto. Las ideas que tenemos en español no son iguales que en alemán, francés o italiano. En el caso de estos idiomas, la brecha no se aprecia tanto porque los términos pueden traducirse, explicarse o comentarse, y sobre todo porque se trata de lenguas europeas, que tienen mucho en común y comparten bastante vocabulario.

»No obstante, cuando se trata de lenguas de otras familias, que funcionan de distinta manera, las diferencias se disparan. Las ideas se construyen, elaboran y plasman de un modo específico en hebreo, árabe, sánscrito (la lengua sagrada de la India), chino, tibetano..., por citar solo algunas de las lenguas en las que existen inmensas bibliotecas que pertenecen al país de las ideas. Cuando viajas, pasas de una lengua a otra, de un universo mental a otro.

—¿Cómo se cruza esa frontera?

—¡Buena pregunta! No es fácil dar una respuesta. La frontera entre lenguas o culturas nunca es una barrera insuperable. Muy a menudo, a lo largo de la historia, las lenguas se han ido encontrando y traduciéndose, y las ideas han circulado de una a otra, a veces con malentendidos, mutaciones... Esta ha sido una fuente de diversidad de ideas. Los grandes puertos, los centros de comercio y los caminos por los que circulaban las mercancías se convirtieron en núcleos de reflexión y traducción donde se cruzaban distintos modos de pensamiento, por lo que muchas veces se daban descubrimientos recíprocos de ideas, combinaciones e invenciones varias.

—¿Y eso nunca termina?

—Por supuesto que no. Estos encuentros siempre están dando lugar a nuevas creaciones, y los sistemas de ideas, con el paso de los siglos, también se van renovando.

—¿Quieres decir que las ideas no mueren nunca?

—Las ideas viven siempre, sin duda, pero no necesariamente se mantienen idénticas. Recuerda a los filósofos que conociste. Por ejemplo, aunque Sócrates murió hace mucho tiempo y el hombre ha desaparecido, el personaje y sus preguntas ha seguido inspirándonos y haciéndonos pensar. Y el Sócrates de la Edad Media no es el de la Ilustración o del siglo XXI.

»Piensa también en Diógenes, Epicuro, Marco Aurelio y demás: sus ideas se han ido transmitiendo de generación en generación. Todavía hablamos de "cínicos", "epicúreos", "estoicos", pese a que el significado de estas palabras haya cambiado, dando lugar a malentendidos. Por ejemplo, hoy llamamos "epicúreo" a un vividor, al amante de un buen vino y de recetas gourmet, a una persona que busca disfrutar de todos los placeres de la vida. Sin embargo, cuando hablaste con el filósofo del Jardín, ya te diste cuenta de que su pensamiento no va de eso...

—¿Quieres decir que su pensamiento se transmitió mal?

—Más bien, se entendió mal, porque el nombre de Epicuro se ha utilizado para referirse a un modo de vida muy alejado de su verdadero pensamiento. Lo más importante es que recuerdes que las ideas van cambiando y desarrollándose a lo largo del tiempo; no desaparecen, pero tampoco permanecen exactamente como eran al inicio. ¿Tú sigues siendo Alicia?

—¡Claro que sí!

—¿Eres la misma que cuando tenías diez años?

—¡Claro que no!

—Lo mismo ocurre con las ideas. Siguen idénticas y, sin embargo, han cambiado. Verás que se transforman, nacen otras, se encuentran con algunas de lugares diferentes...

—¿Qué lugares?

—La cultura judía, la hindú o la china, por ejemplo. En un momento dado, se pretendió hacer creer que los griegos fueron quienes inventaron la filosofía y los únicos que la practicaron... ¡Como si los demás no tuvieran ideas! Como si fueran incapaces de analizarlas, debatirlas, ponerlas a prueba... Esto es falso, obviamente. Para que lo veas por ti misma, creo que es esencial que descubras estos otros lugares del país de las ideas.

—¿De verdad puedo ir a conocer esos mundos?

—Por supuesto, y siempre en compañía de tus amigos y de sus explicaciones. Vamos, voy a enseñarte la glorieta.

—¿Qué es la glorieta?

—Ya verás, está al final del palacio. ¡Ven!

Alicia sigue a la Reina Blanca de pasillo en pasillo, atravesando varios salones, hasta que llegan a una enorme sala circular. «¡Qué lugar tan extraño!», piensa Alicia nada más cruzar la puerta. Hay cristaleras por todas partes y cada una da a un paisaje diferente. A la izquierda, al otro lado de una puerta cristalera, se ve Atenas y el Partenón; en otra, Roma y sus siete colinas; en la siguiente, paisajes asiáticos, estuarios y ríos bordeados de altos árboles sumidos en la niebla, y en la de más allá, las montañas de China. A la derecha, por otra serie de puertas cristaleras, se ven caballeros desfilando con sus armaduras, carabelas en el océano y, por último, fábricas y helicópteros.

Es la primera vez que Alicia contempla semejante espectáculo. Todas las puertas dan a un paisaje único, a un país diferente, a una época distinta. Es como si bastara con acercarse a una de ellas para cambiar de tierra, siglo e idea.

—Pareces sorprendida.

—Nunca había visto una sala como esta.

—Es algo que solo existe aquí. Como te habrás fijado, en esta glorieta confluyen siglos, civilizaciones, lenguas e ideas de todo el mundo.

—¿Y cómo me desplazo?

—Elige la puerta que quieras. Te advierto de que te encontrarás ideas distintas, otra cara de la filosofía. ¡No tengas miedo!

TERCERA PARTE

EN LA QUE ALICIA SE DA CUENTA DE QUE LOS
GRIEGOS NO TIENEN EL MONOPOLIO DE LAS IDEAS

15

En el desierto con los hebreos

¿Se habrá dormido? Alicia se ha transportado sin darse cuenta. No recuerda nada del viaje y no sabe cómo ha acabado aquí, solo que tiene mucho calor. Al abrir los ojos, entiende por qué: ¡está en medio del desierto bajo un sol de justicia! Hasta donde alcanza la vista, no hay más que arena, piedras, algunos arbustos y cactus. Busca algo con que protegerse del sol, pero no encuentra nada, así que se cubre la cabeza con las manos y otea el horizonte.

Entonces, vislumbra un punto blanco, apenas visible, muy lejos, en un valle entre dos colinas. Cierra los ojos, espera unos minutos y vuelve a mirar. Sí, ¡el punto se ha hecho más grande! No mucho, pero no cabe duda: ¡alguien viene desde lejos en su dirección! Se pregunta cuánto tardará en acercarse para hacerle señas.

—Pst...

¿Quién la llama? No ve a nadie. Mira para todos lados y aguza el oído, pero piensa que lo habrá soñado.

—Pst...

—¿Quién hay ahí?

—¡Nosotros! —responden dos vocecitas estridentes que Alicia reconoce enseguida.

—¡Ratoncitos! ¿Dónde estáis, que no os veo?

—¡Abajo, a tus pies! Estamos enterrados en la arena; es que hace tanto calor...

Alicia distingue dos puntitos rosas en la punta de sus pies:

¡los hocicos de los hermanos gemelos! Se protegen del ardiente suelo, dejando al aire la parte de su cuerpo estrictamente necesaria para respirar.

—¿Cómo me habéis encontrado?

—Pregunta equivocada —dice el Ratoncito Loco.

—¡Hemos sido nosotros los que te hemos traído aquí! —dice el Ratoncito Cuerdo.

—¿Y dónde estamos?

—En la Tierra Prometida, donde los hebreos.

Alicia no se lo puede creer. Siempre ha oído hablar del Antiguo Testamento, de los diez mandamientos y de los profetas, pero nunca pensó que alguna vez estaría de verdad en la tierra de los hebreos, y sin embargo... El punto blanco se ha convertido en un hombre montado en un camello. Viste un fino ropaje blanco con rayas azules anchas, como las ilustraciones de los libros de historia que ella solía leer. No alcanza a verle la cara, pues el hombre lleva la cabeza cubierta, pero mueve ambos brazos para que acuda a su encuentro.

—Ratoncitos, ¿sabéis quién viene?

—Es un mercader judío que vuelve de un encuentro con un sabio, un *tzadik* en hebreo —explica el Ratoncito Cuerdo—. Queríamos que hablaras con él para que te muestre otra cara del país de las ideas.

—¿Sabéis cómo se llama?

—Se llama Me Llamaré —responde el Loco.

—¿Me estás vacilando? —dice Alicia.

—A medias, como siempre hace mi hermano —aclara el Ratoncito Cuerdo—. Lo que quiere decir es que a él no le gusta decir cómo se llama, pues cree que es inútil. Sin embargo, da mucha importancia a las palabras y al futuro porque...

—O sea —interrumpe el Ratoncito Loco—, ¿sabes lo que quiero decir mejor que yo mismo? Esto ya me parece...

El Ratoncito Loco no llega a terminar la frase, pues se levanta un viento de gran intensidad. En pocos segundos, la arena lo cubre todo, incluidos los hocicos de los Ratoncitos.

Alicia mete la cabeza en el regazo e intenta protegerse los ojos. Los granos de arena crujen entre sus dientes, le hacen cosquillas en las fosas nasales, se le meten en las orejas, se deslizan por su espalda... Quiere pedir ayuda, pero, si abre la boca, será peor. De repente, una mano fuerte la levanta y le limpia la cara.

Pasados unos instantes, se encuentra al abrigo de una tienda improvisada, sacudida por el viento, con los dos Ratoncitos y el hombre del camello.

—¡Gracias! —le dice Alicia—. ¡Nos has salvado! Estaba tan asustada; temía que nos quedáramos enterrados bajo el polvo...

—De nada sirve el miedo —dice el hombre—: somos polvo y, tarde o temprano, volveremos al polvo.

En la penumbra, Alicia apenas distingue su túnica de rayas, pero entrevé su rostro demacrado y sus ojos brillantes. La nube de arena es tan espesa que parece que haya caído la noche y las ráfagas de viento sacuden el refugio, que resiste aunque parezca frágil. Al echar un vistazo al exterior por una rendija, ve pasar, una tras otra, oleadas de arena, formas borrosas en medio de un silbido constante. Nada está enfocado. Todo resulta confuso, amenazante y oscuro.

—Parece el *tohu va-bohu* —dice el hombre.

—¿El qué? —pregunta Alicia asombrada.

—El *tohu va-bohu*, el principio del mundo, cuando nada se había separado aún, sino que todo estaba ligado en una sola cosa.

El Ratoncito Cuerdo, imitando a Canguro, susurra:

—Este término hebreo dio origen a una palabra que existe en un idioma tan cercano como el francés, *tohu-bohu*, que se utiliza para decir que está todo al revés, mezclado, desordenado.

El hombre no oye al Ratoncito, así que continúa su explicación.

—Para que la vida sea posible, para que puedan darse uniones, los elementos han tenido que separarse antes.

—Disculpa... —interrumpe Alicia—, no entiendo esta idea. ¿Me la puedes explicar?

—Es una idea muy importante, incluso fundamental. Déjame contestarte con una pregunta: ¿cuántos hacen falta para formar una alianza?

—Dos... ¡por lo menos!

—¿Juntos o separados?

—Separados, supongo...

—Exacto. Solo puede unirse lo que estaba separado. La separación es la condición primaria, indispensable. Si tú y yo no fuéramos dos seres distintos, si no existiésemos cada uno por separado, nunca podríamos hablarnos, ni ser amigos, ni cerrar un acuerdo o sellar un pacto. Si no hubiera diferencia entre uno y otro, si fuéramos una masa homogénea, una mezcla indistinta, ¡no podríamos hacer nada de eso!

—¿Estás diciendo que hay que estar separados para que pueda haber una relación?

—Así es. Por eso, en hebreo, no hablamos de «cerrar» un acuerdo o alianza. Cuando nos referimos a crear una alianza, decimos que la «rompemos».

—¡Es absurdo!

—No, tiene sentido, y tú misma acabas de reconocerlo. La separación, la división, el hecho de romper lo que no se distingue, de deshacer la mezcla, de poner fin a la confusión es el único punto de partida para todos los acuerdos posibles.

»Mira la tormenta que hay fuera: no ves nada porque no se distingue una sola cosa. No se ven las colinas, ni los animales, ni las personas. Solo hay viento y tinieblas. ¿Crees que semejante caos deja alguna posibilidad de hablar, como estamos haciendo? No. Para ello, nos hemos tenido que apartar de esta amenaza levantando nuestra tienda, resguardándonos de la tormenta. No solo para sobrevivir, sino para poder hablar, pensar o planear lo que vamos a hacer.

—No sé si lo estoy entendiendo...

—En realidad, lo que digo es muy sencillo, pero voy a intentar explicarlo mejor. Muchas veces, lo más sencillo es lo que más nos cuesta entender.

»Mira otra vez esta niebla tan densa, esta tormenta que no nos deja ver más que borrones; ninguna silueta, ninguna forma, ni una sola cosa nítida. En este *tohu va-bohu*, este caos, nada es posible: ni mundo, ni idea, ni acción, ni conocimiento. ¿Por qué?, porque nada está separado. Y, si estuviéramos todos mezclados, ¿qué pasaría? —pregunta el hombre.

—No podrías estar hablándome ahora mismo —responde Alicia.

—¡Muy bien! Es porque yo soy yo y puedo hablarte y tú eres tú y puedes oírme. Empiezas a entender lo que intento que comprendas. La separación entre los individuos es la condición indispensable para que estos puedan relacionarse.

—Déjame pensar... Para ser amigos o enemigos, primero hay que ser dos, ¿es esa la idea?

—Sí, exactamente. Esto se aplica a ti, a mí y a todos los demás. Fíjate en las especies vivas: los humanos y los animales pueden respetarse unos a otros porque no se mezclan. Esto también sucede con las relaciones entre pueblos y naciones: en la medida en que cada uno existe por separado es como pueden ponerse de acuerdo para coexistir.

—¡Guau! —exclama Alicia al darse cuenta del poder de esta idea.

—¿Guau? No conozco esa palabra —dice el hombre.

—Tampoco te pierdes nada... Dime, ¿esto de separarse para luego conectar es necesario para todo?

—Por supuesto. Es más necesario todavía para la relación entre los seres humanos y Dios. Dios solo pudo hacer una alianza con nosotros, los judíos, y nosotros con él porque Dios está separado del mundo, de los seres humanos; es decir, es radicalmente distinto de lo que somos nosotros, no tenemos acceso a él ni tampoco forma de nombrarlo y tampoco sabemos cómo es ni lo que es.

—Bueno, pues ya no te sigo —dice Alicia—. Hasta el ejemplo de los pueblos, lo he entendido. Como sucede con las personas, solo los pueblos separados pueden hablar entre ellos, estar de acuerdo o en desacuerdo, formar alianzas, etcétera, pero ¿qué tiene que ver Dios en todo esto? Para entender lo que es, ¿hay que tener fe, creer que existe, ser de tu religión?

—Dentro de tus preguntas, hay muchas más, así que voy a contestarte una por una. En este caso, no hablamos de «fe». Para nosotros, no se trata de creer, sino de hacer. Lo más importante no es tener el convencimiento de que Dios existe, sino cumplir su Ley, hacer todo lo que prescribe. Si te soy sincero, no sé qué significa la palabra *Dios*, pues es un misterio, no se puede comprender, pero podemos seguir la Ley que él le ha dado a mi pueblo y debemos hacerlo: eso es todo.

—Espera, ¡no me basta con eso! ¿De dónde viene esta Ley?, ¿qué dice?, ¿por qué tienes que cumplirla?, ¿por qué tu pueblo, y no otro?

—La Ley es el texto que recibe Moisés en el monte Sinaí. Nosotros consideramos que el origen de ese texto no es humano. Los humanos tenemos que entenderlo, interpretarlo y aplicarlo lo mejor que podamos: eso es todo lo que tenemos que hacer, no cuestionarnos su existencia ni justificarla. En casos concretos, podemos debatir qué significa la Ley, cómo aplicarla, pero nunca ponemos en duda su legitimidad ni su procedencia.

—¿Y qué dice esta Ley?

—¿Has oído hablar de los diez mandamientos? En hebreo, los llamamos simplemente «diez palabras».

—Yo sí —grita el Ratoncito Loco—. ¡He visto la película! 1956, de Cecil B. DeMille, con Charlton Heston y Yul Brynner, ¡brillante!

—Ah, sí, me suena —dice Alicia—. De pequeña vi la película, *Los Diez Mandamientos*, y también *Ben-Hur*, y me impresionaron las heridas de Messala después de la carrera de cuadrigas con Judá Ben-Hur.

—Messala estaba bueno, pero prefiero a Ben-Hur —dice el Ratoncito Loco relamiéndose.

—¡Calla, hermano! —suplica el Cuerdo—. ¡Calla de una vez!

—¿Qué has dicho? —pregunta el hombre.

—Es el viento —dice Alicia avergonzada.

—Voy a leerte un pasaje de la Torá, el texto que recoge la Ley, para que entiendas mejor los principios que nos guían.

El hombre saca un rollo de papiro de su zurrón y, a medida que lo va desenrollando, va leyendo lentamente las líneas que le interesan, del libro del Éxodo, 20, 1-14:

—«Entonces Dios pronunció todas estas palabras, diciendo: yo soy lo Eterno, tu dios, que te hice salir del país de Egipto, de la casa donde fuiste esclavo. No pondrás a otros dioses delante de mí. No construirás ninguna imagen esculpida, ni otra representación de cosas que están arriba en los cielos, o abajo en la Tierra, o en las aguas debajo de la Tierra. No te someterás a ellas, ni las servirás; porque yo, lo Eterno, tu dios, soy celoso, castigo a los hijos hasta la tercera o cuarta generación por la maldad de los padres que me odian y soy misericordioso durante mil generaciones con aquellos que me aman y obedecen mis palabras. No te tomarás el nombre del Eterno, tu dios, como algo banal, porque lo Eterno no dejará de castigar al que lo haga. Acuérdate del día del reposo para separarlo. Harás en seis días tu trabajo semanal, pero el séptimo día es el día de descanso de lo Eterno, tu dios, por eso no harás ningún trabajo, ni tú, ni tu hijo, ni tu hija, ni tu sirviente, ni tu sirvienta, ni tu ganado, ni el extranjero que al que estés hospedando. Porque en seis días hizo lo Eterno los cielos, la tierra y el mar, y todo lo que contienen, y al llegar el séptimo día descansó: por eso lo Eterno bendijo el día del descanso como algo sagrado y separado. Honra a tu padre y a tu madre, para que tu vida se alargue en el país que te da lo Eterno, tu dios. No matarás. No cometerás adulterio. No hurtarás. No atestiguarás contra tu prójimo con declaraciones falsas. No codiciarás la casa de tu prójimo, ni tampoco la mujer de tu prójimo, ni su sirviente o sirvienta, ni su buey, ni su asno, ni nada que sea de tu prójimo.»

Por un momento, solo se oye el silbido del viento y el chasquido de la arena en las telas de la tienda. Alicia tiene tantas preguntas que no sabe por dónde empezar.

—¿Este Dios es solo vuestro o es de todos? —dice rompiendo al fin el silencio.

—Es el Dios único. Antes que nosotros, todos los pueblos adoraban a varios dioses. Veneraban los nombres de sus dioses, representaban sus rostros o siluetas y adoraban sus estatuas. En realidad, esos dioses eran ídolos. Nosotros solo reconocemos a un dios; no pronunciamos su verdadero nombre, no erigimos efigies, no lo adoramos como si fuera un ídolo. Y sus palabras van dirigidas a todos los humanos, no solo a los judíos, pero... nos tocó a nosotros, por decirlo de alguna manera.

—¿No lo habéis elegido vosotros?

—La verdad es que no. Cuando los extranjeros oyen hablar del «pueblo elegido» no suelen entender lo que significa esta expresión y se imaginan que los judíos nos creemos superiores, como si tuviéramos privilegios que los demás no tienen. En realidad, lo que quiere decir es que recibimos el encargo de transmitir la Ley y que tenemos esta responsabilidad, pero eso nos da más deberes que derechos y ningún privilegio.

»Así pues, como te he dicho, tenemos el deber de no trabajar el séptimo día, que es el sábado o *sabbat*, y dedicarlo a la alegría de vivir y a contemplar la realidad del mundo. Como también has oído, se suele resaltar que los deberes prescritos por la Ley se aplican a todos los humanos: honrar a nuestros padres, no engañar a nuestra pareja, no robar, no decir mentiras sobre otra persona, no tener envidia de los demás... Si todos siguiéramos estas normas, ¿no crees que el mundo sería un lugar mejor? Estos mandamientos no son solo para los judíos. Son para todos, de cualquier época, país o sociedad. Son la moral, no nuestra moral.

—Entonces, ¿cuál es vuestro papel? —pregunta Alicia.

—Custodiar la Ley, transmitirla, cuidarla, enseñarla: eso es lo que hacemos los judíos, y también por lo que muchas veces nos odian tanto. Esto se debe a que muchos prefieren postrarse ante falsos dioses, ídolos e imágenes, pues a menudo desprecian la belleza del mundo, olvidan lo que deben a sus padres, les embarga el deseo de robar, violar o mentir..., así que no dudan en odiar a aquellos que no dejamos de recordar que todo esto debe acabar, pues les resulta insoportable. Y es que nosotros defendemos la vida y la justicia y fuimos los primeros en la historia de la humanidad en prohibir terminantemente el sacrificio de niños. ¡La idea de asesinar a un niño para complacer a un dios es monstruosa!

—¿De verdad existió ese horror?

—Era una práctica corriente en muchas sociedades antiguas y nosotros fuimos los primeros en prohibirla.

—¡Menos mal!

—Y, a cambio, ¿sabes qué dijeron de nosotros?, que sacrificábamos niños en secreto. Durante siglos, la gente nos ha acusado de matar niños a escondidas, de robárselos a sus familias y beber su sangre. Se han inventado historias espantosas para insinuar que somos monstruos, unos seres obsesionados con el dinero, crueles, despiadados, hipócritas... Y este odio va adoptando constantemente nuevas caras. Se nos acusa de una cosa y de la contraria: de tener mucho dinero y de ser miserables, de querer el poder y de conspirar para derrocarlo..., ¡de lo que sea! La lista de acusaciones es interminable, y todo por aspirar a un mundo más moral, a una humanidad más solidaria, a una sociedad más justa.

Alicia advierte que la voz del hombre suena ahora fuerte y clara. El ruido ha terminado y ha vuelto la luz: ha amainado la tormenta. El mercader comienza a desmontar el improvisado refugio, dispuesto a seguir su camino.

—Tengo que irme, me están esperando. Intenta recordar lo que has oído, doncella de ojos claros. Recuerda el consejo de Moisés, que nos libró de la servidumbre y nos condujo hacia la libertad: ¡elige vivir!

Antes de que Alicia tenga tiempo de preguntarle a qué se refiere, el hombre se aleja a toda velocidad.

—¿Y ahora, Ratoncitos? —pregunta Alicia sacudiéndose la arena de los pantalones—. Ya no entiendo estos viajes. ¿Cómo he acabado en el desierto? ¿Y por qué me habéis traído a conocer a este hombre tan preocupado por Dios, la Ley y la moral? Habéis sido vosotros los que me habéis traído aquí y me gustaría saber por qué.

—Si me permitís, vamos a hacer balance.

—¡Oh! Mi adorable Canguro, ¿estás aquí? Dime, ¿cómo nos has encontrado?

Los canguros no se sonrojan, pero Zingular siente que se le acelera el corazón. «¡Ha dicho "adorable"! ¡Me adora!», piensa. Ocuparse de fichas, referencias y explicaciones no está reñido con tener sentimientos, y tener sentimientos tampoco está reñido con ser tímido.

—Yo... yo siempre sé dón-dónde... encontrarte —tartamudea Canguro conmovido—. Y he traído agua; en el desierto, hace mucha falta.

Sedienta, Alicia bebe con avidez, y los ratones hacen lo mismo.

—Agua y descanso. Luego, cuando nos reunamos con el Hada, ambos contestaremos a tus preguntas.

Agotada, Alicia se queda dormida en la arena. Cuando vuelve a abrir los ojos, ve a su alrededor una gran carpa blanca con ventiladores por doquier, refrescos y todo lo que necesita para reponerse. Su grupito, al que ya ha empezado a coger cariño, está completo: los Ratoncitos juegan al pilla-pilla, Zingular ordena sus fichas y el Hada Objeción termina de acicalarse.

—Bien —dice Alicia—, ahora me gustaría entender por qué me habéis traído a este desierto.

—Muy sencillo —responde el Hada—, para que descubras por ti misma cómo empezó, con los hebreos, una gran aventura de ideas, diferente a la de los griegos.

—Pero yo solo he oído hablar de religión, de Dios, de la Biblia... —replica Alicia.

—¿Y eso no son ideas? —responde el Hada.

—Es una forma de verlo, pero hay algo que no me convence. La religión, ante todo, son creencias, ¿o me equivoco?

—Hay que fijarse más —responde el Hada—. Aquí, en el país de las ideas, encontrarás TODAS las ideas, filosóficas, religiosas, científicas, políticas, artísticas y otras, ¡TODAS!, incluso aquellas falsas, peligrosas o criminales. Lo único que hago es ayudarte a descubrir las más importantes y a comprenderlas. Elegir con cuáles te quedas es cosa tuya. Puedes preguntar y pedir explicaciones, pero nadie debe escoger por ti; desde luego nosotros no lo haremos.

—No me has contestado. ¿Por qué me has traído a los hebreos?

—Hasta ahora, has conocido a los griegos y, luego, a los romanos, que recuperan las ideas de los griegos y las desarrollan. Sin embargo, hay otras lenguas además del griego y el latín, otras civilizaciones, otras culturas, con sus propias ideas y formas diferentes de utilizarlas. Te las damos a conocer. Llevarte a los hebreos es un cambio de tercio.

—¿Quieres decir que cambiamos de realidad?

—La idea del Dios único afectó a las creencias religiosas, pero también provocó muchos cambios en la forma de ver el mundo y la vida humana, lo cual tuvo repercusiones que van mucho más allá de la cultura judía. La idea de que existe una ley moral universal, con normas y limitaciones para todo el mundo, ha ido resurgiendo a lo largo de la historia de la humanidad y se ha ido transformando, pero los hebreos fueron los primeros en formularla.

—¿Los hebreos? ¿No fueron los griegos? —se extraña Alicia—. Sócrates nos hace analizar nuestros pensamientos para que seamos mejores personas, elige la bondad y la justicia, la ley en lugar de la violencia, ¿no es cierto?

—Es cierto que hay puntos en común entre lo que dicen los griegos y lo que dicen los hebreos, pero también hay diferencias. Para empezar, los hebreos llegaron mucho antes que los griegos. Cientos de años antes que los primeros filósofos de la antigua Grecia, el pueblo judío desarrolló una forma de pensamiento original, al que la filosofía se acercará en ciertos aspectos, pero que es otra cosa muy distinta.

—¿En qué es tan distinta?

—Para contestarte, lo más fácil es analizar lo que dicen los pensadores judíos cuando descubren a los filósofos griegos. ¿Recuerdas a Epicuro?

—¡Perfectamente!

—Hay un término en hebreo que se refiere a él: *apikorsim*, una palabra en plural derivada de su nombre, Epicuro, pero no significa solamente 'epicúreos', sino que se refiere a todos los pensadores que se creen capaces de comprender por sí solos cómo vivir, que pretenden resolver los problemas de la vida humana mediante la razón y nada más que la razón.

»Los judíos consideran respetable la labor de estos pensadores, pero creen que están equivocados y que, para saber cómo vivir, primero hace falta la Ley y, luego, la razón, que nos dice cómo aplicarla. Es decir, que la razón por sí sola no basta, al contrario de lo que creen los filósofos, los famosos *apikorsim*.

»Esta es la primera diferencia entre el mundo de las ideas de los griegos y el de los judíos. Los griegos piensan que la razón lo puede todo, que ella sola es capaz de gobernar las ideas y la vida, mientras que los hebreos piensan que la razón es muy útil, incluso indispensable, pero que siempre va después de la Ley, en segundo lugar, como algo accesorio.

—¿Esa es la diferencia?

—Sí, ¡y no es baladí! Por supuesto, existen otras diferencias. Por ejemplo, la relación entre las ideas y la acción. Para los griegos, la razón nos descubre las ideas, que deben guiar nuestro comportamiento. En cambio, para los hebreos, es actuando como forjamos el conocimiento y descubrimos nuevas ideas; es decir, hay que actuar primero para conocer, no conocer para actuar. Estos pensadores creen en la experiencia como base del pensamiento, por eso también confían en el amor como base del conocimiento.

»Los griegos ven el conocimiento (*sofía*) como un dominio que existe al margen de nosotros y que amamos (*filó*) cuando descubrimos. Los hebreos, por su parte, piensan lo contrario: que descubrimos cuando amamos: es a través de la experiencia del amor cuando empezamos a conocer algo. No comprendemos solo con la inteligencia, sino, en primer lugar, con el corazón, las emociones y los sentimientos. Comprendemos actuando, haciendo algo con los demás, hablando. Las ideas no son estrellas fijas ni diamantes eternos que permanecen siempre idénticos.

»En el pensamiento judío, las ideas son una aventura colectiva, algo que se está construyendo continuamente, una historia que no acaba nunca. Las ideas se consideran inseparables de la acción humana, del paso del tiempo, del progreso moral por el que luchamos. Se consideran frágiles y provisionales, pues siempre las podemos perfeccionar. Por eso, es nuestra responsabilidad como seres humanos mejorarlas constantemente a fin de mejorar el mundo.

—¿El mundo no es ya lo bastante bueno?, porque ellos dicen que lo creó Dios, si lo he entendido bien.

—¡Buena objeción, Alicia, palabra de hada! Pues parece que hemos echado a perder este mundo en el que vivimos. Se ha vuelto loco, está roto, hecho un desmadre, así que hace falta repararlo. ¡Mira a tu alrededor! Después de miles de años de esfuerzo, el mundo sigue siendo cruel, injusto, saturado de odio. Los humanos han logrado muchos progresos, han alcanzado un sinfín de conocimientos, han inventado ciencias, instituciones, tribunales, mil y una cosas; pero aún les queda mucho camino por recorrer para vivir en paz en esta tierra. El mundo no es fijo, no existe sin más. La historia hay que construirla a diario todos juntos. Eso es lo que creo que te contestaría el hombre que has conocido en el desierto.

»Esta dimensión colectiva de la historia, de un progreso que es cosa de todos, no la han visto los griegos, que imaginan un mundo siempre igual que no está en nuestras manos cambiar. Por su parte, los hebreos consideran que es nuestra responsabilidad mejorar el mundo continuamente, paso a paso, y que para eso debemos conocer las particularidades de cada situación. Esta atención que prestan a los casos particulares es otra cosa que los distingue de los griegos, que casi siempre reflexionan partiendo de la base de grandes teorías e ideas generales, no de situaciones específicas de la vida real.

»Los pensadores judíos ven la necesidad de ir construyendo soluciones a medida, respuestas adaptadas a cada circunstancia. Esto es lo que hacen los jueces: aplican la ley, que es necesariamente general, a infracciones o delitos, que son necesariamente específicos y que se deben estudiar caso por caso, con todas sus particularidades. Solo así se puede decidir absolver o condenar, o imponer con rigor y precisión las penas adecuadas a los delitos cometidos. Es decir, no hay una sola respuesta estándar, sino respuestas múltiples, adaptadas a cada caso particular, elaboradas en función de cada circunstancia.

»Esta atención a la singularidad les falta muchas veces a las ideas de los filósofos, que a menudo son demasiado estrictas, y el motivo por el que son tan rígidas es porque son muy abstractas, y además estos tampoco tienen en cuenta el momento histórico, sino que las conciben como verdades eternas e inmutables. Sin embargo, lo cierto es que las ideas pueden estar siempre gestándose, en desarrollo, sin llegar nunca a ser definitivas.

—Si me permitís...

—Por supuesto, mi adorable Canguro, ¡te escucho!

—¡La lista de nuevas ideas que acabas de descubrir es larga! El Dios único, la separación como requisito para que se den relaciones y alianzas, la importancia de la Ley, el odio a los judíos, la necesidad de adaptar lo universal a los casos particulares... Te puedo recomendar bibliografías sobre todos estos temas cuando quieras. De todas formas, ¡ya empiezas a ver que en el país de las ideas no solo están los griegos y sus herederos!

—¡Y esto no es más que el comienzo! —añade el Ratoncito Cuerdo con un hilillo de voz.

—¿Te gusta el curri?, ¿y las especias, olores? ¿Te van los collares de flores? —pregunta el Ratoncito Loco.

—Para mostrarte otra cara del país de las ideas —dice el Hada—, te llevamos de viaje a la India. Atención, es otro universo..., pero no te apures, que estamos contigo.

—¡Estamos para cuidarte! —añade Canguro con una sonrisa de oreja a oreja.

Sinceramente, Alicia lo encuentra muy dulce, aunque la sonrisa de un canguro no es que sea muy bonita.

❧ *Diario de Alicia* ❧

Estoy hecha un lío. La religión es cuestión de fe y las ideas son cuestión de pensamiento, y una cosa no tiene nada que ver con la otra..., o eso pensaba yo. Por lo visto, no es cierto, o al menos no es tan sencillo.

Me acabo de enterar de que también hay ideas en las religiones y pensamientos que nacen de textos sagrados.

A la vez, pienso que es posible encontrar fe y creencias donde no esperábamos.

Existen las ideas de los filósofos y las ideas de los sabios, que a veces son lo mismo, pero otras no.

Quizá en todas partes se mezclen conocimientos con sentimientos, razones con emociones, dudas con certezas.

¿Cómo será la India?, ¿muy distinto? No sé por qué, me da un poco de miedo: dioses raros, ritos oscuros, magia, misterios... Aunque quizá me equivoque; de hecho, no sé nada de la cultura india.

Cuando lo pienso, ¡es de locos!, cuántas cosas desconozco y cuántas quiero descubrir. Menos mal que mis nuevos amigos me lo explican y me cuidan.

La ropa, la comida, los estilos de vida, las palabras, las casas..., todo cambia según la civilización, pero lo más loco son las ideas.

UNA FRASE PARA LA VIDA

¡Elige vivir!
(Deuteronomio, 30, 19)

Me pregunto qué significa esa frase. Desde que la oí, no paro de darle vueltas. Es como si estuviese esperando a que la entienda. Es cierto, cuando una se pregunta cómo vivir, no piensa en elegir la vida, pues parece como si la elección fuera obvia. ¿Habrá gente que elige morir?, ¿la destrucción?,

¿la aniquilación?, ¿la nada? Si lo pienso, a
veces sí, pero ¿por qué?, ¿y en qué sentido?
¿Y qué significa exactamente elegir la vida?, ¿en
qué circunstancias?, ¿con qué consecuencias?
¿De qué vida estamos hablando?, ¿de
la vida biológica, la salud, el vigor?,
¿de la vida moral, la justicia, el bien?
Seguramente, quedan muchas cosas
importantes por descubrir.

16

En la India, a orillas del Ganges

El río es inmenso. Dicen por aquí que quienes se bañan en sus aguas se acercan a la verdad última. Esta mañana, desde que ha salido el sol, cientos de hombres y mujeres con ropa de colores vivos (rojo óxido, azul real, azafrán, verde claro) están bajando por unos escalones al sucio río verde y, tras sumergirse hasta el pecho, llenan un pequeño cuenco de metal y vierten el agua sagrada sobre su cabeza, ajenos al frío, a la niebla todavía densa, al viento que sopla.

No tienen la menor idea de lo contaminado que está el río, con innumerables bacterias pululando en cada gota, sino que creen en el poder revitalizante y reparador del Ganges. De hecho, nadie aquí dice «el Ganges», sino «nuestra madre Ganges». Su agua es maternal, femenina, protectora, divina. El suyo no es un baño en la sucia, insalubre, molesta y peligrosa realidad; lo es en un mundo imaginario que no tiene límites, un mundo de liberación, desahogo, salvación...

Alicia llega en barca. Es la mejor manera de descubrir esta mítica ciudad que los occidentales llaman Benarés y los hindúes, Varanasi, la cual, según la tradición, es el reino Kashi.

—Pfff —suspira Alicia, que se queda sin palabras al contemplar la muchedumbre multicolor, los *ghats*, esas escalinatas que bajan hasta el río, y la multitud de palacios amontonados unos sobre otros, mezclados con un sinfín de casitas.

Se fija en que la ciudad se alza sobre una sola orilla. A un lado, el monumental conjunto de piedra y madera, recargado de ventanas, pórticos, gente circulando, monos mirando. Al otro lado..., ¡nada! La orilla opuesta está desierta, apenas coloreada por alguna que otra hierba.

«¿Por qué?», se pregunta Alicia.

—Si me permites... —susurra detrás de ella una voz que ya le resulta muy familiar.

—¡Dime, Canguro! He reconocido tu voz.

—Las personas realistas se limitan a pensar que la otra orilla es pantanosa, incapaz de soportar la construcción, y mucho menos grandes edificaciones y una ciudad entera. Otras dicen que es una elección simbólica, pues, en los textos hindúes, la otra orilla hace referencia a la liberación, la salida de nuestro mundo habitual, el fin del sufrimiento. Así pues, se debe a una razón espiritual que la ciudad y sus palacios estén construidos en un solo lado. El otro, vacío, sin forma, sin gente, significa el fin del camino, la salvación.

—¡Gracias, Canguro!

—No tiene importancia, Alicia. Oye, date la vuelta despacio y no te asustes, tengo que explicarte...

Alicia se vuelve poco a poco para no desequilibrar la barca y ahoga un grito al descubrir quién está detrás de ella. ¡No es Zingular! Es un hombre descomunal, completamente rojo, con cabeza de elefante. Está sentado en un gracioso sillón, tiene trompa y la barriga redonda y lleva un collar de flores. Alicia también se fija en que tiene un solo colmillo. ¡Qué miedo! ¿Qué está pasando?

—¡Soy yo, Alicia! ¡Soy yo! Un poco cambiado, pero no me queda otro remedio porque no hay canguros en esta región, así que el dios Ganesh me ha prestado su apariencia. Para mí, es un honor, porque él es muy famoso. En la India, es el dios de las ideas, el conocimiento y la educación. Protege y apoya a quienes se dedican a pensar y a escribir, al arte y a la creación. Aquí lo llaman «el que elimina los obstáculos».

—Entonces, ¿él es como tú? —pregunta Alicia.

—Un poco, sí.

—Ah, querido Zingular, ¡no me extraña que tengas la cabeza tan grande! ¿Y qué tienes debajo de las patas?

—Pues mira: un ratón. Ganesh, el hombre elefante, va montado en un ratón. Simboliza la unión de lo más grande con lo más pequeño...

—Hola, Alicia —dicen los Ratoncitos—. Estamos juntos, el Loco y el Cuerdo. ¡Dos en uno! La unión de las dos caras de la mente... Los cuerdos son locos y los locos, cuerdos. Verás que en la India las ideas no se parecen en nada a las que has conocido hasta ahora.

—Al principio, todo parece extraño —añade Ganesh-Zingular—, pero también es muy instructivo.

La barca se acerca al muelle pasando entre la multitud que se concentra en el agua. Nadie se sorprende al ver al dios Ganesh inmóvil en la popa. Unos se acercan a acariciarle la barriga porque da suerte; otros rezan con los ojos cerrados y las manos juntas en medio del pecho; algunos dejan en la superficie del río balsas en miniatura, hechas con ramitas y follaje, con una vela y flores en señal de ofrenda a los muertos. Benarés es el lugar donde muchos hindúes desean que incineren su cadáver, pues se cree que las hogueras a orillas del Ganges conducen directamente a la liberación.

—¿De qué va esa idea de liberación? —murmura Alicia.

—No te lo puedo explicar en medio de toda esta gente. ¿Nos apartamos un poco? —pregunta la voz del dios elefante-canguro.

Alicia se da cuenta de lo práctico que es ser un dios. En cuestión de segundos, su amigo con cabeza de elefante y ella están bajo un pasaje cubierto; directamente, sin tener que subir ninguna escalinata, ni las empinadas callejuelas en zigzag, ni siquiera cruzar las filas de peregrinos. Aquí están tras un salto, sentados tan tranquilos bajo un arco. El Ganges está abajo. No hay nadie, solo nuestros dos amigos y el Ratón dos en uno, además de unos monos pelirrojos que no parecen inmutarse.

—Y ahora, divino elefante, tú que lo sabes todo, explícame por qué las ideas de aquí no son como las que yo conozco.

—Son muy diferentes, querida Alicia, ¡muy diferentes! Pero hay que tener cuidado para no caer en los estereotipos que circulan desde hace tiempo sobre la India. Empecemos por donde me has pedido, por la idea de liberación, *moksha* en sánscrito, la lengua sagrada del país.

—¿Miau chao? Es cuando a un gato lo dejas KO. ¡Mola! —se entusiasma el Ratoncito Loco.

—¡Calla, Loco! —le grita Ganesh—. No olvides que estás bajo mi pata. Como vuelvas a molestarme, ¡te pego un pisotón que no se te olvida! ¿Por dónde iba? Ah, sí, *moksha*, la liberación..., un asunto importantísimo en este país. Si quieres entender la idea, Alicia, para empezar tienes que saber que los hindúes no creen que haya una sola vida, sino miles de vidas sucesivas.

—¿Miles de vidas? ¡Ya me gustaría!

—¡Al revés! No te gustaría en absoluto. Los hindúes creen que hay que romper este ciclo de nacimientos y muertes sucesivas, porque renacer una y otra vez significa continuar exponiéndose al sufrimiento, a la enfermedad, a la vejez... El primer significado de liberación, en la mente de un hindú, es dejar de renacer.

—O sea, ¿morir para siempre?

—No necesariamente. Piénsalo: si nacer significa morir, no volver a nacer significa... ¡no volver a morir!

—Ya veo —dice Alicia pensativa—. No, espera... Si ya no naces ni mueres, entonces ¿qué ocurre?

—Esa es la cuestión. Si se logra romper el ciclo del nacimiento y la muerte, ¿se sigue viviendo?, ¿de qué forma? La idea principal es que dejamos de ser un individuo, una existencia separada, y nos fundimos en el Absoluto.

—Entonces, se deja de existir.

—Al contrario. Desde la perspectiva hindú, es entonces cuando existimos plena e infinitamente. La existencia habitual es inferior, una mera ilusión.

—Vaya... ¡Explícame eso!

Canguro piensa mientras se rasca la cabeza con la trompa, ya que sigue en modo elefante. No sabe cómo explicar en términos sencillos la manera de ver las cosas que domina el país de las ideas en la India, tan distinta a la que conoce Alicia. Lo que otros consideran real se ve aquí como una ilusión, empezando por el individuo, el ego, la existencia separada del resto... No es fácil hacer que lo entienda alguien de fuera. Ah, sí, ¡listo!, acaba de encontrar la manera de hacerlo. Esperemos que Alicia lo entienda.

—¿Tú eres Alicia? —dice Ganesh-Zingular.

—Sí... ¿y qué?

—¿No eres ese mono que te mira?

—Mira, si de algo estoy segura... ¿Dónde quieres llegar?

—¿Y no eres esa mosca ni ese árbol?

—¡Claro que no! ¿Qué dices?

—¿Qué digo?, pues que te equivocas, al menos desde el punto de vista hindú. Un hindú te dirá que eres todas estas cosas. Un texto muy antiguo que se volvió famosísimo, el *Chandogya Upanishad*, explica que tú también eres este mono, esta mosca, este árbol y cualquier otra cosa. En la India, esta fórmula, «tú también eres eso», que en sánscrito se dice *tat tvam asi*, se considera una gran palabra, una frase muy importante. Significa que tu convicción de que solo eres Alicia, un ser separado y distinto del resto del mundo, independiente de lo demás, ¡es pura ilusión! Eres Alicia, pero también eres este mono, este árbol, esta mosca...

Alicia, abrumada, se mira las puntas de los pies, como cada vez que está muy concentrada pensando en algo.

—Puede que yo sea todas estas cosas, ¡pero no es lo que siento! ¡Lo que siento es que soy yo, no tú!

—¿Cómo lo sabes? Te parece obvio, lo entiendo, pero ¿a qué llamas «yo»?, ¿a tu cuerpo?, tu cuerpo siempre está cambiando; ¿a tu personalidad?, evoluciona; ¿a tus recuerdos?, se transforman con el tiempo. Lo único que permanece igual es la conciencia. La idea más importante en el país hindú es que esta conciencia absoluta es la única realidad. Y todos somos esa realidad: tú, yo, el mono, el árbol, la mosca, el sol y...

—¿Y yo? —pregunta el Ratón dos en uno bajo la pata de Ganesh.

—Tú también, querido, tú también. Para volver a la unidad de la que formamos parte, debemos librarnos de la ilusión de ser individuos separados con fronteras definidas: este es el camino de la liberación. Para recorrerlo, tenemos que conseguir deshacernos de nuestro ego y de todo lo que nos hace peculiares, de nuestros deseos personales, con el fin de alcanzar esa conciencia que no cambia, la cual ya llevamos dentro.

—Eso no se sostiene —objeta Alicia—. Mi conciencia también cambia, ¡cambia todo el tiempo! Ahora puedo ser consciente de estar cansada, o de tener calor y luego frío, y dentro de un rato voy a ser consciente de estar relajada, hambrienta, emocionada o contenta. Si te digo la verdad, no entiendo esta idea de que la conciencia nunca cambia.

—Intenta dejar a un lado todas tus emociones, todos tus pensamientos, todas las imágenes y sensaciones. ¿Qué te queda?

—No lo sé...

—Una conciencia pura, vacía, absoluta, sin imágenes, sin palabras, sin formas. Para los hindúes, esto es lo que tú eres, y lo que yo soy, y lo que es todo lo que existe: nada separado, nada diferenciado, sino una única conciencia cósmica infinita. La liberación consiste en sentir la unión con este Absoluto, deshaciéndose de las falsas ideas, deseos e ilusiones que impiden...

—Espera —lo interrumpe Alicia—. ¿Solo existe esta conciencia? Entonces, ¿no existe nada más?

—Ahí está. Ya empiezas a entender. Lo que llamas «yo», «tú», «mono», «árbol» y todo lo demás, todas las cosas del universo, son solo sombras, sueños, falsas apariencias. La idea central, desde esta perspectiva, es abandonar este sueño, este falso yo, esta multitud de apariencias, para regresar al verdadero yo que ya somos sin saberlo: el Absoluto.

—¡Qué alucine!

—¡Es una idea desconcertante, sin duda! Debido a que solo existe una realidad, un solo yo, nuestra sensación de tener una existencia autónoma es pura ilusión. Si no superamos este espejismo, nos quedamos atrapados en el ciclo de sufrimiento e infelicidad, al atarnos al mundo y al fantasma de nuestra existencia aislada; pero, si conseguimos deshacernos de él, ya no hace falta volver a nacer: ¡somos libres!

—Espera, a ver si lo entiendo... ¿Si renacemos es porque seguimos pensando que existimos por separado?

—Es un poco más complicado, pero vas bien encaminada. Al creer que somos únicos, tenemos deseos, nos fijamos metas y buscamos nuestros intereses y lo que nos gusta. Todo eso conlleva consecuencias que condicionan las vidas futuras. Esta acumulación de buenas o malas acciones y de buenos o malos pensamientos se llama «karma», que procede del sánscrito. Tu próxima vida depende de lo que hagas y pienses durante esta. Para que esto pare, ¡hay que dejar de pensar y de querer!

—¡Pero eso es imposible!

—Es difícil, por supuesto, pero la mayoría de las tradiciones hindúes piensan que sí es posible y, aunque son muy variadas, todas ellas cuentan con formas de avanzar hacia la liberación final. Unas se centran en los rituales, las ofrendas y los sacrificios. Otras practican, sobre todo, la meditación, el yoga, los ejercicios de concentración mental y el desapego físico. También hay algunas que aspiran a frenar el pensamiento, para lo cual, paradójicamente, optan por las demostraciones lógicas y el razonamiento filosófico. Estas vías se combinan a menudo y todas confluyen en el mismo objetivo: suspender el apego para alcanzar la liberación. De hecho...

Unos chillidos interrumpen la explicación. Bajo el arco, dos monos empiezan a pelearse y una hembra, encaramada en un pretil, protege a su cría de la gresca. Alicia observa la escena fascinada, olvidándose por completo de Ganesh y su Ratón. Por fin, el más fuerte y hábil de los monos hace huir a su adversario.

—¡Parece Hanuman! —observa el elefante-canguro.

—¿Quién? —pregunta Alicia.

—El dios mono que lucha contra monstruos sanguinarios. Su templo no queda lejos, ¿ves aquel techo rojo? Este mono divino es el compañero fiel de Rama en sus batallas.

—¿Y quién es Rama?

—Un guerrero excepcional, un hombre perfecto, cuyas hazañas se relatan en el *Ramayana*, una epopeya muy antigua. Que sepas que las epopeyas hindúes, famosísimas en la India, son relatos de guerras extraordinarias en las que se enfrentan adversarios terribles y héroes que utilizan armas fantásticas para combatirlos. Vamos, que el cine actual no ha inventado nada. Hanuman, el compañero de Rama, vuela a toda velocidad, mueve montañas, se apoya en las nubes... ¡siempre para luchar contra el mal, como un superhéroe!

—¡Objeción! —chilla el Hada.

Sorprendida, Alicia saluda a su amiga, pero enseguida se da cuenta de que no es momento de interrumpirla.

—Por supuesto que estoy aquí con vosotros, como siempre, y debo intervenir. Amigo Canguro, elefante, Zingular, Ganesh..., no sé cómo llamarte ahora mismo, si me permites..., ¡te diré que no estás siendo coherente!

—¿En qué sentido, majestad?

—Por lo que dices, solo hay una realidad —prosigue el Hada contundente—, nada de yo, nada de tú, y que las diferencias no existen, sino que son solo una creencia que hay que abandonar, que debemos dejar de pensar y actuar. ¡Luego hablas de un dios mono que pelea como un león, por decirlo de alguna manera, que destroza a sus adversarios y lucha con bravura por el bien contra las fuerzas del mal! Es un pelín contradictorio, ¿no?

—Si me permites —replica Zingular—, tengo la respuesta, al menos según la tradición hindú. La encontramos en otra epopeya no menos famosa en la India, el *Mahabharata*, que describe una larga y cruenta guerra entre dos clanes rivales. Todos los niños de la India conocen a sus héroes y los principales episodios. Durante siglos, se han representado pasajes en las aldeas y ahora aparecen de nuevo en cómics y series de televisión. Estas historias no pertenecen solo al pasado, sino que forman parte del imaginario colectivo.

—¿Va a tardar mucho esa respuesta? —se impacienta Alicia.

—¡Ahí va! En vísperas de un gran enfrentamiento, uno de los príncipes que va a librar la batalla contempla a su ejército y al ejército enemigo, donde reconoce a parientes y conocidos. Pensando que va a matarlos, se queda trastornado, de modo que se plantea abandonar la lucha, pero está al mando de las tropas y su deber es luchar, por lo que no sabe qué hacer...

—¡Que lo deje! —suelta Alicia.

—Eso es lo que él piensa, pero es muy difícil, porque pertenece a la casta de los guerreros, así que su deber es luchar. Debe mantenerse firme en su papel, defender a su clan. Si no lo hace, ¡la derrota es segura!

—¿Y entonces...? —pregunta Alicia con los nervios a flor de piel.

—La solución se la da el dios Krishna, que se ha hecho pasar por su cochero. Sí, tiene que luchar, porque es su deber y no puede desertar, pero ha de hacerlo con desapego, como si su actuación no tuviera nada que ver con él, sin implicarse, renunciando a las consecuencias. Debe luchar sin pensar en la victoria, sin siquiera desearla. Debe actuar renunciando.

—Qué raro todo —refunfuña Alicia—. ¿Y cómo acaba?

—Este cuento responde a la objeción del Hada, dado que resuelve la contradicción entre la idea de que solo existe lo Absoluto, por lo que no hay individuo ni diferencia, y el hecho de que se pueda luchar defendiendo a un bando frente a otro y desear la victoria. Actuar sin comprometerse en lo que se hace es dejar la acción del lado del espejismo, permaneciendo en lo Absoluto y lo indiferenciado.

—¡Objeción! —insiste el Hada—. Esta solución no hay por dónde cogerla. ¿Por qué no se evita actuar y listo?

—Y yo vuelvo a hacer la misma pregunta de antes —reitera Alicia—. ¿Cómo acaba la historia? ¿A qué lleva esa solución?

—Una vez más, ¡a la liberación! Recuerda el problema: seguir viviendo, aunque sin desear, desprendiéndose de las ilusiones. Decías que era imposible, y la historia que acabo de contar brinda una solución: seguir actuando, pero renunciando, sin mojarse, sin estar realmente allí. Por algo este pasaje del *Mahabharata*, llamado «Bhagavad-Gita», se ha convertido en uno de los grandes clásicos de la cultura hindú, pues trata de conciliar la acción y la no acción, la vida social y la liberación espiritual.

—¡Objeción! —repite el Hada—. Después de la batalla, hay cadáveres en el suelo, ¡hombres a los que han asesinado en realidad!

—Respuesta a la objeción, si me permites —contesta Ganesh-Zingular—. Toda la batalla se considera irreal. No hay verdugos ni víctimas; los asesinados y los asesinos también son espejismos.

—¡Objeción a la respuesta! —replica el Hada—. Si todo es una ilusión, un espejismo, si dejan de existir lo correcto y lo incorrecto, lo justo y lo injusto, lo verdadero y lo falso, ¿cómo vamos a juzgar, decidir, elegir y, por tanto, actuar? Es decir, seguimos la costumbre, cumplimos con el deber de nuestra casta, ¿y a otra cosa mariposa? ¿Y ni siquiera hacemos distinción entre la peor clase de masacre y la más dulce de las caricias?

—Reconozco que hay un problema —dice Ganesh.

—¡Un punto para el Hada! —interviene Alicia, que no se pierde ni pizca del debate.

—Si se eliminan todas las diferencias —continúa el elefante—, es inevitable eliminar también la moral, la política y los valores. No obstante, necesitamos todas estas cosas para que la vida continúe, para que la sociedad se mantenga organizada. Así pues, estamos atrapados en esta encrucijada.

—¿Y qué hacemos? —insiste Alicia.

—Si me permites, tengo la respuesta; la de los hindúes, una vez más. Para ellos, la liberación no es la única dimensión de la existencia. Es el objetivo último, el horizonte supremo, pero no el único. La tradición menciona cuatro objetivos de la vida humana, de los cuales el último es la liberación.

»El primero es el placer, *kama*. Hay que decir que la idea de placer que tienen los hindúes abarca muchas cosas: desde la cocina hasta la poesía, desde la vida sexual hasta la danza, desde el arte de los jardines hasta el de la conversación, desde la arquitectura hasta los juegos de pelota..., todo lo que hace la vida agradable desde un punto de vista estético. ¡Y ese es un objetivo legítimo y noble!

»No te creas que toda la visión hindú de la existencia se reduce a mortificaciones, sacrificios y comportamientos ascéticos. ¡Estarías muy equivocada! Entre los cuatro objetivos de la vida, el placer es el primero: el refinamiento de las joyas, de la ropa, de los espectáculos, de la música y del canto, del teatro y de la literatura. Y yo, Ganesh, ayudo a todos los que crean estas cosas que alegran la existencia.

—¿Y el segundo objetivo?

—*Artha.*

—¿Qué quiere decir?

—No es fácil de traducir. El término *artha* evoca el poder, el éxito en los negocios y la autoridad política. 'Éxito' o 'prosperidad' serían sin duda las traducciones menos malas. También en este caso es un error ignorar este aspecto del pensamiento hindú. Es legítimo ganar dinero o adquirir poder. ¡La India no es un país de ascetas y gente que renuncia a cosas! Por ejemplo, hay un famoso tratado sobre el arte de gobernar (*Artha-shastra*) que explica lo que debe hacer un príncipe para conquistar el poder político y conservarlo a base de engaños, mentiras y guerras.

—¡Miedo me da!

—Puedo entenderlo, pero la idea de este tratado es que estos comportamientos son esenciales para que la autoridad resulte eficaz y para asegurar la prosperidad. Insisto: piensa que estamos muy lejos de la imagen habitual de sabios no violentos y personas que se retiran del mundo para meditar. Afortunadamente, para equilibrar los apetitos de placer y éxito, el tercer objetivo de la existencia se centra en el respeto a la moral y al orden del mundo.

—¿Me lo puedes explicar un poco mejor?

—A este tercer objetivo lo llaman *dharma*, una palabra del sánscrito que significa 'piedad religiosa', 'enseñanza de lo esencial' e incluso 'cosa'.

—¡Ahora sí que no entiendo nada!

—Te lo explica Ganesh, que elimina los obstáculos. La idea común a estos significados, tan variopintos a primera vista, es que el orden del universo es una armonía que hay que preservar. Si actúas bien, de acuerdo con este orden, preservas la armonía. En cambio, cometer un crimen, perpetrar un delito, hacer algo malo supone alterar el orden del universo. Por eso, el *dharma* nos enseña a vivir como es debido, a no hacer daño a los demás, ni a los animales, ni a las cosas, ni al cosmos.

—Esta idea me viene perfecta —dice Alicia sonriendo.

—No me sorprende —prosigue Ganesh-Zingular—, porque las ideas de la ecología actual se basan, en parte, en esos mismos temas. De hecho...

Un clamor procedente de la calle lo interrumpe. Una multitud grita agitada mientras gesticula a la entrada del pasaje donde charlan nuestros amigos. Un hombre ha atropellado a una vaca que dormía en medio de la calle. Los transeúntes se han detenido a gritarle y proteger al animal. Parecen estar fuera de sí, indignados.

—¿Qué está pasando? —pregunta Alicia, que jamás ha visto semejante situación.

—Aquí, las vacas son sagradas. Nadie tiene derecho a pegar a nuestra madre la vaca. Estas se pasean por donde quieren y, cuando se cruzan por delante, hay que detenerse y esperar a que pasen. Si una se queda dormida en medio de la calle, hay que rodearla, no molestarla.

—Pero ¿por qué?

—Porque la vaca desempeña un papel esencial para el sustento de la gente: su leche permite vivir. Si no se mata a una vaca para comer su carne es para que alimente a una familia durante mucho tiempo. Además, para calentarse, utilizan su estiércol, el cual primero se seca como si fueran tortas y luego se quema en una estufa.

»Sin embargo, quizá esta respuesta práctica te resulte demasiado simple. También se podría decir que el *dharma*, del que te estaba hablando, nos obliga a proteger a la vaca. Esto es el orden del mundo: las cosas, los animales, los humanos, todos y cada uno tienen su papel, su lugar, su dignidad. Y este orden no ha de perturbarse; de lo contrario, todo empezará a ir mal.

—Interesante —dice Alicia.

—Si me permites añadir algo, la forma como los hindúes ven los animales también se explica por la idea de las vidas sucesivas. La existencia de esta vaca o la de este mono o este pájaro no es diferente de la nuestra: son seres humanos reencarnados en otras formas. Tú, Alicia, tal vez hayas sido un ratón en una vida anterior o lo seas en una futura...

—Sí, sí, sí, ¡serás un ratón! —sentencia una vocecita desde debajo de la pata de Ganesh—. ¡Podremos jugar juntos!

Alicia considera si alguna vez habrá sido un roedor; es una pregunta que nunca se había hecho. En cualquier caso, si lo ha sido, no lo recuerda. Le divierte pensar que puede haber sido una cabra, un conejo, una mosca, un elefante o... un canguro, o que lo será un día de estos. Debe de ser curioso, al menos al principio..., porque, como una se tenga que reencarnar muchas veces, ¡al final tiene que resultar aburrido!

—Desde luego —dice el Ratón, que sigue sabiendo todo lo que piensa Alicia—. Después de miles de años muriendo y renaciendo en según qué formas, es normal que una diga «¡hasta aquí!».

—Pues bien, si me permitís —continúa Canguro—, el cuarto objetivo de la vida humana, *moksha*, la liberación, consiste en romper el ciclo del nacimiento y la muerte. En sánscrito, este nuevo ciclo se llama *samsara* 'lo que circula'. Y, fuera del ciclo del nacimiento y la muerte, está el *nirvana* 'extinción', 'fin del aliento'.

—Creía que *nirvana* significaba 'placer supremo' o algo así —confiesa Alicia.

—A veces, se ha utilizado con ese sentido, pues se refiere a la meta final, al objetivo supremo de la existencia, pero es básicamente lo contrario. En realidad, no podemos describir el nirvana, no podemos decir nada sobre él.

—¿Por qué?

—Pues porque no tiene nada que ver con aquello que conocemos, con lo que sentimos, imaginamos, describimos, nombramos... De hecho, como todas nuestras experiencias, ideas y palabras están asociadas a cosas distintas (a deseos definidos, a existencias particulares), ninguna de ellas nos sirve para describir lo que ocurre fuera de la realidad conocida. Solo tenemos idea del nacimiento y de la muerte, pero, cuando el individuo se disuelve y se funde con el Ser, el Absoluto, la conciencia impersonal del cosmos, no tenemos palabras ni ideas para describir ese estado, que es precisamente el nirvana.

—¿Y cómo podemos llegar a él? —pregunta Alicia.

—¡Ya hemos llegado! —responde Ganesh riendo—. No hace falta ir a ningún lado, no hay viaje que hacer, tal como te he explicado. En cuanto se esfuman las construcciones imaginarias que sostienen al individuo, nuestros deseos y el mundo que creemos real, nos unimos al Atman, el Ser único y absoluto.

»Como ves, el objetivo último de la humanidad no está ni mucho menos al mismo nivel que los anteriores. Las tres primeras metas (placer, poder, piedad) están del lado de la vida que conocemos. La liberación, en cambio, está en otro lado, rompe con las metas anteriores, destruye todos los puentes. Por eso, quienes creen haberla alcanzado a veces se comportan de un modo en sus ritos que suele considerarse prohibido, sacrílego o inmoral, y lo hacen porque creen que estas oposiciones ya no son válidas. Para ellos, considerar que el placer y el dolor, la virtud y el vicio o lo limpio y lo sucio se contradicen es algo que ya no tiene sentido.

Una vez más, Alicia se queda pensativa, mirando alrededor. El Ganges más abajo, los monos bajo el arco del pasaje, Ganesh, la multitud, la vaca (que se ha vuelto a dormir), los palacios de Benarés: todo se desdibuja en un abrir y cerrar de ojos. ¿Qué es real? ¿Qué es ilusorio? Tiene la sensación de no saberlo con seguridad, lo cual le resulta rarísimo. Más extraño aún, se pregunta si lo real se está volviendo ilusorio y viceversa.

⊱ *Diario de Alicia* ⊰

Esta mañana me ha despertado una sensación desconocida: era suave, húmeda y agradable pero imposible de identificar. Cuando he abierto los ojos, he visto una lengua grande, cálida y muy babosa lamiéndome la cara. Al amanecer, una vaca joven había entrado en el dormitorio desde la calle. Dicen que es muy buena señal y que soy muy afortunada. Antes de irse, la vaca ha dejado una gran boñiga junto a mi cama, lo cual se dice que es mejor señal todavía: «¡Nuestra madre la vaca te ha hecho un regalo muy especial!», ha declarado la casera. Ha insistido en que me llevara un poco de estiércol en una cajita de metal y me ha hecho jurar que lo guardaría el resto de mi vida. Mamá se va a poner contenta...

Aparte de eso, empiezo a preguntarme quién soy. ¿Alicia u otra cosa?, ¿primera vida o la trescientos setenta y dos?, ¿joven todavía o ya eterna? Al otro lado de las ideas...

UNA FRASE PARA LA VIDA

Tú también eres eso.
(*Chandogya Upanishad*, **VI, 8, 7**)

He aprendido que, en la India, esta fórmula
es una gran palabra que enuncia una verdad
fundamental y profunda que sirve de guía a
quienes andan en busca de cómo vivir.
Tengo la sensación de que no soy el árbol que
tengo delante de mí ni aquel insecto. Yo soy yo y
ellos son ellos. Pero ¿y si, justamente, fuera una
sensación y nada más? ¿Y si yo fuera todo? Eso
no significa que yo, Alicia, contenga el árbol, el
insecto y el universo entero dentro de mí, sino que
entre el árbol, el insecto y yo no hay separación,
que somos la misma conciencia y la división

---

entre nuestras existencias es un espejismo. Lo que no me queda claro de momento son las consecuencias prácticas. ¿En qué me ayuda esto a saber cómo vivir?

17

Doctor Buda

Alicia ha dormido profundamente. Nada más abrir un ojo, aún tumbada, tarda un poco en ubicarse y siente que todo se mueve muy despacio, así que se deja mecer. Sin embargo, la intriga un murmullo intermitente que oye, por lo que se levanta y mira alrededor, pero solo ve una enorme extensión de agua quieta, sin una sola ondulación. ¡Está en un barco! ¡Otra vez! «Nunca había viajado en barco tan a menudo como en el país de las ideas», se dice.

Tras ella, hay un hombre de pie, pero hasta ahora no podía verlo. Está sentado en un pequeño banco de madera en la popa y rema de un lado a otro a un ritmo lento y constante. El fondo del barco es muy plano. Ahí ha dormido Alicia, sobre una gruesa alfombra roja decorada con grandes motivos.

—¡Buenos días! Me llamo Alicia.

—Lo sé, me lo han dicho tus amigos.

—Y tú, ¿cómo te llamas?

—Soy tu barquero.

—¿Adónde vamos?

—A la otra orilla.

Alicia mira en todas las direcciones, pero no ve nada en ninguna parte, solo agua hasta donde alcanza la vista. Aunque no habla el idioma del barquero, su traductor digital le permite entenderlo y hacerse entender. El hombre explica que está navegando por el estuario de un gran río y que el barco de fondo plano en el que viajan se llama «yana» y está especialmente diseñado para estas travesías.

Entonces, Alicia comienza a hacerle un sinfín de preguntas a toda velocidad. ¿Por qué ir a la otra orilla? ¿La otra orilla de dónde?, ¿de qué?, ¿del Ganges otra vez? ¿Qué hace ella en ese barco? ¿Por qué no están sus amigos con ella? ¿Quién los espera?

A cada pregunta, el paciente barquero contesta en un tono amable, sin dar nunca demasiadas explicaciones: «Ya verás», «Pronto lo sabrás», «No te preocupes, no hay peligro», «Falta un poco», «Ya no queda nada».

Alicia no está preocupada, pues no se siente amenazada; solo curiosa e impaciente, además de molesta por no saber adónde va. No obstante, una frase que ha dicho el barquero la tiene intrigada. Cuando le ha preguntado si siguen en el país de las ideas, su respuesta ha sido:

—Vamos al otro lado.

—¿Te refieres al otro lado del país o al otro lado de las ideas? —ha insistido Alicia.

—Las dos cosas —ha dicho el esbelto hombre de tez morena.

Desde entonces, reina el silencio. El hombre se limita a navegar las tranquilas aguas. No obstante, esa frase no deja de rondarle a Alicia; se pregunta qué querrá decir. Las ideas no tienen orillas, y los países tampoco... Bueno, ya lo verá. Sea como sea, aquí puede pasar de todo.

Mucho más tarde, entre la niebla, Alicia vislumbra a lo lejos una franja de tierra.

—¿Es ahí a donde nos dirigimos?

El hombre que rema asiente con la cabeza sin mediar palabra. No hay forma de saber más, y tampoco merece la pena insistir. Alicia sigue esperando; o, mejor dicho, deja de esperar. Al final, se dice a sí misma que lo que cuenta es estar ahí, cada momento que pasa, el suave movimiento de la barca, el chapoteo, la bruma matinal, el horizonte apenas visible. Respira hondo; se siente bien, presente, viva. De repente, tiene la sensación de que no ha de preocuparse por nada; solo por estar ahí, en ningún otro lugar, en este instante.

—¡Bien, Alicia! —exclama una voz procedente de todos lados a la vez, pero no es la del barquero y no hay nadie más en la barca, el agua o alrededor.

—¿Quién me habla? —pregunta Alicia.

—No importa —responde la misma voz—. Lo importante no es quién soy, sino lo que oyes.

—Pero ¿qué broma es esta? ¡Quiero saber con quién hablo! ¿Dónde estás ahora? ¿Quién eres? ¿Qué quieres? ¿Cómo sabes mi nombre?

—¡Demasiadas preguntas, Alicia! Lo estabas haciendo mejor antes.

—¿Cómo te llamas?

—Me han dado muchos nombres, así que te voy a decir algunos. Cuando nací, me llamaron Siddhartha. Llegué a este mundo en una familia de guerreros, los Gautama, del clan Sakya. Mi padre era príncipe y en su palacio me educaron como miembro de la realeza, por lo que vivía rodeado de lujo, belleza y gente joven y sana. Gracias a ello, me libré de la miseria, la enfermedad y la vejez.

»Un día, de paseo fuera del palacio de mi padre, me encontré con un hombre encorvado, arrugado y flaco que caminaba a duras penas, por lo que le costaba mucho avanzar. Nunca había visto nada igual. Me dijeron que era un anciano y que así acababan su vida los seres humanos. Más tarde, me encontré con una mujer joven en una camilla temblando de fiebre, con el pelo empapado en sudor. Era la primera vez que veía tanto sufrimiento. Me dijeron que padecía una enfermedad, como muchísima gente, y que la vida humana a menudo estaba llena de dolor. Finalmente, vi sacar de su casa a un cadáver pálido y rígido. Fue entonces cuando supe cómo acaban tarde o temprano todos los seres humanos.

»En un solo día, comprendí que la vida humana está empañada por el sufrimiento; que la vejez, la enfermedad y la muerte convierten la existencia en una travesía difícil y, sobre todo, angustiosa. De inmediato, resolví descubrir la causa de ese sufrimiento y la forma de curarlo, si era posible. Así pues, después de meditarlo profundamente, decidí abandonar la vida que había llevado hasta entonces en la corte y todos los lujos. Me corté el pelo, me despedí de mi mujer y de mi hijo pequeño, y partí en busca de una cura para los males de la vida.

»Busqué maestros que me guiaran, sabios capaces de orientar mi búsqueda. Los que encontré me impusieron privaciones y ayunos. A base de no comer casi nada, un grano de arroz al día, me volví tan delgado que asustaba. Con el tiempo, me di cuenta de que esas privaciones solo añadían más sufrimiento que no llevaba a nada y me hacía daño, por lo que abandoné a esos malos maestros.

—¿Y entonces? —pregunta Alicia, intrigadísima por la historia.

—Entonces —dice la voz que viene de todas partes—, decidí buscar yo solo. Me senté bajo un árbol y juré que no volvería a levantarme hasta que hubiera encontrado la solución, si es que la había, o hasta que me hubiera dado cuenta de que no había remedio.

»Medité día y noche a solas, pero nada, así que continué haciéndolo. Como seguía sin pasar nada, insistí, pues me negaba a rendirme. Si había una salida al sufrimiento, tenía que perseverar hasta encontrarla. Si había un remedio para curar el malestar de la vida humana, tenía que hallarlo. Estuve así mucho tiempo, aunque no perdí la esperanza, no me rendí. Y, un día, por fin vi.

—¿Qué viste?

—Vi, simplemente, vi del todo. No es que viera algo concreto. Lo vi todo de una vez: el mundo, la realidad, la miseria humana. Y vi la salida. Vi con claridad la existencia entera con sus entresijos, cómo funciona todo.

»Es muy difícil expresarlo con palabras: lo que este conocimiento me permitió alcanzar no son pensamientos, ideas o argumentos. Es una visión, una intuición, como si se hubiera levantado una cortina, como si, después de un sueño muy largo, hubiera abierto los ojos de repente.

»A partir de ese día, lo cierto es que todo cambió para mí. Había comprendido, había encontrado, por lo que tenía que dar a conocer a todo el mundo el camino para dejar de sufrir. Los demás lo llamaron "despertar", *bodhi* en el idioma local, y me apodaron Buda 'el Despierto'. Más tarde, me asignaron muchos otros apodos; por ejemplo, Sakyamuni, que quiere decir "sabio silencioso (*muni*) del clan Sakya", Bienaventurado o Tathagata, que significa "perfectamente realizado", en referencia al que ha llegado al final del camino.

—¡Que te elogien con todos esos nombres debe darte una gran satisfacción!

—Nombres, alabanzas, culpas..., nada de eso me interesa. Solo hay un objetivo: poner fin al sufrimiento, alcanzar la liberación y la cura. Nada más tiene importancia. Lo que ayuda a liberar es útil, lo demás no.

—De todos modos, Bienaventurado y Despierto son nombres hermosos.

—En realidad, no tengo nombre, ninguno. No me llaman, no soy nadie, y tampoco tengo lugar ni existencia fija. Esto es el despertar, la liberación.

Alicia permanece en silencio. No entiende lo que dice esa voz que le llega de todas partes. ¿Existe o no este ser que habla sin que lo vean? ¿Es alguien o no es nadie? ¿Tiene nombre o no?

«¡Empiezo a hartarme de estas historias para no dormir! ¿Qué hago aquí, en un barco en medio de la nada, dándoles vueltas a preguntas sin pies ni cabeza? ¡Va siendo hora de volver a casa!»

—Oye..., ¿puedes llevarme a casa? Hazme caso, por favor, ¿dónde estás? ¡Me gustaría que me llevaras de vuelta!

Como nadie contesta, Alicia se levanta en medio del barco y mira alrededor. ¡El barquero ha desaparecido sin dejar rastro! Se ha esfumado por completo. Alicia se asusta mucho. Está sola en un barco de madera en medio de una enorme masa de agua y no sabe a dónde dirigirse ni cómo maniobrar. ¿Cómo va a salir de ahí? Intenta orientarse con la ayuda del móvil, pero tampoco hay cobertura.

Está perdida, completamente perdida. Al no comprender lo que está sucediendo, entra en pánico.

—Suéltalo, déjalo —dice la voz que viene de todas partes.

—¡No te he dicho nada! Ya has dejado claro que no eres nadie. ¡No creo que puedas ayudarme!

—Puedo ayudarte precisamente porque no soy nadie.

—Lo siento, no estoy para acertijos.

—No me gusta mucho esta Alicia. Prefiero la de antes, la que no se preocupaba por nada. ¡Deja de aferrarte a las cosas, será mejor!

—¿Que deje de aferrarme? ¿A qué te refieres? ¿Aferrarme a qué?

—Sí, ¡a todo! A tus miedos, a tus sentimientos, a tus deseos y proyectos...

—¡Eso es mi vida!

—No, eso es lo que te impide vivir plenamente.

—Explícate, eso me interesa. Lo que cuentas me parece superraro, pero bueno...

—Te lo explico —dice Buda—, pero igual va para largo.

—No tengo nada más que hacer, alteza —se burla Alicia soltando una carcajada mientras vuelve a tomar asiento en la barca.

—Voy a intentar explicarte lo que hay que entender y, sobre todo, lo que hay que hacer para dejar de sufrir. Lo más sencillo es hablarte como lo hice con mis primeros discípulos en Sarnath, cerca de Benarés, donde creo que estuviste no hace mucho. Les expliqué cuatro puntos, cuatro nobles verdades de las que todo fluye, las cuales constituyen el principio del camino hacia la liberación.

»Lo que nos deja insatisfechos es que nada dura, mientras que nosotros queremos que todo dure. Queremos vivir para siempre, pero nos morimos; queremos ser jóvenes para siempre, pero envejecemos; queremos que los seres queridos y las cosas que nos gustan sigan igual que siempre, pero todo se deteriora, se desgasta, se deshace. La ley del mundo es la impermanencia. Todo lo que se compone se descompone. Este perecer es para nosotros una fuente constante de malestar, molestia, sufrimiento. Esa es la primera verdad.

»¿Por qué esto es así? No es por la realidad del mundo, sino por nuestro deseo, nuestra sed de inalterabilidad, de permanencia, de eternidad. Somos infelices porque, en un mundo cambiante, soñamos con realidades que se mantengan como están. La causa de que no estemos bien y en armonía es nuestro deseo, el apego que tenemos a las cosas, a las personas, a nosotros mismos. Nuestra sed de permanencia nos hace sufrir. Esta es la segunda verdad.

»¿Cómo salir de esta situación? No es el mundo lo que tenemos que cambiar, ¡es nuestro deseo! Es cuestión de apagarlo simplemente. En lugar de intentar saciar la sed que nos mantiene apegados a la ilusión de que las personas y las cosas no van a cambiar, algo que solo nos causa disgustos, debemos acabar por completo con esa sed. Eso nos traerá la cura y la liberación. Si dejamos de desear, dejamos de ser infelices. Esta es la tercera verdad.

»¿Cómo podemos extinguir el deseo y todas las ilusiones que él provoca? Esto nos lo cuenta la cuarta y última verdad. El camino para salir del sufrimiento tiene ocho caras, ocho componentes: recta comprensión, recto pensamiento, recta palabra, recta acción, recto medio de existencia, recto esfuerzo, recta atención, recta concentración. Explicar en detalle cada uno de ellos llevaría mucho tiempo. Todo lo que necesitas entender es que se trata de hacer un esfuerzo, en todos los aspectos de la vida, para mantenerte lejos de los extremos.

—¿Encontrar un término medio?

—Sí, pero no de forma estática, inmóvil, sino más bien avanzando, descartando las soluciones falsas. Recuerda mi pasado: tenía una vida de lujo y placer que la abandoné porque, a la larga, no iba a darme ninguna satisfacción. Después, llevé una vida austera, con privaciones y penurias, y también la abandoné porque solo me causaba más sufrimiento. Por eso, intenté avanzar por el medio, por el espacio que quedó libre tras haber renunciado a los dos extremos: lujo y privación. Así pues, para comprender y actuar, no hay que aflojarse ni tensarse. Si la cuerda de un instrumento musical está floja, el sonido se distorsiona; si está demasiado tensa, también. Para que suene bien, ha de estar en el medio. Este es el camino que yo enseño.

—Hablas de sufrimiento, de infelicidad... Me pregunto si no estarás exagerando. Siempre encontramos alegrías en la vida y gente que es feliz. ¡No todo es sufrimiento!

—Me das pie a aclarar un punto importante. No soy pesimista, ¡no creo que todo sea malo! Sé muy bien que en la vida hay momentos de felicidad, y hasta la persona más infeliz puede vivirlos, pero son solo momentos, no duran. Lamentamos que pasen tan rápido y nos gustaría que fueran eternos, lo cual es imposible, por eso nos sentimos insatisfechos. En esto consiste el sufrimiento, no es dolor ni infelicidad agudos y continuos.

»Sin embargo, las palabras crean malentendidos. El término que utilizo para describir nuestra situación es *dukkha*. Se ha traducido como 'sufrimiento', pero hay que explicarlo para que quede claro. Este término se compone de dos elementos: *du-* indica algo que no está bien. En las lenguas hindúes, igual que en griego, este prefijo hace referencia a un fallo o dificultad. Habrás oído hablar de "disfunción", "discordancia", por ejemplo, que utilizan este antiguo *dus-*. Dicho de otra manera, algo no funciona como debería. Por otra parte, *kha* es el agujero que hay en medio de la rueda de un carro, el espacio vacío por el que se monta el buje, el eje, para que el carro pueda circular. El significado de *dukkha* es que nuestra existencia "no circula"; es decir, que se atasca, que no es satisfactoria.

»Como ves, no se trata de decir que toda nuestra vida son desgracias, sino que nuestra vida está fuera de su eje, que no hay armonía. Vivimos instalados en el malestar y la incomodidad, más que en la infelicidad. Pero al final, todo se reduce a lo mismo: como no estamos satisfechos, vivimos infelices.

»Lo contrario de *dukkha* es una palabra también formada a partir de la rueda de un carro, *sukkha*, pero con el prefijo *su-*, que indica que todo va bien junto, que el ensamblaje es bueno (seguro que conoces palabras como *sincrónico, simbiosis, síntesis,* que utilizan el griego antiguo *syn-,* equivalente al *su-* de las lenguas hindúes). La verdadera felicidad llega cuando todo circula sin problemas. Lo que mi camino permite alcanzar es una vida ajustada a la realidad, liberada y al margen de las ilusiones que nos hacen estar insatisfechos.

—Entonces, si te he entendido bien, eres una especie de médico.

—¡Lo has entendido muy bien! Imagina que a un hombre le han disparado una flecha en el pecho y le dice al cirujano que llega para operarlo lo siguiente: «Antes de que saques esta flecha, quiero saber de qué madera está hecho el astil, de qué pájaro son las plumas que lleva, con qué metal está fabricada la punta. También quiero saber quién la disparó, de qué pueblo viene, quién es su familia, cómo se llama...». El herido habría muerto antes de obtener respuesta siquiera a una parte de las preguntas. Son irrelevantes, incluso perjudiciales. Lo único que importa en ese momento es operar de urgencia para quitar la flecha. Es inútil analizar cuestiones que no tienen que ver con esta urgencia.

»Del mismo modo, hay muchos ámbitos del conocimiento que no sirven para acabar con lo que nos hace sufrir. Y, si no sirven o, peor aún, si retrasan la intervención, ¡hacen daño! Esto es lo que debes entender: las filosofías y las ciencias lidian con un sinfín de conocimientos que no sirven para liberarnos del malestar y la insatisfacción. Esas ideas no me interesan. Solo las que sirven para curarnos.

—¿Y cómo sabes si curan?

—¡No soy yo quien lo sabe! Eres tú, si las aplicas. Nunca he pretendido tener razón en lo que digo, en mis argumentos o demostraciones lógicas. Solo en la práctica. Probar y ver depende de cada uno. Si pones en práctica lo que indico, tú misma comprobarás si funciona. Lo importante no es lo que sea verdad, sino lo que es útil.

—¿Me puedes dar ejemplos?

—Ya los tienes, pero no los ves, y es normal. Escúchame un poco más y ya me callo. ¿Crees que eres Alicia, supongo?

—No lo creo. SOY Alicia —contesta, empezando a pensar que esa voz se está pasando de la raya.

—¿Quién es Alicia?

—¡Soy YO!

—¿Quién es TÚ?

—A ver... Soy yo, no sé qué otra respuesta darte.

—¿Tus cabellos son tú?

—No, son una parte de mí, forman parte de mi cuerpo.

—¿Y tus uñas?

—¡Lo mismo!

—Si pierdes una pierna o un brazo, ¿seguirás siendo Alicia?

—¡Sí!

—Al fin y al cabo, ¿en qué consiste Alicia?

—Mi ser, mi existencia, lo que me hace ser quien soy, pensar lo que pienso, sentir lo que siento, lo que me hace amar u odiar lo que amo u odio... ¿Te basta con eso?

—¡Para nada! Nada de eso existe ni ha existido nunca. El yo no existe y el sujeto o la persona tampoco. Hay pensamientos, sensaciones, sentimientos, pero detrás del pensamiento no hay ningún ser pensante. Lo siento, querida Alicia, pero tú no existes y nunca has existido. Crees que existes, que es muy distinto. En realidad, esta creencia es un error, por lo que quitártela de encima es lo más útil que puedes hacer, pues todas las preocupaciones y dudas que tengas, todos los deseos y frustraciones, todos los sentimientos, resentimientos y pasiones vienen de esta creencia en un yo igual a uno mismo, permanente, real, un «yo soy yo».

—¿Y tú, quién eres?

—Nadie. El Iluminado, Buda, alguien que ha comprendido, sentido y experimentado que en todo el universo solo existe vacío. Esta experiencia libera para siempre. Yo no tengo yo ni nombre. En cierto modo, no existo, y por eso soy feliz, siempre.

—Sin embargo, estamos rodeados de cosas, cosas que existen. El agua que nos rodea existe de verdad, este barco está hecho de madera de verdad.

—¡Me haces reír, Alicia, me haces reír! Crees que estas cosas están ahí, quietas en su sitio, que existen en realidad, pero estás muy equivocada. Solo hay vacío y en él aparecen unos destellos que desaparecen al instante, unos minúsculos parpadeos. Crees que navegas en una bonita barca de madera maciza, tablas labradas..., cuando en realidad los objetos existen tan poco como tú, y cuando descubres esto y ves que, en el fondo, es así, tal cual te lo estoy diciendo, entonces todo se ilumina y se vuelve tranquilo, llevadero, agradable.

—Entonces, ¿lo único que existe es la nada?

—Tampoco. Esa creencia te llevaría de un error a otro. ¿En qué momento te he dicho eso? No existe ni el ser ni la nada, hay que descartar ambos: esto es el camino del medio, que consiste en apartar los opuestos para avanzar en el espacio que queda libre. Reconozco que hacerlo es más difícil de lo que parece y entenderlo es tan difícil como hacerlo. Ya te habrás hecho una idea de lo que es «ni lujo ni pobreza», y tampoco te costará imaginar algo que no es «ni flojo ni apretado». No obstante, «ni verdadero ni falso» ya no es tan sencillo, y bastante más difícil resulta entender «ni afirmación ni negación» y «ni palabra ni silencio». «Ni ser ni nada» es aún más complejo.

—¿Esta barca existe o no?

—Ambas cosas o ninguna, como quieras. Existe en el sentido habitual, cotidiano; esto es, puedes chocar contra el casco, puedes cortar un trozo, la barca puede incendiarse o ser llevada a otra parte, se puede volver a pintar, etc. Sin embargo, no existe desde el punto de vista del vacío, de la realidad última. La verdad última y más profunda es el vacío. Desde este punto de vista, tú no existes, ni yo, ni la barca, ni el agua. La otra verdad es la de cada día, la de nuestras ilusiones habituales. Para desplazarme por el agua, cojo la barca, no voy nadando. Es decir, no son mundos separados; son diferentes puntos de vista sobre el vacío.

Alicia se queda callada, muy concentrada, pensando en todo esto.

—¿Eso significa que las cosas que se oponen no son completamente opuestas? —pregunta al fin.

—Se podría decir así. Derecha e izquierda o arriba y abajo solo existen en función del punto desde donde se mira, al igual que sueño y realidad o yo y no yo. No es casualidad que haya querido hablarte estando en medio del agua, pues, en mi país, para hablar de liberación, de lograr una salida a nuestra infelicidad, la salvación que todos buscamos, hablamos de la «otra orilla». Estábamos en la orilla de la insatisfacción, de la infelicidad, donde todo cambia y se acaba, y ahora nos desplazamos en barca hacia la otra orilla, la de la felicidad y la permanencia. En realidad, no hay otra orilla. La liberación es aquí donde estamos, en este instante en el que lo vemos todo de otra manera.

—Pero...

A Alicia no le da tiempo de terminar la frase. Abre un ojo y se da cuenta de que ha sido un sueño. No estaba en una barca ni en el agua. ¿Dónde se encuentra ahora, pues? ¿Y qué hace ese cuenco de madera junto a su almohada?

—Yo lo sé —dice el Ratoncito Cuerdo—. Es el cuenco de los monjes de la comunidad de Buda. Se lo tienden a la gente para mendigar comida.

—Pero ¿cómo ha llegado hasta aquí?

—¿Qué más da? —pregunta el Ratoncito Loco—. Cuenco o no cuenco, sueño o realidad, símbolo u objeto sagrado, no importa cómo ha llegado.

Alicia está contenta de reencontrarse con sus amigos Ratoncitos. Alrededor, ve estanterías llenas de paquetes cuidadosamente envueltos en telas de colores. Del suelo al techo, todas las paredes están a rebosar. Al parecer, se encuentran en una tienda de sedas, una sedería. Las telas están comprimidas entre tablones de madera.

—Qué lugar más extraño —comenta Alicia.

—Es una biblioteca —explica el Ratoncito Cuerdo.

—¡Pero si no hay libros!

—Sí, todo lo que ves ahí son manuscritos en finas hojas de bambú guardados entre tablas de madera, envueltas a su vez en telas de seda. Estamos en una biblioteca de textos budistas que contiene cientos y cientos de libros escritos en sánscrito, pali y tibetano. Todos ellos exponen las ideas y razonamientos de los pensadores budistas.

Alicia está impresionada. No creía que las palabras de Buda y sus implicaciones fuesen a ocupar tantos libros.

—Si me permites —habla una voz que Alicia ya conoce de memoria—, el budismo no es solo un estilo de vida basado en el desapego y el silencio. Es también una verdadera galaxia de ideas que se han ido desarrollado durante siglos en muchas culturas asiáticas: primero, en la India y, luego, en China, el Tíbet, Mongolia y Japón, entre otras. Han surgido universidades budistas, centros de traducción, un sinfín de debates al respecto y varias escuelas de pensamiento. El país de las ideas budistas es inmenso, por lo que harían falta varias vidas para recorrerlo.

—¿Podrías ahorrarme el viaje, caballero Canguro? ¡Hazme un resumen, porfa!

Canguro se vuelve gris; es su forma de sonrojarse, pues que Alicia lo haya nombrado caballero lo conmueve. Piensa en cómo atender su petición. ¿Resumir miles de libros en unas pocas frases? Misión imposible.

—Venga, príncipe sabio, sé que tú puedes. ¡Vamos!

—Si me permites, haré un recorrido muy breve. En primer lugar, hay que entender bien qué distingue las ideas de Buda de otras que también surgieron en la India. Seguramente, habrás advertido varios puntos en común entre el pensamiento hindú y el budismo: las vidas sucesivas, el sufrimiento que arrastran, la liberación, el nirvana. Los budistas se distinguen, en primer lugar, por centrarse en la liberación con independencia de la clase social. Cualquiera que siga el camino indicado por Buda puede liberarse, sin tener que esperar a reencarnarse en alguien de una casta o clase social superior.

»Por otra parte, desde el punto de vista de las ideas, los budistas se niegan a hablar del Absoluto, del Ser, del Atman. Para ellos, el Absoluto de los brahmanes es una ilusión última que también hay que desechar. Nadie tiene un yo, nada tiene una naturaleza propia o identidad fija. Descartan tanto la idea de que existe el individuo como la de que hay un Ser cósmico. Así es como avanzan por el camino del medio: apartando las ideas opuestas de ambos lados.

—En mi sueño, he oído hablar de esto, pero aún no lo entiendo muy bien.

—Voy a intentar explicártelo lo mejor que pueda. ¿Recuerdas cuando Buda dejó la vida de lujo que llevaba en el palacio de su padre y, más tarde, abandonó también la vida austera de ayuno y sacrificio?

—Sí, ¡me acuerdo muy bien!

—Si te fijas, el movimiento siempre es el mismo: rechazar un error y rechazar el error opuesto para avanzar por el espacio que queda libre. ¿Estás de acuerdo en que podemos hablar o no hablar?

—Sí, por supuesto.

—¿Y si intentáramos rechazar ambas cosas?

—¿Ni hablar ni estar callados?

—¡Exacto!

—Me parece imposible.

—Pues es justo eso lo que buscan los pensadores budistas: dejar de lado tanto las palabras como el silencio. Hablar callando o callar hablando, o mejor aún: ni callar ni hablar. Es decir, ni el ser ni la nada, ni afirmación ni negación..., desechar todos los opuestos, ¡sin sustituirlos por nada!

—¿Y qué nos queda?

—Pues bien, lo que llaman «vacío» es eso mismo: el espacio que queda libre después de haber rechazado los opuestos.

—¡Lo has hecho genial, caballero Canguro! Sin embargo, la princesa Alicia está un poco mareada y no está segura de haberlo entendido todo.

—Puedes volver a hablarlo con el Hada si quieres, pero ahora nos tenemos que ir pitando.

—¿Adónde?

—Ven, ya lo verás —dice Canguro cogiéndola del brazo.

༄ *Diario de Alicia* ༅

Me pregunto si la realidad es como yo la veo. Me pregunto si soy Alicia o si esto es un sueño. Me pregunto qué hay detrás de este sueño. Me pregunto si sé qué me estoy preguntando.

Busco una salida a este laberinto, aunque ya me dijo el Hada que tuviera paciencia...

UNA FRASE PARA LA VIDA

Mucho hablar no te hace sabio.
(*Dhammapada*, XIX)

Esa fue la última frase de Buda que oí mientras dormía, pero ¿realmente lo habré soñado? No lo sé, la verdad. Canguro, que lo sabe todo, me ha dicho que esa frase aparece en el *Dhammapada*, uno de los textos budistas más antiguos y de los más populares. Si nunca lo he leído, ¿cómo voy a haber soñado con esa cita? Además, no la entiendo. Todas estas personas que dicen tantas cosas, que dicen tener tantas ideas sobre todas las cuestiones posibles, quizá hablen demasiado. Quizá hablen sin tener idea, así que tal vez fuese mejor que se quedaran calladitas. ¿De verdad se tienen que pasar la vida hablando todo el rato de todo?, ¿o sin decir nada?, ¿o diciendo solo cosas útiles? Aparte de las ideas que se pueden decir, ¿existirán las ideas mudas? ¿Qué es una idea muda?

18

En China, con Confucio y Lao-Tse

El té está tibio y apenas tiene sabor, aunque todos alrededor de la mesa parecen encontrarlo exquisito. Alicia no lo entiende. Esta agua ni fría ni caliente que han vertido en su pequeño cuenco es insípida, casi imbebible, pero la gente parece satisfecha. ¿Estarán todos fingiendo? ¿Lo harán para quedar bien? ¿De verdad les gusta ese aguachirri? Probablemente, ya que nadie se queja y, cada vez que les rellenan el cuenco, asienten con la cabeza en señal de agradecimiento.

El Hada podría haber avisado, aunque seguramente ni se le ocurrió. Solo dijo que el maestro Kong era un gran sabio al que había que escuchar con respeto, sin interrumpir: «Él no escribe. Como Sócrates o Buda, solo habla». Canguro le explicó que, en Occidente, se conoce al maestro Kong por el nombre latino que le dieron los misioneros cristianos, Confucio, y que su doctrina ha marcado toda la historia de la cultura china y gran parte de Asia. Durante más de dos mil quinientos años, su pensamiento ha influido en la sociedad y la mentalidad china, e incluso en la forma en que los chinos se comportan.

Alicia esperaba ver entrar en la sala a una figura majestuosa e imponente ataviada como un príncipe, pero para nada. Cuando cruza la puerta, hasta parece un hombre humilde, nada engreído. Al verlo, da la sensación de que es buena gente. Es tan alto que sobresale por encima de todos los demás, aunque su tamaño no asusta, es discreto, pues solo lleva una túnica oscura que le llega hasta los pies, y tiene un rostro casi inexpresivo, con una larga barba negra.

Si estuviera solo, sin este atento grupo que espera sus palabras, nada haría advertir su presencia, excepto sus ojos, que son de una intensidad fuera de lo común. Alicia está fascinada por ellos, que destacan en la habitación de paredes oscuras, casi en la penumbra: tan juntos y pequeños, bajo unas cejas muy pobladas, dan la sensación de brillar.

—Parecen estrellas —murmura Alicia.

—Bien visto —susurra Canguro—. Confucio siempre dice que el sabio debe dejar hablar al cielo que lleva dentro.

—¿Qué quiere decir eso? —pregunta Alicia.

—¡Escucha! Es justo lo que está diciendo. El hombre de azul al fondo de la mesa acaba de preguntarle cómo debe vivir el sabio y el maestro está hablando del cielo.

Alicia se acomoda los auriculares que lleva ocultos bajo el pelo y se ajusta el traductor, pero se pierde el comienzo de la respuesta.

—... porque el cielo no habla —explica Confucio—. Cuando salgáis, mirad sobre vuestra cabeza. Veréis que el cielo no habla. Lo sabéis, pero no prestáis suficiente atención. Mirad al cielo: no tiene intención, no tiene voluntad, no lo mueve ningún plan concreto. Sin embargo, lo regula todo, lluvia y sequía, luz y sombra. De él dependen las cosechas, la vida, las estaciones, nuestra felicidad y nuestra desdicha, pero también la de los diez mil seres.

—Si me lo permites —explica Canguro al oído de Alicia—, con «los diez mil seres» se refiere a todo lo que existe, al universo en su conjunto.

—¡Chis!

—El cielo nunca es el mismo, a la vez que sigue siéndolo —continúa el maestro—. Puede estar despejado o nublado, ser claro u oscuro, encontrarse limpio o encapotado. Siempre está cambiando, pero nunca deja de ser el cielo. Fluctúa sin perderse, previsible e imprevisible, regular e irregular. Así debe ser el sabio, no debe intentar imitar el cielo para parecerse a él, pues eso sería artificial, no llevaría a nada. El sabio debe dejarse atravesar por el cielo y dejar que este actúe, hable, cambie y se adapte a las circunstancias. Por eso, el sabio no tiene doctrina, ni ideas fijas, ni plan establecido, sino que responde a cada persona según el momento, en función de la situación.

—Maestro, para mí es un honor escucharte —interviene Alicia tímidamente—. Soy muy joven todavía, así que disculpa mi atrevimiento. Además, vengo de un país lejano y desconozco tu tradición. Al oírte hablar hace un momento, me ha surgido una duda: ¿cuál es tu idea del cielo?

—Honorable extranjera, a pesar de tu edad, demuestras una audacia propia de un corazón noble. La hospitalidad y el respeto hacia quienes vienen de lejos para escucharme me mueven a atender tu petición, pero no puedo contestar a tu pregunta porque el cielo no es una idea. Una idea tiene límites, pero el cielo no; este no tiene contornos ni fronteras, sino que es puro espacio. Una idea tiene contenido, el cielo no. Una idea es algo estable, determinado y definido; el cielo es dinámico, no se deja definir. Una idea es una forma; el cielo no tiene forma...

El pequeño grupo se queda en silencio. Lo único que se oye es el viento soplando con fuerza por la llanura mientras todos reflexionan. A Alicia le brillan los ojos y le hace una pequeña señal al Hada, que contesta con un movimiento de cabeza indicándole que puede volver a hablar.

—Maestro, agradezco humildemente que me hayas ilustrado, aunque me ha surgido otra duda al escuchar tus palabras. Dices que el sabio debe permitir que el cielo actúe en él. Dices que no existe una idea de cielo y que este no tiene ninguna voluntad. ¿Significa esto que el sabio tampoco tiene ninguna idea o voluntad?

—¡Eres ágil, extranjera lejana! Sí, al igual que el cielo, el sabio tampoco tiene una idea, pues su pensamiento no es fijo, no tiene sistema ni doctrina; es dinámico, mutable, pero estas fluctuaciones no son caprichos ni estados de ánimo. Como las variaciones del cielo, los cambios del sabio forman parte del orden del mundo, de su regulación y armonía. Este es un aspecto muy importante. Las ideas crean obstáculos, levantan muros; es decir, separan en lugar de establecer relaciones. Al contrario, si nada es fijo, se puede dar respuesta a cada situación particular, a cada circunstancia concreta, y restablecer así la paz y la armonía.

—¿Restablecer? —pregunta Alicia.

—Sí, porque las hemos perdido. Se multiplican las rivalidades, aumenta la violencia, se declaran guerras. Cada uno piensa en sí mismo y en nadie más, olvida a quienes tiene a su alrededor, se vuelve negligente con sus deberes, demuestra falta de respeto y amabilidad.

»Llevo años yendo de ciudad en ciudad intentando restablecer la paz. Mi papel es devolver a los seres humanos al camino de la armonía, garantizarles los medios para vivir juntos, aunque cada uno en su sitio. En vez del desorden humano, restaurar el orden del cielo. En vez de la discordia, instaurar la amabilidad, el sentido de la humanidad. Para que la armonía reine en un Estado, primero debe reinar en cada familia. Para que reine la armonía en la familia, primero cada uno debe desarrollar su personalidad. Para desarrollar su personalidad, cada uno debe cultivar la nobleza de su corazón. Para cultivarla, hace falta tener acceso al conocimiento. Todo cuadra, como en el cielo.

Alicia está a punto de hacer otra pregunta, pero de repente entra un guerrero con uniforme de gala, se inclina ante Confucio y le entrega una carta. Cuando termina de leerla, el maestro se vuelve hacia el público.

—Tengo que dejaros, pues el señor de la casa me reclama urgentemente. Mi tarea continúa. Otros hablarán por mí. Lo importante es construir vínculos humanos armoniosos y reforzarlos.

Con estas palabras, el maestro abandona la sala. Fuera, lo esperan guerreros a caballo para escoltarlo. Los discípulos que han venido a escuchar al maestro tampoco tardan en marcharse. Así pues, Alicia, el Hada y Zingular se quedan solos. Alicia está pensativa, impresionada y, sobre todo, perpleja, ya que aún le faltan piezas para que todo esto le cuadre.

—¿Cómo influyeron en China las ideas de este sabio? Lo que dice es interesante, pero no resulta fácil de entender. ¿Por qué se ha vuelto tan popular? Canguro, tienes permiso.

Sorprendido, Zingular carraspea y respira hondo.

—Es una larga historia, así que voy a resumirla. En primer lugar, hay que distinguir entre Confucio y el confucianismo. El maestro al que acabamos de escuchar pronunció las palabras iniciales. Luego, a lo largo de siglos, sus discípulos fueron desarrollando en su nombre una forma de pensar que ha ido evolucionado con el tiempo.

»En los discursos de Confucio y las sentencias que se le atribuyen, sus enseñanzas más importantes hacen referencia a la necesidad de respetar los ritos tradicionales y cultivar el sentido de la humanidad para preservar la paz y las buenas relaciones entre quienes conviven. La idea predominante es la de armonía. Se basa en la preocupación por adaptar las palabras y la conducta a los lugares y roles de cada uno: el lugar del padre no es el del hijo, el lugar del marido no es el de la mujer, el lugar del amo no es el del esclavo, el lugar del príncipe no es el del vasallo. Los roles son distintos, al igual que las reglas que se les aplican. Si adaptamos nuestra actitud y nuestras palabras al lugar en el que se encuentra la otra persona y a aquel donde estamos nosotros, entonces se consigue el equilibrio.

—¡Menuda jerarquía! —exclama Alicia.

—Desde luego, según esta manera de ver la sociedad, la armonía implica desigualdades y diferencias. La idea básica es que existe un orden natural que debe respetarse para que la vida de cada persona sea buena y la del conjunto también. Confucio está convencido de que los conflictos, el caos y la guerra los provoca la gente que no respeta este orden *natural*.

—Una manera de verlo bastante... conservadora, ¿no? —pregunta Alicia.

—No te quepa la menor duda, y la forma como evolucionó después el pensamiento de Confucio no hizo sino acentuar ese conservadurismo. De generación en generación, sus ideas se fueron transformando en una forma singular de religión de Estado. El confucianismo se convirtió en la doctrina oficial del Reino Medio, es decir, China, mezclando ritos, valores morales y conceptos políticos y sociales. El estudio de los textos clásicos atribuidos a Confucio sirvió para formar a los eruditos que controlaban el imperio y su pensamiento, que combinaba orden y docilidad, lo que configuró la vida china en su conjunto.

—¿Y nadie se ha rebelado?

—¡Sí! Los taoístas.

—¿Quiénes son?

Sin dejar contestar a Canguro, el Hada coge a Alicia del brazo y le dice:

—Ven y verás.

Aire libre, un cielo gris pálido y ráfagas de viento. En la llanura se mezclan un verde tenue con un amarillo pálido. A lo lejos, empieza a perfilarse una extraña silueta: un anciano calvo con barba blanca y túnica de seda avanza lentamente a lomos de... ¿qué?

—¡Estoy alucinando! —grita Alicia—. ¡Va montado en... una vaca!

—Un buey —la corrige el Hada—. Es Lao-Tse. Espera a conocerlo, no te arrepentirás. En rebeldía, es difícil superarlo.

El buey avanza muy despacio. Sobre su lomo, el corpulento anciano parece adormilado. Cuando llega junto a nuestros amigos, el buey se detiene. Alicia observa el rostro de Lao-Tse, arrugado y travieso. Canguro le acaba de decir que, en chino, Lao-Tse significa 'Viejo Maestro' o 'Viejo Niño' indistintamente. Alicia cree que ambos nombres le van, pues parece un erudito y, al mismo tiempo, un granuja.

—Buenas tardes —saluda el Hada al viajero—. ¿Adónde vas?

—¿Qué más da? —le contesta el hombre montado en el buey. Tras una pausa, añade—: Me voy, he dejado el cargo. Dejo el imperio también. Lo dejo todo. Pero, primero, he de ver a Confucio. ¿Está por aquí?

—No anda lejos. Acaba de irse en dirección al palacio del príncipe.

Al oír estas últimas palabras, Lao-Tse esboza una sonrisa, frunciendo el rabillo del ojo.

—Pobre chaval..., aún cree que le sirve de algo hablar con príncipes. He de tener unas palabras con él. Tampoco servirá de nada, obviamente, pero ¡me importa un bledo!

Alicia no entiende lo último que ha dicho. Si el anciano quiere hablar con Confucio, si tiene algo que decirle, algún consejo que darle, ¿por qué piensa que «tampoco servirá de nada»? Si no sirve de nada, ¿por qué quiere hablar con él?

Zingular se lanza entonces a explicar largo y tendido las dos vertientes del pensamiento chino. De un lado, Confucio, que pretende pacificar la sociedad e imponer una política moral. De otro, Lao-Tse, que desafía a la autoridad, critica las convenciones humanas y nos anima a seguir la naturaleza. Sin embargo, Alicia no le hace caso, pues quiere comprender por sí misma qué tiene en su cabeza este anciano que viaja en buey. ¿Que se van todos a dormir? Mañana a primera hora, irá a hablar con él.

Al amanecer, apenas empieza a clarear, Alicia llama a la puerta de la posada en la que se ha instalado el Viejo Maestro o Viejo Niño. El lugar está sucio y desvencijado, y la puerta ni siquiera está cerrada con llave. Dentro, una gran estufa suelta más humo que calor. «¿Cómo puede alguien dormir aquí?», se pregunta Alicia. Sin embargo, el sabio ronca ruidosamente sobre una estera de paja en el suelo. Alicia se fija en una caja de madera lacada que hay a su lado, en la que sin duda guarda sus utensilios de escritura, tinta y pincel, así como en una jarra de aguardiente medio vacía. Silba, da palmadas y hasta sacude al hombre, pero todo es en vano, pues este sigue roncando. Así pues, Alicia espera.

—¡Agua! —pide por fin Lao-Tse abriendo un ojo.

—Ten, maestro —responde veloz Alicia acercándole un cuenco.

—¡Gracias, pequeña!

El anciano se sienta en su estera y se suena la nariz. Tras beber despacio, se limpia la barba y se frota los ojos. Alicia nota que huele a alcohol.

—¿Sabes qué tiene más poder? —pregunta de repente el anciano.

—No, tú dirás...

—¡El agua, pequeña, el agua! Pensamos que es débil, incapaz de resistir, cuando en realidad pasa por debajo de los obstáculos y nunca desaparece. Fluye, se desliza y siempre acaba juntándose de nuevo. Gota a gota, se forman los mares, se rompen las rocas. El agua arrasa montañas, arrastra los barcos más pesados. ¡No hay nada más poderoso!

—¿Y entonces?

—Hay que dejarse llevar, no pensar a contracorriente. Creemos que somos los más fuertes y que el mundo es débil, pensamos que nuestra inteligencia y nuestros conocimientos nos bastan para cambiarlo todo, estamos convencidos de que podemos imponer nuestros planes. ¡Craso error! Todo lo que es débil, sin intención de ningún tipo, sin voluntad, sin plan, acaba imponiéndose a todo lo que es fuerte, duro, rígido y voluntario. Fíjate en el agua, el viento...

—Maestro, ¿cómo hay que vivir? —pregunta Alicia sin rodeos temiendo que Lao-Tse se marche sin decirle lo esencial.

Dado que guarda silencio, Alicia repite la pregunta, pero este sigue sin decir nada. Justo cuando ella se levanta para irse, él toma la palabra.

—El que sabe calla. Ya sabes lo suficiente para seguir sola. Las palabras verdaderas parecen paradojas. Nuestras palabras no dicen mucho porque la gran música del universo es la menos audible. Para entrar en el camino, mejor ser ignorante que erudito, mejor pasar desapercibido que ser conocido, mejor no actuar que andar sin rumbo...

—¿No hacer, no hablar, no pensar?

—¡Ese es el secreto del verdadero poder! El viento y el agua no dicen nada, no piensan nada, no saben nada, ¡y nunca se ponen por delante! La única actitud eficaz es dejar estar las cosas: no interferir, entregarse. ¿El sabio parecerá un tonto?, ¡da igual! ¿Será pobre, vivirá en la inmundicia?, ¡da igual! ¿Tendrá la cabeza vacía?, ¡puede que sí! Recuerda que en el universo todo gira en torno al vacío. Ese tonto ignorante que ves, ese donnadie que va borracho, sucio, que no produce, que es inútil..., ese cero a la izquierda es el centro de todo. ¡Rúmialo, jovencita!

Alicia se siente en confianza con este buen hombre tan curioso. No se las da de nada, pero con lo poco que dice parece que lo sabe todo, a menos que se haya dado cuenta de que no hay nada que decir y todo que vivir. La frase «el que sabe calla» no se le va de la cabeza a Alicia. Le gustaría recordarla. ¿Y si se la tatuara? ¿Y si le contara su secreto? Total, nadie se enterará.

—Maestro, ¿puedo decirte algo más? Seré breve.

—No tardaré en irme, pero claro que puedes.

—Busco una frase que me diga cómo vivir. Quiero tatuármela en el brazo para que esté siempre conmigo. ¿Y si pongo «el que sabe calla»?, ¿qué te parece?

—¡Una tontería! ¡Pero de remate!

El anciano estalla en carcajadas. Alicia está sorprendida, pero, sobre todo, decepcionada, pues le había cogido confianza a este extraño sabio que ahora se está quedando con ella, riéndose en su cara a mandíbula batiente.

—¿Por qué dices eso? ¿Por qué es una tontería? ¡Dímelo!

—¡Ahí está tu problema precisamente! ¡No lo entiendes! ¡No lo has entendido aún! Intento que te des cuenta de que todo cambia a cada instante y de que hay que seguir la corriente, aceptar esos cambios, ¡no detenerlos! Prueba a detener el viento, las nubes, los ríos, la lluvia, ¡a ver qué tal se te da! ¿Te imaginas tatuarte una frase que se quede ahí siempre igual, fija, inmóvil, incluso cuando tú hayas cambiado y pienses otra cosa? ¡Es de tontos!

—Es para guiarme, para recordarme cómo vivir.

—Es tu espíritu el que se tiene que acordar, ¡no la piel de tu brazo! Imagina que te tatuaras «está lloviendo»: será cierto cuando llueva y mentira en cuanto deje de caer agua. ¿Y para qué? ¿Acaso no sabes que llueve cuando está lloviendo?, ¿hace falta que algo te lo recuerde?

—¡No es lo mismo! ¡Quiero recordar cómo vivir!

—¿Necesitas recordar que tu corazón tiene que seguir latiendo? ¿Se te olvida respirar? Insisto: es ridículo. No necesitas chuletas que, encima, no se borran. Limítate a dejar que el viento sople. El día que te des cuenta de que es así, te acordarás del viejo que te lo dijo.

El hombre se levanta de un salto a una velocidad que Alicia no se esperaba y se marcha. En un abrir y cerrar de ojos, ya está montado en su buey, rumbo al horizonte.

Alicia se queda de piedra. ¿Ese tipo está loco o será un genio? Es imposible saber si se está burlando del mundo o si va en serio. Quizá para él lo más serio sea reírse del mundo. Quizá lo que piensen los demás no le importe.

—Nunca he conocido a un hombre así —murmura Alicia al salir de la posada—. Apuntaré las frases que me interesen en mi cuaderno o intentaré recordarlas; no hace falta que me las tatúe. De todos modos, qué personaje tan extraño... Canguro, ¿dónde estás? Necesito tu ayuda.

—¿Explicaciones? ¿Aclaraciones? ¿Datos? ¡Servicio Canguro a su disposición! El hombre que has despertado se llama Lao-Tse. Junto con Confucio, es otra gran figura del país de las ideas en China. Su nombre está asociado a un libro que aún se sigue leyendo en todo el mundo, el *Tao te king* o *Libro de la vía*. Es por este término, *tao*, por lo que llamamos «taoístas» a Lao-Tse y a todos los que dan continuidad a su pensamiento.

—¿Tao?

—Es una palabra muy común en chino, hace referencia a cualquier vía, camino o carretera que haya que tomar para llegar a un destino. Sin embargo, Lao-Tse la utiliza en un sentido especial, para referirse a algo que, en realidad, no tiene nombre, o no cabe en una palabra: el conjunto de todo lo que sucede, la naturaleza, el cosmos, la realidad...

—¿Cómo que no tiene nombre? Le acabas de poner unos cuantos.

—Tu pregunta nos lleva directos al meollo del problema: la relación entre las palabras y el mundo. Para Lao-Tse, el mundo siempre está cambiando: todo es móvil, fluctuante, como el viento, el agua, los colores del cielo. Este inmenso mundo donde todo cambia no admite que lo encerremos en palabras, que son fijas. Es decir, las palabras son estanques, mientras que la realidad es un río en movimiento perpetuo. Por eso, las palabras nunca se pueden ajustar del todo al mundo, ni el mundo a las palabras. El tao es un decir, una forma de poner algún nombre al universo, aunque en realidad este no se puede nombrar.

»Según Lao-Tse, el sabio deja que el mundo actúe en él. No elige, no hace planes, guarda silencio, pasa desapercibido, como el viento, como el agua. Y este dejar-que-pase le da un poder y una libertad increíbles. La persona que se ha unido al tao, que se ha fundido con el mundo, es como el agua y el viento: tiene un poder sin ataduras, vive sin limitaciones, sin esfuerzo, sin lucha; unida a la naturaleza, consigue cosas inauditas.

—¿Por ejemplo?

—Lo cuentan mil historias taoístas que me encantan. Como la historia del pintor que, habiendo alcanzado el dominio perfecto de su pincel, ve cómo alza el vuelo del cuadro el pájaro que ha pintado. O la del músico que, tocando una melodía de invierno, ve cómo se hiela el lago porque sus gestos fluyen al compás de las cosas. Los taoístas evocan en muchas de sus historias la conquista gradual de la fusión

211

con el tao. Una de mis favoritas es la del carnicero que lleva veinte años sin afilar su cuchillo y el cuchillo sigue cortando igual de bien.

—¿Cómo es esa historia?

—«Antes, cuando despiezaba un buey —explica el carnicero—, al romper los huesos alcanzaba los cartílagos y los tendones, así que tenía que afilar el cuchillo muy a menudo. Con el tiempo, aprendí a reconocer la anatomía de un esqueleto, a seguirla sin esfuerzo y a cortar sin chocar con nada, por lo que desde entonces, hace ya veinte años, mi cuchillo sigue afilado.» Cuando uno se sabe adaptar a la realidad con conocimiento, con buen criterio, siguiendo la forma de las cosas, es mucho más probable que logre sus objetivos que si trata de imponer sus ideas.

—¡Qué buena historia, querido Canguro! No soy muy fan de los carniceros, pero lo he entendido mejor.

—De hecho —prosigue Zingular, conmovido por las muestras de afecto de Alicia—, esta pequeña historia oculta una idea muy importante para los chinos: la realidad tiene fuerzas motrices. Actuar con eficacia consiste en identificarlas para formar parte de los acontecimientos cuando se están desarrollando. En lugar de imponer nuestra voluntad al mundo, aprovechamos las fuerzas motrices; es decir, no actuamos, sino que dejamos que ocurra. Por eso, creen que el mejor general es el que gana sin haber luchado nunca. Este, en lugar de enfrentarse al ejército contrario, estudia la ruta que va a seguir, por ejemplo previendo que lloverá mucho, y deja que sus enemigos se atasquen en el río desbordado... Ya ves: actúa sin actuar.

—Pero ¿cómo lo hace?

—Advierte pequeños indicios de lo que va a suceder antes de que la situación vaya a más. Luego, con el mínimo esfuerzo, deja que la naturaleza actúe en su lugar. Es lo que los taoístas llaman *wu wei* 'no acción'. No es inercia ni inacción total, sino una forma de no interferir en nada y dejar que el curso del mundo trabaje a nuestro favor.

De repente, Alicia se altera. Acaba de darse cuenta de por qué se estaba cabreando tanto.

—Seguro que todo esto es muy interesante, pero ¿de qué sirve? Tal y como está el mundo hoy, si dejamos que siga su curso, lo único que haremos será acercarnos a paso largo a la catástrofe. No entiendo por qué me lleváis tan alegremente de paseo por la Antigüedad en vez de ocuparos de lo que está ocurriendo hoy, ¡con lo que el planeta está sufriendo! ¡Se acabó! ¡Me tenéis harta!

Con estas palabras, Alicia sale de la casita y huye por la llanura. Canguro no entiende lo que está sucediendo, aunque el Hada no parece preocupada, pues se limita a observar a Alicia alejándose entre la hierba con los Ratoncitos corriendo tras ella chillando.

✒ *Diario de Alicia* ✒

¡No puedo más! ¡No puedo más! ¡No puedo más! ¿Qué hago aquí?, ¿visitar un museo?, ¿aprender la historia de los antiguos chinos, hindúes, griegos o hebreos?, ¿y para qué me sirve a mí eso?

El clima está alterado, las temperaturas suben, se acumulan los gases de efecto invernadero, y esta peña me lleva a conocer a Epicuro, Marco Aurelio, Confucio y compañía..., ¡gente que ni en sueños se imagina el cambio climático!

La inteligencia artificial lo está acaparando todo, la gente ya no sabe vivir sin pantallas, y a mí me llevan a conocer a gente que no ha visto un teléfono ni un ordenador en su vida. No conocen más que papiros y pergaminos. ¿Qué saben de nuestras preocupaciones, del Chat-GPT, del control de nuestro cerebro?

Al principio, era divertido, no lo voy a negar. Descubrí ideas que no conocía. Por educación, esperé a que todo esto empezara a tener relación con lo que nos espera hoy, ¡y aún seguimos con travesías a caballo, luchas de espadas y manuscritos!

Menuda mierda... ¡Estoy harta de que me arrastren de zarrio en zarrio, como en un rastrillo, un mercado de antigüedades! Está bien, Canguro es agradable, y el Hada también, al menos la mayoría de las veces, y los Ratoncitos son graciosos..., bueno, casi siempre. Sin embargo, esa no es la cuestión. No se trata de ellos, se trata de mí. Ya no entiendo por qué sigo aquí, de qué me sirve todo esto.

Hay demasiada distancia entre lo que realmente me interesa y lo que descubro en este viaje. Además, me cuesta entender por qué estos sabios tan famosos dicen cada uno lo contrario de lo que opinan los demás. Nunca coinciden. Es difícil saber quién tiene razón y quién no. Intuyo que todos la tendrán, pero ¡no puede ser!

Demasiadas preguntas, demasiadas dudas. Demasiadas ideas que no me sirven para resolver los problemas urgentes que tenemos hoy. Estoy harta, quiero volver. Necesito que me lleven a casa, ¡y rápido!

UNA FRASE PARA LA VIDA

El que sabe calla.

(Lao-Tse, *Tao te king*)

Me ha puesto de los nervios ese viejo al
llamarme «ridícula». Me estaba interesando,
pues me ha hecho entender que el silencio a
veces es mejor que dar explicaciones, y por eso
quise guardar esta idea. No siempre tenemos
que hablar; si es para decir palabras vacías
y automáticas, más vale no decir nada.
Al decir que el que sabe calla también
me ha hecho ver que no todo se puede
explicar, que las palabras a veces no bastan.
¿Pensamientos que no podemos transmitir?,
¿que no podemos expresar? Interesante.

19

Alicia entra en cólera en el palacio de la Reina Blanca

Cuando Alicia se encuentra de nuevo con la Reina Blanca en la glorieta, donde los tiempos confluyen, explota:

—¡Quiero irme a casa! ¡A mi casa! ¿Lo entiendes?

—Muy bien —responde la Reina con una sonrisa—. Te sientes perdida y quieres volver a tus puntos de referencia, es normal. A todos los que viajáis al país de las ideas os pasa a cierta altura, por lo que estoy acostumbrada. Cuéntame más, te escucho.

—No, ya basta, ¡quiero irme! —repite Alicia dando pisotones—. ¡Quiero volver a mi casa, a mi tiempo, a mis ideas!

Está nerviosa y acalorada y en absoluto contaba con la reacción de la Reina Blanca, tan calmada. Esperaba gritos y órdenes, pero solo oye su voz tranquila asegurándole que todo va bien.

—¡No has perdido tu tiempo, ni tus ideas, ni tu casa, Alicia!

—¿Que no las he perdido? Me habéis llevado a la antigua Grecia, Israel, la India y China. ¡No sé cuánto tiempo llevo ya viviendo siglos antes de mi época! ¿Para qué?, no lo entiendo.

—¿Quieres escucharme?

—No, ¡me quiero marchar!

—Te prometo solemnemente que harás lo que decidas. Es tu decisión, y solo tuya. Si te quieres marchar del país de las ideas, le pediré al Hada que te lleve a casa, palabra de reina, pero primero me gustaría hablar contigo, ¿puedo?

—Hum..., sí, pero ¿prometes dejar que me vaya luego?

—Si eso es lo que prefieres, te lo aseguro. Sé lo que te ocurre; tienes sentimientos encontrados, concretamente dos: miedo y rabia. Te voy a decir por qué y tú me dirás si me equivoco.

»Desde que estás con nosotros, has tenido contacto con muchas ideas con las que nunca te habías cruzado, ideas inesperadas, incompatibles entre sí, por lo que estás confusa, tan desorientada que ya no sabes muy bien por dónde ir, y eso, en el fondo, te da miedo.

—¿Cómo lo sabes?

—Todos sentimos este vértigo y esta ansiedad en algún momento. Encontrarnos con demasiadas ideas nuevas puede ser una fuente de alegría, pero también de preocupación. Aunque este descubrimiento resulta interesante, al menos al principio, después, con tanta novedad, nos entra una sensación de ahogo. Cambiar tantas veces de punto de vista..., ¿hasta cuándo?, ¿es que esto no tiene fin?

»Hubo un tiempo en el que el mundo era un lugar estable que no suscitaba muchos interrogantes hasta que un día empezaron a surgir preguntas aquí y allá, se abrieron perspectivas por todas partes, y cada vez más... Y ahora ya no sabemos en qué confiar, pues hemos perdido los puntos de referencia y sentimos que nos están arrastrando en todas direcciones. Y queremos huir.

»Llevo mucho tiempo observando a nuestros visitantes. He visto a casi todos sentir este vértigo al poco tiempo de estar aquí, la angustia de no saber qué pensar al verse atrapados en un torbellino de preguntas que no se acaban. Es terrible, ¡dan ganas de salir corriendo! ¿Tú has sentido este vértigo?

Alicia no contesta. Pone una mueca rara y mueve vagamente la cabeza. No le gusta nada reconocer su angustia, pero acaba por admitir que la Reina Blanca ha dado en el clavo.

—Quizá —se atreve a decir por fin.

—¿Desde cuándo?

—No te lo sabría decir exactamente, quizá cuando conocí a Sócrates, pues me impactó la manera que tiene de analizarlo todo. Al darme cuenta de que nunca había examinado tanto mis propias ideas, me asusté.

—¿Qué te asustó?

—Perder mis ideas. No tengo ganas de cuestionar lo que creo que es verdad, lo que me parece realmente importante.

—¿Aunque sea falso?

—Sé por dónde vas..., ¡pero lo quiero!, ¡a pesar de todo, lo quiero! Tengo miedo de que, al cambiar de ideas, deje de ser quien soy.

—¿Tienes miedo de dejar de ser tú misma?

—No lo sé, quizá... Sí, algo así.

—¿Eres la misma que cuando tenías cinco años?

—¡No, para nada!

—¿Y no estás mejor ahora?

—Bueno, sí.

—Ya ves por dónde voy: desde que eras pequeña, tus ideas han ido cambiando, pero no hay motivo de alarma, simplemente has crecido. Hoy piensas de otra manera sobre muchas cosas, aunque sigues siendo la misma Alicia. Por eso, como mucho, poner tus ideas a prueba solo te hará crecer..., ¡no perderte a ti misma!

—Tal vez tengas razón, pero ¿no crees que hay demasiadas ideas? ¡Hay tantas que da miedo!

—Entiendo que esto te saque de tus casillas, pero ¿sientes que estos descubrimientos te cierran horizontes o te abren puertas?

—Abren..., ¡y me asusta!

—Entonces, ¿ya te marchas? ¿Te vas a tu casa a acurrucarte bajo el edredón con tu gato y no pensar en nada más que en lo que ya sabes?

—Bueno...

Alicia empieza a darse cuenta de que su rabia es fácil de entender pero difícil de justificar. Se ha dejado llevar por el cansancio, y justo ahora que sus horizontes se empiezan a abrir...

—Bueno —dice—, lo entiendo. Lo que pasa es que este juego me sigue pareciendo poco útil. Piensa que vivo en una época en la que la Tierra se ha vuelto irrespirable, la naturaleza sufre, los animales mueren, la humanidad corre peligro... Hay que encontrar soluciones, y yo estoy aquí de paseo por la antigua China, India, Grecia, Israel..., hablando con sabios, filósofos y profetas que no tienen la menor idea de nuestra tecnología, problemas e inquietudes. Al final, pues sí..., ¡tengo la sensación de estar perdiendo el tiempo!

—Ten en cuenta que no ha sido por este motivo por lo que has venido a quejarte. Primero, me has dicho que había demasiadas ideas distintas entre los filósofos. Luego, has hablado del miedo que sientes a que te dejen la cabeza patas arriba. Ahora, protestas por el desfase entre estas ideas y los problemas del mundo actual. Tienes el derecho a hacer cada una de estas objeciones, por supuesto, pero también el deber de no mezclarlas, porque son distintas. Hablemos de este desfase, ¿te parece?

—Eh..., sí —responde Alicia.

—Tienes razón en una cosa: de momento, tu viaje por el país de las ideas no ha ido más allá de la Antigüedad. Si decides continuar, visitarás otras épocas y descubrirás cómo se llegó a la situación actual. Sin embargo, te equivocas en lo más importante: en realidad, este desfase, que te parece enorme, ¡es bien pequeño!

—¿En qué sentido?

—La Antigüedad y la actualidad no son mundos separados; al menos, no como imaginas. El tiempo de las ideas no es el de la moda, los medios de transporte o los objetos cotidianos. La gente de hoy ya no vive como la de aquella época, pero sigue pensando igual, casi siempre, aunque no se dé cuenta.

—Me gustaría saber por qué siguen en vigor esas viejas ideas. ¡Dos o tres mil años es mucho tiempo!

—Las ideas no son accesorios de moda ni pañuelos de usar y tirar; son referencias para comprender, vivir y actuar. Las concepciones del mundo que se formaron en aquel entonces configuran un conjunto único en la historia de la humanidad. En una misma época, en regiones que no se conocían ni se habían comunicado antes, surgieron unos modos de pensar tan profundos y coherentes que cambiaron el curso de la historia y aún siguen vivos.

»Por ejemplo, los hebreos tuvieron la intuición de un dios único, creador del mundo, que reemplazó a una multitud de dioses, cada cual con su poder y atribución, y a menudo rivales entre sí. Fueron ellos también quienes idearon una ley universal para que todos los seres humanos, sin distinción, vivieran en paz.

»En Grecia, la física, la geometría y la filosofía empezaron a sustituir las explicaciones mitológicas para investigar, mediante la razón y solo la razón, cómo funciona el mundo, cuál es el lugar del ser humano y qué principios deben guiar su conducta.

»En la India, también fue notable la actividad intelectual y espiritual. En lugar de limitarse a los ritos de sacrificio y las doctrinas estrictas sobre los orígenes, empieza a cobrar importancia la búsqueda del Absoluto, las vías de liberación a través del sacrificio personal, la meditación y la reflexión.

»En China, empiezan a buscar activamente formas de entender cómo funciona el mundo, los ciclos de la naturaleza, las interminables transformaciones de las cosas y los seres, y se preguntan qué debe hacer el ser humano al respecto: ¿someterlo todo a su voluntad o intentar armonizarse con esos ciclos de la forma menos conflictiva posible en el lugar y el momento adecuados?

»Todo esto ocurre entre los siglos vi y v antes de nuestra era. Esas culturas no son como la nuestra, ni siquiera la lengua, pero esos cambios afectan a toda la humanidad. Las palabras de los profetas judíos quedan recogidas en la Biblia; los filósofos griegos inventan el enfoque científico y el uso de la razón; las escuelas de sabiduría indias, entre las que destacan el brahmanismo y el budismo, desarrollan una serie de teorías y prácticas; los pensadores chinos se enfrentan al confucianismo y lo complementan con el taoísmo. Es una época de extraordinaria germinación de ideas en todos los campos: intelectual, espiritual, religioso, moral...

»Karl Jaspers, un gran filósofo alemán del siglo xx, describió ese periodo de la historia como "era axial". Hubo un cambio de orientación en las corrientes de pensamiento antiguo, lo que dio lugar a nuevas corrientes que siguen vigentes, al contrario de lo que crees...

—¿Cómo ocurrió ese cambio?

—Nadie lo sabe. ¿Por qué en esa época? ¿Por qué en Grecia, la India, Israel y China casi a la vez? En esa época, estas regiones no tenían ninguna relación entre sí. Sin embargo, es entonces cuando empieza a tomar forma el país de las ideas. Los humanos utilizan todos los medios posibles para buscar respuestas a sus preguntas, que cada vez son más precisas, más sofisticadas y en mayor número, y las seguimos buscando.

—¿Todo sigue igual?

—¡Claro que sí! Ay, Alicia, ¿es que estás dormida? ¿Qué te pasa? Es como si pensaras que, por el hecho de que sigan existiendo ideas tan antiguas, no hay evolución, no hay cambio. Cuando aparecen nuevas ideas, ¿crees que las viejas desaparecen por completo? Para nada. En tu cabeza, hay ideas que tienen tres mil años y otras que acaban de surgir, ideas que se han transformado, otras que parecen recientes, pero que en realidad no lo son, y también ideas arcaicas que se pueden adaptar a situaciones actuales.

—Dame algunos ejemplos.

—Muy simple: ¿las redes sociales son nuevas?

—Sí.

—Burlarse de alguien, criticar a los demás, revelar secretos en público, insultar... ¿es nuevo?

—Por desgracia, siempre ha existido.

—¡Exactamente! ¿Entiendes lo que quiero decir sobre adaptar ideas antiguas a situaciones actuales?

—Todavía no.

—Sobre la cuestión de las palabras tóxicas, que hacen daño y pueden destruir, ya se reflexionó al respecto en las civilizaciones antiguas. Estas ideas se expresaron mucho antes de que existieran los *smartphones*, las redes y el acoso. ¿No crees que podríamos utilizar algunas de ellas para entender mejor lo que ocurre hoy y evitar que se extienda el odio?

—¡Ahora lo entiendo!

—Entonces, empiezas a comprender por qué tenemos que tomarnos en serio las ideas de los seres humanos que vivieron antes que nosotros. No tenían los mismos problemas que tenemos hoy, ni siquiera conocían algunas de las preguntas que nos hacemos, pero muchas de sus ideas siguen siendo válidas para comprender nuestros problemas y encontrar las respuestas que buscamos.

Alicia no sabe cómo explicar su desacuerdo. Entiende lo que dice la Reina Blanca, pero está cansada de ir de época en época, de escuela en escuela, de filósofo en filósofo. Desde que llegó, lo único que ha hecho ha sido pasar de puntillas por la Antigüedad. A este paso, se hará vieja antes de haber conocido y comprendido las ideas de hoy. Solo de pensarlo, se viene abajo.

—Puedes irte a casa si quieres —dice la Reina Blanca, que le ha leído el pensamiento—, pero antes me gustaría que probaras otra cosa. Te sugiero que cambies la forma de viajar. Vas a pasar al modo «grandes épocas».

—¿Qué quieres decir?

—Si estás de acuerdo, el Hada, el Canguro y los Ratoncitos te mostrarán los cambios esenciales que han llevado a la situación actual. Lo que está ocurriendo hoy tiene un largo recorrido, así que te pido un poco de paciencia. Te voy a dar las instrucciones que necesitas para que tu viaje sea más rápido y, sobre todo, para que, a medida que vayas avanzando, veas la relación entre las ideas que se pusieron en marcha en cada una de las grandes épocas y las amenazas a las que nos enfrentamos hoy en día. Me refiero a las amenazas para la humanidad, los animales y la vida misma. Conocerás filósofos, seguirás buscando formas de vivir, pero también verás cómo se acelera la historia y se precipita todo en el mundo. Si no te satisface el cambio, puedes parar e irte a casa cuando quieras. ¿Te apuntas?

—Me apunto —dice Alicia muy seria, aunque satisfecha de que su queja no haya sido en vano.

❧ *Diario de Alicia* ❧

Me gusta la Reina Blanca. No hablo de su aspecto, sino de su forma de ser. Me ha escuchado y ha tenido en cuenta cómo me siento. Espero que cumpla su palabra y haga los cambios que ha prometido. Si no, lo lleva claro: me iré.

CUARTA PARTE

EN LA QUE ALICIA DESCUBRE CÓMO CAMBIA LA HISTORIA CUANDO EL MUNDO LO DOMINA LA IDEA DE DIOS

20

En el transbordador temporal

¿Quién es el que lleva casco? Al acercarse, Alicia reconoce a Canguro. ¿Por qué lleva un atuendo de cosmonauta? ¿Y esa corpulenta silueta a su lado, ceñida en su traje, será el Hada Objeción? Para completar el grupo, corretean por ahí dos duendes con casco: ¡los Ratoncitos! Listo, no falta nadie, pero ¿adónde van así vestidos?

Alicia se da cuenta de que también lleva una especie de escafandra y observa a sus amigos a través de la ventana curvada de su casco hermético. Es muy extraño, parece un transbordador espacial de una de esas viejas películas de ciencia ficción de los años sesenta que tanto le gustan a su madre, en las que los héroes se mueven por decorados de cartón.

Alicia da unos golpecitos en el casco del Hada, que le hace señas para que escuche. Se comunican por ondas de radio.

—Bueno, ¿qué?, ¿ahora la bella Alicia es una rebelde? —dice el Hada riéndose—. ¿En serio quieres irte?

—No es por ti, Hada —responde Alicia—, ni por ti, Canguro, ni por vosotros, Ratoncitos. Os quiero y mi viaje al país de las ideas ha sido muy interesante, pero, al final, ¡todo lo que he aprendido me parece muy alejado del presente! Quiero volver para seguir con mi vida, con la época en la que estamos, los problemas urgentes que tenemos...

—Lo sé, la Reina Blanca nos lo ha explicado todo y nos ha dado instrucciones. Cambiamos al modo «grandes épocas», por eso vamos en transbordador.

—¿Un transbordador espacial?

—No, temporal.

Alicia no entiende. ¿Hace falta viajar en el tiempo? En el país de las ideas, se puede acceder directamente a todas las épocas, así que ¿de qué sirve este armatoste?

—¿Vamos? —pregunta el Hada.

—¡Sí, sí! —contestan los Ratoncitos al unísono.

En cuanto todos se acomodan en sus asientos, la cabina empieza a vibrar y el transbordador despega. Por un momento, la luz se vuelve muy tenue y se oye un fuerte silbido. Luego, regresa el silencio, y también la luz del día.

—¡Mira, desde aquí las vistas son impresionantes!

Alicia se asoma a la ventanilla. Lo que ve es asombroso: formas, sombras, luces, claroscuros; parecen continentes vistos desde las alturas. Sin embargo, no son tierras ni mares, sino otra cosa que no ha visto nunca.

—Lo que estoy viendo es muy extraño, Hada. ¿Qué es? —pregunta Alicia.

—¡El tiempo!

—¿El tiempo que hace no nos deja ver bien?

—¡No te hablo del tiempo meteorológico! Hemos cambiado de dimensión. Lo que ves ahora no es espacio, es tiempo. ¡Sí, estás viendo el tiempo! Lo hemos sobrevolado y lo que contemplas son siglos. A tu izquierda, la Antigüedad. Delante de nosotros, esta zona multicolor representa el fin del mundo antiguo y la Edad Media. Más de mil años, del siglo IV al XVI de nuestra era, aproximadamente.

El Hada sigue dando explicaciones sobre el funcionamiento de la máquina, recuerda que el tiempo es una de las dimensiones de la materia, cita a Einstein y hace referencia a la teoría de la relatividad y a toda una serie de leyes físicas de las que Alicia no entiende ni papa. De hecho, solo le hace caso a medias, embobada al ver el tiempo por primera vez. Aunque su visión está limitada al tamaño de la ventanilla, lo que tiene delante es espectacular. Le da la sensación de estar dentro y fuera a la vez, como si el tiempo estuviese en su interior y en su exterior, como si se hubiera distanciado del mundo de una forma nueva que, desde luego, no sabe cómo explicar. Tampoco sabe muy bien qué está viendo, pero siente que está viviendo algo extraordinario.

A sus ojos, los siglos pasados parecen corrientes de agua que fluyen hasta encontrarse y se ensanchan, convirtiéndose en ríos. Alicia distingue colores mezclándose, lentamente en ciertos lugares y mucho más deprisa en otros. Le recuerdan a los flujos de lava de las películas sobre volcanes. También evocan una playa después de una tormenta, cuando el fango que llega de tierra firme se va disolviendo en el mar.

Estas asociaciones de ideas son imágenes imperfectas. Alicia es consciente de que está contemplando una realidad que nunca antes había visto. Así, abre los ojos como platos y trata de comprender lo que tiene delante.

—Lo que ves es el curso de la historia —explica el Hada tratando de ayudarla—. Cuando las corrientes de ideas se encuentran, se transforman. Seguimos las directrices de la Reina Blanca para que entiendas cómo surgió el mundo que conoces, el que te interesa. Hasta ahora, solo has estado en antiguas regiones del país de las ideas y has visto los cimientos, los pilares fundamentales, pero, en la Antigüedad, las regiones donde se desarrollaron estas ideas no estaban conectadas, por lo que todo evolucionaba muy despacio. Te habrá parecido un mundo fascinante pero inmóvil y, sobre todo, demasiado lejano. Ahora, Canguro, los Ratoncitos y yo vamos a llevarte a los bastidores del presente. Verás el país de las ideas convirtiéndose en todo lo que tanto te preocupa.

—¿Y para qué?, ¿con qué objetivo?

—¡Es lo que has pedido, querida! Quieres saber cómo vivir en los tiempos que corren. Estás ansiosa, preocupada y deseosa de saberlo todo, así que queremos ayudarte a comprender cómo se ha formado este mundo que tanto te asusta. Cuando veas por ti misma de dónde viene, estarás mejor equipada para encontrar las respuestas.

—¿Puedo llevarme mi libro de citas y mi diario?

—Por supuesto, ¡y te recomiendo que los utilices lo máximo posible!

—Y, si me siento incómoda, ¿me puedo marchar?

—¡Tienes mi palabra! Te lo reitero: si quieres irte del país de las ideas, dilo y te irás, ¡palabra de Hada!

Alicia se queda más tranquila; ya se siente preparada para ir a la aventura. Sobrevolar los movimientos de la historia no le disgusta, y menos si eso la ayudará a actuar mejor en el presente. Además, puede irse cuando quiera.

Se ha formado vaho en el cristal frente al hocico de Canguro, pues se le han llenado los ojos de lágrimas al pensar que su querida Alicia se marcha del país de las ideas.

—¡Atención! —anuncia el Hada—. Una última información, Alicia. A partir de ahora, viajarás sola la mayor parte del tiempo, aunque vendremos al rescate si nos necesitas. Ya sabes lo suficiente para empezar a cuidar de ti misma. Luego, hablaremos de tus preguntas y de lo que te haya sorprendido o impactado, y también de tus emociones.

Alicia espera cualquier cosa. Empieza a estar impaciente.

—¿Por dónde voy a empezar?

—¡Sorpresa! —responde el Hada.

21

Asesinato de la filósofa Hipatia en el año 415 de nuestra era

«¡Qué jaleo!», piensa Alicia, que nunca ha visto nada igual. Los carruajes avanzan lentamente por la gran avenida que atraviesa todo el pueblo y se detienen cada poco para que pasen jinetes o grupos que van a pie. Hay tanta gente que una se pregunta de dónde vienen: de todas partes, está claro. En este inmenso gentío, hay mezclados vendedores y curas, ricos y pobres, griegos y judíos, egipcios y etíopes, filósofos y eruditos.

Al pie de los palacios que flanquean toda la vía, mujeres, niños y algunos ancianos venden fruta, aceite y dátiles. Hace muchísimo calor y ni siquiera corre brisa. Sobre el suelo, flota un polvillo que se va disipando poco a poco. Todas las calles se cruzan en ángulo recto; el trazado de la ciudad es cuadriculado. «Igual que Manhattan», piensa Alicia al advertir esta singularidad. De vez en cuando, en ciertos cruces, se desata una pelea: basta un carro mal equilibrado, un caballo que se sale de la carretera o un simple encontronazo para que estalle la violencia.

Antes de llegar, Alicia se ha leído la ficha que Canguro le había metido en la mochila. Así pues, sabe que Alejandría es una ciudad inmensa, una de las más grandes de la Antigüedad, la mayor del mundo griego. Son legendarios sus cuatro mil palacios, cuatrocientos teatros y varios cientos de miles de habitantes. Esta metrópolis situada en Egipto al oeste del delta del Nilo fue fundada por Alejandro Magno en el año 331 antes de nuestra era. «Fue a él a quien Diógenes le pidió que se apartara para no quitarle el sol», recuerda Alicia. En definitiva, hace mucho que esta ciudad existe.

«Cuando estaba a punto de llegar aquí, mis amigos han dicho que me bajaría en el año 415 de nuestra era, así que... 331 más 415. ¡Alejandría ya ha cumplido setecientos cuarenta y cinco años! Siete siglos y medio...», piensa. Alicia nunca se había dado cuenta de que eso a lo que llamamos «Antigüedad» es un periodo larguísimo que abarca innumerables siglos y épocas muy diferentes. Tampoco había visto nunca de cerca esos encuentros entre culturas opuestas que marcaron el fin del mundo antiguo y el comienzo de una nueva historia.

La ficha de Canguro lo pone blanco y en botella:

Alejandría es el lugar que mejor encarna estas amalgamas de pueblos y conocimientos. Fue un puerto importante, punto de encuentro de mercaderes de muchas naciones. En él confluían templos de varias religiones y se impartían enseñanzas filosóficas de muchas escuelas. Era un centro intelectual de primer orden y su biblioteca albergaba unos setecientos mil libros, la mayor que ha existido nunca.

Alicia no se lo cree: «¡Setecientos mil!». Esto le da una idea de lo inmensos que son ya los campos del saber en la Antigüedad y de lo variado de las creencias que coexisten en Alejandría. Lleva paseando por la ciudad desde la mañana y ha visto sinagogas, templos dedicados a Zeus, Apolo o Afrodita e iglesias cristianas. «¿Cómo hacen todas estas ideas para convivir?», se pregunta.

La Alejandría de principios de nuestra era está justamente considerada como un lugar ejemplar, donde paganos, judíos y cristianos viven juntos, no siempre en paz ni en guerra continua, sino más bien en un frágil y tenso equilibrio.

Como casi todo el mundo, Alicia imagina que, si te llevas bien con los demás, habrá armonía y vivirás en paz con tus vecinos durante mucho tiempo; y que, por el contrario, si no te llevas bien con ellos, vivirás en tensión constante, lo que provocará conflictos. Por desgracia, es una visión demasiado simplista, cuando la realidad es más desconcertante, pues son dos caras de la misma moneda: reina la paz, pero se ve interrumpida una y otra vez por estallidos de violencia y brotes de barbarie. Nada es blanco o negro; es más bien como un damero, y es así en todas partes, empezando por aquí, la agitada Alejandría.

En una esquina, Alicia ve a decenas de personas inmóviles de todo tipo y clase social: campesinos, vendedores ambulantes y notables que escuchan en silencio a una mujer vestida de blanco. Tiene un aspecto solemne y amable y habla con seguridad, mostrando una sonrisa benévola. No cabe duda de que utiliza un lenguaje cercano, porque todos le prestan atención y varios asienten con la cabeza. Alicia se acerca, comprueba que su auricular funciona y avanza hasta la primera fila.

—Entonces, ¿qué puede hacer la filosofía? —dice esta mujer a su entregado público—. Esto es lo que me preguntó el zapatero que está aquí con nosotros. Voy a responderle por fin, a él y a todos. La filosofía puede ayudarnos a desarrollar nuestra parte divina. No hay que despreciar nuestro cuerpo, pero es animal, es secundario. Como demostró Platón, y Aristóteles después de él, y más aún nuestro maestro Plotino, lo esencial es esa parte de nuestra alma que está directamente ligada a lo divino. Esta parte es la que debe gobernarnos y guiarnos. Y es ella la que nos permite conocer, pero también actuar bien, con rectitud. Nos permite alcanzar verdades, matemáticas o morales; alejarnos de deseos bajos y sucios, de comportamientos animales. Nos hace dar más importancia al conocimiento y al estudio, nos permite acceder a lo divino y llegar a ser mejores personas. ¡Eso es lo que hace la filosofía!

Los espectadores están entusiasmados. Un murmullo de aprobación se extiende por el grupo y muchos expresan su regocijo. No obstante, Alicia también oye la voz ronca de un hombre llamándola «bruja», pero al parecer es el único que se muestra hostil. Cuando la multitud se dispersa, tras intercambiar algunas palabras con los que quedan, la mujer se ajusta un mechón suelto de su melena castaña y se dispone a marcharse. La elegancia de sus movimientos es impresionante y la delicadeza de sus gestos deslumbra a Alicia.

«¿Quién es? —se pregunta—. ¿Cómo puedo saberlo? No hace falta que acudan todos, voy a ver si me pueden ayudar a distancia. ¿Reconocimiento facial? ¿Alguna información sobre esta chica, Canguro? ¡Sí, funciona!»

De este modo, Alicia descubre que esta mujer se llama Hipatia y que es la filósofa más importante de su época, así como una notable matemática. Edita estudios científicos y los comenta, en particular sobre cónicas; construye complejos instrumentos para navegar en alta mar y medir el tiempo; en su escuela, enseña matemáticas y filosofía a alumnos cristianos y paganos, y no duda en responder a las preguntas que le hace la gente de la calle. Su reputación, lucidez intelectual y su lenguaje directo la han convertido en una figura políticamente influyente que los dirigentes de la ciudad tienen en cuenta. En particular, aconsejó a Orestes, recién nombrado prefecto de Roma.

Alicia decide seguirla. Aunque Hipatia camine deprisa, no hay peligro de perderla, ya que su capa blanca la hace visible desde lejos. Mientras atraviesa plazas y callejones, Alicia piensa en el lugar que ocupan las mujeres en el país de las ideas. En todos sus viajes por él, solo ha encontrado hombres. ¿Acaso las mujeres no tienen ideas?, ¿o no tendrán derecho a tenerlas? ¿Estarán silenciadas, olvidadas? ¿Qué pasa? Se lo preguntará al Hada y a los demás. Y estas creencias religiosas..., ¿qué tienen que ver con la filosofía?

Algo interrumpe bruscamente sus pensamientos. Hipatia se ha detenido cerca de una iglesia en una callejuela. Frente a ella, hay un grupo de hombres; solo hombres, con aspecto hostil. Alicia no entiende qué está sucediendo, aunque, por prudencia, se queda a cierta distancia apoyada en la puerta de una casa esquinera. Los hombres bloquean la calle mientras la filósofa les habla. Alicia se fija en que todos llevan una túnica oscura atada a la cintura con un cordón y una cruz en el pecho. Sí, son monjes.

—¡Bruja! ¡Bruja! —gritan, pero esta vez no es una voz aislada; todos los hombres gritan al unísono.

Hipatia intenta llamarlos a la razón, pero ellos cada vez chillan más. Alicia distingue frases sueltas entre sus gritos de rabia:

—¡Hiciste torturar a nuestro hermano!

—¡Has hechizado al prefecto!

—¡Bruja!

—¡Encarnación del diablo!

—¡Enemiga de Cristo!

Su actitud cada vez es más violenta. Sin embargo, Hipatia, imperturbable, intenta hacerse oír y seguir su camino, pero es imposible, pues los monjes forman una barricada. Entonces, muy tranquilamente, la filósofa da media vuelta. Les da la espalda y vuelve sobre sus pasos, sin acobardarse. El pequeño batallón negro, todavía inmóvil, sigue aullando mientras la capa blanca se va alejando. Entonces, estalla el horror.

Arrojan al aire la primera piedra, que golpea a Hipatia en la nuca, justo por encima del cuello, haciendo brotar sangre a borbotones que tiñe su capa de rojo. Los monjes chillan de alegría y la filósofa echa a correr. Ellos salen tras ella en manada aullando como bestias.

A unas decenas de metros, alcanzan a la mujer. La apresan con sus brazos como garras, la alzan con sus feroces manos, le arrancan los cabellos y desgarran su ropa. Ella forcejea sin gritar, intentando liberarse. La manada la lleva hacia la iglesia, al final de la calle. Alicia está horrorizada, pero los sigue; no puede evitarlo. Aunque no sea capaz de hacer nada para ayudar a Hipatia, no se atreve a abandonarla.

Escondida tras una columna cerca de la entrada, todo su cuerpo tiembla ante lo que ven sus ojos. Los monjes desnudan a Hipatia, con el pelo totalmente ensangrentado. Sus verdugos le arrojan piedras, botellas rotas y trozos de baldosa, la aporrean y empiezan a acuchillarla. Mezclan insultos y rezos, maldiciones y gritos de histeria. Hipatia yace inmóvil en el suelo; muerta, sin duda. Su cuerpo es como una gran herida. Uno de los asesinos, armado con un hacha, descuartiza su cadáver mientras otros lo ayudan. Pronto, no quedan más que miembros descoyuntados y un sangriento amasijo. La horda marcha triunfante por la ciudad con estas trizas de carne.

Alicia está a punto de desmayarse, pero oye la voz del Hada en sus auriculares:

—¡No te muevas! ¡No te muevas! ¡Voy a por ti! ¡Quédate donde estás! Dentro de unos segundos te recojo.

❧ *Diario de Alicia* ❧

Ahora tengo la misma pesadilla todas las noches: intento impedir que los matones torturen a Hipatia y la maten, y no puedo. Me despierto gritando. El Hada dice que es por el trauma y que pasará, pero no sé cuándo.

Lo más terrible no es cómo me sentí, el terror que me causó, sino la idea de que eso está sucediendo realmente, y no solo una noche en Alejandría, sino miles de veces, antes y después, ayer y hoy, en miles y miles de lugares y situaciones diferentes: la misma rabia, el mismo odio, el mismo espantoso gozo de matar.

Hay un fondo de crueldad en el ser humano. En cualquier época, credo o civilización, puede estallar la violencia, no importa cuándo ni dónde.

Eso es lo que me asusta ahora. ¿Cómo vivir con esta idea?, ¿bajo esta amenaza permanente?

No obstante, me asalta un pensamiento más horrible todavía: ¿y si yo también fuera capaz de matar? ¿Y si me saliera esa pulsión por nada y menos? ¿Es posible que, sin saberlo, lo peor esté dentro de mí, escondido en lo más profundo, listo para imponerse?

UNA FRASE PARA LA VIDA

Mejor pensar mal que no pensar en absoluto.
(Atribuida a Hipatia de Alejandría)

Nadie sabe si esta frase la escribió o dijo realmente Hipatia porque ninguno de sus escritos ha llegado hasta nosotros, aunque eso no importa. Lo que me interesa es que esta frase defiende el derecho a pensar. Es esencial buscar la verdad, pero el derecho a pensar es aún más importante que saber si un pensamiento es verdadero y justo.

Empezar a pensar es lo primero, lo indispensable. Después, podemos rectificar y reconocer los errores.

Estoy convencida de que solo una filósofa puede expresarse de este modo en una época en que no se reconoce a las mujeres el derecho a pensar por sí mismas, ni siquiera la capacidad de reflexionar. Los monjes fanáticos que asesinan a Hipatia son personas que piensan mal, pero, como son capaces de pensar, es esperable que algún día reconozcan su ceguera. Si no pensaran en absoluto, serían unos seres despiadados sin redención posible.

22

De la fe al fanatismo, ¿cómo se llega?

Alicia lleva tres días intentando reponerse, pero es en vano. No puede dormir y se despierta siempre con la misma pesadilla: hombres golpeando a Hipatia, sangre fluyendo, gritos de odio.

De todos modos, sabe que está fuera de peligro. El Hada llegó volando, como Superman, y la cogió en brazos. En un periquete estaban de regreso al transbordador. Alicia no tiembla por lo que pueda sucederle, sino por lo que ha contemplado, el encarnizamiento, el placer de asesinar. La intensidad del odio de aquellos hombres es algo que le resulta totalmente incomprensible.

El Hada intenta ayudarla a expresar con palabras su horror y el trauma que ha sufrido.

—Lo que has visto —le dice— es que las ideas pueden llevar a la peor de las barbaries.

Alicia acaba de descubrirlo. Había oído hablar de violencia y fanatismo, por supuesto, pero solo vagamente, como algo lejano. Nunca había visto de cerca esa cosa monstruosa, nunca había sentido su aliento ni su locura destructora.

Llora en el hombro del Hada. El Canguro está sentado a su lado y los Ratoncitos, a sus pies.

—Creía que el cristianismo se basaba en amar al prójimo como a uno mismo. Es una religión de amor, ¿no? ¿A qué viene que estos monjes torturen hasta la muerte a una mujer, una filósofa que quería, justamente, poner en valor la parte divina que hay en nosotros? ¿Alguien me lo explica?

Objeción no tiene palabras. Lo que quiere saber Alicia son en realidad varias cosas. ¿Cómo darle una respuesta clara sin mezclarlo todo? El Hada decide ir por partes. Sí, el cristianismo predica el amor al prójimo e incluso rechaza toda violencia, pero los principios divinos son una cosa y la realidad humana es otra muy distinta. Los monjes que mataron a Hipatia eran fanáticos, por lo que aquello que desató su ira no es difícil de identificar. Durante varias generaciones, en Alejandría, como en todo el Imperio romano, los cristianos fueron perseguidos con extrema violencia. A causa de sus creencias, los acosaron, encarcelaron, torturaron y quemaron vivos, e incluso los entregaron a los leones en espectáculos de circo. Para dar testimonio de su fe, miles de ellos murieron como mártires (*mártir* significa 'testigo').

Sin embargo, en la época de Hipatia, las tornas empezaron a cambiar y los paganos ya no estaban al mando de la situación. El cristianismo se apoderó de las mentes y se hizo con el poder político en casi todas partes. Fue entonces cuando les tocó a los paganos estar bajo sospecha, que los criticaran y persiguieran. La ira de los monjes tenía que ver con este movimiento de venganza.

—Hubo circunstancias particulares que exacerbaron esa rabia. Unos días antes, tuvieron una acalorada discusión Cirilo, obispo de la ciudad, y Orestes, el nuevo prefecto enviado por Roma. Orestes hizo detener a un monje y torturarlo; según se rumoreaba, siguiendo los consejos de Hipatia. Al sospechar que la responsable de la muerte de su cofrade era ella, los monjes decidieron tenderle una emboscada.

—Si me permites —continúa Canguro—, aquí entra en juego algo más que las circunstancias. Ciertas situaciones actúan como chispas, pero el fuego prende por los materiales y se propaga con el viento. En este caso, los materiales son las relaciones entre ideas muy diferentes, las de la filosofía y las de la religión cristiana, así como el terror de estos hombres incultos frente a una mujer versada que ellos imaginan con poderes mágicos y malignos. La consideran bruja, diabólica, satánica, así que, para ellos, matarla no es una mala acción; de hecho, es obedecer la voluntad de Dios, librar a la Tierra de un ser peligroso.

—Pero ¿estamos locos o qué? —se indigna Alicia.

—Es una locura, por supuesto, pero una locura muy extendida a lo largo de la historia. Muy a menudo, las personas que piensan de otra manera, que viven de otro modo, que tienen otras creencias se consideran peligrosas. Se las trata con desconfianza, como enemigas, e incluso se piensa que conviene destruirlas si se puede. Así, empiezan a circular estereotipos con tal de rebajarlas de su condición humana a la de una plaga de insectos, parásitos, basura que hay que tirar. Deshacerse de ellas deja de ser un delito y pasa a verse como una buena acción.

»Hazle caso a tu Canguro: en la larga historia de la humanidad, este es un patrón. Se empieza negando la humanidad de los demás, tratándolos como inferiores, y no como seres humanos de pleno derecho, y luego se los mata en nombre de alguna verdad absoluta, una idea supuestamente tan importante que acabar con ellos deja de ser un horror para convertirse en un acto loable.

»Mira a esos monjes: están convencidos de que Hipatia no merece vivir, que no es más que un residuo tóxico, algo que deben eliminar. Esos monjes matan en nombre de la fe, de la vida eterna, de la voluntad divina. No ven que el homicidio que están cometiendo es un crimen deleznable, ¡para ellos es un acto de santidad!

Es la primera vez que Alicia ve esta cara del mundo con tanta claridad. Si la furia asesina se considera ejemplar, entonces, el poder de las ideas puede llegar a justificar lo peor y legitimar una masacre. ¡Las ideas son así de peligrosas!

—Te habíamos dicho que también hay peligros en este país —añade el Ratoncito Cuerdo—, pero no pensé que llegarías a verlos tan de cerca.

Luego, intenta coger a Alicia entre sus patas para consolarla, pero se da cuenta de que no puede.

El Loco se inventa un bailecito y se pone a cantar:

Soy un loco simpático, lucho contra esos fanáticos...
Contra los malvados en mí puedes confiar, juntos la vamos
a liar...

Alicia sigue decaída, pues no es capaz de quitarse de la cabeza aquellas imágenes que la persiguen. Los Ratoncitos intentan explicárselo.

—Somos gemelos, yo el Cuerdo y él el Loco. ¿Sabes por qué?, porque los humanos están cuerdos y locos a la vez. Utilizan sus ideas para bien o para mal, para defender la vida o para sembrar la muerte.

—¿Yo, la muerte? ¡Nunca en mi vida! —dice indignado el Loco.

—Sé que tu locura es inofensiva —responde el Cuerdo—, pero la locura puede volver a alguien cruel, despiadado, sanguinario, como si la razón empezara a destruirlo todo.

Alicia intenta apartar las visiones que la atormentan. Se dice a sí misma que lo que ha visto ocurrió hace mucho tiempo, cuando las costumbres eran severas; además, la ciudad de Alejandría era un caso particular y el contexto era otro. Trata de que el horror parezca lejano.

Canguro no sabe qué hacer. Le gustaría que ella se dé cuenta de que el mal existe realmente y que no es una cuestión de tiempo ni de lugar, pero debe respetar el hecho de que su amiga acaba de pasar por una experiencia traumática y no precipitarse.

—¿Sabes? —dice Zingular—, Alejandría es una ciudad extraordinaria en el país de las ideas. Los historiadores describen las maravillas de su biblioteca, que era la mayor del mundo, y enumeran a los filósofos y eruditos que enseñaron allí. Por ejemplo, Amonio Saccas, que conocía ciertas doctrinas hindúes y fue maestro de Plotino, un gran filósofo que más tarde enseñó en Roma. O Filón, miembro de la importante y antiquísima comunidad judía de Alejandría, que trabajó para acercar la herencia de los hebreos al pensamiento de los filósofos griegos, poniendo de relieve sus similitudes antes que sus diferencias. Con el tiempo, los cristianos fueron aumentando en número e influencia. Clemente de Alejandría fue uno de ellos y llegó a ser uno de los padres de la Iglesia.

Al ver a Alicia reaccionar con un mohín de extrañeza, Canguro explica que este nombre fue el que se le dio a una serie de pensadores de nuestra era que compartían la fe cristiana y combatieron los argumentos de los filósofos con la doctrina cristiana, a la que contribuyeron.

—Hay que entender el extraño contexto en el que se encuentran estos pensadores. La mayoría de ellos hablan griego y se han instruido en filosofía; de hecho, sus referencias habituales son Platón, Aristóteles o los estoicos, la base de su educación. No obstante, creen en la Biblia, herencia de los hebreos, y sobre todo en los Evangelios, que proclaman que Dios se hizo hombre y sacrificó su propia vida para salvar a la humanidad. Esta fe religiosa parece incompatible con su formación intelectual, pero su tarea consiste en intentar superar esta incompatibilidad.

»Estos intentan de mil y una maneras conciliar la herencia intelectual griega con la herencia espiritual judeocristiana. Así, por ejemplo, Clemente de Alejandría define a Cristo como "filósofo bárbaro". Esta expresión tan insólita merece una explicación. Para Clemente, Cristo es un filósofo porque dice la verdad, porque da respuesta a nuestros interrogantes y nos enseña lo esencial para vivir bien. Añadir que sea bárbaro no quiere decir que sea cruel, por supuesto, sino simplemente que no es griego. Los griegos dividían a la humanidad entre griegos y bárbaros. En contra de lo que se suele creer, esto no era una señal de desprecio, como recordarás. Por ejemplo, si bien los griegos tenían a egipcios e hindúes en gran estima por sus conocimientos y su forma de vida, estos seguían siendo bárbaros, es decir, extranjeros.

»Los hebreos, en este sentido, son bárbaros. Clemente afirma que la verdad no la poseen los griegos, cuyos filósofos nunca están de acuerdo, se contradicen y entran en conflicto. En cambio, según él, los hebreos y Cristo hablan con una sola voz. "La filosofía bárbara que seguimos es realmente perfecta y verdadera", escribe. La verdad de la fe cristiana es el tema de uno de sus principales libros, titulado *Los stromata*, una palabra que significa "mezclas", pues en él aborda muchos temas.

Entonces, interviene Objeción. Ella también es consciente del *shock* que ha sufrido Alicia, pero piensa que la mejor manera de ayudarla a superarlo es ampliar la discusión y mantener su palabra, mostrándole por qué conocer esa época le será útil para actuar y aprender a vivir en el siglo XXI.

—Los cambios que se dan en la época que estás observando aún tienen repercusiones hoy en día. La manera de concebir el tiempo ya no es la misma, las respuestas a la pregunta «¿cómo vivir?» ya no son las mismas, las concepciones de la vida humana están cambiando, igual que las que tienen que ver con la naturaleza, y también hay transformaciones políticas. Esta gran convulsión, que se extiendo a lo largo de siglos, es indisociable de la idea de Dios que domina todo este periodo.

»En la Antigüedad, no se considera que exista un Dios único, eterno, creador, todopoderoso. Aparte de los hebreos, nadie lo concibe de esa forma. Todos creen en la existencia de una multitud de dioses y diosas con poderes específicos y limitados. Cuando la idea de Dios empieza a difundirse, las cosas cambian; primero, con el cristianismo, que al inicio sufre persecuciones, aunque acaba triunfando, y, después, con el islam.

—¿Porque la gente se vuelve toda religiosa? —pregunta Alicia.

—¡No todos a la vez! Pero, poco a poco, una generación tras otra, toda la sociedad se va convirtiendo, y el país de las ideas se va transformando.

—¿Por todas partes?

—No. A la civilización china, la hindú y otras no les afecta esa transformación; no en ese momento. Solo en Europa, en torno al Mediterráneo y en Oriente Próximo, ocurren estos cambios, que más tarde tendrán consecuencias en todo el planeta. De hecho, durante estos siglos, se pone en marcha un inmenso movimiento, el cual tienes que conocer para entender el mundo en que vives hoy y decidir qué quieres hacer. Yo voy a trazar las líneas generales y Canguro te dará más detalles cuando sea necesario.

El transbordador navega a buen ritmo y los Ratoncitos se frotan la nariz, aliviados por no llevar casco. Mientras el Hada coloca las sillas en círculo, hay un punto que Alicia quiere aclarar antes de seguir.

—Acabas de decir algo que me ha intrigado, que la idea de Dios cambió la concepción del tiempo o algo así. ¿Puedes explicarlo?

El Hada recuerda que las civilizaciones antiguas, en general, suelen concebir el tiempo de manera circular, como algo que da vueltas y vueltas, repitiéndose. Por tanto, no existe avance propiamente dicho, no hay verdadera historia. De hecho, si el día en el que nos encontramos es un punto de la circunferencia del círculo, a medida que avanzamos, vamos dejando ese día atrás, pero también lo empezamos a tener delante, ¡en la siguiente vuelta! Es decir, cada momento que pasa volverá. La consecuencia es que Alicia ya ha hecho esta pregunta y el Hada ya ha contestado; Alicia volverá a preguntar y el Hada, a contestar.

Canguro saca una ficha:

—Pitágoras, uno de los griegos, lo llamaba «gran año». Una vuelta dura unos diez mil años. Después, todo empieza de nuevo... Según esta forma cíclica de representar el tiempo, no se repiten los mismos acontecimientos de un día para otro, sino a una escala mucho mayor.

El Hada destaca lo esencial: en esta concepción circular, el tiempo no tiene principio ni fin. Sin embargo, con la idea de Dios, el tiempo se convierte en una línea recta. Si Dios es el creador del mundo, entonces es el creador de todo; así, también habrá creado el tiempo, por lo que este tiene un principio: es una línea recta, no un círculo. Esto quiere decir que, cuando un momento pasa, es pasado, literalmente, ya no vuelve nunca. Por eso, la idea de Dios cambia de un modo radical el concepto de tiempo.

—Nunca lo había pensado —reconoce Alicia.

—Ni tú ni mucha gente; de hecho, no lo tenemos muy presente. Sin embargo, es un cambio muy profundo, porque, si el tiempo es una línea recta, la historia de la humanidad adquiere un nuevo significado. Si el tiempo es un círculo, nada puede cambiar de forma radical porque, en algún momento, volverá. Hay épocas buenas y épocas malas, épocas mejores y épocas peores, pero todo vuelve a empezar indefinidamente, de tal modo que el progreso va decayendo y, luego, se repite, y lo mismo ocurre con las desgracias. El mundo, al fin y al cabo, es y será siempre más de lo mismo. Ni siquiera se plantea la cuestión del sentido.

—¿La cuestión del sentido?, ¿a qué te refieres?

—A dos cosas, de hecho. El sentido se refiere tanto al significado (¿qué idea transmite esta palabra, este gesto, esta pancarta?) como a la dirección (¿en qué sentido se mueven las agujas de un reloj hebreo?, ¿cuál es el sentido del tráfico?).

»Pues bien, en el tiempo rectilíneo, la cuestión del sentido del mundo se plantea de ambas formas: en cuanto a significado y dirección. ¿Qué significado tiene el mundo? ¿Por qué existe el universo? ¿Qué quiere decir que esté ahí? Y también: ¿hacia dónde va?, ¿cuál es su finalidad, su destino? Las dos formas de entender el sentido —como significado y dirección— confluyen con más fuerza aún cuando lo que está en juego es la historia de la humanidad. ¿Cuál es nuestro lugar? ¿Qué debemos hacer? ¿Qué papel cumple el ser humano? Y también: ¿hacia dónde va nuestra existencia colectiva?, ¿qué objetivo perseguimos?

—Espera, espera... —dice Alicia empezando a agitarse—. ¡Esto es vital! ¡Estas son mis preguntas!

—¡Claro que son tus preguntas! Por eso es tan importante que conozcas las respuestas que ya te han dado y las comprendas. Así podrás descartar elementos innecesarios y quedarte con los que creas pertinentes, las herramientas que utilizarás... Déjame terminar el resumen de lo que la idea de Dios ha hecho cambiar.

El Hada muestra cómo se han reformulado todas las grandes ideas a partir de la idea de Dios. Ya no se concibe la naturaleza como un mundo que los humanos encuentran sin saber por qué existe, sino como una creación divina. Esto abre la puerta a dos actitudes principales con respecto a la naturaleza que han perdurado hasta hoy y siguen enfrentadas.

O bien se considera que la tierra, los elementos y los seres vivos se crearon para que los humanos los utilicen, dominen y transformen a su antojo, o bien, por el contrario, que estas criaturas se han de respetar porque son divinas y que a nosotros nos corresponde no destruirlas, sino protegerlas.

Alicia escucha atentamente al Hada mientras esta continúa explicando que el cambio ha sido profundo también en la esfera moral. Antes, se glorificaba el poder: el héroe valiente era el vencedor, el que gana por la fuerza. Después, se le dio el máximo valor a la debilidad: los niños, los pobres, los enfermos y las víctimas pasan a ser más importantes que los poderosos.

La idea acerca de uno mismo también cambia en gran medida. Antes, los dioses vivían apartados, lejos de los seres humanos, y solo se preocupaban de nuestro destino muy de vez en cuando. Después, se consideró que cada uno puede encontrar a Dios dentro de su propio corazón y pensamiento, como algo íntimo que se halla al fondo de la conciencia.

La idea de los demás también cambia. En lugar de ser extraños o enemigos, se convierten en semejantes, en hermanos, en el prójimo...

—Perdona, Hada —la interrumpe Alicia—. Por una vez, ¡soy yo la que pone una objeción! ¿Seguro que todo esto ha ocurrido así? Mira lo que acabo de ver, cómo mataron a Hipatia, toda esa violencia... ¡Todo eso está muy lejos de la hermandad!

—Hablo de principios, de ideales. En lo que a los hechos se refiere, tienes razón: durante todo este tiempo, hay tantas guerras, violencia y odio como hoy. La gran diferencia con respecto a la forma de pensar anterior es que se empiezan a plantear castigos eternos para punir a los autores de la violencia y la destrucción.

»Si el Dios creador ha hecho que existan el bien y el mal, el libre albedrío de los individuos y la vida eterna del alma, entonces, puede recompensar a los justos y castigar a los injustos en esa vida después de la muerte. De entre las ideas que aparecen entonces, la del pecado, la de la vida eterna y la del juicio final cambian profundamente las formas de entender la existencia humana y representarla.

»Hay elementos precursores de estas ideas en la Antigüedad, pero son apenas esbozos, y muy escasos. Recuerda a Sócrates argumentando que es mejor ser víctima que verdugo. No es casualidad que Erasmo, en el siglo XVI, hable de "san Sócrates" para resaltar lo que su convicción tiene en común con la de los hombres de Dios. Lo que no está presente en la filosofía antigua es la idea de una ley moral fundada por una voluntad suprema que los humanos deben respetar y de la que son responsables. Cuando estas ideas religiosas comienzan a guiar la existencia de la mayoría de las personas, entramos en un mundo diferente.

»La vida humana ya no es tan solo nuestro recorrido por la Tierra desde que nacemos hasta que morimos, sino que se extiende, sin fin, hasta otra vida. Según esta creencia, cada persona tiene cierto tiempo, unas décadas, para ganar o perder la vida eterna. Sin duda, no hay nada que aterrorice más a un creyente. Es por eso por lo que comienza un nuevo universo.

»Los griegos y los romanos, en cambio, no tenían esta idea de una vida eterna de felicidad o de sufrimiento que depende de nuestro comportamiento. Tampoco la de que la humanidad tuviese un rol concreto que desempeñar según un plan organizado por un Dios único que ha creado todo lo que existe. Y todo esto hace que la gente piense y viva de una forma muy distinta. Por supuesto, los cultivos, los alimentos, la ropa y las casas siguen siendo más o menos los mismos.

»Sin embargo, en la mente, todo queda patas arriba. La gente empieza a preguntarse qué querrá Dios, cuál será su voluntad, cómo obedecerlo o de qué manera obtener su perdón si cometen una falta. Estas preguntas pasan a ocupar un lugar central. La gente se las hace en todas partes a todas horas en todos los países de Europa y Oriente Próximo.

Alicia está pensativa; se queda callada y se mira los pies. Este tema de Dios le resulta desconcertante, incluso preocupante. Hay una serie de preguntas que no se atreve a hacer: ¿quién es Dios?, ¿una idea?, ¿la idea de qué exactamente? ¿Es un ser?, ¿cuál? Les da vueltas en la cabeza, sin llegar a formularlas, pero el Hada, como siempre, las adivina.

—Hay que distinguir entre el dios de los filósofos, es decir, la idea misma de Dios, y el dios de las religiones. Para los filósofos, Dios es un concepto cuya principal característica es la infinitud. Se supone que este ser supremo, inmortal y de espíritu puro es infinitamente inteligente, poderoso y bondadoso, además de saberlo todo sobre el pasado y el futuro. En cambio, desde el punto de vista de la religión, no se reflexiona tanto sobre la idea de Dios como sobre los textos que en teoría reflejan lo que Dios ha transmitido a los humanos sobre su ley, sus palabras y su voluntad.

»De hecho, bien podría ser que Dios sea la idea de... ¡aquello de lo que no podemos tener ninguna idea! Los humanos no sabemos realmente lo que es un espíritu puro, ni un poder, inteligencia o bondad infinitos. Cuando intentamos pensar en algo por el estilo, enseguida nos damos cuenta de que, si es infinito, se nos escapa. Si no tiene límites, ni rostro, ni defectos, la figura de Dios supera nuestra imaginación y comprensión. Por eso, es una idea paradójica, al borde de la contradicción.

Alicia insiste, pues quiere saber: ¿esta idea corresponde a alguna realidad o son solo imaginaciones?

—¡Es imposible saberlo! —responde el Hada—. Por eso, es una cuestión de creencia, de fe. No hay ningún experimento ni existe ninguna prueba que nos lo asegure. Lo único de que no cabe duda es de que la idea de Dios ha transformado la historia, porque no es como las demás, sino que está ligada a todas las ideas que existen, en particular a algunas de las más importantes, como el amor, la vida, la muerte, el bien, el mal, el deber, la inocencia y la culpa.

»Tú que preguntas "¿cómo vivir?" muy pronto te darás cuenta de que las respuestas no son las mismas en el caso de que creas que Dios existe, ha fundado una ley y ve lo que haces y lo que no haces, o de que creas, al contrario, que los humanos somos los únicos que creamos nuestra vida, tanto personal como común, sin rendir cuentas a nadie.

Alicia está confusa. Estas preguntas la superan o, más bien, le conciernen y la superan, las dos cosas a la vez. Una especie de malestar se apodera de ella. «He de encontrar la respuesta, pues es importante, y al mismo tiempo la respuesta está fuera de mi alcance. He de encontrarla, y no la encuentro. Tengo que pensar, razonar, y estoy convencida de que lo que busco no depende de la razón, al menos no solo. Y no sé adónde ir.»

Canguro no es insensible a la inquietud de Alicia.

—¿Puedo ayudarte? —le pregunta.

Ella reconoce que está descolocada y que tiene la sensación de estar enfrentándose a cuestiones vitales que no se resuelven limitándose a reflexionar.

—Yo no lo hubiera dicho mejor, Alicia. Esta misma sensación la comparten casi todos los pensadores de la Antigüedad tardía y la Edad Media, ya que viven en siglos dominados por la religión y la idea de Dios está en todas partes. En Europa, la Iglesia controla la educación y la enseñanza y los poderes políticos solo pueden ser cristianos. En Oriente, el islam está tan infiltrado en la vida intelectual, política y militar que casi parecen una sola cosa.

»Nadie puede optar por no ser creyente. No obstante, sigue siendo posible ser filósofo, científico y hombre de razón, sigue teniendo su sentido. La cuestión es cómo encajar ambas cosas. ¿Bastará simplemente con creer, puesto que los misterios de Dios siguen siendo incomprensibles para la mente humana, o se podrá encontrar la verdad, analizarla y comprenderla siguiendo los caminos de la razón? ¿O estaremos ante dos verdades, una revelada por Dios en textos y palabras y otra que descubre nuestra propia mente?, ¿son idénticas estas dos verdades?, ¿son irreconciliables o compatibles? Estas cuestiones han preocupado a muchos filósofos y científicos.

»El Hada te ha hablado de los padres de la Iglesia. Al estar formados en la lógica de los griegos, intentan contrastarla con la revelación cristiana. Para continuar, te propongo que veas cómo abordaron cuestiones muy parecidas, algunas generaciones más tarde, los pensadores del islam.

❧ *Diario de Alicia* ❧

Lo cierto es que nunca había pensado en todas estas cuestiones relacionadas con la idea de Dios. Creía que solo afectaban a los creyentes, pero estaba equivocada. He descubierto que esta idea, independientemente de la fe o la religión, influye muchísimo en casi todos los ámbitos de la vida.

UNA FRASE PARA LA VIDA

Dios está presente en absolutamente todo.
(Clemente de Alejandría, *Los stromata*)

Esta frase que Canguro recató del olvido
me llama la atención porque da que pensar.
Entiendo que el autor —filósofo y cristiano—
quiere decir que cada momento de nuestra vida
debe ser un tiempo sagrado, tanto si estamos
trabajando en el campo como navegando
por los mares o haciendo nuestras tareas.
Me pregunto qué ocurre si sustituimos
la idea de Dios por otra; por ejemplo, «la
naturaleza (o la vida, la muerte o el amor)
está presente en absolutamente todo». ¿La
idea sigue siendo la misma o cambia por
completo? Creo que la respuesta no es fácil.

23

En el islam de la Ilustración: Avicena en Bujará en el año 1000

A Alicia, que sigue aturdida, ya nada la sorprende. Se entera de que ella y sus amigos acaban de ser teletransportados a lo que hoy es Uzbekistán, al hospital de Bujará, en la Ruta de la Seda, unos dos mil kilómetros al noreste de Bagdad. ¿A qué año?, al 1000, pero ¿por qué?

—Porque ese mismo año cumplió veinte años un gran genio llamado Ibn Sina, Avicena para los europeos. Mira, escucha y reflexiona al respecto...

El techo es tan alto que apenas se distinguen las formas geométricas del mosaico. Fuera, la luz es intensa y el viento sopla con fuerza, pero dentro hay una calma que subyuga. Después de atravesar un gran patio rodeado de arcos, Alicia entra en el edificio por una puerta monumental. Oculta bajo su capucha, ya que allí solo dejan entrar hombres, un guardia con un uniforme ricamente bordado la conduce a una sala de espera cubierta de tupidas alfombras en las que están sentados junto a ella hombres de todas las edades, unos treinta, vestidos con túnicas coloridas. Se encuentra en el gran hospital y estos médicos han acudido de todas las regiones aledañas para escuchar las enseñanzas de un hombre muy joven.

Ese joven podría ser su hijo, o incluso el nieto de algunos, pero todos vienen de lejos a escucharlo, ya que el joven prodigio explica, con rigor y claridad, los métodos de Hipócrates, el gran médico griego, así como los remedios desarrollados por Andrómaco, que trató al emperador Nerón en Roma.

También detalla los diagnósticos y recetas de Galeno, médico del emperador Marco Aurelio. Este brillante muchacho lo leyó y lo retuvo todo. Era capaz de ordenar muchísima información, clasificarla y relacionarla; tanta, que le dieron un puesto de profesor oficial... ¡el año que cumplió los dieciséis! Nunca se había visto nada igual.

Cuando se abren las puertas de la sala redonda de techos muy altos, Alicia se dirige discretamente hasta el fondo para no llamar la atención. Los médicos están sentados en el suelo con las piernas cruzadas y una tablilla de escritura sobre las rodillas. El joven Ibn Sina, llamado Avicena, está de pie, hablando sin apuntes con claridad. No es alto, pero sí muy delgado. A Alicia le llama la atención la delicadeza de sus rasgos, la longitud de sus manos, su palidez y la intensidad de sus ojos negros.

El curso se centra en las triacas, unos compuestos curativos inventados por los griegos y perfeccionados por los romanos que llevan utilizándose a lo largo de toda la historia de la medicina.

Canguro, que permanece fuera del edificio, susurra algunas explicaciones en los auriculares de Alicia:

—El nombre de los compuestos viene de *therion*, en griego, que hace referencia a una bestia salvaje, peligrosa y dañina. En su origen, la triaca se utilizaba para combatir las mordeduras de serpiente y el efecto del veneno, aunque, poco a poco, se le fueron atribuyendo poderes medicinales cada vez más amplios. Se fabricaba a base de decenas de ingredientes y se convirtió en un medicamento milagroso que, supuestamente, curaba una serie de enfermedades y prevenía la mayoría de las dolencias.

El joven maestro explica que la triaca de Andrómaco, la más eficaz, contiene nada menos que sesenta y cinco principios activos y es excelente para tratar las enfermedades del hígado, el bazo, el estómago, los riñones y sus cálculos y las inflamaciones de los intestinos. Además, ralentiza los latidos del corazón y detiene las hemorragias. A continuación, Ibn

Sina enumera, también de memoria, cada uno de los sesenta y cinco principios activos, explicando sus virtudes y comentando sus efectos.

Alicia, asombrada, sale a hurtadillas de la habitación y se une a Canguro por los pasillos del hospital.

—Hay algo que me gustaría entender —dice—. Estamos aquí perdidos en estas colinas rodeadas de llanuras, atravesadas por caravanas de camellos que llegan de China o Bagdad, a miles de kilómetros de distancia. Nerón murió hace siglos, al igual que Marco Aurelio y sus médicos. ¿Cómo puede este joven erudito conocer sus textos y enseñarlos en árabe?

—Buena pregunta —dice Canguro—. Es una historia muy larga, así que te la voy a resumir. Después de la caída del Imperio romano, hay un largo periodo de desorganización y miseria. Las ciudades se quedan desiertas, los viajes, ya largos de por sí, se vuelven más difíciles y peligrosos, las bibliotecas se queman o abandonan y muchas obras de arte se destruyen o pierden... En definitiva, en la Edad Media se olvidan los antiguos conocimientos.

»Es en Damasco, y más tarde en Bagdad, donde las obras de los filósofos y eruditos griegos tendrán continuidad. ¿Por qué? Con la aparición del islam, una serie de guerras árabes permiten el cerco a Damasco en 635 y la conquista armada de Alejandría en 641. Llevan a Bagdad una inmensa cantidad de manuscritos griegos que se encargan de traducir al árabe unos equipos especializados en las llamadas "casas de la sabiduría".

»Organizando esta inmensa labor de traducción, las dinastías en el poder pretenden hacerse con los conocimientos que tenían los griegos en ámbitos como aritmética, geometría, botánica, astronomía, física y medicina. Por eso, el joven Ibn Sina está tan familiarizado con los médicos griegos y sus medicinas, pero también traducen a Platón, a quien conociste, a Aristóteles, que impartió el curso sobre la amistad al que fuiste, y a muchos otros filósofos que van a influir en gran medida en la vida intelectual árabe-musulmana.

»De este modo, se constituye un importante movimiento de ideas llamado "falsafa", la palabra árabe que utilizan como equivalente de la griega *philosophia*. Esta especie de Ilustración musulmana o "islam de la Ilustración", como se suele denominar, comienza hacia 830 con Al-Kindi, que lee y comenta a Aristóteles, y continúa con Al-Farabi, que también explica el pensamiento aristotélico y lo amplía. Estos filósofos musulmanes no solo estudian a los griegos y los traducen, sino que los interpretan, discuten y transforman a su manera.

»Ibn Sina (Avicena), al que acabas de escuchar, comienza leyendo y releyendo la *Metafísica* de Aristóteles, y no la entiende, pero no se da por vencido. Como sin duda habrás adivinado, arde en deseos de saberlo todo, memorizarlo todo y, en especial, entenderlo todo con claridad. No se contenta con ninguna ciencia en particular; su objetivo es dominarlas todas. Y, como has visto, posee unas capacidades extraordinarias.

»Dicen que a los diez años ya había asimilado toda la geometría de Euclides, se sabía el Corán de memoria y dominaba los fundamentos de la lógica, a la par que leía las obras filosóficas de Porfirio y los estudios de astronomía de Ptolomeo. A los catorce años, ya se había leído, sin dormir, las obras del médico Hipócrates y se las había aprendido del tirón. Claro que todo esto es un poco exagerado, pero lo cierto es que es un niño prodigio.

»Lo único que sigue sin entender es el pensamiento de Aristóteles, al menos no tanto como para tenerlo claro, y eso no es suficiente para su gusto. Como es tozudo, nunca se rinde; de hecho, se le atribuye el refrán "camina con sandalias hasta que la sabiduría te dé zapatos". Por fin, un día, en el mercado de Bujará, vio un ejemplar del libro de Al-Farabi que le indicó el camino. Volvió a leer la *Metafísica* metódicamente y acabó por ver claro, cada vez más, cada vez mejor, tanto que, con el tiempo, llegó a ser capaz no solo de explicar todo el sistema filosófico de Aristóteles, sino también de darle continuidad, al proponer nuevos conceptos.

Alicia escucha atentamente.

—Pero ¿por qué me cuentas todo esto? —pregunta a Canguro—. Lo que me importa no es lo que ocurra en el año 1000. No veo qué tiene que ver lo que me preocupa a mí con Avicena o Clemente de Alejandría.

Canguro suelta un profundo suspiro discretamente. Ojalá hubiese sido más claro en su explicación. Incluso había dado por hecho que Alicia había entendido la relación, pero parece que todavía no, así que vuelve a intentarlo.

—Tienes razón en que los cristianos y los musulmanes de esta época no están preocupados por el calentamiento global, y la pérdida de la biodiversidad no les quita el sueño, lo sé. Tampoco les afectan los avances de la inteligencia artificial... Te los nombro porque quiero que veas tres aspectos que te podrían ser útiles.

»Primero: en esta época, se desarrolla algo nuevo en la historia. Con el propósito de cumplir la voluntad de Dios, los creyentes imaginan que un nuevo horizonte les espera. Más allá de la rutina del mundo habitual, hay otro universo por construir, el cual depende de la acción humana. Aunque no compartas la fe religiosa de la gente de esta época, verás que este movimiento para construir otro mundo es algo que a ti también te importa.

»Segundo: con este encuentro entre religión y filosofía empieza el debate entre razón y fe; seguro que te suena. La duda, en esta época, es saber si se puede conciliar la fe y la razón o si son incompatibles. ¿Resulta contradictorio lo que dicen los textos considerados sagrados y aquello que la razón nos permite conocer? Esta cuestión sigue presente en muchas preguntas que te resultarán familiares. ¿En qué debemos confiar, en la ciencia o en las creencias? En la búsqueda de cómo vivir, no puedes evitar hacerte esta pregunta.

»Tercero: este periodo en el que la idea de Dios estaba por todas partes y las religiones lo controlaban todo dejó graves secuelas en nuestra época, y lo hizo en dos sentidos opuestos: algunos no quieren encontrarse esas limitaciones nunca más, mientras que otros sueñan con volver a imponerlas a todo el mundo. Como ves, esta época tiene poco de antiguo...

—¡Eh, por favor, dejadlo ya! ¡Volved al transbordador! ¡Ya basta de blablablá!

Alicia reconoce la estridente voz del Ratoncito Loco. ¡Los dos hermanos han llegado en alfombra! Aterrizan en medio de una gran nube de polvo y gritan a Canguro, Alicia y el Hada que vayan a sentarse a su lado. Despegan de inmediato y Alicia vuela en silencio con los cabellos al viento. Es su primera vez en una alfombra mágica.

Los Ratoncitos sonríen.

❧ *Diario de Alicia* ❧

Es increíble la cantidad de cosas que descubro, sobre la historia, los conocimientos que tenía la gente de otras épocas, cómo viajaban las ideas... Aun así, me gustaría ir más rápido.

UNA FRASE PARA LA VIDA

Camina con sandalias hasta que la sabiduría te dé zapatos.

(Avicena)

Ya no me acuerdo de si oí esta frase en un callejón de Bujará o de la boca de Avicena. En el fondo, no sé muy bien qué significa, pero me gusta bastante; tal vez porque se trata de no quedarse en el mismo sitio, sino de avanzar sin preocuparnos por si vamos calzados, sin esperar a tener todo el equipaje para continuar. Cuanto más lo pienso, más me interesa esta idea. No hace falta llevar un buen calzado para empezar a caminar. Cada uno lo hace lo mejor que puede con lo que tiene, y luego ya se verá. Si hay que reunir todo lo que hace falta para dar el primer paso, podemos esperar sentados.

Me pregunto de dónde vienen los zapatos. ¿Empiezo a caminar con mis sandalias mientras espero a que me lleguen, no sé dónde, unos zapatos por el camino o la sabiduría y los zapatos vienen del hecho de haber empezado a caminar?

Esta última hipótesis me convence: ¡caminar te da zapatos!

Canguro me comenta que, probablemente, la frase no sea de Avicena, pues, según los autores que ha consultado, no aparece en su obra. Aun así, se la atribuyen. Cría fama y échate a dormir... Tal vez sea un dicho árabe, pero ¡qué más da!, a mí me gusta.

QUINTA PARTE

EN LA QUE ALICIA DESCUBRE CÓMO NACIERON
LAS IDEAS DE LOS MODERNOS

Lección de humanismo en la librería de Montaigne, junio de 1585

Los Ratoncitos están furiosos, pues creen que pasan de ellos. Peor aún: que los desprecian.

—¿Has visto esto? —se indigna el Ratoncito Loco—. Primero, nos llaman y, luego, ¡a tomar viento fresco!

—¡Inadmisible, inaceptable! —añade el Ratoncito Cuerdo—. Fuimos los primeros en dar la bienvenida a Alicia. «Atención, tenemos nueva visitante, ¡vuestra misión es acogerla y acompañarla!» Y nos vamos a Grecia, a orillas del Danubio, a la India, a no sé dónde..., ¿y después qué?, nos olvidan, nos ignoran. ¿Y se supone que debemos quedarnos ahí, quietos como ratones, en nuestra ratonera? En serio...

Han decidido vengarse. Sin decírselo a nadie, los dos hermanos consultaron el plan de vuelo y se pusieron al mando. Ellos, y solo ellos, llevarán a Alicia al Renacimiento. El Ratoncito Loco se hizo con las fichas de Canguro y el Cuerdo ha avisado a Alicia para que se prepare para el despegue, sin decirle que nadie más lo sabe. El Hada y Canguro ya se las arreglarán, que les sirva de lección. Ahí van, sin más rodeos, rumbo a casa de Montaigne.

Los Ratoncitos se cuelan sin problemas en el amplio gabinete del maestro, situado en la torre del castillo, con la esperanza de zamparse un trocito de hoja de algún libro o darle un mordisquito a una encuadernación. Hay libros por todas partes. De hecho, Montaigne no habla de su gabinete o despacho, sino de su «librería», es decir, biblioteca.

Alicia va disfrazada. El Cuerdo y el Loco encontraron con qué vestirla para que no llamase la atención. El plan consiste en hacerla pasar por una joven que se ha perdido de camino a Burdeos. Con el pretexto de pedirle al filósofo que le explique cómo llegar al destino, podrá encontrarse con él. Las instrucciones de la Reina Blanca son claras: si se quiere saber cómo vivir, hay que visitar a Montaigne, ya que nadie es más útil que él. ¿Acaso no escribió en sus *Ensayos* «mi oficio y mi arte es vivir»?

Sin embargo, eso no impide que Alicia esté nerviosa. Mientras sube las escaleras, se pregunta si esta estratagema de la joven perdida no será una torpeza por parte de los Ratoncitos. ¿La creerán? ¿Dónde estarán el Hada y Canguro? ¿Y si algo sale mal?

Nada más ver a Montaigne, se queda más tranquila, pues el hombre destila bondad. Lo ve pasearse por la estancia murmurando; está casi calvo y tiene una barba muy fina. Hay libros cubriendo las paredes, apilados alrededor de su mesa, abiertos entre papeleo. Al mirar hacia el techo, Alicia se fija en que hay frases escritas en todas las vigas, pero las ventanas son pequeñas y con tan poca luz no puede descifrarlas.

—Me han dicho que te has perdido.

—Así es, monseñor, iba a...

—Por favor, nada de títulos, yo soy un ser humano como tú. ¿Ibas a...?

—A Burdeos, a visitar a una amiga de mi madre, y me he perdido. ¿Podrías indicarme qué dirección tomar?

—La mejor dirección es la que te lleve más lejos, ¡créeme! ¡Huye, haz el favor! La peste ha invadido la ciudad, ¡no vayas! La gente está cayendo como moscas, las escuelas han cerrado y los que viven aquí deben quedarse en casa, y a quienes no cumplan la orden los ahorcarán. Yo me estoy preparando para marcharme con mi familia, así que será mejor que tú también lo hagas. Cuando empieza una epidemia, hay que irse lo antes posible lo más lejos que se pueda y volver cuanto más tarde mejor. Eso es lo que aconseja Galeno.

—¿El médico de Marco Aurelio? He oído hablar de él.

Montaigne se queda asombrado. ¿Conque esta joven conoce a Galeno?, esto sí que es una sorpresa. La mira detenidamente, fijándose en su mirada despierta, en el brillo en sus ojos. Antes de irse del castillo con su comitiva, quiere saber más sobre esta chica tan intrigante.

—¿Qué intereses tienes? —pregunta por preguntar.

—Uno solo: saber cómo vivir —contesta Alicia con naturalidad.

Montaigne esboza una sonrisa, pero Alicia no se da cuenta. ¿Qué lleva él haciendo todos estos años? Cómo vivir ha sido su preocupación en todo momento, el motivo constante de sus reflexiones. De hecho, empezó a escribir sus interminables *Ensayos*, decidido a continuarlos mientras hubiese tinta y papel, para intentar dar con la respuesta. Por el camino, descubrió un secreto, algo esencial, y es que para encontrar la solución hay que entender que la pregunta no tiene respuesta. ¿Cómo orientar entonces a esta viajera hacia su destino?

—Eso es de sabios, señorita. ¿Puedo preguntarte hasta dónde has llegado? ¿Has conseguido algo?

—He conocido a varios filósofos, Platón, Aristóteles, Epicuro, Marco Aurelio y otros, pero no sé a cuál seguir, pues cada uno tiene una idea.

—No te los tomes en serio. ¡Ni ellos se creen lo que dicen!

—¿A qué te refieres? ¿Están fingiendo?

—Se hacen los eruditos, los pedantes, presumen de certezas y tienen sus pullitas por las doctrinas, pero ¿qué van a saber ellos? Solo hay que rascar un poco para ver la ignorancia que hay debajo.

El escritor señala una butaca. Alicia toma asiento mientras él sigue dando vueltas por su librería, pues no le gusta estarse quieto. De hecho, empieza destacando que todo se mueve: nada se queda igual, fijo, inmutable, ni en nuestro interior ni fuera. Los objetos se desgastan, se deterioran, se transforman; a los animales les pasa lo mismo; el cielo y la luz cambian constantemente. ¿Y nuestro estado de ánimo, nuestro humor, nuestros pensamientos?, nosotros también fluctuamos; de una hora a otra, ya no somos los mismos: cambiamos de opinión, de sentimientos, de deseos. Con estas alteraciones perpetuas, ¿cómo vamos a saber quiénes somos y qué son las cosas?

—Heráclito, el filósofo, decía que todo fluye. No hay un ser inmutable en el mundo, solo devenir, cambio, movimiento. «Nunca te bañarás dos veces en el mismo río.» Sus aguas no son siempre las mismas, igual que te sucede a ti. El agua en la que te bañaste ha desaparecido, ¡y tú también!

»¿Comprendes? —continúa Montaigne—. Como escribí, "no hay existencia constante ni en nuestro ser ni en los objetos". Todo "se menea", como decimos en mi tierra. Como nada es fijo, ¡no hay nada que podamos saber! Los que se las dan de comprender grandes verdades son charlatanes o ilusos. La filosofía solo acierta en una cosa: en reconocer, de buena fe, que es frágil, que no hay nada que pueda resolver ni conocer de forma tajante.

Alicia nunca había oído a nadie hablar así. Se da cuenta enseguida de lo radical que es este pensador. Al final, nunca sabremos nada del mundo tal como es, pues la verdad sigue siendo inaccesible para nosotros. He aquí una forma de pensar que nos libera de muchos dilemas. En lugar de buscar quién tiene razón, se trata de reconocer que todos estamos equivocados. No hace falta que nos empecinemos en comparar doctrinas preguntándonos cuál es la verdadera, pues la ignorancia es nuestra condición.

Sin embargo, esto resulta inquietante. Si no podemos saber nada definitivo o concreto, tampoco habrá respuesta a la pregunta «¿cómo vivir?». ¿A santo de qué debemos preferir una cosa a otra?, ¿el bien, y no el mal?, ¿la justicia en lugar de la injusticia?, ¿la amistad, y nunca la traición?, ¿la so-

266

lidaridad, no la explotación? Sin conocimiento de ningún tipo, no hay quien se oriente. Al pensar en ello, Alicia se siente perdida, pero sobre todo triste.

Está claro que Montaigne, previsor, ya lo veía venir.

—Probablemente, estarás pensando que no hay nada que hacer. Si la ignorancia es insuperable, entonces, no podríamos saber cómo vivir, pero esto es un error. La trampa, y no eres la primera en caer en ella, es creer que hace falta una doctrina para vivir, ¡lo cual no es verdad! La vida no necesita un manual de instrucciones; ya contiene todo lo que te hace falta para caminar por ti sola. No te preguntas cómo respirar, digerir o dormir, sino que respiras, haces la digestión y duermes espontáneamente, sin tener que pensar cómo hacerlo. La vida sigue su curso; lo único que tienes que hacer es seguirle el ritmo, vivirla con alegría. No hay razón para estar triste por lo que somos. De todos nuestros males, el peor es despreciar lo que somos.

—¿Qué quieres decir? —pregunta Alicia pensando que no ha de olvidar esta frase.

—Que debemos querernos como somos, no lamentar nuestras debilidades ni estar tristes por nuestra condición. La tristeza siempre hace daño y nunca es buena consejera. Es cierto que somos ignorantes, frágiles, vulnerables, que un día nos vamos a morir, obviamente, y que es inevitable. Sin embargo, también vivimos, disfrutamos de muchas cosas maravillosas que hay en el mundo, saboreamos la existencia, seguimos el hilo de nuestros pensamientos y emociones, que cambian igual que el agua fluye y avanzan las nubes.

»En eso consiste vivir: en existir de forma diferente día a día, hora a hora, saltando y brincando, sin creernos dioses ni víctimas, sino seres humanos, tan solo eso, contentos de serlo, intentando seguir siéndolo. Eso es lo que quería contarte antes de marcharme. El resto lo descubrirás por ti misma.

Al pie de la torre, los carros se agrupan para emprender viaje: algunos llevan baúles con ropa; otros, provisiones. Montaigne se lleva lejos de la peste a su anciana madre, a su mujer, a su hija y a algunos criados, sin olvidar sus manuscritos. Cuando llega la hora de partir, Alicia se despide con respeto, pero sin formalidades. Los Ratoncitos esperan al pie de la escalera.

—¿Y bien? ¿Cómo es? —preguntan al unísono.

—¡Estupendo! —exclama Alicia.

Alicia creía que iban a regresar al transbordador, pero los Ratoncitos quieren llevarla a un destino sorpresa y la suben a un carro cubierto tirado por dos caballos. Como es probable que el viaje sea largo, el Ratoncito Cuerdo le sugiere que se lea las fichas preparadas por Canguro. Alicia acepta, aunque se pregunta cómo reaccionará su amigo cuando se entere de que los Ratoncitos le han cogido las fichas.

—Esto es lo que Zingular ha preparado para esta vez; así entenderás lo que ha cambiado. ¿Te lo leo?

Alicia asiente con la cabeza.

—El periodo llamado Renacimiento tiene lugar en los siglos XV y XVI y debe su nombre, sobre todo, a la recuperación de los textos de la Antigüedad, que se publican, traducen e imitan. Sin embargo, no es solo una época marcada por el redescubrimiento de textos griegos y romanos y de los conocimientos de los antiguos; si bien esto es importante, no es el único aspecto. También es una época de grandes cambios en la ciencia, la técnica y en política. El horizonte se amplía y diversifica de forma extraordinaria, por lo que los límites ya no son tan insuperables.

»Primero, a nivel geográfico. Es el tiempo de los navegantes, las exploraciones y los grandes descubrimientos. A finales de la Edad Media, Marco Polo parte de Venecia y llega a China, Magallanes y Vasco de Gama unen Europa con Asia y América y Cristóbal Colón llega al continente amerindio. El espacio se amplía y el saber que hay otras civilizaciones y pueblos hasta entonces desconocidos influye en gran medida en la mentalidad de la época, pues los europeos se dan cuenta de que no están solos en el mundo y de que la Tierra es mucho más grande de lo que se creían. Al principio, ven a estos otros pueblos como salvajes, apenas humanos, pero pronto descubren que también tienen sus conocimientos, costumbres y leyes. Este brutal giro en la consciencia europea tendrá repercusiones a largo plazo.

»Tras el cambio en la noción de los límites de la Tierra, tocan los límites del cosmos. Si bien desde Ptolomeo y la astronomía antigua, se creía que la Tierra no se movía y ocupaba el centro del universo, Copérnico establece que es el Sol el que está en el centro de nuestro sistema y la Tierra la que lo orbita. Este cambio de perspectiva tiene consecuencias mucho más allá de la astronomía y la ciencia: modifica la organización del mundo y la concepción del lugar del ser humano en el universo. Es toda una revolución intelectual lo que está en marcha. Al principio, es motivo de perturbación e inquietud, pero pronto suscita nuevas esperanzas y mayores ambiciones. Nace una nueva forma de libertad y autonomía. Europa aspira a aumentar su riqueza, a dominar el mundo.

»En Italia, donde el Renacimiento empieza antes y con mayor intensidad, florecen los principados autónomos, que se alzan como auténticos centros de innovación política. Con la guerra como telón de fondo, el juego de rivalidades y alianzas da lugar a nuevas figuras e ideas. ¿Cómo conquistar el poder?, ¿cómo mantenerlo? Estas preguntas encuentran respuestas inéditas; en particular, en Florencia.

—Esto nos viene de perilla —añade el Ratoncito Loco—, porque vamos a Florencia. ¡Acomódense a la silla!

—¡Lo he hecho aposta, idiota! —se indigna el Cuerdo.

—¿Queréis callaros? —exclama Alicia, que necesita una siesta.

෫ *Diario de Alicia* ෯

Al final, he hecho bien en quedarme, al menos de momento. Me gusta la idea de vivir en la incertidumbre sin necesidad de angustiarme. Nunca lo había pensado, pero es una idea que me va bien. Hasta ahora, creía que había que estar cien por cien segura de algo y encontrar respuestas lo antes posible, sobre el planeta, sobre lo que yo quería hacer para ganarme la vida, sobre cómo vivir. Quería soluciones claras y sin peros que se pudieran poner en práctica tal cual.

No es que me haya rendido, pero empiezo a interiorizar que hay otras formas de llegar adonde quiero, a aceptar que no hay que saberlo todo para pasar a la acción, sino que puede descubrirse sobre la marcha, a no preocuparme por no saber adónde llegaré, a saber que las imperfecciones no son ninguna catástrofe.

A veces pienso que, si sigo así, me volveré pasota y conformista; otras, que para nada, que estoy madurando. No todo es blanco o negro, cielo o infierno. Luz y sombra, paz y guerra: no existe una sin la otra. Esta es una idea nueva para mí, aunque todavía no tengo claro si me gusta o no.

UNA FRASE PARA LA VIDA

De todos nuestros males, el peor es despreciar lo que somos.
(Montaigne, *Ensayos*, III, 13)

¡Gracias, doctor Montaigne! Eso es lo que quiero recordar. Desde que lo oí decir eso, le he dado muchas vueltas y he dejado de hacerme reproches todo el rato. Por supuesto, me reafirmo en que nunca soy la misma. A veces, pillo las cosas al vuelo; otras, me hago un lío y creo que soy tonta.

Sin duda, debemos aceptarnos como somos.
Sin renunciar a hacerlo mejor, pero sin
machacarnos por cada paso en falso ni
sentirnos culpables cada dos por tres.
Lo mismo se aplica a otras personas, obviamente,
ya que los seres humanos, en su conjunto, son
imperfectos, no siempre inteligentes, valientes
o generosos. Así pues, en lugar de criticar,
vale más ser indulgentes; de lo contrario,
arruinamos nuestra vida y la de los demás.
Montaigne nos enseña la tolerancia, con los
demás y con nosotros mismos, en un intento
de que nos queramos tal y como somos.

25

Lección de realismo político con Maquiavelo, diciembre de 1513

Amanece en la Toscana. Las colinas empiezan a despertar del sueño, algunas cubiertas de bosques, otras de viñedos. Todavía queda niebla en algunas zonas. Nicolás ya está en pie, saliendo de su casa de Sant'Andrea in Percussina, en el suroeste florentino, una enorme finca propiedad de su familia desde hace generaciones.

Los Maquiavelo son una familia de funcionarios, celosos servidores de la República de Florencia. No son ricos, pero tampoco pobres, aunque su vida nada tiene que ver con la de los grandes señores, los poderosos, llámense Médicis en Florencia o Sforza en Milán. Estos últimos son extremadamente ricos, ávidos por conquistar cada vez más poder, tierras y aliados, pero también conscientes de la amenaza constante de perderlo todo. Los Maquiavelo, por su parte, están al servicio de su ciudad, defendiendo sus intereses, gestionando sus asuntos y resolviéndolos lo mejor que pueden cumpliendo las misiones que les confían. Están bien pagados, pero no menos expuestos a desgracias, conspiraciones y malentendidos.

Nicolás lo sabe muy bien. Tras quince años de dedicación constante a la Cancillería de la Señoría, el Gobierno de Florencia, acaba de ser víctima de un capricho del destino. Sin justa causa, lo han detenido, encarcelado y torturado, aunque al final ha quedado en libertad. No obstante, ha perdido su trabajo, por lo que regresa a la casa familiar en el campo. Si hace falta, puede llegar a la plaza de la Señoría, en el corazón de la ciudad, en una hora a caballo. El resto del tiempo, se va al bosque a poner trampas para cazar tordos, por eso se levanta tan temprano.

Alicia lo sigue con la vista puesta en la pantalla, esta nueva moda de los Ratoncitos. Despechados por sentir que no les hacían caso, están decididos a dar la nota volviendo atrás en el tiempo, ya que Maquiavelo vivió antes que Montaigne. El Ratoncito Loco ha instalado una pequeña cámara en la cabeza del caminante para vigilarlo, mientras que el Ratoncito Cuerdo, en la sala de control, comenta las imágenes. Alicia observa lo que va ocurriendo desde una posada, acomodada como una princesa en una cama con dosel envuelta en gruesas cortinas de terciopelo mientras se come un panforte, un pastel de frutas confitadas.

Ve al hombre adentrarse en el bosque y recoger las trampas que colocó el día anterior. La mayoría de ellas están vacías; aun así, consigue cuatro tordos, suficientes para una buena cena.

Alicia se pone de los nervios, pues no le gusta la caza. La idea de matar animales le repugna, pero cazar pájaros con trampas le parece aún más horrible.

—Lo hace a diario últimamente —comenta el Ratoncito Cuerdo—. No es un mal hombre, al contrario de lo que piensas. En esta época, todo el mundo lo hace. Además, lo que le interesa no son los pájaros, sino las trampas. Me refiero a las trampas en general: los trucos, las estratagemas, los inventos que permiten ganar lo que sea, eso es lo que lo apasiona. Admira planes de batalla como otras personas admiran las obras de arte.

«Qué personaje», se dice Alicia. Gracias a la pequeña cámara del Ratoncito Loco, ve a Maquiavelo charlando en el bosque con los leñadores mientras cortan madera y, luego, en la posada jugando a las cartas y al trictrac con un carnicero y un molinero. «Todo lo que hace me aburre —piensa—. ¿Para qué quiero conocerlo? Los pasteles de aquí son una delicia, pero eso es todo.»

El Ratoncito Cuerdo le aconseja que espere un poco. Al fin y al cabo, este hombre, obligado a darse a la vida ociosa, ha negociado con príncipes, caudillos, reyes e incluso papas. Durante años, ha tenido que resolver los conflictos de Florencia con sus vecinos, enemigos y aliados. Conoce mejor que nadie el arte de engañar a un adversario y burlar sus artimañas. Ha cerrado tratados, evitado guerras, dado la vuelta a situaciones difíciles, puesto fin a crisis..., muchas veces en la sombra, pero con eficacia. Si bien la cara pública que firmaba los documentos era un noble, un duque o un obispo, una figura oficial e incompetente, en realidad era él, Maquiavelo, quien hacía el trabajo, preparaba el terreno y redactaba los acuerdos.

Ahora, de regreso a casa, intenta comprender la realidad que ha vivido. Estudia los engranajes de la lucha por el poder y las tácticas utilizadas para conquistarlo o mantenerlo, y pone la filosofía política patas arriba sin darse cuenta. No obstante, su objetivo no es convertirse en un pensador de primera fila, sino que los acontecimientos deciden por él, y su genialidad también.

El Ratoncito Loco se cuela en su estudio esa noche. Alicia ve al hombre quitarse su jubón enfangado y sus botas llenas de broza otoñal. Se pone un traje de corte, elaborado con un brocado de terciopelo que lo acompaña desde hace mucho, y se va a otro mundo. De pronto, se imagina en presencia de hombres ilustres de la Antigüedad, conversando con dos grandes historiadores, el griego Polibio y el romano Livio. Ya no siente dolor ni tristeza, incluso olvida su mala suerte. Mientras escribe, pierde la noción del tiempo y pasan las horas.

Su libro *El príncipe*, escrito en unos meses, revolucionará las ideas sobre política. Respecto a los Estados, Gobiernos y leyes, todo lo que habían escrito hasta entonces los filósofos giraba en torno a cuestiones morales. Estos buscaban el mejor gobierno posible, la manera de construir una ciudad justa y de garantizar el orden público y la seguridad de personas y bienes. Sin embargo, Maquiavelo rompe con este enfoque ideal y, en lugar de buscar lo que debería ser la política, arroja luz sobre lo que es: la conquista del poder y su conservación, nada más.

Alicia quiere conocerlo, ya que nunca ha entendido realmente para qué sirven los políticos y los Gobiernos. ¿Enseñan a la gente a vivir en comunidad? ¿Saben organizar la sociedad mejor que los demás o ponen trabas a la libertad?

—¿Quieres conocer al pensador que está poniendo la política al descubierto? —pregunta el Ratoncito Cuerdo—. ¡Prepárate, vamos a organizar una reunión!

Los Ratoncitos tienen sus secretos y sus contactos, y quizá incluso poderes que no conocemos... Sea como sea, a la noche siguiente, Alicia se encuentra en el estudio de Maquiavelo. Después de engalanarse, este enciende las velas.

—Estoy al corriente —dice mirándola fijamente a los ojos.

«Sin duda, parece un zorro», piensa Alicia conteniendo una sonrisa. El hombre tiene una cara afilada, labios finos y ojos pequeños y brillantes, y parece estar al acecho, listo para abalanzarse. En realidad, Alicia no tiene ni idea de lo que le han contado los Ratoncitos. ¿De qué estará al corriente? No ve factible preguntárselo, así que... de perdidos al río.

—Como seguramente te habrán dicho, he viajado hasta aquí para saber cómo vivir: esa es la pregunta que quería hacerte. Es muy vaga, lo sé, pero para mí sería un honor escuchar tu respuesta.

—Los autores antiguos no hablan de otra cosa, y puedo presumir de conocerlos un poco. Desde luego, no soy uno de ellos, pero, estudiando a estos maestros, he descubierto cosas que ellos mismos no vieron.

»¿Cómo deberíamos vivir idealmente?, ¿es esa tu pregunta? ¿Cuáles son las normas correctas que seguir, los valores que respetar, los comportamientos que cultivar? En otras palabras, tu pregunta es: ¿cómo vivir para que el mundo sea un lugar mejor, más justo, más humano, más moral? Es la cuestión que siempre ha ocupado a los antiguos.

»Sin embargo, no es la mía. Lo que yo quiero es entender cómo vive la gente. No me interesa juzgar si actúan bien o mal, de forma justa o injusta, noble o innoble. Mi objetivo es comprender los procesos, la verdad de las cosas. No juzgo, sino que intento describir la realidad. ¿Comprendes?

—¿Y qué realidad es esa?

—Solo puedo hablar de lo que sé por haberlo observado de cerca toda mi vida: la política. La política consiste en asumir el poder y mantenerlo, eso es todo. Ideas como el bien común, la justicia, las libertades, la felicidad del pueblo..., qué bonito todo, ¿verdad?, pero es pura palabrería, humo. Por supuesto, pueden ser útiles para seducir a las masas o atacar a los oponentes, pero no pasan de ser armas, instrumentos. La única finalidad es conseguir el poder que no se tiene o conservarlo una vez conquistado: ese es el objetivo de la política.

—¿Y para conquistarlo todo vale?

—¡Eso es lo que he visto yo! La reputación del gobernante es crucial, ¡y no tiene por qué ser buena! De hecho, a veces resulta muy útil que lo vean cruel, inflexible, insoportable, despiadado...

Alicia escucha, primero, sorprendida y, luego, un poco asustada, ya que no está acostumbrada a tanto realismo. ¿Por qué convertir la política en una batalla sin fin?, ¿no saldría más a cuenta llevarnos bien, vivir en paz?, le pregunta al consejero de los príncipes. Él se echa a reír.

—En un mundo ideal, sí, eso sería una posibilidad, ¡pero no en este! Un gobierno, con sus leyes, debe prever lo peor, prevenir los asesinatos, la violencia, los robos, y reprimirlos si ocurren. Basta con que flojee un momento para que cunda el caos. Además, cada Estado ha de protegerse de la codicia de sus vecinos y esforzarse por aumentar sus beneficios. Comer o ser comido, no hay más opciones. La guerra no tiene fin; lo que llamamos «paz» es solo una guerra que no se ve.

Alicia se queda helada. No es que haga frío en esa pequeña habitación, pues las llamas de la chimenea caldean el ambiente. Es por lo que está oyendo por lo que tiene la mente y el corazón congelados. La idea de una guerra sin fin la aturde y, sobre todo, la aterroriza. ¿No hay salida, entonces? ¿La historia no tiene sentido?

Para Maquiavelo, tales utopías son espejismos. Según él, solo hay dos fuerzas opuestas que mantienen el equilibrio de los Gobiernos. Las llama «fortuna» y «virtud». Esta fortuna no tiene nada que ver con la riqueza material; es el azar de los acontecimientos, la marcha imprevisible del mundo. Una tormenta, un desprendimiento de tierras, un motín, la muerte repentina de un adversario, lo que sea..., los planes se desbaratan constantemente, así que toca cambiar de táctica, reaccionar, adaptarse, asimilar la nueva situación.

En eso consiste la virtud, que tampoco tiene nada que ver con el sentido tradicional de la palabra. Es fuerza de voluntad, determinación, audacia para ganar. Y ganará el que quiera la victoria con más ganas, más intensidad, más fuerza y resistencia, más determinación y tenacidad, aunque tenga la fortuna en su contra. Puede que se desestabilice durante un tiempo, pero se recompondrá y triunfará.

La fortuna trastoca los proyectos, mientras que la virtud los reinventa. Una es lo imprevisto; la otra, la inteligencia y la voluntad. Ambas no dejan de enfrentarse y transformarse mutuamente.

Cuando llega la hora de marcharse, Alicia agradece al hábil zorro que la haya recibido. Se despide cortésmente y se reúne con los Ratoncitos en la calle empedrada junto a la casa. Ya es noche cerrada y hace fresco. Los Ratoncitos echan a correr a toda velocidad y Alicia va tras ellos, contra el viento, lo que le sirve para despejarse.

Los Ratoncitos llevan a Alicia de vuelta a la posada, donde cena como una reina y, después, quiere hacer balance. El Ratoncito Cuerdo está encantado, pues estaba deseando que llegara este momento.

—Resulta que yo también tengo algo que decir —asegura este—. Canguro por aquí, Hada por allá, sin olvidar a la Reina Blanca... ¡Pues hasta aquí hemos llegado! ¿Y nosotros? ¿Qué se creerán?, ¿que no conocemos el país?, ¿que nunca hemos mordisqueado un libro?

Alicia trata de apaciguarlo. ¡Por supuesto que las explicaciones de los Ratoncitos son valiosas! ¡Por supuesto que hay que escucharlos!

—¿Lo dices en serio? —pregunta el Ratoncito Cuerdo con una lagrimita en el ojo.

—¡Muy en serio! —asegura Alicia con vehemencia.

Más calmado, el Ratoncito Cuerdo se apoya en una jarra de estaño y suelta un largo discurso. Habla de las características del Renacimiento, del redescubrimiento de un sinfín de textos griegos, del trabajo de los eruditos, de la transformación de las humanidades, del estudio de las obras griegas y del auge del humanismo. Le cuenta a Alicia el cambio que tuvo lugar durante este periodo.

—No se trataba simplemente de volver a los antiguos —dice—, sino de inspirarse en ellos para ir más lejos, para superarlos, para hacer más, mejor y de otra manera, para progresar...

»El cambio más drástico consiste en poner la idea del ser humano en el centro de todo. A partir de ahora, el pensamiento gira en torno a la definición de la naturaleza humana. Dios ya no es la idea central. Las capacidades de las personas pasan a ser más importantes que sus debilidades y defectos. Ya no se pone el acento en la obediencia, la sumisión a la ley o el lugar de la humanidad en un plan divino. Ahora, lo que cuenta es el potencial creativo del ser humano, la creación política e intelectual, la creación científica y técnica y, por supuesto, la creación artística: recuerda que es la época en la que Leonardo da Vinci, Miguel Ángel y Botticelli dejan su impronta.

»Europa está atravesando un periodo de extraordinaria actividad. Descubre que hay muchos más idiomas, otros mundos, así como la posibilidad de combinar conocimientos prácticos con formas creativas. Leonardo da Vinci, por ejemplo, es ingeniero y matemático, además de artista, y todos sus conocimientos van de la mano.

»Pico della Mirandola, un joven aristócrata de Florencia, ilustra a la perfección este vertiginoso impulso. La gran riqueza y belleza que posee no le impiden tener un insaciable afán de conocimiento. Se atreve con el griego antiguo, el árabe y el hebreo, además de descubrir la diversidad de la filosofía. Quiere conocerlo y explorarlo todo. En su *Discurso sobre la dignidad del hombre*, desarrolla una concepción original de la naturaleza humana, la cual, según él, no tiene contenido. Cada individuo es una página en blanco, cuyo texto él mismo ha de crear. El ser humano crea su propia naturaleza, inventa su propia definición, no está encasillado en un rol social o en un solo lugar, sino que le corresponde crearse a sí mismo.

El Ratoncito Cuerdo se detiene para coger aire y Alicia le aplaude.

—Tan sabio como el Hada y el Canguro juntos, ¡el Ratoncito!

Cansado pero orgulloso del cumplido, este se dispone a concluir.

—¿Te das cuenta de por qué estos tiempos se parecen tanto a los tuyos? ¿Eres capaz de identificar en ellos maneras de vivir en el siglo XXI?

—Bueno, la verdad es que... todavía no.

El Ratoncito Cuerdo toma aire y continúa.

—Tú también tienes que reinventarlo todo, tú también debes volver a leer los textos antiguos para desarrollar ideas nuevas, tú también tienes que afrontar la duda y la incertidumbre. ¿Te has dado cuenta? Montaigne y Maquiavelo dicen cosas muy distintas y tienen un temperamento y estilo muy diferentes, pero ambos hablan de incertidumbre, fluctuaciones e inestabilidad. Estos cambios permanentes se refieren, para Montaigne, a nuestros estados de ánimo y, para Maquiavelo, a lo que sucede a nuestro alrededor. Cada uno a su manera, dicen que lo que ocurrirá mañana no podemos saberlo, pero que esta ignorancia no tiene por qué convertirse en fuente de ansiedad. Sin ir más lejos, ¿acaso esto no te ayudaría a pensar sobre el planeta de otra forma?

Alicia no contesta; está reflexionando.

❧ *Diario de Alicia* ❧

Cuando hablan de la verdad al descubierto, de la realidad tal cual es, ¿qué quieren decir exactamente? ¿Podemos salir de nuestra mente para ver el mundo desde fuera o solo podemos verlo con nuestros ojos, nuestra sensibilidad, nuestro punto de vista particular?

UNA FRASE PARA LA VIDA

Conviene más seguir la verdad real de las cosas que la idea que tenemos de ellas.

(Maquiavelo, *El príncipe*)

La realidad no siempre funciona como la imaginamos. Detrás de la fachada, suele haber mecanismos que no están a la vista, pero tenemos una idea y creemos que es la verdad, aunque sea una visión falsa, distorsionada o transformada. Esta frase es un consejo: nos recomienda vencer nuestros prejuicios para intentar comprender cómo funciona en realidad el mundo. Es una llamada a la lucidez, una invitación a mirar al otro lado del escenario, a los bastidores. Confieso que al principio tuve miedo; miedo a perder mis hábitos, mis creencias, mis esperanzas. La verdad no es necesariamente agradable de afrontar.
El Hada me planteó una objeción: ¿cómo puedo estar segura de que esa verdad que creo haber descubierto no es solo una idea mía? Es más lista que el hambre...

26

Triunfan las ciencias, avanza la tecnología

De regreso al transbordador, hay bronca. Nada más llegar, el Hada les canta las cuarenta a los gemelos. ¡No, los Ratoncitos no tenían derecho a marcharse solos, sin avisar, sin dar noticias! ¡Cortar las comunicaciones es inaceptable! ¡Han ignorado las instrucciones de seguridad, se han saltado las normas! ¡Han puesto a Alicia en peligro al dejarla sin vigilancia!

El Hada grita, despotrica, gesticula. ¡Los Ratoncitos merecen una reprimenda! ¡Informará a la Reina Blanca! ¡Hacer la vista gorda a semejante imprudencia sería inadmisible! ¡Y todo por ser tan susceptibles! ¡Se sienten discriminados, los señoritos, están ofendidos! ¡Quieren venganza y se rebelan! ¡Lo que faltaba!

Canguro sonríe discretamente. No es la primera vez que el Hada explota, lo que siempre le divierte, pero el motivo principal de su sonrisa, y lo único que de verdad le importa, es ver a Alicia sana y salva. En realidad, no está preocupado, pues sabe que los Ratoncitos son más serios de lo que dice el Hada; solo un poco disgustado porque le quitaron sus fichas y ocuparon su lugar. Dar referencias es cosa suya, ¿no?

Alicia comprende que el Hada esté furiosa, sobre todo porque los Ratoncitos no dijeron nada a nadie, ni antes del viaje ni durante este, pero también cree que el Hada está exagerando: los Ratoncitos no han matado a nadie. Alicia no se arrepiente de la escapada a la era del humanismo, pues ha aprendido cosas útiles. De hecho, habría que recomendárselo al Hada, pues un poco de Montaigne no le vendría mal.

—¡Vuelvo a estar al mando de todo! —grita el Hada—. Ratoncitos, pasaréis una semana con el gato de Cheshire, ¡ya os vale!

«Menudo castigo», piensa Alicia. Se acuerda de ese gato capaz de desaparecer por completo, excepto por la sonrisa. Era su personaje favorito cuando su madre le leía *Alicia en el País de las Maravillas* y siempre se hacía la misma pregunta: ¿cómo se puede ver una sonrisa sin ver el resto del rostro?

—¡Zingular, coge tus fichas! ¡Alicia, ponte el casco! Volvemos a nuestra ruta, hacia Italia y los Países Bajos. Explicaciones durante el aterrizaje. ¡En marcha!

Alicia accede a regañadientes. Está harta de obedecer, de que la guíen y transporten, de ser una seguidora.

—¿Cuál es el plan? —pregunta Alicia a Canguro en cuanto inician el descenso.

—Cifras, números, ecuaciones, razonamientos..., el nacimiento de las ciencias exactas de la física matemática.

—Qué aburrido —suspira Alicia, a quien nunca le han gustado el álgebra ni la geometría.

—Al contrario, debería interesarte. De hecho, se trata de la naturaleza y del gran cambio en la concepción de esta que tiene lugar en esta época. Sin ese cambio, la situación que te preocupa no habría surgido.

Zingular se concentra durante unos instantes y comienza con una explicación que Alicia no se atreve a interrumpir:

—Para entender este punto de inflexión, te voy a leer un pasaje de un libro del astrónomo y físico Galileo Galilei publicado en 1623. En este tratado, titulado *El ensayador*, el hombre al que llamamos Galileo escribe: «La filosofía [¡ojo! se refiere a conocimiento o ciencia, pues en su época filosofía y ciencia son sinónimos] está escrita en este inmenso libro siempre abierto ante nuestros ojos, el universo quiero decir, y no podemos comprenderlo sin antes aprender a conocer la lengua y los caracteres en los que está escrito. Y está escrito en lenguaje matemático».

»Hay que prestar atención a las palabras que utiliza, porque lo dicen todo: el universo es como un libro y podemos descifrarlo si aprendemos su lenguaje, que es matemático. Esto significa que todo lo que vemos en la naturaleza corresponde a fórmulas algebraicas, ecuaciones, leyes racionales. Por ejemplo, para la naturaleza terrestre, la salida y la puesta del sol, las fases de la luna o las estaciones. Y, para el cosmos, las órbitas de los planetas o el movimiento aparente de las estrellas y las galaxias.

»Esto nos parece obvio porque nos educaron cuatro siglos después de Galileo, en una época en la que esta concepción del universo es evidente, pero antes de él no lo era. Lo que estaba vigente desde la Antigüedad era un mundo formado por cualidades, lugares y sustancias, no por números y leyes abstractas. Es decir, se explicaba lo que se observaba, sin recurrir a las matemáticas, de tal modo que el mundo terrenal tenía un arriba y un abajo y las cosas eran por naturaleza pesadas o ligeras. ¿Por qué sube el humo? Porque es ligero y vuelve al lugar que le corresponde: arriba. ¿Por qué cae una piedra al suelo cuando la lanzamos? Para volver al lugar que le corresponde: abajo.

»Estas explicaciones se sacaron de la física de Aristóteles, cuya concepción no era matemática. Antes de Galileo, no se pensaba que el mundo fuera enteramente calculable. Se creía que, cuando se lanzaba una pelota o una flecha, podía caer un poco más cerca o un poco más lejos, aunque el lanzamiento fuese en circunstancias idénticas. En el mundo terrestre, todo era aproximado. Nadie imaginaba que el espacio de la geometría y el de la naturaleza fuesen semejantes.

»Galileo, en cambio, establece la identificación entre uno y el otro. Así, un punto del universo ya no se define por sus cualidades particulares, sino únicamente por sus coordenadas, que a su vez dependen del punto de referencia elegido para indicarlas. Da igual si se trata de un punto en la Tierra, en la Luna o en Marte, lo único que importa son los números que nos permiten localizarlo. En definitiva, la Tierra y el cielo no son diferentes. El universo es una realidad homogénea que puede leerse dondequiera que sea utilizando el mismo *alfabeto* de números.

»Esta revolución de las ideas tiene enormes consecuencias. No son visibles de la noche a la mañana, obviamente, pero se desarrollan a lo largo de las siguientes generaciones y lo cambian todo. Para empezar, la percepción del mundo: la ciencia podrá afirmar que sabe con exactitud cómo funciona la realidad. Nuestras formas de sentir, impresiones, alegrías y miedos deben apartarse; así, se convierten en humo, errores, meros espejismos.

»La manera de actuar respecto al mundo también se transforma radicalmente. Al conocer con precisión las leyes de la física, se las puede utilizar en nuestro beneficio y de un modo mucho más eficaz que por ensayo y error. Así, es posible predecir con precisión, construir máquinas eficientes y explotar la naturaleza, dominarla y controlarla.

»Más profundamente aún, lo que empieza a generalizarse es una división entre el mundo de los cuerpos humanos, hablantes y pensantes, dotados de razón y sensibilidad, y el mundo de los cuerpos inertes, los elementos naturales y las cosas. Es decir, planes e innovaciones por un lado y materiales por otro.

A Alicia las palabras de Canguro le vienen como agua de mayo. Por primera vez, comprueba por sí misma la conclusión a la que se llega. Está claro que ahí es donde empieza todo. El conocimiento abstracto, la ciencia fría, la expansión sin límites, todo eso que, en el espacio de unas pocas generaciones, conduce a la destrucción de la naturaleza y de la biodiversidad, todo lo que estamos viviendo... Ahí es donde todo empieza, sin la menor duda.

Las neuronas de Alicia están que bullen y sus ideas se disparan. ¿Y si pudiera impedirlo?, ¿y si pudiera detener todo el proceso antes de que fuera irreversible? Sí..., está a punto de llegar a esa época y, si actúa con determinación, sin fallar el blanco, ¡lo parará! Tiene que llevar a cabo la misión. Alicia se ve a sí misma salvando el planeta. Ya que está viajando en el tiempo, puede actuar, pero... ¡ni una palabra!, ni siquiera Canguro puede enterarse.

❧ *Diario de Alicia* ❧

¡Al fin lo entiendo! Es ahora cuando la máquina infernal se pone en marcha y empieza a ganar velocidad. En cuanto se convencen de que saben cómo funciona el mundo, creen que han descubierto la forma de manipularlo, dominarlo, transformarlo. ¡Hay que parar esta locura!

UNA FRASE PARA LA VIDA

El universo [...] está escrito en lenguaje matemático.

(Galileo, *El ensayador*)

El mundo es un texto y sé cómo descifrarlo. Por eso, puedo usarlo a mi favor y quizá reescribir parte de él. Con este descubrimiento, ¡tengo el poder asegurado! Ideas como esta nos han llevado a la situación en la que estamos.

27

Visita relámpago a Descartes, primavera de 1638

Alicia decide plantarle cara al problema por su cuenta. ¡Ya basta de que la lleven de aquí para allá y la supervisen! Para que su plan funcione, tiene que ponerlo en práctica sin ayuda de nadie. La idea es sencilla: identificar a una persona decisiva, la que inicia el proceso, explicarle la catástrofe que está a punto de provocar, convencerla de que renuncie y... ¡salvar el planeta!

De acuerdo, no será coser y cantar, pero, si funciona, ¡menudo logro detener el movimiento ella sola antes de que empiece! Si actúa desde el principio, en el momento justo y en el lugar adecuado, evitará lo peor. Puede hacerlo y no hay vuelta atrás. Es hora de actuar. Ahora, pues mañana será demasiado tarde. Hay que apagar el fuego al principio, no cuando todo arde.

Alicia está decidida pero confusa. ¿Hacia dónde ha de dirigir sus esfuerzos? ¿Cuál es el mejor objetivo?

Revisa la carpeta que tenía preparada Canguro. Lo lleva todo: notas, archivos, referencias. Con los documentos bajo el brazo, se desentiende del Hada en cuanto llegan a los Países Bajos.

De momento, nadie la sigue. Ha callejeado sin parar por Ámsterdam, de canal en canal, de puente en puente. Su primer refugio es un banco en un muelle, frente al Amstel, con una vista inmejorable de este pequeño mar interior, donde contempla veleros, grúas y el bullicio de un gran puerto.

Alicia reflexiona sobre la información que ha sacado de la carpeta. Está en un siglo en el que las ciencias empiezan a desarrollarse. Copérnico ha demostrado que la Tierra no es el centro del universo, sino que gira alrededor del Sol, lo que escandaliza a los hombres de la Iglesia, convencidos de que el Creador ha colocado la Tierra en el centro del mundo y la ha entregado al ser humano para que obtenga de ella su sustento. Sin embargo, también escandaliza a los demás, creyentes o no, cristianos o no, dado que todos los días vemos el Sol girando alrededor de la Tierra. Entonces, ¿lo que vemos no es verdad? Nuestra relación con el mundo está patas arriba.

Este nuevo conocimiento revela una sorprendente realidad dentro del mundo; mejor dicho, un entramado de mundos que desconocíamos y nos dejan descolocados. La invención del microscopio permite descubrir una multitud de criaturas nunca vistas en la gota más diminuta de agua, extrañas esferas llamadas «glóbulos» en una minúscula gota de sangre, unos entrañables bichitos agitándose en una gota de esperma... Asimismo, el telescopio astronómico permite ver colinas en la Luna y anillos alrededor de Júpiter.

Lo infinitamente pequeño y lo infinitamente grande hacen añicos el mundo cerrado de antaño. Resulta que nuestras sensaciones son superficiales y limitadas. En la realidad más cotidiana, se abren ahora espacios inexplorados y universos que ignorábamos, y todo ello es tan fascinante como inquietante.

Este gran desbarajuste despierta un enorme deseo de certeza. ¿Qué podemos considerar absolutamente cierto? ¿Existe una verdad indudable, imposible de cuestionar?, ¿qué hay que hacer para alcanzarla? ¿Qué método, qué caminos, nos garantizará que llegaremos a esa verdad, si es que existe?

Esta necesidad de repensarlo todo se basa en la búsqueda de un punto fijo: una base firme, una roca, un cimiento sobre el que apoyarse, pues nada de lo que antes era seguro parece ya serlo. ¿Y la palabra de Dios transmitida por textos sagrados?, sigue mereciendo respeto, pero ya no nos la creemos como antes. La verdad científica es de otra índole: no presupone ninguna creencia, sino que la ha descubierto la razón humana y la han validado experimentos; se ha comprobado, es reproducible y demostrable, expone las cosas como realmente son.

Por tanto, nos permite actuar. A medida que vamos mejorando nuestro conocimiento sobre cómo funcionan la naturaleza, los elementos y los cuerpos, vamos ideando medios eficaces para producir más alimentos, hacer los transportes más rápidos y seguros, mejorar la vivienda, perfeccionar la medicina..., es decir, ¡todo lo concerniente a la vida humana!

Esta gran esperanza en el progreso es lo que impulsa el periodo del clasicismo, entre la segunda mitad del siglo XVII y el primer cuarto del siglo XVIII. En Galileo, Francis Bacon y muchos otros vemos un espíritu de conquista: hay que reformar el mundo, acabar con los límites de antaño, y las ciencias brindan los medios para adaptar la naturaleza a nuestros fines. Descartes encarna este giro más que ningún otro autor, pues construye el edificio del conocimiento desde cero, desafía a la autoridad académica y no cede a los dogmáticos.

Asimismo, como filósofo, busca su primera certeza. Para lograrlo, inventa la máquina de dudar más horrible que jamás se había imaginado. Si nada lo resiste, entonces, no hay ninguna certeza; pero aquello con lo que no logre acabar será una verdad inquebrantable. Así pues, empieza por dudar de lo que ve, oye y siente, ya que tal vez el mundo exterior no sea más que un sueño. En esta primera fase de duda, bien conocida por los filósofos de la Antigüedad, las verdades lógicas, geométricas y matemáticas permanecen estables. Aunque nada sea real o sólido a mi alrededor, no cabe duda de que dos y dos son cuatro, de que los ángulos de un triángulo suman siempre ciento ochenta grados: lo constato con la ayuda de mi razón, con independencia de lo que siento.

Es entonces cuando a Descartes se le ocurre un nuevo dispositivo. ¿Y si un diablo todopoderoso me hiciera equivocarme en cada uno de mis cálculos? ¿Y si un dios tramposo o genio maligno manipulara constantemente mis pensamientos con tal de inducirme al error incluso cuando estoy convencido de llegar a un resultado seguro?

El superpoder de su método de dudar crea una situación pesadillesca, pues puedo equivocarme incluso cuando creo que estoy en lo cierto. Obviamente, no hay pruebas de que ese genio maligno exista, pero tampoco se ha demostrado que no exista. Entonces, ¿no hay certeza de nada?, ¿el conocimiento no tiene una base firme donde apoyarse?, ¿todo se derrumba?, ¡no, hay una salida!, todavía existe una certeza que nada puede destruir.

Aunque el genio maligno exista, aunque mi pensamiento sea falso, incierto, engañoso, es imposible negar que pienso, *cogito* en latín. Puedo pensar mal, puedo equivocarme, puedo no fiarme de nada, ni de mis razonamientos ni de mis sensaciones, pero existo como pensamiento. *Cogito, ergo sum* («pienso, luego existo»). Esta fue la genialidad de Descartes: basarlo todo en la existencia de nuestra conciencia. A partir de esta certeza, va a reconstruir poco a poco el conjunto del conocimiento. No obstante, al final de su ficha, Canguro recuerda que es un error reducir a Descartes y su obra a la fórmula «pienso, luego existo» y hacerlo pasar por alguien a quien solo le interesa la metafísica.

De hecho, Descartes no olvida la acción. Quiere construir una filosofía práctica, un conocimiento capaz de mejorar la existencia humana y nuestra salud, así como de curar las enfermedades. Como matemático y físico, le interesan la trayectoria de los rayos de luz, las causas de las tormentas eléctricas, los copos de nieve o la anatomía del corazón y el cerebro. Su objetivo es partir de esta filosofía práctica para llegar a ser «amos y señores de la naturaleza». Así lo indica en su *Discurso del método*, publicado en Ámsterdam en 1637.

«Es el hombre al que busco», piensa Alicia. Va a convencerlo y hacer que comprenda que querer ser «amos y señores de la naturaleza» es llevar la humanidad a la catástrofe.

Está entusiasmada y se aferra como a un clavo ardiendo a la idea de que lo conseguirá. Siempre que no cometa un error ni surja ningún obstáculo imprevisto, la victoria está asegurada.

Se enterará de dónde vive Descartes, irá a su casa y se lo explicará todo. Dicen que es atento y generoso, así que debería entenderlo. También dicen que es solitario y un poco huraño, pero no parece mal tipo.

Tuvo que evitar que el Hada la localizara y conseguir la dirección del señor Descartes. Le ha costado..., pero ya la tiene. Alicia recorre el canal, cruza un puente y ve la casa de ladrillo a dos aguas con el número que busca. Sube algunos escalones y llama a la puerta, una vez, dos veces...

Abre la gobernanta, desconfiada. Alicia le pide conocer al dueño de la casa. La neerlandesa le indica que espere en el recibidor.

—Señorita, ¿qué puedo hacer por ti? —pregunta Descartes desde lo alto de la escalera, como quien ha sido interrumpido.

Alicia lo encuentra más distante de lo que imaginaba.

—Te pido disculpas por las molestias que cause mi visita, pero la razón de mi atrevimiento es un asunto muy serio, relacionado con lo que creo haber entendido de tu filosofía.

Alicia mide cada frase; tiene que ganarse al caballero. Él no se esperaba esto, desde luego.

—¿Mi filosofía?, ¿qué sabes de ella?

—¿No has publicado recientemente el *Discurso del método* en esta misma ciudad?

—¡Así es! ¿Lo has leído?

Alicia contesta con una labia que no sabía que tenía.

—Como está escrito en francés, y no en latín, he tenido el honor de acceder a él, a pesar de ser una chica, así que te lo agradezco. Si no me equivoco, tu filosofía práctica podría hacernos amos y señores de la naturaleza.

—Así es, no vas desencaminada. ¿Y eso te incita a llamar a mi puerta?

—Sí, así es, pues creo que es mi deber exhortarte a que retires esa frase y abandones tu ambicioso plan.

Descartes, en lo alto de la escalera, esboza una sonrisa.

—¿Renunciar?, ¿en nombre de qué?, ¿por qué iba a hacer tal cosa?

—Porque esta filosofía está destinada a tener un desenlace funesto. No dudo de que la consideres prometedora, pues he leído tu libro y conozco tus argumentos, pero he de advertirte sobre el futuro y pedirte que lo salves.

¿Estará loca? El filósofo no entiende muy bien lo que le dice Alicia, que sin embargo parece sincera y avispada. Despacharla sin hacerle caso sería inapropiado, así que pide a la criada que la lleve a su estudio.

—Enseguida estoy contigo —dice.

Alicia espera al filósofo en la habitación donde trabaja. Hay libros, tinta, papel y pilas de cartas por todas partes. Se esperaba un despacho ordenado, dada la reputación de orden y claridad de este pensador metódico que no se salta un paso, pero la estancia parece más un trastero con ese inmenso caos de apuntes, plumas olvidadas y libros abiertos por todas partes.

—¡Por suerte mis pensamientos no se parecen a mi estudio! —dice Descartes al entrar—. Por desgracia, dispongo de poco tiempo, pero, adelante, te escucho. ¿Qué te ha hecho llegar a la conclusión de que debería renunciar a mi filosofía? Como comprenderás, esta propuesta me parece extraordinaria, así que me gustaría oír tus argumentos.

Alicia siente que no debe vacilar. Es ahora o nunca. Mirando a Descartes a los ojos, explica con calma que viene de otra época, cuatro siglos después. El filósofo permanece impasible, pero Alicia advierte que no cree una sola palabra de lo que dice.

—Sé muy bien que mis palabras te parecerán fruto de un delirio, pero te ruego que me escuches un poco más. Sí, repito, nací más de cuatrocientos años después que tú y he venido del futuro para pedirte que renuncies a tu obra. He de advertirte que, basándose en tu método, siguiendo las normas que has establecido, está a punto de comenzar una profunda transformación. Los secretos de la naturaleza se violarán uno a uno, los engranajes del mundo se descifrarán y las máquinas adquirirán un poder sin precedentes.

»Me figuro que esta posteridad te parecerá una buena noticia. Incluso he de añadir, para tu satisfacción, que estos cambios alcanzarán una magnitud que superará todo cuanto puedas imaginar. Se levantarán ciudades gigantescas, se descubrirán nuevas fuentes de energía, la capacidad de trabajo aumentará de forma colosal, miles de aeronaves sobrevolarán la Tierra todos los días, las personas encontrarán los medios para hablar entre sí a distancia y para hacer que inmensas bibliotecas quepan en un bolsillo..., todas estas maravillas se deberán a ti y a tu método, a tu filosofía, así como a quienes continuarán tu legado a lo largo de las próximas generaciones.

»Y podrías estar muy orgulloso de ello si ese glorioso legado no tuviera un lado oscuro. Bueno, oscuro no, mejor dicho: aterrador y letal, porque esta fantástica transformación acabará agotando la naturaleza, trastocando los ciclos de vida. Los recursos naturales no son infinitos, sus equilibrios no pueden modificarse sin criterio. Creyéndonos amos de la naturaleza, con permiso para hacer con ella lo que nos apetezca, lo único que conseguiremos será dañarla, ponerla en peligro, destruirla, y a nosotros mismos también.

»Vengo de una época en la que la promesa de un mundo transformado por la ciencia y la tecnología ya no se sostiene porque resultó ser un engaño. Y vengo a hacerte esta advertencia con la esperanza de que me escuches y confíes en mí lo suficiente como para evitar esta catástrofe.

—¿Y qué quieres que haga? Me cuesta entenderte, la verdad. Digamos que me creo la historia que me estás contando, por muy inverosímil que me parezca, y sin que me aportes la menor prueba de lo que dices. Pero digamos que es como dices... ¿Qué puedo hacer yo?, ¿quemar mi libro?, ¿retractarme solemnemente?, ¿escribir lo contrario de lo que considero verdadero, justo, bueno? Mi *Discurso del método* ya se ha impreso y distribuido. Lamento no tener más remedio que decepcionarte, pero las ideas, como ves, no están en nuestro poder, no nos pertenecen.

»Permíteme unas últimas palabras: si vives en el futuro, es allí donde debes actuar y pensar, no aquí, soñando con cambiar unos hechos que, si he entendido bien, ya se han producido.

La gobernanta acompaña a Alicia, que baja la empinada escalera conteniéndose las lágrimas. Desilusionada por su fracaso, se avergüenza de su propia ingenuidad. Al borde del canal, frente a la casa, la esperan Objeción, Canguro y los Ratoncitos. Alicia rompe a llorar. El Hada la coge en brazos y Alicia hunde la cabeza en el chal de su amiga mientras un río de lágrimas le recorre las mejillas. Ella misma lo ha echado todo a perder... por incapaz, por estúpida, piensa. Quería salvar el planeta, poner freno a la destrucción. Podría haber hecho que la humanidad viviera de otra manera..., ¡pero ha sido en vano! Su desesperación es total, y eso por no hablar de la vergüenza, la rabia, el enfado consigo misma. ¿Cómo ha sido tan torpe? ¿Por qué no ha sabido convencer a Descartes? ¿Qué será del mundo? ¿Cómo vivir?, ya no lo sabe. Está hundida en un mar de emociones, como si olas gigantes la sacudieran.

El Hada la deja que llore, sin prisa. No merece la pena abrir la boca, pues Alicia no puede oír nada en este momento. Al ver a los Ratoncitos bailando a lo largo del canal, el Hada les hace señas para que se calmen. Canguro está afectado, ya que no le gusta ver así a su amiga; quisiera abrazarla y consolarla, hablarle para que se calmara, pero piensa que es mejor dejar que lo haga Objeción.

Al final, Alicia empieza a tranquilizarse y su respiración se vuelve más lenta.

—Lo sabía todo desde el principio —le susurra el Hada al oído—. Hubiese podido intervenir de haber querido. ¡No olvides que sabemos siempre en qué piensas! Pensar que actúas sola, sin nuestro conocimiento, es engañarte... Dejé que sucediera porque para ti era importante, diría que incluso esencial. Te haces valer y quieres actuar; no soy quién para impedírtelo...

—¿Sabías que iba a fracasar? —se sorprende Alicia.

—Por supuesto, pero ¿qué más da? No es el fracaso lo que cuenta, sino lo que aprendemos de él, y del fracaso se aprende siempre que entendamos lo que ha pasado. Tu error no ha sido querer actuar, sino actuar mal. Has querido aprovechar la situación de estar al principio de la historia de la ciencia y de la dominación de la naturaleza por el ser humano para detenerlo todo. Ahí es cuando te equivocas.

—¿Por qué? —pregunta Alicia secándose los ojos.

—En primer lugar, ¡porque nunca puedes estar segura de dónde empieza algo así! ¿Descartes?, tal vez, pero también todos los de su siglo, e incluso los de antes... ¿Por qué no Arquímedes?, ¿o quien inventó la rueda o talló un sílex por primera vez? ¿En qué momento intervienes para evitar lo que va a suceder?, no hay cómo saberlo.

—Hay un problema más grave —agrega Canguro—. Actuar sobre el pasado es una quimera. Solo ocurre en las historias fantásticas, aunque es imposible. Es fácil ver por qué. Imagínate que conoces a tu abuelo de niño y lo matas. Entonces, uno de tus padres no existirá ¡y tú tampoco! Los bucles temporales son un buen recurso de ficción, ¡pero no existen en la realidad física!

El Hada añade otro argumento: nadie puede cambiar la historia por sí solo. Alicia tenía razón al querer hacer algo, pero se equivocó al imaginar que una sola acción individual y solitaria sería suficiente, pues no es así como evoluciona la historia. La escena en la que un científico loco grita «¡En cuanto apriete este botón seré el amo del mundo!» solo existe en los dibujos animados.

Alicia empieza a comprender su error. A medida que escucha a Canguro y al Hada, se siente menos abrumada, aunque sigue confundida. En el fondo, no sabe si sentirse orgullosa o avergonzada de lo que ha hecho. Se sintió libre al partir sola a la aventura. Fue ella, y solo ella, quien tomó esa decisión. No supo valorar la situación, de acuerdo, pero está feliz de haber actuado por su cuenta. ¡Fue su decisión!

—¡Objeción! —grita el Hada—. ¿Crees que tu voluntad es libre? Cuando decides, ¿eres la causa de tu decisión?, ¿eres tú quien la crea? ¿Y si no vieras lo que te lleva a actuar de una manera, y no de otra? ¿Y si te diera la impresión de que eres libre solo porque no sabes qué es lo que te está empujando a tomar una determinada decisión?

—¡Para nada! Sé muy bien lo que quiero y soy yo quien decide.

—Si me permites —interrumpe Canguro—, sobre este tema hay más opiniones que bocas. Descartes defiende que nuestra voluntad es libre, incluso infinitamente libre, ya que podemos negar lo evidente, negarnos a reconocer lo que tenemos ante los ojos o preferir lo que está mal. Esta forma de libertad o libre albedrío, según dice, la tenemos en la misma medida en la que Dios.

»Por cierto, no muy lejos de aquí, hay un filósofo que defiende justo lo contrario: que el libre albedrío es pura ilusión, un fraude en toda regla. Asegura que nos creemos libres, pero no lo somos, y desde luego Dios tampoco.

—¿Quién es ese filósofo tan curioso?

—Spinoza. Vive en Rijnsburg, al sur de Ámsterdam. Llegaremos dentro de un par de horas.

—¡Objeción! —dice el Hada riendo—. Son dos horas de viaje, pero él no vivirá allí hasta dentro de unos treinta años.

—¡Un detalle! ¡Un detalle! —cantan los Ratoncitos—. ¡Allá vamos!

❧ *Diario de Alicia* ❦

¿Por qué he sido tan ingenua, tan impulsiva, tan idiota? ¿En qué me he equivocado? No estoy muy segura de haberlo entendido. Entreveo algo, pero sigo confusa.

UNA FRASE PARA LA VIDA

Es posible adquirir conocimientos muy útiles para la vida.

(Descartes, *Discurso del método*, sexta parte)

¿Por qué buscar la verdad mediante un método racional?, ¿solo por placer, por la satisfacción que te da el conocimiento, o para transformar nuestras condiciones de vida? Cuando leo a Descartes, como antes a Galileo, me doy cuenta de que ambas cosas van de la mano. La gente cree (erróneamente, según me ha explicado Canguro) que el pensamiento de Descartes se reduce al «pienso, luego existo». Sin embargo, además de la metafísica, le interesaban la moral, la medicina y la mecánica, y es que la verdad científica es práctica.

En mi opinión, el problema sigue sin resolver. De hecho, apenas se ha empezado a plantear, pues, en la práctica, todavía tenemos que saber qué es útil para la vida y qué no, y esto es muy complicado. Después de varios siglos de desarrollo técnico, somos miles de millones de personas en la Tierra, vivimos más que nuestros

---

antepasados, pero lo hacemos amenazados por nuevos peligros. Parece que nos hemos equivocado de camino, o que hemos ido demasiado rápido y demasiado lejos... Entonces, ¿qué hacemos?

28

En el taller de Spinoza, en Rijnsburg, primavera de 1662

—¿Por qué vamos a ver a ese Spinoza? —pregunta Alicia, cansada.

Está triste y extenuada por su fracaso.

—Porque te vendrá bien —responde el Hada—. Su filosofía es el mejor remedio contra la tristeza. Ya verás...

Entonces, aparece un carruaje tirado por cuatro caballos; el Hada ha pensado en todo. Alicia se acomoda en el asiento, bastante angosto, Canguro se sienta a su lado y los Ratoncitos se apretujan en el poco espacio que el Hada les deja. La carretera es uniforme y apenas tiene curvas, así que Alicia se queda dormida.

—Contra la tristeza..., solo me acuerdo de eso, Hada —se lamenta abriendo de nuevo los ojos.

—Bueno, está bien para empezar —responde el Hada riendo.

Le explica a Alicia que, según Spinoza, la tristeza nos atrofia, nos embrutece, nos achanta, limitando nuestra capacidad de acción. La alegría, en cambio, nos hace crecer, nos anima. Tristes, nuestra existencia tiende a la insignificancia, pero alegres tiene mucho más sentido. El conocimiento es la clave. Spinoza construye una filosofía completa, un sistema que lo engloba todo y lo explica: Dios, la naturaleza, el bien y el mal, el amor y el odio, la libertad y la servidumbre, así como, por supuesto, la alegría y la tristeza. Elabora una especie de ciencia integral de la realidad que trata tanto de la realidad divina como natural, de la corporal como psicológica.

Alicia sigue sin entender por qué esto le va a venir bien. Piensa que este gran proyecto tan global le va como anillo al dedo a este siglo de ciencia, matemáticas y razón, pero ¿qué tiene que ver la alegría?

—¿Cómo definirías la tristeza? —pregunta el Hada.

—Como estar de bajón —responde Alicia.

—Vale, pero ¿qué se siente?

—Que las cosas no funcionan, que falta algo, que el mundo está mal hecho, que es feo...

—¡Objeción! ¡Gran objeción por parte de Spinoza! —la interrumpe el Hada—. A esta idea de que el mundo está mal hecho y es insuficiente, él opone una visión de la realidad en la que no falta nada.

—Explícamelo.

—Frase clave de Spinoza: «Realidad y perfección son lo mismo para mí». La realidad es algo acabado en todo momento, algo completo, plenamente realizado. Si la comprendiéramos de verdad, si pudiéramos verla tal como es, sabríamos que no puede ser de otra manera. Cada elemento va enhebrado en aquello que lo precede, sin el menor fallo, discontinuidad o defecto. Todo está enlazado. Solo nuestra ignorancia nos hace imaginar que la realidad podría ser de otro modo, que es defectuosa, fea, injusta, incompleta...

»De este modo, buscamos otros significados e intenciones secretas y elaboramos interpretaciones y juicios que nos sumen en la tristeza o el pánico. Estas ideas infundadas se deben a nuestra incomprensión. Al no comprender cómo funciona la realidad, ideamos explicaciones delirantes, emitimos juicios falsos, nos angustiamos, nos lamentamos..., ¡y todo para nada!

Alicia no lo ha pillado muy bien, pero intuye que es importante. Tiene ganas de saber cómo es este extraño pensador. Dicen que lleva una vida modesta en una casa pequeña y que se niega a enseñar. ¿De qué vivirá entonces?

—Pule el vidrio para lentes de telescopios y microscopios —aclara Canguro—. Es un trabajo manual que requiere mucha precisión y conocimientos científicos. Este oficio le da la oportunidad de codearse con los grandes científicos de su época y, sobre todo, le deja la mente libre para su filosofía.

—¿Por eso escogió ese oficio? —pregunta Alicia.

—Es una larga historia —contesta Zingular.

Este le cuenta a Alicia que la vida de Spinoza, bajo su apariencia tranquila, es turbulenta. Nació en Ámsterdam en una familia de comerciantes portugueses judíos. Como los perseguían en Portugal, se refugiaron en los Países Bajos, donde había mayor tolerancia religiosa y se había formado una gran comunidad judía.

—La inteligencia y el talento del joven Baruch no pasan inadvertidos. En la *yeshivá*, la escuela judía, es el mejor en hebreo, en la interpretación de los textos y en el conocimiento de las Escrituras. Sus profesores lo ven como un futuro rabino y su familia cuenta con él para dirigir el negocio textil de su padre y hacerlo prosperar. Van a por lana y volverán trasquilados...

»No obstante, Spinoza frecuenta círculos donde corren ideas subversivas, nuevas tendencias que desafían las convicciones religiosas y filosóficas tradicionales. Así, se aleja de la sinagoga y de los rabinos, que están dispuestos a hacerle concesiones para que se quede en la comunidad, pero él se niega una y otra vez, pues reivindica su libertad de pensamiento y de expresión.

»Al considerar que sus convicciones son incompatibles con el judaísmo, lo expulsan formalmente y le imponen un castigo severo: ningún judío podrá hablarle, ni siquiera acercarse a él. Esto, en la práctica, significa quitarle el trabajo. Entonces, teniendo en cuenta su talento para dibujar, el joven piensa en hacerse pintor, pero esta labor es demasiado inestable, así que opta por pulir cristales y dedicarse a la filosofía.

»En la modesta casa a la que estamos llegando, ya ha empezado a escribir su gran obra, *Ética*, algo que seguirá haciendo durante toda su vida. El libro solo se publicará después de su muerte.

Este hombre tiene a Alicia muy intrigada. Escribe un libro durante toda su vida él solo ¡y no lo publica! ¿Qué tendrá ese libro? Canguro está feliz y orgulloso de empezar la presentación.

—Es un texto único en el país de las ideas. Spinoza lo escribió al estilo de los geómetras, definiendo los principales conceptos, axiomas y demostraciones. Al principio, es desconcertante porque trata el amor y el odio o la alegría y la tristeza como si fueran triángulos con sus propiedades, pero, en realidad, el objetivo de este tratado es ni más ni menos que abordar la cuestión de cómo vivir. No habla de otra cosa, aunque a su manera, por supuesto. Ya lo dice el título: la ética, esto es, el modo de vivir, la forma de comportarse.

»En griego antiguo, *ethos* significa 'comportamiento'. Podríamos decir, por ejemplo, que el *ethos* de los pájaros es construir nidos. En el caso de los humanos, como nuestras acciones y gestos no obedecen a un solo instinto, se trata de entender qué es una buena conducta, pero ¿según qué criterios?, ¿de acuerdo con qué normas? La intención de Spinoza es saber cómo funciona la realidad en su conjunto —cosas, cuerpos, pensamientos— para entender cómo comportarnos.

—¡Hemos llegado! —grita el Hada.

La casa es muy pequeña. Está a las afueras del pueblo, en la linde de un bosque. El taller donde Spinoza pule sus cristales está al lado de la cocina, una estancia minúscula a rebosar con las herramientas de precisión y la banqueta de trabajo hecha a medida. Detrás, está la habitación donde escribe, no mucho más grande, con una mesa y algunas estanterías llenas de libros. Todo es angosto, pero está impecablemente ordenado. Spinoza duerme arriba, en la buhardilla.

Nada más entrar, Alicia siente un fuerte olor a col, pues hay sopa hirviendo a fuego lento. El filósofo sigue en su estudio, con la ropa negra manchada de polvo de cristal, pero levanta la vista al oír sus pasos. Esta se fija en sus enormes ojos negros, su piel oscura y su larga melena. No parece sorprendido por tener visita.

—¿En qué puedo ayudarte? —pregunta limpiándose la manga.

—Espero no molestarte. Tus ideas me han traído hasta ti. Me pregunto cómo vivir y qué hacer con mi libertad, y he oído que podrías ayudarme.

Spinoza mira atentamente a Alicia, sopesando si es una broma. En su rostro, una leve sonrisa va dando paso a una expresión seria. Se levanta y hace un gesto a Alicia para que pase a su estudio, tan exiguo que tiene que sentarse en un pequeño taburete de madera junto a la mesa.

—Si te he entendido bien —dice el filósofo—, me has dicho «Me pregunto cómo vivir y qué hacer con mi libertad», ¿es así?

—¡Es justamente eso!

—¿Es que son dos preguntas diferentes para ti? ¿No quieres decir «Me pregunto cómo vivir, es decir, qué hacer con mi libertad»?

—Exacto.

—Eso es lo que me temía... Pues, sí, creo que puedo ayudarte, aunque mi respuesta te parezca brusca. Para vivir, ¡empieza por quitarte esa idea de libertad! Veo que esto te parece raro, así que te lo voy a explicar. Conocer bien alguna cosa es conocerla por sus causas. Cuando quieres algo, cuando haces una elección, ignoras las causas reales que te hacen elegir, los motivos que te hacen querer esto en lugar de aquello. Sin embargo, nada ocurre sin causa, pues todo está determinado. Una decisión absolutamente libre es algo que no existe en ninguna parte; es una ilusión, un espejismo, una quimera. Si tu libertad fuera realmente la causa de tus decisiones, esa libertad tendría que ser la causa de sí misma, y eso es imposible. Todas tus elecciones y decisiones tienen causas, que pueden ser orgánicas, morales, políticas..., pero tú ignoras las causas que te condicionan y, por eso, imaginas que eres libre.

»Piensa en un hombre borracho que revela secretos que quería guardar. El alcohol lo hace hablar, pero él no se da cuenta y se cree que está confiando sus secretos porque así lo decide, con plena libertad. O piensa en un niño que ansía la leche materna. Su cuerpo siente inevitablemente este deseo, pero él no es consciente, así que tal vez crea que esta elección de tomar leche es suya, que es un efecto de su libertad.

»Sin embargo, nada es libre, ¡y nosotros creemos que lo somos! Esto da lugar a tantos malentendidos que el mundo, por así decirlo, se queda patas arriba. Si crees que eres libre, también crees que eres responsable, así que te sientes culpable por haber hecho esto en vez de aquello, juzgas moralmente tus actos, tus sentimientos y los de los demás, decides que unos son culpables y otros inocentes..., ¡cuando todo esto es falso!

»Para vivir, el primer paso es deshacerte de toda esta red de errores. No puedo decirte nada más ni mejor ahora mismo, pues he de volver a mi trabajo. Te pido perdón por haber sido tan tajante.

Alicia se lleva de este breve encuentro más interrogantes que respuestas. ¿No somos libres? ¿Ninguna de las decisiones que tomamos es realmente nuestra? ¿El bien y el mal son ilusiones? Al salir de casa del filósofo, cuanto más piensa en todo esto, menos entiende.

Canguro la nota descolocada, incluso un poco perdida. Lo veía venir.

—¿Su majestad necesita ayuda? —pregunta abriendo la puerta del carruaje.

—¡Tenga la bondad! No entiendo el sistema de pensamiento de este hombre.

—No es de extrañar, princesa, es uno de los más sutiles que ha surgido nunca en toda la historia de la filosofía, y quizá el más singular.

—¡Explícamelo, príncipe de las fichas!

A Zingular le emociona que Alicia lo llame así. Sonríe tímidamente, dice que solo va a aclarar lo esencial y se acomoda en el asiento con los apuntes sobre las patas. Por suerte, el camino no tiene demasiados baches y los caballos están tranquilos.

—Para entender su filosofía, tenemos que empezar por la clave, la idea que cambia toda la perspectiva. Se puede resumir en tres palabras latinas.

—¿Por qué en latín?

—Spinoza escribe su *Ética* en latín, la lengua franca de los eruditos de la época. Las tres palabras son *Deus sive natura* («Dios, es decir, la naturaleza»). Spinoza identifica lo uno con lo otro: naturaleza y Dios son sinónimos. Esto supone una ruptura con concepciones anteriores que veían a Dios como un espíritu puro, separado del mundo. Con esta idea de Dios como universo que propone Spinoza, este se vuelve material, físico, cósmico. Todo está en él, tanto las galaxias como el campo de tulipanes que ves a la derecha, tanto los caballos que tiran del carro como nuestro cuerpo, tanto nuestros pensamientos como los de todos los seres humanos desde el principio de los tiempos...

»Lo que esta concepción tiene de singular, lo que la hace única, es que se puede entender de dos maneras. Una, como un ataque a la representación que las religiones hacen de Dios, una especie de ofensa a su grandeza, a su esencia espiritual. No obstante, hay otro modo de entenderla, pues identificar a Dios con la naturaleza es también reconocer que la naturaleza es divina. En definitiva, no hay que despreciar la materia; el infinito está presente en la hierba más pequeña, en el objeto más humilde.

—¿Y la libertad? —pregunta Alicia—. ¿Dónde queda la libertad con respecto a este Dios-Naturaleza?

Canguro cierra los ojos para concentrarse.

—Habitualmente, se entiende el mundo físico como opuesto al espiritual. En el mundo físico, todo sucede sin libertad, voluntad ni intención: el agua del mar se evapora bajo el efecto del sol, se forman las nubes y llueve, pero el agua no elige evaporarse, las nubes no deciden formarse, la lluvia no tiene intención de caer. Al contrario, en el mundo espiritual, se supone que todo es distinto: que los humanos tenemos libertad de elección, que hacemos nuestros planes y proyectos y Dios los suyos. No obstante, si Dios y la naturaleza son idénticos, este esquema de pensamiento cae por su propio peso.

»Así, hay que asumir todas las consecuencias, admitir que el libre albedrío es una ficción. Dios-Naturaleza no tiene libre albedrío, ¡pero ninguno!, y el ser humano tampoco, ya que solo es una parte del todo. De hecho, según Spinoza, todo sucede en nuestra mente y en nuestros sentimientos, como las nubes y la lluvia, de forma irremediable. ¿Te das cuenta de las consecuencias?

Alicia piensa largo rato. Finalmente, encuentra una posible respuesta.

—Nadie culpa a la lluvia cuando cae —dice.

—¡Bien visto! —la felicita Canguro—. Estoy orgulloso de ti. Si todo lo que sucede tiene una causa sin intención ni voluntad, es absurdo hacer juicios morales. Aunque la lluvia cause daños y una tormenta destruya cosechas o provoque inundaciones, nadie les echa la culpa. Del mismo modo, si los humanos tampoco son libres y nuestras acciones están determinadas, culparnos o alabarnos ya no tiene ningún sentido.

Alicia comprende ahora el razonamiento, pero el resultado la horroriza. ¿No vamos a considerar al criminal que mata y roba responsable de sus actos?, ¿no lo vamos a condenar moralmente o ante los tribunales? Entonces, ¿dónde queda la justicia?, ¿y la moral?

—¡Spinoza tiene la respuesta! —exclama Canguro—. Nadie echa la culpa a la tormenta, pero intentamos protegernos de ella. El criminal no es más responsable que la nube, aunque también podemos protegernos de él: metiéndolo en la cárcel para evitar que siga haciendo daño. Dicho de otra manera, la moral no sirve de nada, los elogios y las culpas son inútiles, pero los tribunales y las cárceles son útiles, por lo que han de aplicarse castigos y penas.

—¿Eso quiere decir que el bien y el mal, lo justo y lo injusto o lo bello y lo feo no existen?

—Sí, pero solo en nuestra mente, y por error, si se me permite responder en lugar de Spinoza. Todas estas ideas falsas las produce, de forma inevitable, el hecho de que ignoremos la realidad. Así, a medida que va avanzando el conocimiento, van desapareciendo.

—¿Y eso qué cambia?

—Todo y nada. En la realidad de los acontecimientos, nada; pero en nuestra vida lo cambia todo. Imagina, por ejemplo, dos personas con una enfermedad incurable. Ambas van a morir pronto, pero una de ellas se dice a sí misma que su enfermedad es un castigo de Dios por el mal que ha hecho, así que se siente culpable, pide perdón y no para de rezar para curarse, mientras que la otra persona sabe que su enfermedad tiene una causa física, que no se puede hacer nada al respecto y que nadie, ni siquiera ella misma, es responsable de su destino. La primera persona está atormentada, asustada e infeliz; la segunda mantiene la calma y la lucidez. Aplica estos ejemplos a otras circunstancias de la existencia humana y tendrás una primera visión de la filosofía de Spinoza.

Alicia empieza a vislumbrar la singularidad de este sistema de pensamiento.

—En realidad, ya está todo escrito —afirma.

—No necesariamente. Si piensas que lo está, caes en un error muy frecuente, que es confundir el determinismo de Spinoza con el fatalismo. Sin embargo, son ideas muy diferentes. Según el fatalismo, existe una voluntad divina que decide desde el principio qué ocurrirá en el mundo y en la vida de cada uno de nosotros. Según el determinismo, nadie decide nada libremente, ni siquiera Dios-Naturaleza, que tiene el mismo poder para decidir lo que fluye de su «sustancia infinitamente infinita», como dice Spinoza, que un triángulo para decidir sus propiedades.

—¿Nadie decide nada, entonces?

—No. Uno cree que está decidiendo a causa de sus emociones y deseos, sin entender de dónde vienen. Por eso, el conocimiento exacto de la realidad es la única manera de sortear estos espejismos. Spinoza se propone analizar la mecánica de nuestros sentimientos como si fueran líneas, puntos y figuras. En otras palabras, concibe una psicología científica, considerando nuestros amores, odios, alegrías, tristezas y demás emociones como procesos naturales que obedecen a leyes de funcionamiento precisas y formulables, independientes de nuestra voluntad.

»Esta forma de abordar los afectos, de estudiar lo que nos mueve, nos permite dejar de sufrirlos de forma pasiva. De este modo, aunque resulte paradójico, se reinventa la libertad que Spinoza empezó rechazando, puesto que el conocimiento libera: nos permite vivir aceptando plenamente la realidad, es decir, con alegría. Esta alegría no tiene nada que ver con el exceso, la gesticulación, los gritos o los aspavientos, sino que esta alegría solemne y perfecta es la felicidad de pensar el mundo y pensarnos a nosotros mismos, de desear la vida comprendiendo que posee una belleza propia.

Alicia se queda callada un buen rato, reflexionando. Por primera vez, se siente tranquila, serena.

«¿Es eso ser feliz?», piensa.

❧ *Diario de Alicia* ❧

Todavía no sé cómo vivir y me pregunto si lo sabré algún día, pero tengo la sensación de que avanzo, aunque con altibajos, decepciones y sorpresas. Ahora, veo claramente que mi plan de influir en Descartes fue un error de cálculo, pero estaba tan convencida de que iba a funcionar que, al fracasar, me sentí desesperada. Gracias a Spinoza, me di cuenta de que no había elegido mis actos, de que me había dejado llevar por mis deseos, pero que no tenía nada por lo que sentirme culpable ni tampoco de qué arrepentirme.

He avanzado bastante, en mi corazón y en mi mente, aunque aún me quedan preguntas por hacer. ¿Qué es mejor, vivir haciendo todo lo que pueda, multiplicando experiencias positivas o negativas, o retroceder, hacerme a un lado, ponerme a salvo de lo peor, de un mundo que se ha vuelto loco?

UNA FRASE PARA LA VIDA

Realidad y perfección son lo mismo para mí.
(Spinoza, *Ética*, Segunda parte, definición 6)

Es una idea tranquilizadora a primera vista, por eso quiero recordarla. ¿Te entra el pánico? ¿Maldices al mundo entero? ¿Ves desgracias por todas partes? Piensa que la realidad es perfecta, que no puede ser de otra manera, que no tiene defectos ni fallos, que si cambias tu modo de pensar lo verás todo con otros ojos. Sí, es tranquilizador, como una respiración lenta y profunda; de hecho, quizá sea lo más tranquilizador que hay. Si a la realidad no le falta nada, ¿por qué enfadarme?, ¿por qué decepcionarme?, ¿qué tengo que temer?

Cuanto más pensamos así, más nos damos cuenta de que la mayoría de nuestras emociones son inútiles. Lo negativo, muchas veces, lo creamos nosotros.

¿Siempre?, probablemente no. Cuando ves sufrimiento, injusticia, asesinatos, maldad, miseria..., ¿cómo seguir viendo perfección en esa realidad?, ¿cómo seguir creyendo que no falta nada? Dudo que se pueda, esto sí que lo tengo claro, tanto como que me llamo Alicia.

SEXTA PARTE

EN LA QUE ALICIA ESTÁ DE CELEBRACIÓN Y VE BRILLAR LAS LUCES

La igualdad de las mujeres, con Louise Dupin en Chenonceau, primavera de 1746

—¿Le damos una sorpresa?

La propuesta del Hada tiene la aprobación de Canguro, que sonríe de oreja a oreja, y los Ratoncitos saltan de alegría. Esta vez, Alicia no sabrá lo que le espera. La enviarán directamente a la época de las fiestas, también conocida como «Siglo de las Luces». Sin embargo, hay que decir que no todo es luminoso; la pobreza es muy habitual, y lo son también las desigualdades. No todo el mundo tiene a su alcance el lujo, la buena mesa y la vida sofisticada que se lleva en los castillos, los salones y las grandes ciudades, pero, sin duda, el número de aquellos con la suerte de disfrutar de una vida de placeres carnales e intelectuales es muy superior al de épocas anteriores.

Además, las personas son más libres, más alegres, más osadas, lo exploran todo. Traen de lejos materiales varios, especias, porcelana, minerales. El comercio se globaliza y la sociedad prospera.

También exploran nuevas ideas. La felicidad, por ejemplo, que ahora sueñan con ver compartida por todos. Para construir esta felicidad colectiva, las mentes de la Ilustración cuentan con el conocimiento científico, lo que brinda avances en la medicina y el perfeccionamiento de técnicas, todo aquello que se conoce como «artes». Estas incluyen las habilidades y el saber hacer de los artesanos, así como las creaciones estéticas. Las artes se refieren tanto a casas, barcos y carreteras como a pinturas, estatuas y teatro.

Cuanto más se perfeccionan las artes, más agradable se vuelve la vida, pues disminuyen los esfuerzos y se multiplican los placeres. La vida se va transformando gradualmente en una celebración tras otra.

Y hay una única condición, una sola pero esencial: que las ideas evolucionen, que las mentalidades cambien, que las personas se liberen de las viejas ataduras. Sin duda, ninguna otra época ha anhelado el cambio con tanto fervor. Se escrutan las tradiciones, se revisan las costumbres, se cuestionan las jerarquías: nada escapa a la criba. Pocas cosas superan esta prueba, que no deja inmunes ni iglesias, ni reyes, ni gustos, ni tradiciones.

La gran novedad de este tiempo es la convicción de que otro mundo es posible, uno más lógico y feliz, más justo y libre gracias a las ideas, la razón y los filósofos, gracias a la difusión del saber y al espíritu crítico.

—Entonces, ¿adónde va Alicia? —pregunta Canguro.

—A casa de Louise Dupin —contesta el Hada.

—¿Quién es esa? —preguntan los Ratoncitos al unísono.

—Enseguida lo veréis —dice Canguro.

¡Qué bella es la llama de una vela! Clara, suave, viva; parece casi que esté pensando, respetando la penumbra, atenta a los contornos del rostro, a la textura de la piel.

Alicia se pone poética y, apresuradamente, garabatea algunas palabras mientras se prepara para su primer baile, ¡y qué baile! Ha visto llegar al castillo músicos y camareros, cocineros y reposteros, jardineros y sirvientas. Todo debe estar perfecto, pues la señora Dupin no tolera nada mediocre. Solo quiere los mejores vinos, los platos más sabrosos, las melodías más armoniosas, por no hablar de las conversaciones más brillantes, repletas de ideas ingeniosas. Todo ha de fascinar, hacer que la gente se sienta aún más viva. Busca la belleza ante todo, ligera y liberadora, como si de repente la realidad se transfigurara, habitada por un sueño luminoso que se puede compartir.

Alicia contempla la amplia alcoba donde duerme desde hace algunas noches. La vista se extiende sobre el río Cher, que fluye bajo el castillo, el cual parece flotar. Un artesonado azul oscuro envuelve las paredes de la chimenea y la cama con dosel, en contraste con las baldosas de terracota color teja. Al mirar por la ventana, Alicia distingue las orillas del río, aunque ya casi es de noche. Tiene la impresión de dormir en un museo, pero uno vivo, pues todo el mundo es encantador con ella, desde las criadas hasta la dueña de la casa.

Sobre el gran sillón tapizado en seda beis, una doncella ha colocado el suntuoso vestido a medida que la señora Dupin ha encargado para ella. ¿Cómo se lo va a poner, con tanto frunce, cinta, encaje, corsé... sujetos por una extraña cesta? «A su servicio, señorita», le ha dicho la doncella. Menos mal...

Mientras tanto, Alicia termina de retocarse los rizos que, por la tarde, le ha marcado la peluquera con una pequeña plancha curva. Sonríe, pues toda ella parece un grabado de época. Para los últimos retoques, una doncella le explica todo, ya que ha preferido maquillarse sola, aunque no está acostumbrada a la luz de las velas. Empieza por aplicarse colorete en las mejillas y, luego, se perfila las cejas y se empolva la piel, algo que hace por primera vez. El resultado la sorprende, pero no la disgusta. Ha aprendido que esa especie de tocador donde termina de arreglarse se llama *bonheur du jour* 'felicidad del día', ¡qué nombre más bonito! Es un invento reciente y hay *bonheurs du jour* por todo el castillo. Son ideales tanto para escribir una nota como para arreglarse el cabello; además, cada uno es distinto. ¿Y si fueran ellos la respuesta a cómo vivir? Vivir estando siempre lo más cerca posible de la felicidad del día: el placer de cada instante, el sabor del presente, el disfrute de cada momento, ¡nada más!

Alicia se pregunta si de veras es posible vivir así, pero no tiene tiempo para pensar en ello, ya que ha de decidir dónde colocarse los lunares postizos que ha elegido para la velada, no demasiado grandes pero claramente visibles. Están de moda y los llevan todas las jóvenes. Se pone uno en la mejilla derecha, a la altura de los labios, y otro en el escote, sobre el pecho izquierdo. Recuerda cuánto le preocupaba de niña si siempre se vería así de guapa. Se contempla a sí misma y sonríe.

—Mi joven amiga es guapísima, ¡un encanto! —susurra Louise, que ha entrado sin hacer ruido.

Alicia se sonroja. El cumplido la enternece aún más porque Louise Dupin se considera una de las mujeres más bellas del reino. También es una de las que mejor educación ha recibido y mayor fortuna posee, lo que no le impide ser amable y jovial.

Alicia siente enseguida que está tratando con una persona bondadosa, atenta con los demás e incapaz de ser cruel. A pesar de sus muchas obligaciones, se muestra directa y franca, como si fueran amigas desde siempre.

—El vestido es precioso, ¡muchas gracias! Me muero de ganas de que la doncella me ayude a ponérmelo, aunque ¿por qué a las mujeres nos tienen que atar de esta manera? Los hombres visten más cómodos..., ¡pero a nosotras nos obligan a ponernos todos estos corsés y atavíos! ¿A qué se debe?

—Para hacernos creer que nosotras somos diferentes y ellos, superiores, querida Alicia, ¡pero es una mentira como la copa de un pino! Creo firmemente que las mujeres somos idénticas a los hombres en todo: tenemos las mismas capacidades físicas y morales. Lo que se dice sobre la supuesta inferioridad de las mujeres, o que no somos tan fuertes ni tan inteligentes, es falso y no hace más que poner en evidencia a quienes lo dicen. Para mí, la igualdad es total. Las diferencias menores en las que hacen hincapié, como la voz más aguda, el rostro imberbe, nuestros pechos o nuestro sexo, son detalles sin importancia. Incluso el parto y la maternidad, de lo que tanto se habla, no son en mi opinión más que pequeñas disparidades que de ninguna manera nos hacen inferiores a los hombres.

—Entonces, ¿de dónde vienen esas ideas falsas de que somos débiles, unas pobres criaturas sentimentales, frívolas, coquetas, celosas, fáciles de engañar, etc.?

—Ah, mi niña..., es una historia muy larga. Que sepas que me he comprometido a investigarla, algo que nunca se ha hecho antes. Desde hace unos años, todo el tiempo del que dispongo lo dedico a escribir la historia de las mujeres, desde la primera Antigüedad hasta nuestros días. Este libro mostrará cómo los varones nos han impuesto sus normas. En él, expongo los trucos y mentiras utilizados para construir esa ficción de la debilidad e inferioridad de las mujeres. Al contar la larga historia de la elaboración de este prejuicio, espero contribuir a eliminarlo. Confieso que estoy particularmente contenta de trabajar en este proyecto aquí, en Chenonceau, al que llaman «castillo de las damas».

—¡Estoy impaciente por leer su libro, señora Dupin!

—Llámame Louise, hermanita. El trabajo está en marcha y, además, he contratado como secretario a un chico muy activo que me está ayudando con las referencias y la documentación recorriendo bibliotecas, recopilando textos y copiando cientos de páginas. Se llama Jean-Jacques Rousseau y viene de Ginebra. A veces, parece un poco torpe, pero es muy avispado, además de buen músico. Y también es de buen ver; de hecho, lo comprobarás tú misma esta noche. Ahora, a ver si viene Toinon a atarte el corpiño.

Louise Dupin esboza una sonrisa encantadora y sale de la alcoba de Alicia, dejando la estela de su perfume. Mientras espera a la susodicha Toinon, a la que no conoce todavía, Alicia repasa las fichas que ha preparado Canguro para su viaje.

Ha hecho algunas averiguaciones sobre Louise Dupin. A pesar de su lujoso estilo de vida y el gran número de eventos sociales a los que asiste, no es una aristócrata. Es hija de una famosa actriz, Manon Dancourt, y de un importante banquero judío, Samuel Bernard. Ella y sus dos hermanas recibieron una educación perfecta que combinaba literatura, música, teatro y etiqueta. Así fue como Louise aprendió a ser libre, a confiar en sí misma, en su razón e intuición.

Más tarde, se casa con Claude Dupin, un joven oficial al que su padre ayuda a ingresar en la Granja General, la compañía de recaudación de impuestos para el rey, en la que amasan una gran fortuna. Claude Dupin pronto compra el Hôtel Lambert en la Île Saint-Louis, una de las más bellas mansiones parisinas, seguida de Chenonceau, un suntuoso castillo histórico. Louise vive entre estas dos residencias e invita a reuniones a todos los escritores, filósofos, científicos y demás personas cultas que están transformando el país de las ideas.

En casa de Louise, encontramos a Voltaire, conocido por sus poemas y obras de teatro, así como a su compañera Émilie du Châtelet, que traduce al francés las obras de Newton sobre física. Louise recibe también a Buffon, que ensalza las ciencias naturales; a Montesquieu, que analiza el derecho y la autoridad política en *Del espíritu de las leyes*; al abad de Saint-Pierre, que reflexiona sobre los medios para garantizar una paz duradera entre los pueblos; al dramaturgo Marivaux, renovador de la comedia; al filósofo Condillac, que lucha contra la rigidez de los sistemas, y al académico Fontenelle, que, pese a su avanzada edad, hace soñar con la pluralidad de mundos.

También encontramos al filósofo y narrador Denis Diderot y al geómetra y científico Jean d'Alembert, que trabajan juntos en la *Enciclopedia*, una ambiciosa iniciativa de difusión de los conocimientos y análisis de los filósofos destinada a cambiar la sociedad.

Alicia se salta el resto de la lista y se va directa a la conclusión. En esta época, proliferan los encuentros literarios, las sociedades de conocimiento, los centros de difusión de ideas, pero no hay nada comparable en diversidad y magnitud al salón de la señora Dupin.

Mientras Toinon le ata el corsé, demasiado apretado para su gusto, Alicia piensa en la velada que le espera y siente pánico escénico. ¿Será capaz de conversar con tantas mentes brillantes? Tiene miedo de no estar a la altura o hacer el ridículo. A sus espaldas, Toinon ata el último cordón y retoca un mechón de pelo que le ha caído por la nuca. Los invitados ya han llegado, así que es hora de bajar.

✑ *Diario de Alicia* ✑

¡Qué mujer Louise! Nunca había visto a nadie como ella: libre, inteligente, sencilla. Su vida giró en torno a la idea de igualdad entre mujeres y hombres. Lo apunto rápido, que llego tarde...

UNA FRASE PARA LA VIDA

Lo que queda hoy contra las mujeres
es la injusticia acumulada de varios siglos.
(Louise Dupin, *Mujeres: Observaciones sobre el prejuicio común acerca de la diferencia entre los sexos***)**

No hay diferencia entre hombres y mujeres; en cualquier caso, ninguna esencial que justifique las ideas tan extendidas sobre la supuesta inferioridad física o intelectual de las mujeres. La igualdad entre mujeres y hombres es total. Si no se respeta, se debe a ideas falsas que se han impuesto a lo largo del tiempo. Hay que desmontarlas una a una, porque no tienen fundamento y confinan a las mujeres injustamente a roles inferiores. Esto es lo que Louise Dupin escribió en el gran libro que nunca llegó a publicar. Canguro me explicó que el manuscrito permaneció en el olvido, en sótanos y desvanes, durante generaciones. Es alucinante. El país de las ideas está lleno de historias como esta, pero al final esta injusticia se subsanará.
Y ahora me voy a bailar, que la música está sonando.

30

Una conversación con Voltaire

—Querido Voltaire —dice Louise—, permíteme presentarte a Alicia, a quien tenemos el placer de alojar en el castillo. Me parece una joven muy sensata, a pesar de su lozana tez y sus delicados rizos. Estoy segura de que le darás valiosos consejos, porque... ¿sabes a qué busca respuesta?, a cómo vivir. ¡Eso es lo que le quita el sueño!

—¿Cómo vivir? ¡Recórcholis, menuda duda! No conozco muchas preguntas más profundas que esa, pero me atrevería a decir que es una de las más fáciles de resolver.

—¿Fácil? Querido, me dejas de piedra. Estaba convencida, tal vez sin razón, de que la respuesta era más escurridiza que una anguila.

Voltaire encuentra el rostro de Alicia muy agradable; sus rizos, encantadores; su vestido, suntuoso. Se dirige a ella directamente.

—¿Cómo vivir? ¡De lujo, señorita Alicia, de lujo!: esa es la única respuesta. Es la primera condición, la única indispensable. No me malinterpretes; no es que esté ciego, son años de experiencia y observación. Mira a tu alrededor... Este castillo construido sobre el Cher, ¿no te parece maravilloso? Los carruajes que nos transportan hasta aquí, ¿no son comodísimos? Esas porcelanas traídas del Extremo Oriente, estas esculturas que nos llegan de Italia, el café de Santo Domingo en nuestras tazas, ¿no nos ofrecen los placeres del mundo? Para vivir bien, las sedas y los perfumes no son menos importantes que la música, la buena poesía y los sentimientos refinados.

»Aquí estamos, rodeados de mil comodidades que nuestros antepasados ni sabían ni que existían. El paraíso terrenal está donde yo estoy, donde estamos nosotros. Adán y Eva no conocieron nada de esto; sin duda, llevaban las uñas llenas de mugre, el pelo grasiento y la piel sucia. Nosotros, en cambio, hemos dejado atrás la vida salvaje y la miseria de antaño. El mundo en que vivimos es más bello, más vivo y más seguro que el de nuestros antepasados.

»¿Y cómo hemos llegado hasta aquí? Merced al progreso, mi querida Alicia, gracias a los esfuerzos combinados de la ciencia, el arte y el comercio: ¡ellos nos sacaron del salvajismo y la bestialidad! Por eso, la prosperidad es la primera condición de la felicidad: es el fruto del conocimiento y del trabajo, del comercio mundial, de las operaciones financieras.

»No hagas caso a esos amargados que te fastidian diciéndote que puedes ser feliz siendo pobre, pues son unos mentirosos y unos aguafiestas. El dinero es una bendición, así que te recomiendo que empieces por ser rica, pero, bueno, ¿qué estoy diciendo?, no te lo aconsejo, ¡te lo ordeno!

Tras decir esto, Voltaire suelta una risita y entorna los ojos. Alicia se queda a cuadros. ¿Le está tomando el pelo o lo dice en serio? ¿Y qué pasa con la moral, la solidaridad?

—Antes de hacer lo que me ordenas —responde Alicia—, convertirme en rica y tener una vida de lujo, ¿puedo hacerte una pregunta? ¿Podemos vivir sin moral, sin pensar en los demás? ¿Solo deben importarnos nuestros intereses y placeres, sin preocuparnos por las desgracias del mundo?

Voltaire frunce el ceño y, luego, sonríe. Alicia le parece atrevida, ¡está dándole un sermón! A la joven no le falta audacia, pero eso le gusta; al menos, es echada *p'alante*.

—¿Acaso crees, señorita, que la riqueza endurece el corazón? Pues es justo lo contrario. La pobreza nos vuelve mezquinos y el hambre aviva el odio. La prosperidad, en cambio, ablanda a la gente. Es cuando no nos falta nada cuando más nos apetece compartir y, lo que es mejor, ¡cuando estamos dispuestos a seguir prosperando! Así, es posible continuar el progreso en todas partes. El trabajo, el comercio, la educación, la salud..., ¡todo se puede mejorar! Somos nosotros los que creamos el mundo y lo volvemos mejor.

Alicia ve a Louise al fondo de la galería, abriendo el baile. ¿Bailar?, ¿por qué no? Voltaire, con su elogio del progreso y su confianza en las bondades del dinero, le resulta desconcertante, aunque quiere hacerle una pregunta más.

—Entonces, para vivir bien, defiendes que haya riqueza y prosperidad. Sin embargo, ambas crean desigualdad. ¿Debemos entonces olvidarnos de la igualdad entre los seres humanos?

—No te imaginaba yo tan tenaz... ¡Tras esa carita de ángel, se esconde la fuerza de Sócrates! Por tanto, antes de ir a bailar, voy a decirte algo: no somos gran cosa; con todo lo que sabemos, y a pesar de nuestro poder y posesiones, seguimos siendo ignorantes, vulnerables y patéticos. No sabemos a qué hemos venido a este mundo y desaparecemos sin haberlo sacado nunca en claro; no somos más que seres imperfectos y efímeros perdidos en un universo inmenso. Eso nos vuelve iguales y debería unirnos más.

»¿Qué sé yo que no sepan mis semejantes? Nada que me dé el derecho a esclavizarlos o dominarlos. Lo que yo llamo "infamia", algo con lo que hay que acabar, es la idea de creerse en posesión de una verdad absoluta que da derecho a silenciar a quienes no la comparten, que permite amordazar, torturar, exiliar e incluso dar la muerte a quienes dudan, critican o se muestran indiferentes.

»Este es el consejo que tengo el honor de ofrecerte antes de despedirme de ti, muy a mi pesar, pues mañana tengo que estar en la Academia, así que voy a presentar mis respetos a nuestra ilustre anfitriona antes de decir a mi gente que prepare los caballos. Me espera una noche de viaje.

»Por último, ya que hablamos de tolerancia, permíteme decirte que la única igualdad que hay que preservar es la de que cada cual pueda pensar y expresarse ¡sin impedir que los demás hagan lo mismo! Dicho esto, hay una cosa que nunca toleraría, señorita.

—¿Cuál?

—¡Que te quedes escuchando religiosamente las tonterías de un viejo filósofo en vez de ir a bailar!

❧ *Diario de Alicia* ❧

Dos minutos para escribir un par de líneas en el sosiego de este rincón. Impresionante, ese Voltaire. Brillante pero demasiado seguro de sí mismo, casi engreído. Me divierte y me interesa, aunque no termina de gustarme.

UNA FRASE PARA LA VIDA

El paraíso terrenal está donde yo estoy.
(Voltaire, *Mundano*, 1736)

La felicidad está en el mundo en que vivimos y en ningún otro lugar. Afirmar que vivimos en el paraíso es como querer bajarlo del cielo para hacerlo humano, y también es sacarlo del pasado, si he entendido bien. Muchas mitologías imaginan una edad de oro, una época de perfección que acaba degenerando en un presente miserable. Voltaire, con sus ideas sobre el progreso, hace justo lo contrario: al principio, había miseria y la vida era fea, dura y dolorosa, pero, con el paso del tiempo, los humanos van construyendo un mundo cada vez menos hostil y más agradable.
La idea está clara, pero ¿será verdad?

31

Un baile con Rousseau

Al fondo de la sala, los músicos empiezan a tocar un minué. Alicia mira a Louise Dupin para entender cómo se baila. Observa cómo se mueve, los leves giros, el paso lento..., nada demasiado complicado.

—¿Puedo invitarla a este minué, señorita? ¡Para mí sería un honor!

—Es muy amable por su parte, pero no sé bailar...

—Sígame, si lo desea, yo puedo conducirla. No tiene misterio, déjese llevar por la flauta.

El hombre, no alto pero sí esbelto, con rostro afable, mejillas sonrosadas y peluca rizada, inspira confianza. Alicia se fija enseguida en la luz de sus bonitos ojos miopes y en sus carnosos labios.

—Bien, tenga la bondad, si no le importa que no esté a la altura.

—No me importa tal cosa, señorita. ¿Su gracia...?

—Alicia. Acabo de llegar al castillo. ¿Y usted?

—Vengo de Ginebra y trabajo con la señora y el señor Dupin.

—¿No será usted Jean-Jacques Rousseau?

—¡Para servirla, señorita!

—Louise me ha hablado de usted hace un momento. Tómeme del brazo y vayamos a bailar.

Alicia lo hace mejor de lo que esperaba. Su pareja de baile es un buen guía: sus gestos son precisos y sus movimientos, naturales. Además, no le quita los ojos de encima y no para de sonreír. A Alicia se le da bien el minué, pero le cuesta el rigodón y, sobre todo, la gavota, pues el ritmo es más enérgico y los brincos la hacen tropezar al principio, aunque Jean-Jacques la sujeta firmemente por la cintura y marca el *tempo*. En unos instantes, ya sigue el ritmo a perfección.

Presa de un extraño vértigo, tiene la impresión de que la sala empieza a girar súbitamente. La música de la orquesta, los guiños de Jean-Jacques, el brillo de los candelabros, los pasos de baile, por no hablar del champán que ha tomado al llegar... Cuando su pareja le coge la mano con delicadeza y la mira fijamente a los ojos, Alicia siente algo que desconocía. Se sonroja y él también. Sin aliento y ligeramente sudados, se sientan en un pequeño salón presidido por un flamante clavecín.

Él empieza a tocar enseguida. Recorre el teclado con los dedos mientras usa su zapato con hebilla para marcar el compás. La melodía es grave y profunda a la vez y el bajo continuo, fuerte. Alicia se emociona, sorprendida de que toque tan bien, y se asombra aún más al saber que él mismo ha compuesto la pieza y que lleva dando clases de clavecín durante mucho tiempo.

Rousseau le cuenta que, tras inventar un nuevo sistema de notación musical, se fue de Ginebra caminando hasta París para presentarlo a la Academia. También le explica que su amigo Diderot le confió la redacción de numerosos artículos sobre música para la *Enciclopedia*, que editaba con D'Alembert.

Alicia encuentra encantador a Jean-Jacques y este la encuentra adorable a ella. Así, él se envalentona y le toca el brazo, pero ella retrocede, insegura, y le pregunta por sus composiciones. Entonces, Rousseau se pone a hablar sobre sus decepciones, desengaños y recientes esperanzas. Antes de marcharse a Venecia para trabajar como secretario de embajada, le pidieron que retocara una ópera con música de Rameau y letra del gran Voltaire. Trabajó febrilmente día y noche, pero todo se fue al traste.

Alicia le dice que Voltaire acaba de marcharse, ante lo que Jean-Jacques se entristece: nunca lo ha visto, aunque lo admira desde hace mucho tiempo y hasta se ha escrito con él..., por lo que le habría alegrado saludarlo por fin. Alicia le cuenta también a su nuevo amigo la conversación que ha mantenido con Voltaire, su elogio del progreso, su confianza en las ciencias y su convicción de que las virtudes son hijas del lujo. Rousseau escucha atentamente hasta que se le agota la paciencia. Se levanta, rodea el clavecín y habla como si Alicia ya no estuviera ahí.

—¡Es el colmo! No puedo más con esta palabrería filosófica. El progreso, la ciencia y las artes, las grandes ciudades, el lujo, los carruajes, la buena comida, los parques suntuosos..., ninguno de estos artificios nos hace mejores. ¡Al contrario!, cuanto más avanzamos en esa dirección, más nos alejamos de la naturaleza y, cuanto más lejos de la naturaleza, más débiles, desfigurados y feos nos volvemos. Si viajamos en carruaje, privamos a nuestras piernas de hacer ejercicio. Las ciudades son ruidosas, sucias, insalubres: ¡nos hacen vivir en un decorado más que en la Tierra!

Alicia escucha emocionada, pues su discurso le llega directo al corazón. Al mirarla, Jean-Jacques entiende que está de su parte, por lo que continúa con más intensidad si cabe:

—Las bondades de la civilización son, en realidad, un gran mal. Dicen que hoy somos más educados y menos violentos y que estamos mejor formados que los primeros seres humanos. ¡Eso es mentira!, es justo al revés: nuestra alma se ha ido corrompiendo a medida que nuestras ciencias y artes se han ido perfeccionando. Nos hemos vuelto hipócritas, mentirosos, corruptos: este es el resultado de la civilización. ¡El progreso de las costumbres es un fracaso moral! En la naturaleza, los humanos ayudan a los más débiles, escuchan a su corazón, pues la voz de la naturaleza nunca miente: nos anima a aliviar al que sufre, a dar de comer al hambriento, a ayudar al necesitado.

»Sin embargo, razonando demasiado, razonando mal, nos empeñamos en silenciar esta voz divina. Si un desgraciado llama a mi puerta porque tiene hambre, pidiendo que me apiade de él, esa voz de la naturaleza me invita a compartir mi pan. En cambio, si me pongo filósofo, si empiezo a razonar, me diré a mí mismo que su situación no me incumbe, que no puedo aliviar toda la miseria del mundo..., ¡y dejaré morir a ese desgraciado que gime a mis pies mientras me corto otra rebanada de pan!

Las mejillas de Alicia están que arden. ¡Qué emoción, qué vértigo! Este Jean-Jacques no es un filósofo como los demás. Siente en él un fervor, un entusiasmo que suena diferente.

—¿Quieres que te diga, Alicia, a qué conclusión he llegado después de mucho meditar? La civilización es la única fuente de todos nuestros males: nos degrada físicamente, nos vuelve lánguidos, nos hace enfermar por no estar activos, nos daña moralmente, nos hace egoístas, hipócritas e insensibles. Y, peor aún, la civilización ha creado desigualdades entre todos nosotros que no tienen fundamento natural. ¿Por qué he de inclinarme ante alguien que tiene más que yo?, ¿de dónde vienen esas jerarquías, esos títulos, esos privilegios?

»Mira a nuestro alrededor, Alicia, observa. Unos bailan en trajes de seda mientras otros llenan vasos y friegan el suelo en ropa de lana. ¿De dónde procede esta discriminación?, ¿de la naturaleza? ¡Por supuesto que no! Solo de la historia, ¿y acaso no puede la historia deshacer lo que ha hecho?

Alicia aplaude efusivamente. Estas son las ideas que quería oír, ¡las que van a resolver los problemas de su tiempo! Se le cae de las manos el abanico. Se levanta, se acerca al clavecín y le da un beso en la boca a Jean-Jacques.

❧ *Diario de Alicia* ❧

Qué torbellino de emociones... ¿Cómo frenar esta avalancha?

¡Jean-Jacques!... Es la primera vez que siento algo así. Me atrae tanto su cuerpo como sus pensamientos. Es encantador y profundo, sutil y atractivo. El problema no es la diferencia de edad, sino de siglo. Estar enamorada de un hombre que vive a dos siglos y medio de distancia es un poquito más complicado que vivir en regiones diferentes. Así pues, tendré que pedir consejo al Hada. ¡Me gustaría tanto volver a verlo pronto!

Está decidido: Voltaire no me gusta nada. Según me ha contado Canguro, libró una terrible batalla contra Rousseau, a quien insultó, caricaturizó y humilló de una manera infame. No conozco los detalles, pero no me sorprende.

UNA FRASE PARA LA VIDA

Nuestras almas se han ido corrompiendo a medida que nuestras ciencias y artes se han ido perfeccionando.

(Rousseau, *Discurso sobre las ciencias y las artes*, 1750)

Creo haber entendido lo que le duele a Jean-Jacques: el doble rasero. Confía tanto en los demás y en lo que dicen que le resulta chocante desearle a alguien buenos días sin desearlo de veras. La etiqueta, el hecho de que todo el mundo diga a su vecino cosas bonitas que realmente no siente solo para quedar bien, le parece de una hipocresía espantosa, el colmo de la inmoralidad. Y es que la moralidad es para él más importante que cualquier otra cosa. Si, con el paso de los siglos, los seres humanos no se

---

vuelven más sinceros, solidarios y fraternales, de nada sirve que vivan en casas más cómodas o viajen en transportes más rápidos. La gran cuestión, según creo, es si se trata de procesos paralelos o relacionados. Me explico. Solución 1: El avance científico y tecnológico implica, a la par, el deterioro de las virtudes. Solución 2: El avance científico y tecnológico provoca el retroceso de las cualidades morales. Hay una diferencia entre las dos opciones. Me parece que Jean-Jacques duda entre ambas, por lo que tendré que hablarlo con él.

32

Regreso al transbordador

Canguro se ha encerrado en el cuarto de baño y se niega a salir. Refugiado detrás de la puerta, llora a lágrima viva. No piensa volver a ver a Alicia, pues está demasiado herido, triste, desesperado. Lo ha visto todo y lo ha entendido todo, y la escena del beso le ha roto el corazón. Si pudiera, se metería en un agujero para no volver a ver a nadie.

El Hada Objeción espera el momento oportuno para hacerlo entrar en razón, pues aún es pronto, pero, como es el único cuarto de baño que hay en el transbordador, el hecho de que esté ocupado enseguida se convertirá en una molestia para todos. Mientras tanto, lo mejor es dejarlo que se desahogue.

Por su parte, el Hada se alegra de ver a Alicia emanciparse. Es normal que ocurra justo ahora, dado que el objetivo de la Ilustración es que cada uno llegue a ser libre, que elija su propia vida y no obedezca a nadie; esto es, que deje de estar bajo tutela, de ser menor, de verse dominado. Y el precio que se ha de pagar por esta libertad es una lucha, una ruptura y, a veces, incluso una revolución.

Alicia está eufórica. No sabe qué hace en el transbordador cuando solo quiere volver al castillo para ver otra vez a Louise y, sobre todo, para encontrarse de nuevo con Jean-Jacques. El Hada no se atreve a decirle que los visitantes del país de las ideas deben evitar todo tipo de relación sentimental con los lugareños, así que se limita a dejarla hablar de su estancia y de sus encuentros. Alicia está encantada y confiesa que nunca se había divertido tanto.

—Voltaire no me cae bien —dice—, es demasiado superficial y mordaz. Sin embargo, Rousseau me encanta, pues su pensamiento me emociona y creo que es importante para las generaciones futuras; además, entiende que el progreso tecnológico trae infelicidad.

—¡Objeción! —interrumpe el Hada—. Ojo a los matices: ni Voltaire es tan malo ni Rousseau tan brillante. No te dejes llevar por esas oposiciones tan simplistas. Es obvio que piensan distinto. Goethe, el gran escritor alemán, afirma que con Voltaire «un mundo llega a su fin» (el mundo de la corte, del Antiguo Régimen y las lenguas viperinas), mientras que con Rousseau «otro mundo empieza»: el de las repúblicas, la justicia social, la franqueza. Mi objeción a Goethe es que Voltaire no desapareció con la llegada de Rousseau. De hecho, ambos siguen vigentes.

—¡Explícamelo!

—En medicina, por ejemplo, quienes defienden la eficacia de tratamientos científicamente demostrados son discípulos de Voltaire, aunque no lo hayan leído, porque confían en el progreso, en los descubrimientos de nuevas terapias y vacunas. En cambio, están del lado de Rousseau, incluso sin saberlo, quienes prefieren las medicinas alternativas, los tratamientos naturales a base de plantas, las prácticas tradicionales. Estos desconfían de los efectos adversos de la innovación y sospechan que, en última instancia, las ventajas de la ciencia no compensan los peligros que conlleva.

»Esta oposición entre unos y otros la observamos igualmente en otros ámbitos. En lo que a la causa ecológica se refiere, los que creen que las soluciones científicas y tecnológicas pueden combatir eficazmente esos peligros que atribuyen a la ciencia y a la tecnología son volterianos. En cambio, son rousseaunianos quienes defienden que las formas de pensar y actuar que llevaron a una catástrofe no pueden servir para detenerla. Son partidarios de un cambio radical, de dejar atrás el mundo de los grandes inventos y volver al mundo de la naturaleza.

»Si hablamos de comercio y consumo, siguen enfrentados: los volterianos ven un mundo de ventajas en la globalización, mientras que los rousseaunianos apuestan por las distancias cortas y los productos locales de kilómetro cero.

—¡Voltaire es el glifosato y Rousseau, la agricultura ecológica! —resume Alicia.

—Es una forma de verlo —continúa el Hada—, pero ten cuidado con las caricaturas y las simplificaciones. Si quieres saber cómo vivir, ten presente este consejo de tu Hada: no te creas que las personas y las situaciones son todas iguales. Busca las dos caras, los matices, las contradicciones. Las ideas de Voltaire no forman un bloque homogéneo, ni las de Rousseau, como tampoco las ideas del Siglo de las Luces y del país de las ideas en su conjunto. Has de buscar siempre las fisuras, las tensiones internas.

»Sí, Voltaire está más del lado del orden. Es conservador y tiene miedo de los disturbios y la violencia popular, aunque eso no le impide luchar contra el orden establecido, las ideas que considera peligrosas y, sobre todo, el fanatismo. Sí, le encanta el lujo e intenta conseguir mucho dinero, pero lo hace para ser libre. Al borde de la vejez, en su castillo de Ferney, cuando se encuentra en la cima de la gloria, corre riesgos solo por afán de justicia. Cuando acusan injustamente a Jean Calas, un protestante de Toulouse, de haber asesinado a su propio hijo y lo condenan a muerte, Voltaire se propone demostrar su inocencia para limpiar su reputación y su memoria. Emprende esta lucha contra el odio y los prejuicios, cueste lo que cueste, porque se niega a callar y a consentir lo intolerable.

»En cuanto a Rousseau, sería absurdo creer que solo ve los inconvenientes de la tecnología..., pues es muy consciente de que las herramientas facilitan el trabajo y permiten acciones que de otro modo serían imposibles. No está a favor de prohibirla, sino de comprender que el hecho de que exista tiene consecuencias tanto positivas como negativas.

»Anverso y reverso, ventajas e inconvenientes, cara y cruz..., ¡nunca lo olvides, Alicia, no hay luz sin sombra! Tu Jean-Jacques, tan dulce, tan pacifista, tan cercano a los humildes y a los pobres, también tiene sus peligros, dado que exige demasiada pureza; el término medio no va con él. Te atrae que sea tan radical, te apasiona incluso, lo sé, pero su afán de pureza puede derivar en otro tipo de fanatismo. El fanatismo no es solo religioso, sino también político. En nombre de esa verdad que creen poseer, los fanáticos de la pureza no respetan ningún límite.

Alicia pregunta por qué es tan importante poner límites. El Hada le responde que pronto lo sabrá.

33

Almuerzo con Kant en Königsberg, 1790

Canguro no sabe qué hacer. El Hada lo llamó al orden y, según le dijo, sus sentimientos no deben interferir con su misión bajo ningún concepto. Como responsable de la documentación, no ha de expresar sus deseos ni sus desengaños; si lo hace, ¡se acabó su misión!

Para él, de eso ni hablar, pero no tiene claro cómo retomar sus funciones. ¿Lo sabrá Alicia?, ¿se habrá dado cuenta de que está desesperado? Ella no sabe que fue él quien le dio a la alerta roja para que volviera urgentemente. Canguro le propone al Hada que no diga nada al respecto en interés del deber. Acompañará a Alicia, él solo, a Königsberg, a la residencia de Immanuel Kant, puesto que es una etapa esencial en el país de las ideas. Además, es un filósofo difícil, por lo que sus explicaciones resultarán útiles.

—Ninguna objeción —responde el Hada.

—¡Hemos llegado al club de las tres K, Alicia!

—¿Cuáles, Ku Klux Klan?

—No, majestad: ¡*Kanguro*, Königsberg, Kant! Llevo a su alteza a la orilla del Báltico, al noroeste de Alemania, en concreto al puerto de Königsberg. Esta antigua ciudad, próspera y apacible, es la patria del filósofo Immanuel Kant. Nació aquí y nunca se marchó. Sus días están programados casi al minuto y trabaja prácticamente sin descanso. En todos los ámbitos, de la ciencia a la filosofía, de la moral al derecho, pasando por la estética y otros más, disipa dudas y establece límites, además de analizar las herramientas que tenemos e identificar qué podemos hacer con cada una.

—¡Menuda fiesta nos espera! —refunfuña Alicia.

—No te equivoques, no es ningún salvaje. Todos los días invita a comer a seis u ocho personas. Y, lo más importante, es amigo de la libertad, de la Revolución francesa, de la emancipación de los pueblos.

Alicia no parece convencida y solo escucha a medias. Canguro se arma de valor, pues debe cumplir su misión, así que pone sus penas en remojo.

—En su gabinete de trabajo, este filósofo solo tiene un retrato, ¡el de Jean-Jacques Rousseau! Lo admira, pues ve en él, y estas son sus palabras, «una mente penetrante como pocas, un noble talante de genio y un alma llena de sensibilidad». Para él, Jean-Jacques propone una nueva concepción de la naturaleza y de la filosofía. A su manera, Kant amplía sus ideas y las fundamenta.

—¿Vamos, pues? —pregunta Alicia impaciente.

La casa de Kant, en la calle Princesa, no lejos del castillo de Königsberg, es muy amplia y confortable. No es fastuosa, pues no se trata de un palacio, aunque es un edificio de dimensiones generosas. Immanuel Kant debe esa comodidad a que trabaja muy duro. Da clases particulares y sus alumnos le pagan. No recibe ningún salario del Estado ni de la universidad e imparte sus clases a domicilio, según la costumbre de la época.

Lampe, su mayordomo, llama a la puerta de su habitación cada mañana a las cuatro y cuarenta y cinco con estas palabras: «¡Ya es la hora!». A las cinco, Kant empieza a preparar sus lecciones y, de siete a nueve, se dirige a la planta baja para recibir a sus alumnos y enseñarles geografía, física, derecho, etc. Después vuelve a su gabinete y allí pasa el resto del día escribiendo sus obras filosóficas, que interrumpe solamente para comer y dar su habitual paseo al final del día.

—Para comer, como te he dicho, hay entre seis y ocho invitados —continúa Canguro—. Y dos normas: solo hombres y nada de conversaciones filosóficas.

Alicia se enfada, ¿por qué solo hombres? Canguro le sugiere que se disfrace y se haga pasar por un joven. Por precaución, él se vuelve invisible, dado que su presencia en la ciudad llamaría la atención, y si hay algo que a Kant no le gusta son los escándalos.

Alicia, vestida con un jubón masculino, llega a la hora exacta porque el maestro no soporta los retrasos. Le molesta tener que llevar ese atuendo, aunque a la vez le divierte el engaño. Le gustaría saber quién es este austero personaje que la atraviesa con su penetrante mirada bajo su ajustada peluca. A este le interesa la cuestión de los límites, pero ¿en qué sentido? ¿Qué relación hay entre este profesor alemán que no parece saber bailar y el maravilloso Jean-Jacques que hace que le arda el corazón? Alicia no ve cómo va a enseñarle este hombre a vivir.

En la mesa, pronto descubre a un anfitrión más encantador de lo que esperaba. Kant es atento, amable, hospitalario y sabe cómo hacer que sus invitados se sientan a gusto. Entre los comensales, hay un médico que afirma haber descubierto un tratamiento para la enfermedad de las piedras, es decir, los cálculos renales; un violinista que acaba de regresar de un viaje a Berlín, y un vecino cuya hija vive en Francia. Cuando el anfitrión se dirige a *él*, Alicia expresa su deseo de entender los cambios de ideas y mentalidades de la época en la que están viviendo.

—Es una buena pregunta —admite Kant—. Los filósofos con frecuencia ven el mundo como si estuviera fijo y la historia no fuese una evolución continua. Por el contrario, hace falta estudiar el presente para identificar qué tiene de singular e inédito. Por ejemplo, lo que llamamos «Ilustración» es nuevo: anima a todo el mundo a pensar por sí mismo, a usar la razón y, por tanto, a dejar de someterse a la autoridad de los demás. En lugar de que me digan en qué debo creer y hacer, ¡ahora puedo descubrirlo por mí mismo! Y puedo expresarlo libremente, decir a los demás lo que pienso y exponer mis pensamientos a su crítica.

—¿Para demostrar si están de acuerdo?, ¿si les gusta una forma de pensar que no es la suya?

—No, joven. Juicios de gusto como «me gusta el vino canario» o «no me gusta el olor a ajo» no se pueden discutir; se pueden constatar, pero no son algo debatible ni demostrable. Cuando hablo de «crítica», me refiero a un análisis racional cuyo objetivo es discernir lo que es válido en una afirmación y lo que no lo es. La crítica, como yo la entiendo, no es un ataque; es decir, no tiene por objetivo acabar con nada, sino fijar límites. Sin ella, las ideas se convierten en campos de batalla en los que cada uno cree que tiene razón y quiere imponer su punto de vista. Además, la mayoría de estos enfrentamientos surgen de malentendidos y equivocaciones. De este modo, al establecer en cada ámbito lo que es posible y lo que no lo es, contribuimos a la paz.

—Si lo estoy entendiendo bien, profesor, afirmas que nuestras ideas y conocimientos tienen límites. ¿Cuáles son?

—Conviene distinguir claramente las fronteras de los límites. Las fronteras, como las que marcan la extensión de un campo, son variables, pueden cambiar; cuando nuestro conocimiento avanza, cuando crece, estas se mueven. En cambio, hay límites que permanecen siempre estables; por ejemplo, nunca podremos saber con certeza qué ocurre después de la muerte, si el alma es inmortal, si Dios existe...

—¿Por qué?

—Porque todo cuanto razonemos acerca de cuestiones como esta no forma parte del ámbito de nuestra experiencia. El conocimiento que podemos adquirir al respecto solo se refiere a aquello que somos capaces de experimentar. Lo que exista más allá de eso ya no es conocimiento, sino creencia. Es posible creer que el alma no muere o que todo se pierde con el cuerpo, pero es algo que nadie jamás llegará a saber. Todos los argumentos lógicos esgrimidos por un bando u otro nunca llevarán a otra cosa que no sea una creencia. Si perdemos de vista este límite entre lo que realmente podemos saber y lo que solo podemos creer, se genera caos, y también guerra.

Alicia queda impresionada por la claridad con la que se expresa el filósofo y por la agudeza de su lenguaje. El hombre es obstinado y resuelto. Canguro le susurra al oído que, después de estudiar las posibilidades que tienen los seres humanos de conocer, se dedica a descubrir sus capacidades de actuar; esto es, tras la pregunta «¿Qué puedo saber?», Kant se centra en «¿Qué debo hacer?», y busca los criterios para definir un acto moral.

Alicia escucha con atención a Canguro. En la mesa, el tema de conversación ha cambiado: el médico ha empezado a hablar de las remolachas y Kant, que las aprecia mucho, le pregunta por sus propiedades. Esto molesta a Alicia, que no sabe cómo intervenir para que se dejen de remolachas y pasen a la moral. Afortunadamente, el violinista acude en su ayuda, sin saberlo, y le pregunta a Kant qué libro está escribiendo.

—Ya sabéis que no me gusta hablar de filosofía a la mesa..., ¡pero por nuestro amigo violinista haré una excepción! El libro que estoy escribiendo se titulará *Crítica de la razón práctica*. Después de la razón pura y la distinción entre conocimiento y creencia, con la razón práctica intento determinar qué define un acto moral, con independencia de todas las circunstancias que influyan en él.

Kant propone dejarlo ahí, pues es probable que la respuesta sea larga y no interese a todos los presentes. Alicia insiste en que la cuestión interesa a todos y los invitados asienten. Así, Kant se sirve un vaso de vino blanco y prosigue.

—Como todos sabéis, podemos actuar por amor, egoísmo, venganza, placer, entrega, interés... La primera dificultad consiste, pues, en encontrar, en la inmensa diversidad de situaciones, qué constituye el principio indiscutible de una acción propiamente moral. Mi acto será moral si todos los demás pueden actuar también según la regla que me inspira. Por eso, no es moralmente posible mentir, dar falso testimonio, no pagar un préstamo o robar. Además, para que mi acto sea moral, debo actuar solo por respeto a esta ley moral universal, y por ninguna otra razón.

»Este último punto, hasta un niño de diez años lo puede entender fácilmente. Imaginemos, por ejemplo, que un príncipe pide a uno de sus consejeros que dé falso testimonio para perjudicar a un enemigo del reino. La única regla universal es que un testimonio sea verdadero; si no, los testimonios, todos ellos, pasan a ser papel mojado. Está claro cuál es el deber del consejero: no aceptar en ningún caso dar falso testimonio, pero ¿será capaz de cumplir este deber? Imaginemos que el príncipe amenaza con enviar al consejero a la cárcel si no obedece y confiscar su fortuna, arruinando así a su familia. ¿Va este hombre a hacer daño a su familia, a empañar su reputación y a poner en riesgo su supervivencia por puro respeto a la ley moral? Es una pregunta legítima.

»Deberíamos preguntarnos, incluso, si alguna vez se ha realizado un solo acto puramente moral. De hecho, los motivos por los que los hombres prefieren ser morales son muy variados: unos lo hacen preocupados por su autoestima, otros para preservar su reputación o por el deseo de que los alaben. Estos motivos no tienen nada que ver con el puro respeto a la ley.

Alicia reconoce que una explicación tan clara tiene su mérito, pero se pregunta qué sentido tiene definir cómo vivir moralmente si nadie es capaz de hacerlo. ¿Acaso vive Kant en las nubes? El vecino cuya hija vive en Francia le pregunta a Kant qué piensa de la revolución que sacude Europa: la toma de la Bastilla, la detención del rey, la Declaración de los Derechos del Hombre y del Ciudadano...

—Querido amigo —responde Kant—, después del 14 de julio, estaba tan impaciente por leer el periódico que retrasé mi paseo diario ¡por primera vez en cuarenta años! Estaba abrumado por la grandeza de este acontecimiento, y lo estoy todavía. No se trata solo de Francia ni de política, sino de moral y de toda la humanidad.

»Por primera vez, con la Declaración de los Derechos del Hombre y del Ciudadano, la ley proclama la universalidad de la moral al declarar que "los hombres nacen y permanecen libres e iguales en derechos", y nos obliga a respetar esta universalidad. Es un avance sin precedentes en la relación entre derecho y moral.

—Profesor, te pido disculpas de antemano por mi pregunta, ingenua quizá —interviene Alicia intentando que su voz suene más grave—. ¿Por qué las personas no pueden comportarse moralmente por sí mismas?

—¡Tu pregunta es importantísima, joven! Somos seres de razón y comprendemos que la ley se aplica a todos, sin excepción, y por tanto también a nosotros mismos. Si nos limitáramos a eso, podríamos pensar que todos, racionalmente, obedecemos las leyes de nuestro país, así como la ley moral. Sin embargo, no es así, como bien sabemos. De hecho, no solo somos seres de razón, sino también seres de pasión. Nuestra ira, odio, apetitos y ambiciones nos llevan a rehuir la ley cuando se trata de nuestros propios actos. Queremos ser la excepción, aunque comprendemos que no debería haber ninguna. Debido a esta tensión interna, es indispensable que se nos obligue a respetar la ley por la fuerza, gracias a la intervención de la policía y a la existencia de tribunales y sanciones.

»La naturaleza humana es dual: razón y pasión, ángel y demonio. Con la madera torcida de la que está hecho el ser humano no se puede tallar nada recto. Queremos que la ley sea para todos y, a la vez, queremos ser la excepción. Queremos convivir con los demás y, a la vez, cada uno quiere vivir para sí mismo. Queremos formar una sociedad, establecer leyes comunes y hacer que reine la paz entre nosotros y, a la vez, queremos saltarnos el orden establecido, ser más que nuestros semejantes y que no nos molesten por ello. Esto es lo que llamo "insociable sociabilidad" del ser humano, y esta contradicción no tiene fin.

Alicia está sorprendida. Pensaba que Kant era aburrido y, sin embargo, ha descubierto a un hombre al que le gusta hablar con sus semejantes y que se expresa casi igual que los demás.

Cuando termina la comida, se despiden del anfitrión y se marchan. Alicia también se inclina respetuosamente ante el filósofo, agradeciéndole su hospitalidad.

❧ *Diario de Alicia* ☙

Me pareció muy extraño este Kant que quiere poner todo en orden, tanto sus ideas como su horario. ¡Y qué vergüenza invitar solo a hombres a su mesa! Los griegos lo hacían, pero ¿los modernos?, ¿cómo se atreven a defender que las mujeres no son capaces de tener ideas, razonar y argumentar, que no son capaces de filosofar? Afortunadamente, Louise Dupin está trabajando con Jean-Jacques para acabar con estos prejuicios. Me encantaría volver a Chenonceau.

UNA FRASE PARA LA VIDA

Con la madera torcida de la que está hecho el ser humano no se puede tallar nada recto.
(Kant, *Idea de una historia universal desde un punto de vista cosmopolita*, 1784)

Me interesa la idea de que la perfección es imposible. Seres humanos perfectos..., ¡qué cosa más triste! En cualquier caso, formarían un mundo que no tendría nada que ver con el nuestro. ¿Habrá que suponer entonces que todos son malos?, basta con mirar alrededor para ver que hay muchas personas buenas que hacen obras buenas, no solo criminales y canallas. La cuestión más crítica, para mí, es la del muro contra el mal que se supone que existe en cada uno. Me comenta Canguro que, según Kant, las leyes deben diseñarse «para un pueblo de demonios». Esto no significa que todos seamos demonios, sino que hay que prever la posibilidad de que algunos se conviertan en tales cuando se definen normas que todos deberíamos cumplir. Interesante.

34

De regreso a la glorieta: final de trayecto a la vista

Al recorrer el parque, Alicia tiene una sensación extraña. La larga alameda, el enorme edificio blanco donde vive la vaporosa Reina Blanca: todo parece haberse encogido. Si no recuerda mal, el paraje era gigantesco y el palacio imponente, pero ahora le resulta corriente, casi modesto.

—¿Qué ha pasado? ¡Está todo más pequeño! —exclama Alicia al reencontrarse con la Reina.

—En absoluto, ¡nada ha cambiado! Eres tú, Alicia, que has crecido desde nuestro último encuentro. El Hada, el Canguro y los Ratoncitos me han ido informando sobre tu periplo. Has recorrido un largo camino interior y también has comprendido mejor cómo se desencadenaron los procesos que llevaron a la situación mundial que te preocupa. Por último, pero no menos importante, me atrevo a decir que has reunido elementos para saber cómo vivir. Todavía no tienes la respuesta definitiva, lo sé, pero cuentas con más recursos que cuando empezaste el viaje, que por cierto aún no has terminado.

—De hecho, ¡ya no sé si tengo tanta prisa por volver a casa o si prefiero quedarme! —responde Alicia—. ¿Qué me espera ahora?

—¡Asómate a ver!

Alicia cruza la glorieta. Reconoce de un vistazo todos los lugares que ha recorrido y se detiene al final, frente a la última puerta cristalera, donde contempla algo inquietante:

un paisaje envuelto en humareda, el brillo incandescente de incendios lejanos, oscuras fábricas con chimeneas escupiendo nubes negras. Vislumbra multitudes, camiones, aviones, bombardeos. Al acercarse a la puerta entreabierta, oye gritos tanto de alegría como de angustia, explosiones, silbidos, cánticos. También alcanza a ver, durante unos instantes, los luminosos rostros de algunas mujeres, como destellos de luz en la oscuridad.

—¿De verdad tengo que ir ahí?

—¡Por supuesto! Son los últimos tiempos antes del tuyo. Los otros tiempos no han desaparecido, sino que han dejado huella, ideas y monumentos. Sin embargo, ahí el ritmo se acelera. Ya has visto cómo se produjeron ciertos cambios, y ahora verás sus enormes consecuencias: la ciencia se convierte en un engranaje colosal y la tecnología revoluciona las formas de vivir y matar, las ciudades se expanden desmesuradamente, los transportes se amplían a límites nunca vistos y las civilizaciones se encuentran, a veces no siempre de forma pacífica. Vas a entrar en una época de revoluciones y guerras que a duras penas cabe en los marcos construidos por los mundos anteriores, en la que desaparecen antiguos poderes y se imponen nuevos regímenes políticos, en la que surgen nuevos conocimientos mientras caen por tierra creencias ancestrales, en la que chocan fuerzas titánicas que buscan tanto pacificar, construir y sostener la vida como dominar, destruir y exterminar. Nunca el país de las ideas ha sido sacudido por tanta turbulencia, tantos movimientos opuestos, conflictos y luchas a muerte.

»Asimismo, el país de las ideas parece amenazado por una catástrofe mucho peor: la indiferencia. El desinterés por todo, la convicción de que las ideas son humo, que todas valen lo mismo: nada. Se trata de una época en la que preferimos no pensar ni combatir, en la que ya no creemos en nada ni tenemos esperanza.

A Alicia no le apetece lo más mínimo verse en medio de ese tumulto ni experimentar esta nueva forma de anestesia.

¿No estaría mejor en otro lugar?, ¿en el jardín de Epicuro, por ejemplo?, ¿o con Marco Aurelio?, ¿con Buda, con los hebreos o con Montaigne? Le dice a la Reina Blanca que quiere volver atrás en el tiempo, rebobinar la película, antes que explorar esos tormentos, ese riesgo del vacío...

—Desde luego, ¡quién te ha visto y quién te ve! —replica la Reina Blanca—. La Alicia a la que conocí estaba muy enfadada por estar tan lejos de su tiempo y de las preocupaciones de su generación, solo quería hablar de la actualidad, de los peligros de ahora, de las luchas más urgentes. Entonces, ¿se te han pasado las ganas?, ¿quieres huir justo cuando vas a llegar a tu tiempo?

—No..., no quiero huir, ¡pero tengo miedo!

—No tienes nada que temer: nuestros amigos están contigo. Por fin, vas a ver los últimos avances del proceso que terminó dando forma al mundo en el que vives. Ya te habrás dado cuenta de que es algo que viene de lejos. Cuando hayas pasado por estos últimos episodios, podrás preguntarte cómo vivir en este mundo. Deberías descubrirlo por ti misma, aunque contarás con nuestra ayuda.

—Si me permitís, ya he preparado una carpeta —dice una voz que Alicia conoce perfectamente.

SÉPTIMA PARTE

EN LA QUE ALICIA EMPIEZA A ENTENDER POR QUÉ
NUESTRA ÉPOCA Y SUS REVOLUCIONES RESULTAN
APASIONANTES Y, A LA VEZ, ASUSTAN

35

Última conferencia de Hegel en Berlín, 1831

Canguro saca una gruesa carpeta de entre sus archivos. La ha preparado especialmente para Alicia, previendo su inquietud, y no es para menos, pues el tiempo que ven acercarse es aterrador.

Al ver el tamaño de la carpeta, Alicia pone un mohín: tardará horas en leerse todo eso.

—También he hecho un resumen para que te hagas una idea general —la tranquiliza Canguro con una mirada indulgente.

Alicia no contesta, solo le da un gran beso en la oreja. Canguro contiene una lágrima mientras ella empieza a leer.

El tiempo al que viajamos abarca, aproximadamente, el periodo entre 1789 y 1910. Podemos llamarlo «época de las revoluciones», porque todo cambia, en todos los campos, con profundas repercusiones en el país de las ideas.

Una serie de revoluciones políticas derrocan el poder e implantan nuevos regímenes. La Revolución francesa pone fin a la monarquía e instaura la República, proclamando la libertad e igualdad de los ciudadanos y la universalidad de los derechos humanos. A esto, en la Europa de 1830 y 1848, siguen otras rebeliones con el objetivo de aumentar los derechos de los trabajadores y liberar a las mujeres de la tutela masculina, así como de abolir la propiedad privada más tarde, como la Comuna de París en 1871. El movimiento se expande a varios países bajo distintas formas: se desafían los poderes tradicionales y las minorías quieren emanciparse, así como rediseñar las fronteras nacionales y reformar el sistema de producción y el estilo de vida.

En paralelo, las revoluciones económicas y técnicas crean un nuevo orden industrial y social. El planeta se va llenando de fábricas; primero, en Europa y Estados Unidos y, pronto, en el resto del mundo. Las minas de carbón y, luego, los pozos de petróleo se expanden, incrementando el poder de la acción humana. Aumenta el ritmo de producción, que se automatiza, y con ello bajan los precios. Los ferrocarriles y los barcos a vapor transportan mercancías y pasajeros entre las grandes ciudades, cuyo número no para de crecer. Poco a poco, los agricultores se van convirtiendo en obreros y el trabajo va cambiando, adaptándose a las máquinas, al ritmo de las fábricas, a los horarios y a los gestos repetitivos. Una estricta disciplina rige ahora la forma de emplear el tiempo, los desplazamientos y las instituciones. Como reacción a esta proliferación de reglamentos, normas y limitaciones, empiezan a radicalizarse los sueños de libertad, con llamadas a destruir las máquinas, a rechazar cualquier autoridad y a que gobiernen los individuos libres.

Las revoluciones científicas aceleran estas mutaciones técnicas a gran escala. El descubrimiento de las leyes de la termodinámica, que rigen la transformación de la energía, despeja el camino hacia un control sin precedentes de los recursos naturales. El conocimiento del electromagnetismo, gracias a Maxwell y Faraday, permite un sinfín de aplicaciones prácticas, dando a la tecnología un carácter totalmente distinto del que antes le daban las herramientas manuales al zapatero o carpintero. Los rayos X, por ejemplo, transforman la cirugía y el cuidado de la salud.

Las revoluciones artísticas, literarias, musicales y estéticas se suceden en todos los ámbitos de la creación. Nunca antes tantos creadores han explorado tantos caminos nuevos o roto con lo antiguo para inventar otros mundos.

Por último, las revoluciones intelectuales, filosóficas y espirituales son muy importantes en esta época de la que todavía somos herederos. Para comprender lo que ocurre, fabricar brújulas que puedan orientarnos y entrever qué pasará en el futuro, los pensadores inventan ideas, modifican las antiguas y se cuestionan los esquemas mentales habituales.

—Esto es lo que te queda por recorrer, querida Alicia —concluye Canguro—. Esta fragmentación ha hecho explotar los antiguos cimientos del país de las ideas. Ahora, voy a llevarte a ver los focos del incendio para que te des cuenta de su poder y peligro.

Alicia está a punto de hacer una pregunta, pero el Hada no se lo permite.

—Tenemos que irnos, no hay tiempo —refunfuña.

—¡Otra vez Alemania! Pero ¿por qué? —pregunta Alicia mientras ella y el Hada se dirigen hacia su destino.

—Porque es donde se reinventan las ideas modernas —responde el Hada—. Si bien el siglo XVIII fue el de los filósofos franceses, con Montesquieu, Condillac, Voltaire, Diderot y tu querido Rousseau, en el siglo XIX los protagonistas son los alemanes, con Kant y sus lectores, Fichte, Schelling y muchos otros, en particular Hegel, que va a tener una influencia considerable.

—¡Objeción! —la interrumpe Alicia con picardía—. Hada, me estás diciendo por qué vamos a Alemania, pero no por qué las nuevas ideas surgen allí, y no en otro lugar.

—Hegel es, precisamente, el filósofo que puede contestar a esa pregunta. Él busca las razones por las que un pueblo, una lengua o una civilización se convierten en un momento dado en los portadores de la historia, los que la impulsan, renovando los modos de vida. En la Antigüedad, lo hicieron los egipcios; luego, los griegos, y después, los romanos. En los tiempos modernos, lo hicieron los italianos durante el Renacimiento; luego, los franceses; después, los alemanes, y, por último, los anglosajones. Es como si la fuerza creadora viajara de un pueblo a otro según la época.

—¿Al azar? —pregunta Alicia intrigada.

—¡Desde luego que no! Hegel se niega a aceptar que la historia de la humanidad sea un proceso casual que dependa de las catástrofes, las guerras o los caprichos de los gobernantes. Él busca comprender el sentido global, la lógica interna de esta inmensa serie de acontecimientos. No se trata en absoluto de «un cuento lleno de furia y ruido contado por un idiota», como dice un personaje de Shakespeare en *Macbeth*. Hegel se esfuerza por captar el sentido global de la historia y su dinámica interna observando de qué modo una civilización sucede a otra, la inventiva de los pueblos, las religiones, la arquitectura y las formas estéticas. Todo ello es una manifestación de cómo evolucionan las ideas y la historia del pensamiento.

—¡Muy ambicioso! —observa Alicia.

—Sueña con construir el sistema filosófico definitivo, capaz de abarcar todos los aspectos de la realidad, todas las obras, todas las ideas, y dar cuenta de cómo suceden unas a otras.

—¿Y lo consigue?

—No, porque es una tarea imposible, pero sí que crea nuevas herramientas para pensar la historia. Antes de él, de Aristóteles a Kant, la lógica era binaria: una cosa existe o no existe, un número es par o impar, una afirmación es verdadera o falsa...: no existían más opciones.

»Al contrario, Hegel defiende que esta racionalidad no basta para entender cómo funciona el mundo real. Hay que forjar "conceptos imposibles", según dice, inventar un "camino que se recorra solo", porque es gracias a sus contradicciones internas como la realidad avanza. Las situaciones no son fijas e inmutables, sino que están marcadas por tensiones internas que las hacen convertirse en su contrario y, de alguna manera, estallar desde dentro.

—No lo entiendo —reconoce Alicia—. ¿Puedes darme algunos ejemplos?

—Piensa en la secuencia Antiguo Régimen, Revolución, Primer Imperio. El régimen monárquico está minado por sus contradicciones: los inmensos privilegios de unos pocos y la injustificable miseria de la mayoría la debilitan cada vez más. La Revolución francesa es la negación del Antiguo Régimen: reemplaza el gobierno de una sola persona por el gobierno del pueblo y sustituye los privilegios de una minoría por la igualdad de todos. No obstante, la revolución también se ve afectada, a su vez, por sus propias contradicciones: la igualdad nunca parece suficiente, el fervor de los ciudadanos nunca es lo bastante intenso, cunde el Terror; es decir, la revolución acaba consigo misma.

»Entonces, Bonaparte asume el poder y funda el Imperio, la negación de la revolución, que a su vez era la negación de la monarquía. Sin embargo, esta negación de la negación no es el retorno de la realeza destruida, ¿me sigues? Esta última etapa conserva algo de la revolución (los derechos de los ciudadanos, el ideal de una nación libre, la igualdad de todos); esto es, lo que se suprime se conserva bajo otra forma: esta es la lógica del proceso.

»Es una lógica nueva, con resultados impredecibles. La destrucción puede resultar constructiva, el mal puede producir el bien. Esta nueva lógica es lo que Hegel llama "dialéctica", una palabra que, en griego antiguo, significaba simplemente "dialogar". Recuerda a Sócrates y a Platón: el pensamiento se abre camino a través de argumentos opuestos. Hegel le da un sentido más amplio a esto: la historia avanza a través de las contradicciones de los acontecimientos, de las guerras y del pensamiento.

Alicia espera que la conferencia del maestro la ayude a comprenderlo mejor, pero nada más llegar le llama la atención el extraño silencio que reina en Berlín, algo insólito.

En la ciudad, hay una calma absoluta y las calles están casi desiertas, pues la población vive aterrada desde hace meses. Una epidemia de cólera es lo que ha sembrado el pánico. Comenzó en la India y se ha esparcido por Rusia, Polonia y, ahora, Alemania. A pesar de los avances de la medicina, nadie es capaz de frenar el contagio y las víctimas mortales se cuentan por miles. Así, muchos se están yendo de la ciudad, mientras que otros se refugian en su casa. Los teatros y las iglesias han cerrado. Hegel permanece en Berlín, pero sus clases y conferencias se han suspendido.

El filósofo se ha instalado con su familia en Kreuzberg, en los jardines de Grunow, donde ha alquilado una amplia villa para pasar el verano. Poco a poco, la epidemia parece ir remitiendo, pues ya hay menos brotes. Algunos teatros vuelven a abrir sus puertas y la vigilancia se relaja. En otoño, la universidad debería funcionar con normalidad.

En estos momentos, Hegel es el filósofo alemán al que todos quieren escuchar. Lleva siendo titular de la cátedra de Filosofía de Berlín una docena de años y también lo han nombrado rector. Sus clases, dedicadas a la Filosofía del Derecho y a la Historia del Pensamiento, son muy influyentes. Cuenta con numerosos seguidores, y muy activos: hay hegelianos en casi todos los movimientos políticos y círculos intelectuales.

Sin embargo, todo empezó de forma muy gradual. Antes de estos años de gloria, Hegel fue tutor, profesor de liceo, jefe de redacción de un pequeño periódico y director de escuela, antes de impartir clases en el Gymnasium de Núremberg, en la Universidad de Heidelberg y, finalmente, en la de Berlín.

—Si me permites —dice Canguro—, Hegel encarna la primera gran figura del filósofo universitario. Entre todas las revoluciones de nuestro tiempo, esta suele pasar desapercibida: ahora todos los filósofos son profesores, algo que no había ocurrido nunca. Por supuesto, la filosofía se lleva enseñando en las escuelas y universidades desde la Antigüedad, pero los filósofos no eran siempre funcionarios del Estado ni estaban contratados por las universidades. De hecho, ninguno de los modernos que has conocido fue profesor: ni Montaigne, ni Maquiavelo, ni Descartes, ni Spinoza, ni Voltaire, ni tu querido Rousseau... Este cambio solo ocurre después de Kant, y lo hace de forma generalizada. La filosofía se va convirtiendo, poco a poco, en una profesión, una disciplina, con sus propios diplomas, programas, departamentos especializados, revistas y editoriales...

—¿Y qué problema hay? —pregunta Alicia.

—¿Problema?, ninguno, pero son otros tiempos, por supuesto. La clase magistral, las palabras del profesor, los trabajos de los alumnos, las disertaciones, las tesis, etcétera, suponen reorganizar de cierta forma una parte del país de las ideas y..., ¡chis!, ha llegado.

Hace rato que los estudiantes se han agolpado en el anfiteatro. El profesor Hegel sube al estrado, coloca un legajo de apuntes en el atril y reanuda su conferencia sobre la filosofía de la historia, así como sobre el lugar y la definición del Estado y la libertad. Su monótono tono se va animando a medida que van pasando los minutos.

Este jueves por la mañana, nadie sospecha que el maestro se morirá al cabo de cinco días: el sábado sigue repartiendo exámenes. Sin embargo, el cólera sigue circulando. El domingo, Hegel sufre vómitos y espasmos durante toda la noche y, el lunes por la tarde, vencido por la bacteria, el filósofo del conocimiento absoluto ya no está entre nosotros.

No así sus ideas, que tendrán larga vida e incluso un destino inesperado. Entre los más fervientes lectores de Hegel, tenemos a Karl Marx, que se empeñará en trabajar por la revolución comunista contra el capitalismo. Su impacto en la historia será inmenso, al menos durante un tiempo.

🙚 *Diario de Alicia* 🙚

¿Y si las ideas dirigieran el mundo?, ¿ideas invisibles que uniesen todos los aspectos de una sociedad o época, ideas clave que enlazaran las artes y la arquitectura, las creencias y los poderes, las leyes y la vida cotidiana? Esto es lo que explica Hegel, o eso es lo que he entendido, que cada civilización tiene su propia idea que la organiza. Es interesante; otra cosa es que sea verdad. Tengo la sensación de estar oyendo al Hada con su objeción...

UNA FRASE PARA LA VIDA

Lo racional es real y lo real es racional.
(Hegel, *Principios de la filosofía del derecho*, 1820)

Al principio, no entendí qué quería decir esta frase, pero me lo explicó Canguro. La ambición de Hegel es unir el pensamiento y el mundo. Para él, la lógica no es una serie de categorías imaginarias que imponemos a la realidad, no; la lógica es la realidad misma. Por eso, la evolución de la realidad no es algo absurdo o sin sentido, sino que es posible pensarla. El espíritu se encarna en la historia, se manifiesta en ella, y así adquiere una forma concreta.

36

Té con Marx en el Museo Británico de Londres, 1858

—Reconozco casi todo..., ¡pero a la vez es como estar en otro planeta!

Alicia no se cree que esté callejeando por Londres en esos tiempos. Mientras observa a los cocheros azotar a sus caballos y a los pocos peatones que hay en esta tarde de lluvia, el Hada fija el destino: Museo Británico. No van a por las colecciones de arte egipcio o las estatuas griegas, sino que es a la biblioteca del museo a donde el Hada lleva a Alicia. Todos los días, durante horas y horas, en la gran sala de lectura circular, rodeado de miles de libros y siempre en el mismo lugar, trabaja un hombre. Con semblante serio, absorto, repasa archivos, toma notas, escribe.

—Es Karl Marx —explica el Hada—. Está preparando una revolución mundial que llevará a la humanidad a una nueva fase de la historia y hará que «salga de la prehistoria», como él dice, es decir, se liberará por fin de la era de dominación y explotación de unos seres humanos por otros.

»Cuando digo que está preparando esta revolución, no estoy siendo rigurosa —puntualiza el Hada—. No intenta provocarla ni dirigirla; al contrario, cree que es inevitable, que nadie tiene el poder de desencadenarla ni de impedirla. Su trabajo consiste en explicar el porqué. Así, analiza las leyes de la historia, los mecanismos de funcionamiento económico y las luchas entre las clases sociales para mostrar que la evolución de la sociedad comercial e industrial moderna hace inevitable esta revolución.

»Si trabaja aquí es para tener la documentación de esta inmensa biblioteca al alcance de la mano, pero también para encontrar un poco de paz y tranquilidad, para refugiarse de los gritos de los niños y del ruido de la cocina, pues Karl Marx tiene poco dinero y vive en un pequeño piso con su mujer y sus tres hijas, aunque perdieron a otros tres hijos pequeños. Aunque escribe en periódicos, lo hace de forma irregular y sus actividades en el movimiento obrero le quitan mucho tiempo. Además, su compromiso político radical le impide trabajar como docente en la universidad. Durante las dos últimas semanas, sus hijas, su mujer y él no han comido más que pan y patatas, y tampoco está seguro de tener suficiente para comprarlas la semana que viene, a menos que su amigo Friedrich Engels se apresure a enviarle algo de dinero, como hace a menudo.

»Marx es originario de Alemania. Estudió en Berlín y leyó mucho a Hegel, pero la censura del Estado prusiano lo obligó a exiliarse, pues los periódicos en los que publicaba sus artículos se prohibieron. Ha vivido en París, Bruselas y, ahora, Londres. Dondequiera que vaya, las autoridades lo consideran peligroso porque apoya el derrocamiento del régimen económico y social vigente. Marx no lleva armas encima, ni las guarda en su sótano, tampoco tiene ninguna milicia bajo su mando. Sus armas son sus ideas.

Alicia escucha atentamente. La idea de que todo cambie la atrae. Entiende que el mundo es injusto, aplasta a los débiles y les impone trabajos agotadores a cambio de salarios míseros. ¿Cómo invertir esta estructura?, ¿qué podría sustituirla?

La pregunta «¿cómo vivir?» lleva implícita estas otras: ¿cómo convivir? ¿Cómo vivir en sociedad? ¿Qué relaciones mantienen los seres humanos entre sí y con la naturaleza? Todo eso quiere preguntarle a Marx una vez que el Hada haya conseguido una entrevista.

Inmerso en su trabajo como se encuentra, la primera respuesta del hombre es «no». No le gusta que lo interrumpan, y menos sin haberlo avisado antes. Además, considera que tiene cosas más importantes que hacer que responder a las preguntas de una joven. No obstante, cuando oye hablar de Hegel, de la época de las revoluciones, del destino de las generaciones futuras, le propone al Hada que Alicia lo acompañe a tomar un té en el salón del museo.

Alicia no puede evitar sonreír para sus adentros. El tema de la entrevista será serio, de eso no le cabe la menor duda, pero el lugar es tan anticuado, tan conformista, que el contraste con las convicciones revolucionarias de Marx resulta cómico. Mientras lo observa tomar asiento, piensa que tiene el mismo aspecto que cualquier otro burgués: traje oscuro y barba gris; su chaqueta está un poco desgastada y lleva la barba desaliñada, pero estos detalles no indican la fuerza de su rebelión interior. Marx parece más un bibliotecario que un insurgente, excepto cuando lo mira a los ojos: es entonces cuando Alicia ve auténticos destellos.

—Pareces demasiado joven para haber conocido al Viejo —dice Marx echando un poco de leche en su té.

—¿El Viejo?

—¡Hegel! Así es como yo lo llamo. El concepto de dialéctica que desarrolló es una herramienta muy potente. El Viejo supo ver que la contradicción es lo que impulsa la realidad desde dentro, el motor que hace avanzar la historia. Comprendió claramente que este motor escapa a la voluntad humana. ¡Pero lo ve todo al revés! ¡Su dialéctica va a tontas y a locas!

—¿Qué quieres decir?

—Él cree que son las ideas las que configuran las sociedades y las épocas, el trabajo concreto de los seres humanos, cuando es justo lo contrario: son las condiciones de vida concretas las que dan forma a las ideas, es la organización del trabajo la que se refleja en el mundo de las ideas.

—¡Creía que las ideas podían transformar el mundo!

—Solo si tienen correspondencia en el mundo real, el mundo en el que viven las personas de una época y una sociedad determinadas. Las ideas no existen de por sí, sino que son el reflejo en nuestro cerebro de las condiciones de vida de la sociedad en la que vivimos. Por tanto, hay que analizar la organización de esta sociedad para comprender cuáles son sus contradicciones y cuál es el motor que la impulsa.

—¿Y cómo lo analizamos?

—Examinando a fondo la forma en la que está organizada la producción económica. ¿Cómo funciona el sistema industrial? ¿Por qué ciertas personas poseen máquinas, fábricas y materias primas?, ¿por qué esas personas compran a otras, que solo poseen su capacidad de trabajo, las horas de su actividad a cambio de un salario? ¿Por qué esta operación reporta mucho dinero a quienes hacen trabajar a la gente y tan poco a los que trabajan? Estas son las preguntas que hay que plantearse y que hay que poder resolver. Son cuestiones económicas, concretas y materiales, no especulaciones metafísicas. Desentrañándolas, como estoy haciendo actualmente al escribir *El capital*, descubriremos que el beneficio se basa en un robo, en un engaño. Por el trabajo realizado, solo se devuelve al trabajador una pequeña parte del valor añadido a la mercancía; la mayor parte va a parar al bolsillo del capitalista.

—¡No es justo! —protesta Alicia.

—Y todo está organizado para enmascarar este engaño, para ocultar este robo. Dado que hay un precio oficial por hora trabajada, cuando se suministran esas horas, se paga ese precio, de modo que todo parece justo, transparente, equitativo. Desmontar este mecanismo, revelar el engaño, ¡significa dar a los trabajadores las armas para contraatacar! Esta será la última batalla de la historia. Después, ¡las personas serán libres!

Alicia intenta visualizarlo, como en un sueño. Entonces, algún día, no muy lejano, todas las personas serán libres..., ¿de verdad?

—Toda la historia consiste en la lucha de los dominados contra los dominantes. El pasado era una lucha de esclavos contra amos; la Edad Media, una de vasallos contra señores feudales; hoy, el proletariado, la clase trabajadora, libra la lucha contra los capitalistas. Si logramos sacar en claro las leyes de la historia, veremos que este sistema está condenado. La abolición de la propiedad privada cambiará radicalmente no solo la producción, sino también la mentalidad de los individuos, así como sus sentimientos, relaciones y representaciones del mundo y de la vida. Debemos trabajar para que esto sea posible, pero, hasta hoy, los filósofos no han hecho más que interpretar el mundo, ¡cuando de lo que se trata es de transformarlo!

Alicia, entusiasmada, le da las gracias a Karl Marx; si no estuviera tan encariñada con Jean-Jacques, también lo habría besado. ¡El fin de la explotación! ¡Libertad para todos! El Hada refunfuña y pone una mueca, seguramente de objeción: tendrá muchas. A Alicia le da la sensación de que terminará odiándola.

—Ódiame todo lo que quieras —dice Objeción, que sigue leyéndole la mente—, pero no pienso dejar de cumplir con mi deber, que consiste en plantear objeciones si es necesario, y con las ideas de Marx resulta imprescindible.

—¿Nunca estás de acuerdo, Hada? ¿Prefieres la desigualdad, la esclavitud, la explotación?

—Por supuesto que no, pero no hay que confundir la velocidad con el tocino o la moral con la ciencia.

—No te entiendo.

—Luchar contra la injusticia, la pobreza, la dominación de la mayoría por una minoría es una cuestión moral. En Londres, al ver morir a los niños que viven en chabolas y trabajan de sol a sol, Marx se compadece y se llena de indignación, pero esta emoción que lo lleva a rebelarse no tiene nada que ver con que conozca la economía, comprenda los procesos históricos o exista una ciencia de las leyes de la historia. Aun así, Marx aspira a crear una ciencia que determine que el capitalismo no puede durar mucho y que, inevitablemente, el comunismo lo reemplazará. En el fondo, para él, el sistema capitalista no ha de cambiar porque sea injusto, sino que cree que caerá por sus contradicciones internas. Esa es mi primera objeción.

»Tengo otras. Al pretender desarrollar una doctrina científica de la historia, Marx no se da cuenta de que está arruinando la propia actividad política. Si el sistema capitalista va a caer sí o sí, ¿de qué sirven los movimientos obreros, los sindicatos o las huelgas? Si esa sociedad sin clases es algo que va a llegar de todos modos, ¿qué sentido tiene esa lucha? Una de dos: o bien la doctrina de Marx es una ciencia y las luchas son inútiles, o bien son las luchas las que cambian el mundo aunque el resultado sea incierto. La idea de una victoria asegurada no es más que un apoyo psicológico, una forma de consuelo, pero de científico no tiene nada.

»Mi última objeción tiene que ver con el riesgo de dictadura. Cuando uno está tan seguro de que sabe hacia dónde se dirige la historia de la humanidad, cualquier medio es bueno para llegar hasta allí y todo lo que se cruce en el camino hay que eliminarlo. Esta convicción es un auténtico peligro, dado que conduce a un fanatismo político idéntico al religioso. Censurar a los oponentes (enemigos de clase, traidores, disidentes), encarcelarlos, torturarlos, adoctrinarlos, eliminarlos: todos estos horrores quedan justificados de repente por la convicción de que uno posee la verdad absoluta.

»Lo que sucede a continuación, después de la muerte de Marx, es la prueba histórica de que ese riesgo de dictadura no es imaginario. Lo confirma la aventura de los partidos comunistas, la Revolución bolchevique de 1917 con Lenin, el surgimiento de la Unión Soviética con Stalin y el inicio del comunismo en China con Mao Zedong. La revolución obrera alimentó inmensas esperanzas y desató un sinfín de luchas con sus héroes y sacrificios, pero este gigantesco movimiento engendró regímenes sangrientos, asfixiantes, responsables de decenas de millones de muertos.

Alicia está a punto de romper a llorar. En lugar de seguir su instinto inicial de odiar al Hada por sus objeciones, ha decidido escucharla atentamente. Recuerda sus clases de historia: las imágenes de los campos del Gulag donde el régimen de Stalin envió a morir a millones de campesinos rusos, así como los campos de *reeducación* de la Revolución Cultural en China, donde se envió a la muerte a otros cuantos millones de ciudadanos cuyas ideas no se ajustaban a la del Partido Comunista. Alicia solloza. ¿La crueldad no tendrá fin? ¿Estamos condenados a frustrar cualquier esperanza de que haya una humanidad libre? ¿Se trata de crear nuevos amos, nuevos esclavos, nuevos horrores una y otra vez?

—No estoy segura —responde el Hada tendiéndole a Alicia un pañuelo de papel.

Al día siguiente, en el transbordador, Alicia está un poco más animada, pero la angustia sigue ahí. Se le pasan demasiadas cosas por la cabeza: revolución, dialéctica, avance de la historia, libertad, dictadura...

—Si me permites...

—¡Claro que sí, Canguro, claro que te lo permito! Seguro que puedes ayudarme.

Canguro se rasca la cabeza, hojea varias fichas y piensa hasta que da con la mejor manera de ayudar a Alicia: dar un paso atrás. Con tanta información, está abrumada, así que hay que hacerla ver el panorama más amplio.

—A partir de Marx, se da un cambio del que aún no hemos hablado. La época de las revoluciones es también la de los llamados «maestros de la sospecha», pensadores que critican la religión y la idea de Dios, pues creen que es una ilusión, un espejismo, pura ficción que algunos han inventado para dormir tranquilos o dominar a sus semejantes. Así, Marx desarrolla la idea de que no fue Dios quien creó al ser humano, sino el ser humano quien creó a Dios. Nietzsche, por su parte, anuncia la «muerte de Dios», es decir, el fin de esa creencia. Y Freud analiza la fe religiosa como un resquicio de nuestros miedos infantiles y de algo tan antiguo como nuestra necesidad de protección.

»Estos tres pensadores son muy distintos, pero tienen algo en común: el hecho de demostrar que la idea de Dios, tan importante para tanta gente, oculta algo: conflictos entre clases sociales, asegura Marx; conflictos entre instintos y valores, cree Nietzsche; conflictos psíquicos de la sexualidad infantil, dice Freud.

—¿Y esto qué tiene que ver con las revoluciones?, ¿de qué me sirve? Estás complicando las cosas para nada, Canguro... Oye, ¿me estás escuchando?

Sí, Canguro la ha oído perfectamente, pero se pregunta cómo darle una respuesta breve y clara.

—Lo más importante no son las críticas que hacen a las religiones. Lo que estos tres maestros de la sospecha están provocando, realmente, es una especie de revolución profunda que afecta a la manera misma en que concebimos las ideas. Antes de ellos, las ideas eran transparentes, por así decirlo: cuando se tenía una idea, se la tenía por entero; no había ningún lado oculto, ningún doble fondo, ninguna dimensión desconocida. Por supuesto, había varios tipos de ideas. Recuerda, por ejemplo, las ideas eternas de Platón, las ideas errantes de Montaigne, las ideas bien definidas de Descartes, las ideas naturales de Rousseau... No obstante, a pesar de estos fuertes matices, todas las ideas podían verse desde cualquier ángulo y se podía confiar en que eran lo que eran.

»Con Marx, la cosa cambia: las ideas reflejan, sin decirlo, el punto de vista de la clase dominante. No obstante, esto es engañoso; por ejemplo, las ideas de libertad e igualdad parecen universales, parecen aplicarse a todo el mundo de la misma manera, pero un trabajador no vende libremente su mano de obra a un capitalista que es libre de contratarlo, sino que el sistema económico impone un papel a cada uno, así que la idea no refleja los hechos.

»En otras palabras, las ideas no expresan la realidad, sino que la enmascaran: nos dan una visión distorsionada e invertida de esta. Hablan de libertad cuando hay servidumbre, de la igualdad cuando reina la desigualdad, de fraternidad cuando continúa la explotación.

»Por ello, decir que estas ideas son filtros y trampas no es suficiente, sino que también es necesario comprender que su origen es incierto: no sabemos realmente de dónde vienen. Para cada uno de estos maestros de la sospecha, las ideas tienen un origen que suele quedar oculto. Para Marx, es la lucha de clases y las condiciones concretas en las que se organiza la producción: aunque las ideas parezcan neutrales, defienden los intereses de la clase dominante. Para Nietzsche, como verás, las ideas expresan los instintos de los fuertes y los débiles y los valores morales, espirituales e intelectuales están al servicio de los apetitos, las ambiciones y las venganzas, ¡pero sin que se note! Para Freud, las ideas manifiestan, sin que lo sepamos, nuestros deseos inconscientes.

»Pronto lo entenderás mejor, pero ahora me gustaría que te fijaras en esta revolución en el país de las ideas. El cambio se resume en dos aspectos: las ideas hablan de algo que ellas mismas no son y constituyen lugares de tensión y conflicto, el resultado de una relación de fuerzas. Para darse cuenta de ello, hay que ver más allá de las apariencias o, como dice Nietzsche, "ver la cocina", esto es, cómo se elaboran las grandes ideas: la justicia, la igualdad, la verdad... Entonces, te das cuenta de que esa elaboración no es muy apetecible.

—¿Cómo has dicho? ¿Nitsh...?

—Nietzsche, Friedrich Nietzsche.

—¿Quién es?

—Un genio, un loco, un sabio, un artista, un filósofo, un poeta, un profeta... Ya verás.

⚘ *Diario de Alicia* ⚘

¿Las ideas dirigen el mundo o el mundo dirige las ideas? ¿Hegel o Marx? Es la primera vez que me doy cuenta de lo importante y lo compleja que es esta cuestión. Si añadimos la hipótesis de que ambas podrían ser verdaderas al mismo tiempo (que el mundo y las ideas siempre están interactuando, que son interdependientes y se modifican constantemente), da vértigo.

UNA FRASE PARA LA VIDA

Los filósofos no han hecho más que interpretar el mundo, ¡cuando se trata de transformarlo!

(Karl Marx, *Tesis sobre Feuerbach***, 1845)**

Es inútil, la teoría no cambia el mundo, estoy de acuerdo, pero ¿los filósofos tampoco cambian nada?, ¿se limitan a interpretar?, ¿y si interpretar permitiera transformar? ¿No hará Marx lo mismo que critica a los demás? El Hada Objeción me ha hecho plantearme una pregunta mucho más difícil: ¿hay que transformar el mundo?, ¿se puede?, o, peor aún, ¿la idea de un mundo distinto y mejor es un objetivo alcanzable o solo un engaño?

37

Un paseo con Nietzsche por Sils-Maria, verano de 1887

Ni siquiera apretando el paso es capaz de alcanzarlo. El hombre camina deprisa, demasiado teniendo en cuenta la pendiente y la altitud; se nota que está acostumbrado. Alicia no sabe si conseguirá ejecutar el plan previsto. El Hada le dijo exactamente qué hacer: seguir al caminante y fingir que se caía cuando lo alcanzara. Él, sin duda, la ayudaría a incorporarse y, entonces, podrían empezar a hablar. El plan no brilla por su inteligencia, pero Alicia lo ha aceptado.

No obstante, aún tiene que alcanzarlo, y no puede. Lleva unos botines tan ajustados que le aprietan los tobillos, por lo que a duras penas consigue mantener el ritmo y ve a Nietzsche alejándose poco a poco.

Alicia respira hondo y acelera, pues quiere ver de cerca a ese extraño personaje que pretende «romper la historia del mundo en dos», ¡sin duda no se cree un cualquiera! Nietzsche lleva una vida solitaria, viajando de un lado a otro desde hace años, alojándose en habitaciones baratas en modestas pensiones entre Turín, Niza, Génova y los Alpes suizos, y siempre escribiendo, a menos que se lo impida el dolor, pues está muy enfermo, por eso dejó su trabajo en la Universidad de Basilea.

Canguro se lo contó a Alicia antes de llegar a Suiza. Friedrich Nietzsche, hijo de un pastor protestante, destacó muy joven en Weimar (Alemania) por sus dotes literarias y su extraordinaria destreza para las lenguas antiguas. Antes de cumplir veinte años, ya dominaba el griego antiguo con la misma precisión que los mejores eruditos de su época. Así, la Universidad de Basilea le ofreció una cátedra, ¡incluso antes de haber defendido su tesis! Sin embargo, no se contentó con explicar a Sófocles, Homero o Platón ni con escudriñar los textos para corregir alguna traducción dudosa o fragmento confuso.

Descubrió que los eruditos «tejen los calcetines de la mente», pero él quería correr libre, descalzo, lo más lejos posible. Resucitó el alma de los griegos, reinventándolos, y explicó las tensiones que los carcomían, desgarrados entre lo dionisiaco y lo apolíneo. Del lado de Dioniso, la embriaguez, las orgías, el caos, la desintegración del yo, la pérdida del control. Del lado de Apolo, el orden, la armonía y la medida, el dominio de las formas y los sentimientos. Para Nietzsche, lo que hacía grandes a los griegos era el haber vivido entre uno y otro, el haber intentado conciliar los opuestos sin suprimir ninguno.

Así empezó Nietzsche, a su vez, a explorar la cara oculta de las ideas, sus oscuros orígenes, sus fuentes desconocidas. De este modo, vislumbró el juego de fuerzas y conflictos tras la aparente calma de los griegos, los instintos en lucha tras el equilibrio del que presumían. El cuerpo se le apareció como el territorio olvidado del que manan los deseos y los sentimientos, con sus múltiples fuerzas, sus inclinaciones contrarias, su sabiduría y su locura, en guerra permanente.

Debido a ello, optó por hacer de su propio cuerpo enfermo —aquejado de dolores de cabeza, mareos y migrañas oculares— un puesto de observación, un campo de experimentación para descubrir cómo viven las ideas, decaen o se refuerzan.

Cada verano viene a Sils-Maria, en la Alta Engadina (Suiza), a pasear junto a los lagos y recorrer los senderos alpinos. El pueblo es pequeño, a orillas del agua, en una franja de tierra entre dos lagos, y el paisaje es magnífico. Nietzsche no se aloja en el Hotel Edelweiss, un gran edificio rococó demasiado caro, sino que vuelve cada año a su pequeña habitación en una casa de una sola planta que huele a madera resinosa, como las cabañas. Una cama de hierro con un grueso edredón, un sillón de cuero capitoné, una jarra de porcelana con agua y una ventana con vistas al bosque es todo lo que necesita para estar tranquilo. Sabe que aquí el aire es fresco.

El caso es que Nietzsche es hipersensible, a la humedad, al viento, a la luz, a la comida... Además, cambia de región a menudo para encontrar la luz que le conviene según la estación del año, así como los sonidos y la comida que le devuelven el ánimo. Una canción en la calle o una taza de té tibio: con poco le basta para encontrarse mejor o peor. Así pues, observa, prueba y anota los resultados.

Y camina. No importa dónde esté, ni la temperatura o la estación del año; camina. Así es como piensa: en marcha, cambiando de punto de vista, modificando la perspectiva. Eso es lo que dijo Canguro a Alicia, a la que le entraron ganas de conocer a ese hombre fuera de lo común, sobre todo porque el abnegado Zingular añadió que Nietzsche, cuando alguien le pregunta cómo vivir, demuestra ser un experto sin igual.

Con gran esfuerzo, Alicia se acerca por fin al caminante. El pueblo, desde lo alto de la colina, parece más pequeño todavía. Unos metros más y... Alicia alcanza al solitario hombre. Se fija en sus ojos hundidos y en su abundante bigote que oculta su labio inferior, y se desploma ahí mismo, sobre el sendero pedregoso.

—Señorita, ¿me permite que le ofrezca mi brazo para ayudarla a levantarse?

—Es usted muy amable, señor, ¡qué vergüenza! Debo de haber apoyado mal el tobillo y he perdido el equilibrio.

—Ahora que se ha incorporado, ¿le duele?

—No, no es nada grave, gracias. ¿Con quién tengo el honor de hablar?

—Friedrich Nietzsche, viajero. Viajo por placer y por necesidad por las montañas, pero también viajo por el tiempo, las ideas, los sentimientos... Perdóneme si la aburro con estas consideraciones.

—¡En absoluto! ¡Soy yo quien le pide perdón por molestarlo!

—¿Adónde se dirige, señorita...?

—Alicia, puede tutearme. Yo voy al antiguo molino.

—¡El antiguo molino! ¡Qué gran idea! Ese lugar me gusta muchísimo. La subida es empinada, ¡pero las mejores ideas aparecen cuando se trabajan los músculos! Si te apetece, caminemos juntos. ¿Estás de vacaciones?

—Estoy de paso, haciendo una parada en un largo viaje para intentar encontrar la respuesta a una cuestión que no deja de rondarme.

—¿Puedo preguntar cuál, si no es indiscreción?

—No, no lo es. «¿Cómo vivir?», esta pregunta es el motivo de mi viaje.

—Lo más importante, si quieres saber mi opinión, no es la respuesta a esta pregunta, sino saber quién la hace. Querer saber cómo vivir es una señal de debilidad, de decadencia. Los animales salvajes no se cuestionan esto, ni tampoco los fuertes. Quienes tienen instintos poderosos, aquellos que se hacen valer y saben adónde van, nunca se hacen esta pregunta, que es sintomática de una pérdida de vitalidad, una señal de que la vida ya no tiene la fuerza suficiente para confiar en ella. Entonces, se busca una brújula externa, se exigen indicaciones del exterior para saber adónde dirigirse. Es como si uno ya no pudiera ver con claridad su interior o quisiera protegerse.

Alicia discrepa. Le choca esta representación de una vida dominante, salvaje, que se impone de forma irracional. Aclara que, al preguntarse cómo vivir, en realidad, está intentando averiguar cómo hacer lo correcto, cómo evitar causar daño.

Nietzsche suelta una carcajada larga y sonora, como si Alicia le hubiera contado un chiste desternillante.

—¿El bien? ¿El mal? ¡Menudo chiste!, uno siniestro y absolutamente tóxico, una fábula inventada por los débiles, los tímidos, los cobardes, los corderos para hacer sentir culpables a las bestias. Es normal que una oveja tenga miedo de un león, pero, si la oveja empieza a decirle al león que comer ovejas es muy malo, muy vergonzoso, muy perverso, y si llega a convencerlo de que ser león es una monstruosidad, una anomalía, una aberración, entonces, es el león quien va a sufrir, pues pasa a ser él la víctima de la oveja.

»La moral, la justicia y la igualdad, esos bellos valores que se supone que nos dan pautas para vivir, son pura venganza, envidia, mentiras con las que se amansa a los fuertes. ¡Por eso hay que defender a los fuertes de los débiles!

Alicia se queda en silencio, atónita, mientras sigue caminando a paso rápido. ¿Es un loco o un sabio? A primera vista, este provocador es insoportable, aunque, pensándolo bien, tal vez no esté del todo equivocado. A Alicia nunca se le ha ocurrido que la igualdad sea una forma de venganza, una especie de rencor cultivado por quienes de otra forma habrían sido incapaces de imponerse. Esta manera de pensar le parece horrible y desagradable, y le gustaría descartarla, pero enseguida se da cuenta de que no porque sea desagradable ha de ser falsa.

—Intuyo cómo te sientes. Sin duda, la dureza de mis palabras explica tu silencio. Podría disculparme, pero no lo haré, pues eso sí sería ofensivo, ya que la calidad de un alma se mide por la cantidad de verdad capaz de soportar. La verdad no es necesariamente agradable o tranquilizadora, y resulta ingenuo creer que consuela o protege. Al contrario, sacude, raja, hiere, hace daño. Cuanto más camino por estas montañas con este aire puro, más descubro hasta qué punto los ideales, los valores y los fines en teoría sublimes de las religiones, la moral, las filosofías e incluso las ciencias no son más que lamentables artimañas, pantallas para mantenernos bien engañados. Al mirar al otro lado, hay bajeza, mezquindad, odio y rencor. No es bonito de ver, ¡te lo aseguro!

Alicia sigue escandalizada por las observaciones de Nietzsche, pues van en contra de lo que siente y de lo que ha descubierto en el país de las ideas.

—¿Puedo hacerte una pregunta? —aventura tímidamente—. En principio, lo que mueve las religiones, y también las filosofías, las espiritualidades y las morales en su conjunto, es un deseo de paz, amor y benevolencia, según me parece. Estoy de acuerdo en que no son capaces de mantenerlo en todo momento ni de aplicarlo siempre, pero no creo que lo hagan de mala fe. ¿Tú qué opinas?

Nietzsche se echa a reír otra vez.

—¿Qué hacen esos pensamientos bonitos? Mantener vivo el deseo de un mundo mejor, más bello, más justo. Platón imagina el cielo perfecto de las ideas eternas para evadirse del mundo real, donde todo cambia constantemente. Los cristianos, por su parte, inventan la vida eterna, un premio que se gana a base de virtud y sacrificio. Sin embargo, estos mundos son ficciones creadas para no enfrentarse al mundo real, a la vida real, son los sueños de mentes enfermas, debilitadas, trastornadas, incapaces de apreciar la belleza de la vida, incapaces de soportar la vida real. Por eso, inventan dispositivos terroríficos para condenar el cuerpo, la naturaleza y los instintos y perfeccionan técnicas de adiestramiento inauditas, castigos y recompensas imaginarios. Estos lunáticos vuelven la vida cada vez más enfermiza.

»¡Pero yo voy a cambiarlo todo, voy a subvertir todo eso! ¡Voy a anunciar que Dios ha muerto! ¡Se acabó el teatrillo! ¡Volverá la vida, vida a rebosar de salud! Así, nacerá un ser humano nuevo, ¡tan alejado de nosotros como nosotros del mono!

La voz de Nietzsche se vuelve más aguda; sus pasos, más rápidos, y sus manos, más agitadas. Alicia empieza a preocuparse, aunque por fortuna ya están llegando al antiguo molino. El lugar es muy agradable y ya llevan un rato caminando, por lo que sugiere que se sienten un momento.

—Si te he entendido bien... —dice Alicia, ya sentados los dos en un banco—, crees que todo cambiará solo con anunciar que Dios ha muerto, ¿verdad?

—Pues claro que no. Estoy seguro de que no lo entiendes, pues lo has malinterpretado de una manera bastante sutil, y eso me anima a explicarlo mejor. Dios fue un invento grandioso que causó un enorme daño a la humanidad, pero también mucho bien, puesto que obligó al animal humano a examinarse, a controlarse, a superarse, a comportarse de otra manera. Cuando esta idea desaparece, al principio el animal no sabe qué hacer, puesto que, sin Dios, la existencia deja de tener sentido, se vuelve miserable, insignificante. El que pierde a Dios se convierte en lo que llamo «último hombre», que se cree inteligente pero en realidad es estúpido y está desilusionado, atrapado en la comodidad y sin horizonte.

—¿Qué hay que hacer entonces?

—Lo primero es destruir los ídolos, los engaños, las ideas opresivas, romperlas a martillazos, brutalmente, ¡sin miramientos! Dios, libertad, bondad, justicia, igualdad, democracia, progreso, paz..., hay que partir todo eso en mil pedazos, aplastarlo, molerlo hasta reducirlo a polvo, como hacía este viejo molino con los granos de trigo.

—¿Y después?

—Inventar nuevos valores forjando nuevos seres humanos: artistas de la vida, músicos de la existencia... ¡Cuanto más se es filósofo, más se es músico! Ya no basta con caminar, ni siquiera correr, ¡hay que bailar!, ¿entiendes?, ¡bailar! ¡Hay que bailar! ¡Bailar, bailar!

Nietzsche se levanta y conduce a Alicia en un vals salvaje que casi termina en la zanja junto al campo.

—Disculpa, me he dejado llevar. En cuanto se habla de música me pongo así. Estoy convencido de que, sin música, ¡la vida sería un error!

—¡Ay, no quiero olvidarlo! —dice Alicia—. ¿Puedo escribir eso que has dicho?

—Hazlo, por favor. Esta es mi única respuesta a cómo vivir; no tiene sentido buscar otra cuando esta lo contiene todo. Vivir es vivir como músico, crear en el mundo, con la vida, a cada instante, prolongar el cuerpo con el corazón y la mente a través de formas e ideas encarnadas. Esto es propio de un mundo muy distinto al de la verdad de antaño. ¿A quién se le ocurriría llevarle la contraria a un sonido? ¿Alguien diría que Beethoven es más verdadero que Mozart o menos verdadero que Bizet? Una pieza musical es más alegre o menos melancólica que otra, ¡pero eso no tiene nada que ver con las certezas!

—¿Y qué haces con esas certezas?

—Si no las destruyo, las evito. Lo que nos vuelve locos no es la duda, sino la certeza. Dicho esto, ¡te deseo un buen viaje!

Nietzsche se levanta tan rápido que a Alicia ni siquiera le da tiempo a despedirse. Ya está subiendo al molino, avanzando a grandes pasos sin mirar atrás.

Al quedarse sola, Alicia decide regresar al transbordador. En él, intenta buscarle sentido a todo lo que acaba de vivir. ¿Qué personaje es este que se las arregla para ponerlo todo patas arriba sin que quede claro si habla en serio o no? Cambia constantemente de tono y de punto de vista y lo que dice es inquietante y perturbador.

Canguro se toma la libertad de clarificarlo. Explica que, en vida, Nietzsche tuvo muy pocos lectores. Para los filósofos de su época, él era un poeta u hombre de letras, mientras que para estos era un filósofo. Además, los últimos diez años de su vida solo reforzaron su mala reputación.

—Ya no reconoce a nadie ni puede escribir. Postrado, a menudo sin poder moverse, toca el piano en ocasiones. Su hermana Elisabeth construye una especie de museo en torno a él: reúne sus manuscritos, notas y correspondencia. En los Archivos Nietzsche, en Weimar, la gente va a visitar al otrora genio, con los ojos fijos en su silla de ruedas. En este extraño infierno, Elisabeth trabaja para orientar la obra de su hermano hacia las ideas políticas más extremas. Al estar vinculada a los movimientos antisemitas y nacionalistas alemanes, modifica los textos para hacer de Nietzsche, entonces ya incapaz de defenderse, un pensador de referencia para racistas y xenófobos.

»Es cierto que Nietzsche no es un demócrata, pues sueña con un régimen autoritario, pero odia Alemania y, sobre todo, a los antisemitas. Su postura es ambigua y complicada, con tantas contradicciones y matices que ha provocado debates interminables. Algunos han intentado convertirlo en un pensador de izquierdas alegando que fue víctima de las manipulaciones de su hermana; otros, en una inspiración para Hitler y el nazismo, ignorando los numerosos textos que demuestran que eso es imposible.

—¿Y entonces? —pregunta Alicia.

—El debate sigue abierto. Si te interesa, puedes ver por ti misma qué hay en la carpeta y cuáles son los argumentos de ambas partes. Eso es importante, pero hay algo más que has de tener presente: Nietzsche también transforma nuestra manera de pensar en las ideas, pues considera que estas esconden sentimientos, emociones, deseos; esto es, que tienen más caras de la que conocemos.

»Sostiene que las ideas no son inofensivas, sino que, en ellas, se mueven pulsiones de destrucción o supervivencia, de dominación o protección. Están influidas por los conflictos de la historia, las jerarquías, la herencia genética y las trampas de lo imaginario. La idea de que existe una verdad única, universal, científica e impersonal es pura ilusión, y la ciencia no es más que una religión moderna: eso defiende Nietzsche. Ya ves por qué es un filósofo tan importante y tan problemático. ¡Sueña con hacer implosionar todo el país de las ideas!

ঔ *Diario de Alicia* ঙ

Nietzsche me da mucho miedo, pero de una forma interesante. Hay algo aterrador en su mirada: es como si atravesara muros, decorados, todo tipo de apariencias; te sacude hasta el punto de volverte loco si no eres fuerte. Sin embargo, a la vez, muestra nuevas perspectivas, hace añicos cosas que parecían evidentes. Canguro ya me ha avisado: a este pensador que decía «yo soy dinamita», hay que agarrarlo con pinzas.

UNA FRASE PARA LA VIDA

Lo que nos vuelve locos no es la duda, sino la certeza.

(Nietzsche, *Ecce Homo*, 1888)

Ahí está una frase que parece evidente, y no lo es, pues no sabemos de qué duda se trata ni de qué certeza estamos hablando. Tener claro que el agua hierve a cien grados nunca ha vuelto loco a nadie, tampoco el hecho de que dos y dos son cuatro. En cambio, tener claro que el pueblo ario debe dominar el mundo o que el movimiento obrero ha de instaurar la sociedad sin clases puede conducir a delirios asesinos. No obstante, en nombre de la duda, no se puede matar a nadie. Así, vuelve mi pregunta de siempre: ¿cómo vivir cuando se duda?

38

Entrevista en el consultorio de Freud en Viena, 1910

Por la gran calle pavimentada, pasan algunos coches de motor, como en el cine mudo en blanco y negro, donde la gente caminaba a paso discontinuo, algo bastante cómico; lo demás son carros de caballos. Alicia está bastante tranquila, aunque no del todo, porque se acerca a su época con la crisis que tanto le asusta, en la que no sabe cómo vivir.

Tiene la extraña sensación de haber descubierto muchas ideas y miles de cosas que ni sospechaba que existieran, pero de saber cada vez menos adónde ir y qué elegir. De hecho, se siente desorientada; mucho mejor informada, sí, pero perdida, como si no pudiera ver con claridad ni con su cabeza ni con su corazón. ¿Es posible?

«Quizá él tenga la respuesta», piensa Alicia al llegar al número 19 de la calle Berggasse en Viena. Tiene una cita con Sigmund Freud, médico descubridor del inconsciente e inventor del psicoanálisis. El Hada ha logrado que le conceda una entrevista a Alicia, a la que hace pasar por una joven periodista francesa que la publicará en una revista para mujeres. Por suerte, Freud también habla muy bien francés, pues hace unos años estudió hipnosis con Bernheim en Nancy (en la Lorena) y siguió los cursos de Neurología del profesor Charcot en el hospital de la Salpêtrière en París.

Alicia también sabe, gracias a Canguro, que este médico, especialista en el sistema nervioso, se ha volcado en el tratamiento de trastornos raros, como las parálisis intermitentes de miembros que no han sufrido ninguna lesión o el pánico injustificado a algo banal. Es escuchando a sus pacientes, analizando sus sueños y, a veces, fijándose en detalles aparentemente insignificantes como Freud halla la causa de algunos de estos trastornos nerviosos que antes no se podían explicar. A la par, hace descubrimientos curiosos, como que ciertos recuerdos bloqueados resultan ser el origen de los trastornos; al parecer, evocar este pasado reprimido hace que desaparezcan los síntomas.

Estas primeras observaciones lo llevan a plantear hipótesis inéditas acerca de cómo funcionan el pensamiento, el deseo y el lenguaje. Estas no solo se refieren a unos pocos casos raros, sino que son generales, por lo que, en cierto modo, transforman el país de las ideas.

Alicia cruza el portón del edificio, sube las escaleras hasta el primer piso y llama a la puerta de la derecha, la del consultorio. Le abre una asistenta, que la acompaña a una pequeña sala de espera. La cita es a mediodía y faltan cinco minutos; parece que el doctor es puntual.

A las doce en punto, Freud abre la puerta, se despide del hombre al que acaba de atender y le indica a Alicia que entre y tome asiento en un sillón frente a su mesa. El lugar tiene su aquel: junto a una pared, hay un voluminoso diván cubierto de tapices orientales y cojines, donde los pacientes se tumban para hablar, sin ver a Freud, que permanece sentado en un sillón de cuero detrás de su cabeza; enfrente, hay un escritorio con decenas de estatuillas egipcias o mesopotámicas; la ventana da a un castaño en el patio interior, y huele a tabaco que apesta.

Alicia da las gracias a su anfitrión y se presenta en pocas palabras. El profesor la escucha con atención, inexpresivo. Tiene una barba muy cuidada, lleva gafas de montura ancha y un traje elegante y la mira con ojos penetrantes. Ella le pregunta, para empezar, a qué llama «inconsciente».

—El término existe desde hace mucho —responde Freud— y se refiere a todos los procesos físicos y orgánicos de los que no somos conscientes. En este sentido antiguo, el crecimiento de nuestro cabello y uñas es inconsciente, al igual que la circulación de la sangre o la regulación del ritmo cardiaco. Pero este inconsciente corporal solo afectaba a la parte exterior del pensamiento, ya que se creía que pensamiento y conciencia eran de alguna manera sinónimos.

»El inconsciente del que hablo, el que estudia el psicoanálisis, es otra cosa. Es psíquico, no orgánico; es un pensamiento no consciente: ¡esto es lo que he descubierto!

—Pero ¿cómo puedo pensar en algo si no soy consciente de ello, es decir, sin saberlo?

—¡Esa es la cuestión! Hay que suponer, entonces, que gran parte de nuestra actividad mental se desarrolla fuera del ámbito de nuestra conciencia. Asociamos ideas y rechazamos ciertos deseos perturbadores, aunque encontramos formas de expresarlos a pesar de todo..., y todo esto sin darnos cuenta.

—Entonces, ¿cómo lo descubrió?

—Primero, tratando a los pacientes con hipnosis y observándolos; luego, a través de elementos recopilados verbalmente y asociaciones de ideas. Gracias al análisis de los sueños y actos fallidos (olvidos, lapsus, pequeños errores que cometemos a diario sin darnos cuenta), comprobé que nuestra vida psíquica no se reduce al consciente, sino que es mucho más amplia, y la mayor parte se nos escapa. Además, he verificado que estos procesos de rechazo, olvido y retorno son dinámicos: el resultado de relaciones de poder y conflictos internos de nuestra psique.

»Imagine nuestra conciencia como una clase. Si algunos alumnos hacen ruido y se pelean constantemente, hay que expulsarlos del aula para poder seguir con la lección. Una vez fuera, si siguen queriendo hacerse oír y vuelven a entrar en la clase, aquellos que quieran escuchar al maestro probablemente se sienten delante de la puerta bloqueando la entrada con la silla para impedir que regresen los alborotadores.

»Digamos que esta es una representación simplificada de la represión. Lo que perturba nuestra conciencia se expulsa, volviéndose inconsciente, y así se establece una relación de fuerza entre lo reprimido, que quiere expresarse, y la resistencia que lo mantiene fuera de la conciencia para preservarla.

—¿Cómo sabe usted que todo eso es verdad?

—Yo formulo hipótesis, no construyo una teoría incontestable y definitiva. Año tras año, estas hipótesis se ven confirmadas y enriquecidas por un número de observaciones y datos cada vez mayor. Estos datos consisten, por un lado, en lo que dicen los pacientes, tanto míos como de otros psicoanalistas a los que he formado, y, por otro, en los análisis de mitos, leyendas y ritos religiosos que realizamos al aplicar el psicoanálisis a múltiples creaciones culturales.

»Todo ello confirma que nuestras hipótesis son válidas. En todas partes, encontramos preocupaciones sexuales y conflictos relacionados con la primera infancia. Antes, se creía que el despertar de la sexualidad no tenía lugar hasta la adolescencia, pero nuestras observaciones muestran que los primeros años de vida son determinantes.

—Su teoría de la sexualidad infantil ha levantado una gran polémica. ¿Puede explicar cómo llegó a esa teoría y por qué su acogida ha sido tan hostil?

—La sexualidad de los animales está guiada por sus instintos de manera fija, inmutable. El cortejo, la llamada sexual y la reproducción presentan siempre las mismas formas en cada especie, excepto en la nuestra. Por su parte, la sexualidad humana es una aventura psíquica: el deseo se construye a través de una larga historia hecha de vicisitudes y recorridos individuales que tienen que ver con la estructura familiar y los acontecimientos de la vida de cada uno. Esta compleja construcción del deseo sexual humano comienza durante la primera infancia. Si no hubo la capacidad de verlo antes es porque se quería preservar una imagen pura de la infancia en la que los niños son inocentes, unos angelitos.

»En realidad, esa imagen es el producto de una represión muy fuerte. Esta misma represión explica por qué mi teoría ha causado escándalo. No obstante, en lugar de contradecir mis hipótesis, ¡esta reacción tan apasionada no hace más que confirmarlas!

Alicia ha representado a la perfección su papel de periodista tomando notas con diligencia. Le da las gracias sinceramente al doctor Freud. Ha sido divertido, aunque, pensándolo mejor, la entrevista le resulta inquietante. Alicia se pregunta qué consecuencias se pueden sacar de toda esta historia de pensamiento inconsciente y deseo reprimido.

Los Ratoncitos han puesto la mesa, pues el Hada y el Canguro han salido en una misión. Alicia está sorprendida, ya que no tenía ni idea, a la par que decepcionada, porque quería más detalles.

—¿Es que nosotros no servimos para nada? —preguntan los Ratoncitos al unísono.

—¿Crees que somos unos inútiles? —añade el Ratoncito Cuerdo.

—¿Crees que yo estoy loco? —agrega el menos cabal.

—Para nada, ¡os quiero a ambos! —contesta Alicia—. De hecho, quizá podáis ayudarme. ¿Vosotros conocéis a Freud?

—Por supuesto —responde el Ratoncito Loco.

—Claro que sí —añade el Ratoncito Cuerdo.

—Me pregunto qué cambia en el país de las ideas.

—¿Quieres saber cuál es mi cita favorita? «El yo no es amo en su propia casa.»

—Espera que la apunte. ¿Qué significa?

—Que no sabemos del todo qué hay en nuestros pensamientos —continúa el Ratoncito Cuerdo—. Creemos que queremos una cosa, pero nuestras palabras o acciones muestran que deseamos otra. Así pues, no somos nosotros quienes controlamos nuestros pensamientos, sino que nos vienen ideas sin que sepamos de dónde surgen, ni cómo, ni por qué.

Y, como no controlamos el flujo de nuestras ideas, quizá no seamos conscientes de todo lo que pensamos.

»Por eso, lo que cambia con Freud es la concepción del sujeto o, si lo prefieres, del yo, la conciencia individual. En la filosofía clásica, el sujeto es transparente, se ve a sí mismo; esto es, conoce plenamente sus pensamientos y tiene claros sus deseos. Con la existencia del inconsciente psíquico, eso cambia. Una parte del pensamiento escapa a la conciencia, por lo que el sujeto se vuelve opaco a sus propios ojos. Así, la antigua recomendación del oráculo de Delfos "Conócete a ti mismo" se convierte en una misión imposible.

—¡Miedo me da! —dice Alicia.

—¿Miedo? ¡Ni caso! ¡Cuadro de Picasso! —replica el Loco.

—Pero ¿qué dice? —pregunta Alicia.

—Se refiere a que la persona está hecha pedazos, una parte aquí, otra allá, que encajan más o menos... —responde el Ratoncito Cuerdo—. Normalmente, mi hermano el Loco se equivoca, pero esta vez no. Si no, fíjate; ya habrás visto cómo se están desmoronando las ideas en esta época que has visitado: Hegel corta las cadenas de la lógica, Marx expone los engaños de los discursos oficiales, Nietzsche dinamita la moral y los valores, Freud deshace la unidad del pensamiento...; sí, las ideas se desmoronan.

ఌ *Diario de Alicia* ✌

Tengo la sensación de que todo se está viniendo abajo: el país de las ideas, mi cabeza, la historia reciente..., es como si el orden de siempre cambiase, como si las brújulas perdieran el norte, como si los puntos de referencia se volvieran borrosos. Con este percal, saber cómo vivir parece algo imposible, ¡y en mi época es peor todavía! ¿Habrá que abortar la misión?

UNA FRASE PARA LA VIDA

El yo no es amo en su propia casa.
(Freud, «Una dificultad del psicoanálisis»,
1917)

Canguro ha localizado las líneas que preceden a esta afirmación en el texto original; hablan por sí solas. Freud imagina que se dirige, como psicoanalista, al yo, que cree saberlo todo, y le dice esto: «Crees que sabes todo lo que pasa en tu alma —que sea lo bastante importante— porque te lo habría dicho la conciencia. Y, cuando no te llegan noticias de algo que está en tu alma, asumes, totalmente convencido, que no está allí. Incluso consideras "psíquico" sinónimo de "consciente", es decir, conocido por ti, y esto a pesar de las pruebas más evidentes de que en tu vida psíquica deben de ocurrir constantemente muchas más cosas de las que te cuenta tu conciencia».
Ser «amo en su propia casa» supone estar informado de lo que pasa en el interior de uno. Si no conocemos a la perfección nuestros pensamientos y deseos, no pasamos de

amos ilusos, dado que no tenemos ningún dominio sobre nosotros mismos.

Supongamos que es así. Opción 1: pasamos de todo y dejamos que pase lo que tenga que pasar, ya que, total, no entendemos nada. Opción 2: a pesar de todo, buscamos la manera de seguir siendo más o menos responsables e intentar comprender lo que se nos escapa.

39

Nazismo, comunismo y otros -*ismos*

—¡Tampoco se trata de llevarla adonde los bombardeos!

—¿Qué hacemos entonces? —pregunta Canguro desconsolado.

Sin saber cómo proceder, el Hada no dice ni mu, y los Ratoncitos están en las mismas.

—No podemos exponerla a la masacre, a las fosas comunes, a los cadáveres amontonados —continúa Canguro—. ¡No hemos venido a traumatizarla!

—Por supuesto que no —replica el Hada—, pero sí que debemos informarla lo mejor posible. El siglo xx es el de sus padres y de sus abuelos y la época en la que vive depende directamente de lo que pasó entonces. Así pues, es fundamental que conozca bien ese periodo si quiere comprender el suyo y descubrir cómo vivir. Sí, es aterrador y solo deja caos tras su paso, pero también abre horizontes de esperanza que debemos mostrarle.

Discuten largo y tendido mientras Alicia, agotada tras la entrevista en Viena, duerme como un tronco. No hay forma de ocultarle que el tiempo que están sobrevolando es el más sangriento y mortífero de toda la historia. No hay manera de no preguntar por qué, de no hablar de lo que provocó esta carnicería y esta barbarie sin precedentes, así como de las consecuencias que ha tenido.

—Si me permitís..., estoy acostumbrado a misiones imposibles —dice Canguro—. No se trata de ocultarle nada, pero estoy preparando resúmenes, así Alicia no se asustará tanto.

—De acuerdo —dice el Hada—. Solo lo esencial. Si quiere saber más, libros no faltan, y también hay muchas películas y documentos que hablan de ello.

Alicia ha dormido bien, por lo que está de buen humor y pregunta por qué Canguro parece tan preocupado.

—Tengo cosas serias que explicarte —responde.

—¿Serias?

—Sí y tienen que ver con nuestra historia.

—¿Tuya y mía?

—Qué va... Tienen que ver con nuestra historia contemporánea, del pasado reciente, cuando muchos sueños se ven truncados en medio del desastre.

Canguro menciona, en primer lugar, el increíble aumento del poder de la humanidad: la sociedad industrial acelera el desarrollo de sus medios operativos, que terminan siendo gigantescos; los aviones invaden el espacio aéreo; la electricidad cubre toda la Tierra; la energía se convierte en el principal desafío y crea dependencia del carbón, el petróleo, el gas y, pronto, las centrales nucleares, y las distancias se reducen gracias al teléfono, la televisión y la información en directo.

Esta gran actividad aumenta a un nivel inaudito lo que une a los seres humanos, los Estados y los continentes, pero lo que los divide se vuelve más peligroso, porque los conflictos se intensifican de una forma desmesurada.

Nietzsche fue un profeta al anunciar, a finales del siglo XIX, que el siglo XX sería «el siglo de las guerras». Después de haber dominado el mundo, Europa se hunde en el abismo entre 1914 y 1918, cuatro años de masacres marcados por millones de muertos, una crueldad nunca vista y una destrucción sin precedentes. Entonces, se cree que se ha alcanzado el colmo del horror y que es el último de los conflictos. «¡Nunca más!», dicen los supervivientes. Sin embargo, es solo el comienzo...

Alicia recuerda sus clases de Historia Contemporánea: la Gran Guerra, las trincheras, los monumentos a los caídos... Intuye la magnitud de las sucesivas destrucciones, así como sus consecuencias. A medida que va percibiendo el descontrol de estas tragedias, se va angustiando más.

—Para poner fin a estas aberraciones, ¿no podríamos inventar otra humanidad? —pregunta.

—Por desgracia —responde el Hada—, el sueño de que haya un hombre nuevo es peor todavía, pues, en lugar de poner fin a los desastres, echa más leña al fuego.

—¿Por qué? ¡Explícamelo!

—Si me permitís —dice Canguro—, esta idea de un hombre nuevo, más fuerte y más puro que el que conocemos viene de lejos. Platón ya sueña con ello y el cristianismo, con san Pablo, retoma esa misma idea, aunque le dé un giro. Sin embargo, en el siglo XX, ese sueño de un «hombre nuevo» ha resultado letal.

»Esta concepción se impone en Alemania bajo el disfraz de una renovación de la especie. El mito de la superioridad de una supuesta raza aria (blanca, nórdica, rubia, de ojos azules) sirve de base a esta idea del hombre nuevo. Se supone que la *raza* aria está dotada de una inteligencia superior y que su destino es dominar. Obviamente, nunca ha existido una raza así, para empezar porque la noción de raza humana no tiene ninguna validez científica: solo existe una especie humana, sin razas diferentes. Aun así, es basándose en esta falsa biología como los nazis idean su totalitarismo.

—¿Qué quiere decir «totalitarismo»? —interrumpe Alicia.

—Es una nueva forma de poder político consistente en que el Estado toma el control total de la vida social, económica, cultural y personal de los individuos para adaptarla a su doctrina. Así es como Hitler y el partido nazi lo ponen todo en marcha para apoyar el nacimiento del «hombre nuevo»: promulgan leyes raciales, hacen una reforma educativa, pasan a decidir qué espectáculos y exposiciones se pueden ver y se hacen con el control de la prensa y la radio para imponer en todas partes la idea de la supremacía aria.

»Las otras *razas*, a las que consideran inferiores, deben someterse a los arios. Además, pretenden eliminar a los judíos, a quienes acusan de ser tóxicos y peligrosos, así como enemigos acérrimos suyos. Primero, los apartan de la enseñanza y la Administración, prohibiéndoles trabajar como funcionarios. Luego, se pone en marcha el proyecto más monstruoso de la historia: matarlos a todos, erradicarlos de la faz de la Tierra.

—¿Hitler les declara la guerra?

—No. El objetivo de una guerra es conquistar un territorio, instaurar un poder o defender una frontera contra un agresor. Sin embargo, el proyecto nazi no consiste en derrotar a los judíos ni dominarlos, sino en acabar con ellos, matarlos no por lo que hacen, sino por quienes son, como si su propia naturaleza fuera un mal.

»Como ves, lo que se les niega es el simple derecho a vivir, y esto es algo inédito: nunca jamás había ocurrido nada parecido. En algunos casos, en el transcurso de guerras en la Antigüedad y en la Edad Media, se mató a todos los habitantes de una ciudad por venganza, pero nunca se había planteado siquiera borrar de la faz de la Tierra a todo un pueblo.

»En contra de los derechos humanos y la dignidad del ser humano, se pone en marcha un mecanismo innombrable. Los nazis matan a tiros a miles y miles de hijos de mujeres y hombres cuyo único crimen es ser judíos. Detienen a seis millones de personas en toda Europa, las concentran, deportan, clasifican, asesinan, gasean y queman vivas para *resolver* el *problema* judío.

Alicia está horrorizada. Intenta tranquilizarse, pues eso fue hace tiempo y los nazis perdieron, ¡ya los han juzgado! ¡Esa época nunca volverá! Podemos pasar página, ¿no?

¿Pasar página? El Hada le explica por qué es imposible.

En los campos de exterminio nazis se da un gran fracaso. Tiene lugar algo muy profundo e importante que sigue afectando a todos los vivos como un agujero negro en la historia del mundo. No fue una catástrofe entre otras, sino la destrucción interna del ser humano, de la que no podemos siquiera hacernos una idea; parece imposible representarlo de la manera que sea.

—Por supuesto, podemos pensar en otra cosa —dice el Hada—; de hecho, hemos de hacerlo. No podemos dejar que el miedo nos paralice. Sin embargo, tampoco podemos huir de la sombra que, desde entonces, se extiende sobre las ideas, y no debemos hacerlo. Si bien lo que sucedió parecía imposible, inconcebible, se volvió real.

»Este imposible que se vuelve real transforma profundamente el país de las ideas. En primer lugar, porque perturba el futuro: si eso ha ocurrido, ¿qué impide que vuelva a ocurrir en otro lugar de otra manera? La pregunta sigue sin respuesta, pero no desaparece y continúa siendo un motivo de preocupación.

»También hace tambalear la confianza en el ser humano, en la civilización, en el progreso. Si se inventó un crimen tan inconcebible, tan intolerable, ¿cómo seguir creyendo en todo lo demás? El ser humano quedó fracturado y el país de las ideas, destrozado.

»Porque esto afecta directamente al país de las ideas. El pueblo alemán era entonces el más culto, el más filosófico y el más amante de la música de todos los pueblos de Europa, y sin embargo fue en su seno donde se desarrolló esta implosión del sentimiento de humanidad. Nada pudo evitarlo, nada lo frenó. Podemos preguntarnos de qué sirven los ideales, los valores y las virtudes si millones de humanos educados en ellos terminan actuando como bestias, matando a sus semejantes.

Alicia escucha aterrada al Hada, empezando a vislumbrar la profundidad del desastre. ¿Todo lo que ella y Canguro le llevan mostrando desde el inicio de su viaje se quedaría en nada, empañado por la Shoah, 'Holocausto'?

—Te dejo meditar —dice el Hada—. Mira los documentos, las películas y los testimonios. Piensa en las familias apiñadas en los vagones de ganado, en el humo de los hornos crematorios, en pueblos enteros exterminados, en barrios desiertos, en el horror totalmente irracional de la catástrofe.

»Pregúntate si todavía puedes decir, con Epicuro, que "la muerte no es nada para nosotros"; si todavía puedes oír a Spinoza defender que "realidad y perfección son lo mismo"; si todavía puedes pensar, con Hegel, que "lo real es racional". Yo te digo que no se trata de una objeción entre otras dentro del país de las ideas. La Shoah es una objeción al país en sí mismo.

—Lo peor es que hubo filósofos que participaron activamente en la planificación de este genocidio —añade Canguro—. No solo políticos de segunda categoría y racistas de poca monta. El pensador alemán más conocido de la época, Martin Heidegger, que desde la publicación de su libro *Ser y tiempo* se considera un gran filósofo, admira a Hitler y lo apoya, además de ver en el nazismo una oportunidad de renovación para el mundo.

»Sus discípulos hicieron creer que esto fue un equívoco temporal hasta que se demostró que había sido nazi de principio a fin, y a mucha honra. Juraron que no había ninguna frase antisemita en su pluma antes de que se pudieran leer sus *Cuadernos negros*, donde representa a los judíos como demonios para justificar su condena y genocidio.

Alicia está consternada. ¿Qué será de la filosofía si no es capaz de evitar que aquellos que se consideran filósofos caigan tan bajo? ¿Desear otro modo de pensar o un hombre nuevo le da permiso a alguien para dejar de comportarse como una persona y convertirse en un salvaje?

Sin embargo, Canguro no ha terminado de evocar los males del hombre nuevo. El nazismo, basado en la raza, no es el único representante de esta utopía, sino que el comunismo le hace la competencia durante gran parte del siglo xx. Lenin y los bolcheviques, que se reivindican marxistas, toman el poder en Rusia en 1917. En nombre del marxismo y el leninismo, Stalin instaura un régimen totalitario que se esfuerza por establecer el socialismo, otro totalitarismo. También transforma la economía, la educación, la literatura y las ideas con el objetivo de derribar el antiguo mundo heredado del capitalismo y construir un hombre nuevo. El ser humano egoísta e individualista, modelo antiguo, debe dar paso al nuevo: socialista, solidario, generoso, entusiasta. A los que no caminen en esta misma dirección habrá que eliminarlos: así es como el totalitarismo comunista termina matando tanto como el nazi.

—¡Objeción! —interrumpe el Hada—. No se los puede meter a los dos en el mismo saco. La doctrina nazi es sumamente desigualitaria: defiende que manden los arios y que los demás se sometan a ellos. En cambio, el comunismo es muy igualitario: su objetivo es la emancipación de todos, la liberación de la humanidad. ¡Imposible confundirlos!

—No estoy diciendo que el nazismo y el comunismo tengan el mismo discurso —aclara Canguro—. Al contrario, tienes razón en esto, están en las antípodas el uno del otro, pero insisto en que ambos desean construir una humanidad nueva y que el nacimiento de este ser humano nuevo pasa por la violencia, la destrucción del mundo existente. Para alcanzar un futuro mejor, hay que pasar por el fuego, la sangre, los asesinatos en masa.

»Por tanto, si bien los objetivos declarados parecen opuestos, las formas de gobierno son las mismas: hacer propaganda, adiestrar el cuerpo, manipular la mente y controlar la prensa, el cine y la radio. Y el resultado es el mismo: para poner fin al mundo antiguo, campos de concentración, vallas metálicas, torreones donde se envían millones de mujeres y hombres a morir, y todo esto en nombre de una felicidad que vendrá gracias a doctrinas que dicen ser superiores, verdaderas y todopoderosas.

Alicia comprende mejor ahora en qué sentido el país de las ideas ha quedado destrozado. Hasta los ideales de liberación, justicia social y felicidad para todos se han transformado en opresión y dictadura. Si el anhelo más intenso de poner fin a la servidumbre genera una servidumbre peor que la anterior, ¿cómo no desesperarse? El mundo no parece tener ningún sentido.

—Se llama «nihilismo» —prosigue Canguro— al sentimiento de que nada tiene sentido, nada tiene valor, que las razones para vivir son ridículas y no hay motivos para tener esperanza. El nombre proviene del latín *nihil* 'nada'. El nihilismo predica que el cielo no existe y la razón es impotente, que nuestra vida no tiene sentido y nuestros principios son juguetes que no sirven para nada. Supone la ausencia de valores, el rechazo de todos los ideales, la negación de todas las ideas: es una fuerza destructiva aterradora. Pone en peligro la solidaridad, los intereses colectivos, las esperanzas de un mundo mejor, porque el nihilismo va acompañado del individualismo en su forma más estúpida, es decir, la convicción de que estamos solos, que únicamente cuentan nuestros gustos, juicios y caprichos, mientras que todo lo demás es secundario.

Alicia empieza a entrar en pánico, pues teme que ya no quede nada del país de las ideas. ¿Todo lo que ha visto se esfumará?

—¡Para nada! —se apresura a decir el Hada—. No hemos hecho otra cosa que mostrarte la fuerza de las ideas y su riqueza. Hemos hecho todo lo posible para que sepas apreciar el valor que tienen, para que sepas que existen y cuentes con ellas, pero también tienes que ser consciente del peligro al que se enfrentan. Si no vas con cuidado, el país de las ideas puede petrificarse para siempre; corre el riesgo de convertirse en un museo, o incluso en una catacumba, un cementerio olvidado, en lugar de ser un territorio vivo.

40

¿Adónde se han ido los sabios?

—¿Y los filósofos han desaparecido? —se desespera Alicia—, ¿están dormidos?, ¿dónde se encuentran, con la que está cayendo?

—Están por todas partes —responde Canguro—. Son muchos y suelen ser creativos, pero lo que hacen no tiene peso suficiente para acabar con el caos de los poderes que dirigen el mundo. Están desconectados, aislados. El país de las ideas se ha disgregado en compartimentos estancos y da la impresión de que los expertos hablan entre ellos, cada cual desde su compartimento, sin apenas contactar con el mundo exterior. Cada compartimento tiene una etiqueta, un nombre terminado en *-ismo* que indica su contenido.

»La paradoja de este tiempo ya te la imaginarás: son las ideas falsas, simplistas y dogmáticas las que van ganando poder; son las que allanaron el camino al totalitarismo y, ahora, ponen en peligro a la humanidad. En cambio, las ideas vivas, bien elaboradas, con sentido crítico y matices, están perdiendo influencia, incluso cuando se actualizan de forma ingeniosa. Esto ha causado estragos en el país de las ideas, incluso algunos lugares han quedado asolados; aun así, pese a estar tan compartimentado, se muestra dinámico, fértil y vivo.

—¿Puedes darme algún ejemplo? ¡Eso me animaría!

—Si me permites, te puedo sugerir algunos *-ismos* que luego podrás investigar por ti misma. Para empezar, el pragmatismo, un gran intento de renovar el país de las ideas. Su historia empieza a finales del siglo XIX, en Estados Unidos y Gran Bretaña, y continúa a lo largo del siglo XX. Este movimiento pretende dejar de lado todos los dogmas y prejuicios, atenerse a los hechos y refundar las ideas basándolas en la experiencia concreta. *Pragma* significa 'cosa' en griego. Considera que no hay ideas eternas ni verdades inmutables. Los pragmatistas, como Charles Sanders Peirce, William James y John Dewey, no tienen un sistema teórico determinado: consideran verdadero lo que funciona, lo que confirman los hechos, ya sea en el ámbito de la psicología, la política, la educación o la moral. Estos proponen muchas ideas interesantes para conciliar lo individual y lo colectivo a través de la educación y la democracia.

»En otro compartimento, encontrarás el existencialismo, que también contribuye a renovar la filosofía redescubriendo el sentido de la libertad frente al peso del destino y la maquinaria que aplasta al ser humano. Su idea clave es que "la existencia precede a la esencia", en palabras del filósofo francés Jean-Paul Sartre, uno de sus principales representantes.

—Vaya..., ¿y qué quiere decir con eso?

—Algo menos complicado de lo que parece, ya lo verás. Un objeto, como ese vaso sobre la mesa, corresponde a un modelo antes de que se fabrique. Hay un plan, una finalidad previa a la existencia del objeto, que se construye de acuerdo con ese plan, esa esencia. Sin embargo, esto no sucede en el caso del ser humano, que se ve «arrojado al mundo», como dijo Sartre, que consideraba que «estamos solos, sin excusa», según afirmó en una famosa conferencia titulada «El existencialismo es un humanismo».

»Así, el ser humano ha de inventar su sentido, crear sus propias reglas: es una página en blanco; no tenemos una naturaleza preestablecida. A esto se llama "libertad" y, según el existencialismo de Sartre, esta es absoluta: todo está por construir, elegir y crear, lo que resulta tan fascinante como abrumador, pues ser totalmente libres nos vuelve totalmente responsables; no hay forma de poner excusas para decir que no somos responsables.

—¿Y por qué no? Hay circunstancias, imprevistos, el azar...

—Así es, pero estas situaciones, todas ellas distintas, no nos eximen de responsabilidad: no nos hacen menos responsables. No somos responsables de las situaciones, pero sí de lo que hacemos con ellas. Yo no soy responsable de la guerra, de la crisis económica o de ponerme enfermo, pero el sentido que doy a cada una de esas situaciones, mi actitud frente a ellas y las decisiones que tomo en consecuencia son elecciones mías y de nadie más. Así pues, el ser humano sigue estando en el centro de todo, se inventa a sí mismo a cada instante.

A Alicia esta idea le resulta reconfortante. De inmediato, comprende las consecuencias de este humanismo: las personas pueden construir su propia historia; no son meros títeres, juguetes de los acontecimientos. No obstante, Alicia desconfía, pues ahora sabe que en el país de las ideas, en cuanto se esboza una explicación, surge un argumento contrario. A este humanismo seguro que se opondrá un antihumanismo.

—Yo no lo hubiese dicho mejor —asegura Canguro—. El humanismo se convierte en la diana de muchos pensadores actuales; en particular, los que se han agrupado bajo la etiqueta «estructuralistas». El eje común de sus trabajos, muy variopintos, es que la humanidad no es el elemento central. Para estudiar el lenguaje, no ven la necesidad de centrarse en el ser humano como ser hablante. Para la economía o la mitología, tampoco es necesario ocuparse de este como productor de mercancías o consumidor ni como creador de mitos. La explicación no reside en la naturaleza humana, sino en las leyes que rigen el funcionamiento del lenguaje, la economía y los mitos. Los estructuralistas consideran que, al examinar estas leyes de funcionamiento, se descubren estructuras que no se aprecian a simple vista. Son combinaciones de elementos que escapan a la conciencia de los individuos, así como a su voluntad y sus decisiones. Por tanto, para ellos el ser humano no es la clave de todo, ni siquiera la historia tiene demasiada importancia.

Alicia no lo ve claro. Este periodo reciente no la tranquiliza en absoluto. Si no se reconoce el papel del ser humano ni de la historia, ¿cómo no se va a volver a caer en los sistemas que destruyen la vida? Entre tantas escuelas, pensadores e -*ismos*, ¿no habrá nadie que pueda replantear el horizonte?

—No son muchos, pero los hay, no lo dudes. No forman un movimiento homogéneo, aunque por suerte hay algunos que no renuncian al futuro. Por ejemplo, a principios de siglo, Henri Bergson insiste en que pueden surgir innovaciones en cualquier momento, porque la energía creadora de la mente es infinita. Ernst Bloch, tras las guerras mundiales, la Shoah y el lanzamiento de las bombas atómicas en Hiroshima y Nagasaki, en un momento en el que parecía no haber salida a la desesperación, publica *El principio esperanza*, donde explica que lo inacabado es el principio de la historia y la conciencia humanas. Él cree que, sin expectativas, sueños ni deseos de lo que aún no existe, la humanidad ya no sería tal cosa. Emmanuel Lévinas, por su parte, renueva la ética con lo que llama «humanismo del otro hombre»: el rostro del otro, su presencia, me obliga a no matar; si olvido esta dimensión de la existencia, entonces, dejo de ser humano.

Alicia respira, pues estas últimas palabras le dan algo de oxígeno, pero sigue pensativa y preocupada: algo no la convence. ¿Y las mujeres? En todos sus viajes, no ha encontrado ni una sola filósofa, ni una sabia, ninguna, aparte de Hipatia, a la que asesinan brutalmente, y Louise Dupin, a la que no ha vuelto a ver. Entonces, ¿no hay mujeres en el país de las ideas?, ¿acaso no piensan, no tienen cerebro?

—Tienes razón, Alicia, ¡es un auténtico problema! Desde la Antigüedad hasta la modernidad, se ha marginado a las mujeres de manera sistemática. No se las ha permitido formarse, sino que se les ha impuesto una educación rudimentaria. Su papel era llevar la casa, cocinar, criar a los hijos, mientras que argumentar y pensar se reservaba a los hombres. Las ideas, la teoría, la política, los negocios, todo lo que se consideraba más importante era únicamente asunto de los padres, hermanos y maridos. A lo largo de los siglos, ha habido muy pocas excepciones. Sin embargo, esta exclusión de las mujeres y dominación de los hombres ya empieza a formar parte del pasado.

»Lo masculino deja de ser lo central y lo femenino ya no es lo gran desconocido. Durante el siglo XX, muchas mujeres se convierten en científicas, filósofas y ensayistas. Así, nace un nuevo -ismo, el feminismo, con filósofas como Simone de Beauvoir, cuyo libro *El segundo sexo* es una denuncia contundente de la dominación masculina y de cómo se construye la sumisión femenina. "No se nace mujer, se llega a serlo", escribe, en el sentido de que no existe una inferioridad natural de la mujer, sino una insidiosa imposición de su esclavitud a lo largo de su educación.

»Hannah Arendt, que tuvo que huir de la Alemania nazi por ser judía, comienza a estudiar el totalitarismo y a cuestionar la reconstrucción de la política sobre las ruinas dejadas por la guerra. Se centra, sobre todo, en la natalidad (el hecho de que la humanidad es siempre joven y cada ser que nace tiene el mundo por construir) y en la pluralidad (hay una sola humanidad, pero muchas culturas, y esta diversidad es fértil).

»De esta manera, poco a poco, las mujeres se han ido reapropiando del país de las ideas. Lo han explorado, criticado y transformado. El punto más debatido es qué debe prevalecer, las similitudes o las diferencias. Me explico: del lado de las semejanzas, se pone énfasis en todo lo que mujeres y hombres tienen en común en cuanto a capacidades, inteligencia y razón; es decir, se supone que una mujer pensante es similar a un hombre pensante. Si es así, las ideas se consideran neutras: no dependen del sexo de quien piensa. Al contrario, si nos centramos en las diferencias, buscamos qué hay de masculino en las ideas y qué ideas diferentes pueden aportar las mujeres. El debate sigue abierto... ¡Te toca a ti continuar la aventura!

Nada más pronunciar estas palabras, Canguro aparta la vista de sus fichas y... ¡Alicia se ha ido!

EPÍLOGO

EN EL QUE ALICIA ENCUENTRA AL FIN RESPUESTAS A SU PREGUNTA «¿CÓMO VIVIR?»..., PERO LAS SORPRESAS NO HAN TERMINADO

¡Alicia ha desaparecido!

Los Ratoncitos gritan mientras corren desnortados. Saltan sobre los pies del Hada, sobre la cola de Canguro, sobre los sillones y las ventanillas. Gritan buscándola por todas partes. El transbordador no es muy grande, así que Alicia no tiene donde esconderse, ¡pero no está!

—¡Calma! —ordena el Hada—. Empecemos por lo primero. ¿Quién la vio por última vez, cuándo y dónde?

—¡Nosotros! ¡Nosotros! —gritan los Ratoncitos—. Aquí mismo. Estaba como siempre, nada raro. Y, de repente, ¡adiós!

—No tiene sentido —balbucea el Hada.

—No hay explicación —añade Canguro—. ¿Dónde estará? No tengo la menor idea.

—¿Dónde quieres que esté? En el país de las ideas, ¡je, je, je! —replica el Ratoncito Loco.

—Se me ocurre una hipótesis —dice Canguro—. Quizá os parezca muy extraña, pero es una pista.

—¡Suéltala! —grita el Hada bruscamente.

—Sabéis que estamos dentro de un libro, ¿no? —dice Canguro.

—¡Por supuesto! —responde el Ratoncito Cuerdo.

—Y un libro que te resuena es un libro que te quita las cadenas... —añade el Ratoncito Loco.

—¿Y eso qué pista nos da? —pregunta el Hada impaciente—. ¿Nos lo explicas, Canguro?

—Bueno, Alicia podría estar en alguna página que se le haya perdido al autor...

—Pero ¿qué majadería es esta? ¿Y por qué se iba a perder una página en la que sale ella, y nosotros no? Además, te recuerdo que eras tú quien estaba hablando con ella.

—Bueno..., entonces, quizá se haya quedado atrapada en su diario —se aventura Canguro, que no sabe dónde meterse—. ¿Y si se lo preguntamos al autor?

—Objeción —replica el Hada—. ¡Eso no se hace!

—¿Por qué no? Podemos intentarlo; preguntar no ofende.

—Los personajes nunca escriben al autor, ¡no va así, no es la costumbre!

—Por esta vez, me voy a saltar las costumbres, querida Hada. Alicia ha desaparecido; debemos entender por qué y buscarla por todos los medios, ¡es nuestra amiga! Yo mismo escribiré al autor, a ver qué pasa. De todas formas, ya llevamos tanto tiempo en su libro que tiene que saber quiénes somos, ¿no? Debe de saber incluso en qué pensamos.

—Inténtalo, pues —conviene el Hada.

—¡Sí, sí, inténtalo! —lo animan los Ratoncitos.

Canguro saca una ficha en blanco y se sienta a escribir su mensaje.

Querido autor:

Disculpe la interrupción. Estamos en el país de las ideas y no sabemos cuál es el paradero de Alicia. Puesto que usted escribe sobre sus aventuras y estamos muy preocupados, quisiera preguntarle en nombre de todos nosotros: ¿se habrá quedado Alicia en sus apuntes?, ¿sabe qué le ocurre?, ¿volverá pronto? Por favor, manténganos informados.

Con todos nuestros respetos,

ZINGULAR, llamado *Canguro*,
uno de sus personajes

Diario del autor

Tras recibir esta carta, he de decir que me extraña la situación. Yo tampoco sé dónde está Alicia, se ha marchado sin dejar rastro.

La hipótesis de Canguro tiene sentido, así que lo he comprobado. Se me podría haber perdido un capítulo, pues es cierto que no soy tan meticuloso como Canguro a la hora de ordenar mis papeles, pero esta vez lo tengo todo, lo he repasado. Tengo todas las carpetas, todos los apuntes, y Alicia no está: ha desaparecido.

El enigma es tanto mayor cuanto que suelo decidir sobre sus idas y venidas, las preguntas que hará e incluso sus estados de ánimo, lo normal cuando uno es el autor del libro. Por supuesto, a veces los personajes cobran vida y se independizan. Al cabo de un tiempo, escapan más o menos al control que ejerces sobre ellos: se comportan de forma imprevisible, dicen cosas que no esperabas o toman decisiones que te dejan perplejo. No siempre entendemos lo que hacen, pero es su forma de volverse de verdad. ¿Acaso lo entendemos todo en la vida real?, ¿todo lo que se dice y se hace?, claro que no. Eso es lo que distingue a la realidad: que no lo entiendes todo; quedan zonas grises, elementos opacos sin sentido.

Así pues, los personajes se le escapan al autor, algo curioso, aunque, desde que se escribe ficción, cualquiera sabe que esto puede pasar. No obstante, hay límites. Los personajes se independizan, por supuesto, pero no hasta el punto de desaparecer sin que el autor se entere. Eso no se lo cree nadie.

La prueba es que acabo de llamar a la policía, aunque es imposible denunciar la desaparición de Alicia. Se lo he explicado todo, pero la policía no me ha hecho caso. Cuando desaparecen personas, la policía puede buscarlas si hay indicios serios y consistentes de que su ausencia es motivo de preocupación, pero, si se trata de personajes de ficción, no tienen un protocolo de actuación.

¿Qué hago? ¿Qué le habrá pasado a Alicia?, ¿se habrá vuelto invisible?, ¿se habrá convertido en una idea? No tiene sentido, lo habría sabido o habría descartado esa posibilidad. Ha de haber sucedido algo, pero ¿qué?

Recapitulo, repito el itinerario de Alicia, compruebo por dónde ha pasado. Al seguir su evolución como personaje, observo que se vuelve cada vez más independiente, hasta el punto de que es capaz de pensar por sí misma. ¿Y si...?

Ni siquiera había considerado la posibilidad.

¿Y si Alicia ha empezado a existir? Quiero decir existir de verdad, con cabeza y piernas y una voluntad que no puedo controlar. Ya lo sé, es algo que nunca sucede.

Muchas veces, pienso en el pintor taoísta que ve al pájaro salir volando de su cuadro. Estas cosas ocurren en muchas historias, y nosotros estamos en una, estamos en un libro. Es un argumento interesante. Los libros no obedecen a las mismas leyes que la naturaleza, a menos que el lugar de la acción sea el país de las ideas, donde existen muchas más posibilidades de...

Alguien llama al timbre. No espero a ningún amigo ni a un repartidor. Cuando abro la puerta, una joven rubia me sonríe.

—Buenos días, soy Alicia. ¿Es usted el autor de este libro?

Me quedo de piedra, incapaz de pronunciar palabra, tal es mi asombro. Con un gesto, la invito a entrar y tomar asiento en mi despacho.

No es como la había imaginado, sino mayor, más segura de sí misma y más real, por supuesto. Me mira a los ojos; no pensé que los suyos fueran tan brillantes.

—Es increíble —dice confusa—, te pareces tanto a mi abuelo... Eh..., ¿puedo tutearte?

Descolocado, asiento con la cabeza.

—No te voy a contar la historia de mi vida, pues ya la conoces —continúa Alicia—. Solo he venido a hacerte una pregunta: ¿cómo vivir?, y no pienso irme de aquí sin que me lo digas. Al fin y al cabo, fuiste tú quien me inventó, quien me metió esta pregunta en la cabeza, quien me hizo viajar al país de las ideas. Así pues, tengo derecho a saberlo. No puedes dejarme sin saber qué sabes tú, aunque sea en general.

»Gracias a ti, he conocido a sabios, filósofos y eruditos, pero sigo sin saber la respuesta. He escrito frases útiles, pero no he encontrado la solución para mi propia vida ni para el planeta. Tú, que te has pasado la vida pensando, viajando por el país de las ideas, conociendo a pensadores, leyendo a filósofos, escribiendo tantos libros..., ¡tú sabes mucho más que yo, así que tienes que darme una respuesta! ¿Cómo vivir?

La situación no tiene desperdicio. No parece reconocerme y, por mi parte, no estoy del todo seguro de que sea realmente mi nieta. Su rostro me resulta familiar, sin duda, pero no es del todo ella. En cualquier caso, no puedo escaquearme, obviamente. Así pues, voy a tratar de decirle lo que creo que será útil para ella. Pero antes debo ser claro: no tengo instrucciones detalladas para la vida; de hecho, ninguna vida viene con manual de instrucciones, y los que dicen tenerlas o bien son unos mentirosos, o bien unos iluminados.

Es imposible responder a la pregunta «¿cómo vivir?» diciendo a qué hora hay que levantarse, si hay que desayunar zumo de naranja o qué ejercicio hay que practicar: meditación, artes marciales o salto a la comba. Nada de esto viene al caso, porque la vida se inventa y reinventa constantemente, adopta una forma singular para cada uno y nos lleva por caminos diferentes. Las soluciones nunca serán las mismas, sino que dependerán de la época, el temperamento, la edad y el entorno.

Lo único que cuenta es la actitud. No los detalles, sino la forma de afrontarlo todo. Saber cómo vivir empieza por dar con la actitud adecuada: eso es lo primero que quiero decirle a Alicia. En el fondo, es muy simple, pero no resulta fácil de explicar. ¿Cómo decir, rápidamente y sin rodeos, cuál es la mejor actitud?

—¡Nunca olvides el tiempo, Alicia!, la respuesta empieza por ahí. Vives en una época que descuida el tiempo, y sin duda lo hará cada vez más, como si el presente existiera por sí solo, sin seguir huellas ni dejarlas. Esta amnesia es letal, ya que estamos hechos del pasado de la humanidad, lo sepamos o no. Nuestro principal error es creer que somos nuevos, que antes no hubo nada, que los siglos y milenios que han pasado no tienen que ver con nosotros.

»Al contrario, las lenguas, creencias, ideas y pasiones de los pueblos del pasado siguen estando presentes. Los problemas, soluciones, callejones sin salida..., todo está ahí, depositado, sedimentado, descompuesto o recompuesto. Si lo olvidamos, si no aprovechamos esos inmensos recursos, estamos perdidos.

»Fue por eso, querida protagonista del libro, por lo que quise llevarte de excursión por el país de las ideas. Quería que vieras un poco de su inmensidad, su diversidad, su infinita riqueza, y solo has vislumbrado una ínfima parte. La lista de lo que has descubierto es larga, ¡pero la lista de lo que no has visto es interminable! ¡Si supieras la cantidad de ideas, autores, doctrinas y escuelas de las que no has oído hablar en este primer viaje...!

Alicia está empezando a perder la paciencia.

—Ya me siento bastante desorientada con todo lo que he visto como para que, encima, me digas que me quedan muchas cosas por descubrir.

—No olvidar el tiempo también significa que el futuro existe. ¿Quién dice que hay que descubrirlo todo a la vez?

Tienes una larga vida por delante. Harás otros mil viajes para conocer nuevas ideas. De hecho, aunque tuvieras mil vidas, ¡nunca llegarías a conocerlas todas!

—Entonces, ¿qué hay que hacer?

—Aceptar la incertidumbre. Si no olvidas el tiempo, enseguida te das cuenta de que el pasado es infinito y el futuro también. Cada uno es infinito a su manera, porque el pasado ya está escrito y el futuro todavía no, pero nunca los conocerás del todo ni tendrás control sobre ellos.

»Aceptar vivir con incertidumbre es fundamental, puesto que ni tú ni nadie en el mundo puede presumir de tener la última palabra, la respuesta definitiva y absoluta a la pregunta "¿cómo vivir?". Pero, ¡ojo!, esta incertidumbre no te impide en absoluto tener convicciones, objetivos y creencias. No significa que todo vale ni que sea inútil desear ver las cosas claras.

»Lo que no existe es una meta, un saber absoluto que no permita ir más allá. Solo existen caminos singulares, itinerarios particulares, ideas que se suman, se contradicen o se hacen eco de otras.

—Entre este infinito y esta incertidumbre, ¿dónde nos ubicamos?, ¿nos dejamos llevar al azar o existe una brújula?

—Sí, la hay, la vida misma te la da. En cada momento, en cada situación, hay un camino constructivo y otro destructivo; uno lleva a la vida y el otro, a la muerte. Puede ocurrir que no veas enseguida cuál es cuál y que a veces los confundas, pero la elección entre los dos no se presta a equívocos ni vacilaciones. ¿Recuerdas la frase del Deuteronomio «Elige la vida»? Esa es la brújula, esa es la única respuesta posible a tu pregunta «¿cómo vivir?».

—¡Explícalo mejor!

—Todos vamos a morir, tú, yo, todos los que estamos vivos, pero la vida sigue, no termina cuando uno se muere. Las generaciones van y vienen, y la siguiente hereda e inventa a su vez. «Elige la vida» significa que construirás tu vida y seguirás tus caminos de tal manera que la siguiente generación tenga el mayor abanico posible de opciones. No se trata de organizar su vida ni de decidir por esa generación que vendrá, pues no sabes qué van a querer esas personas que ni siquiera han nacido aún, pero puedes preservar su libertad y debes hacerlo.

»Por eso, descarta todo lo que es destructivo o perjudicial. En cada situación, en cada ámbito, identifica lo que daña la naturaleza, los animales y las plantas, el equilibrio de la Tierra, lo que destruye los lazos entre los seres humanos, lo que hiere el cuerpo y el corazón, lo que humilla, esclaviza y empobrece, lo que vuelve estéril, y combátelo. No añadas más muerte al mundo, caos, desesperación y sufrimiento con tus ideas, tus palabras, tus acciones.

—Es bonito lo que dices, pero ¿puedes concretar?

—¡Pero si es muy concreto! Está claro, aunque resulta difícil porque normalmente no estamos seguros de cómo actuar. Lo que es impreciso y difícil de ver es cómo adaptarse a cada circunstancia, ya que cada una tiene sus particularidades y en ella se combinan varios elementos. Así pues, hay que juzgar caso por caso y actuar según lo que se nos presenta. Lo que importa es hacerlo lo mejor que puedas, sabiendo que el éxito nunca queda garantizado; es decir, haz todo lo que puedas aunque no estés segura al cien por cien de los resultados...

—¡Eso no me tranquiliza!

—Estoy de acuerdo, pero hay que desconfiar de aquello que nos parece demasiado convincente y nos tranquiliza. Si dejamos de cuestionarnos las cosas, entonces corremos el riesgo de caer en el fanatismo. Y esto es algo de lo que ni siquiera nos damos cuenta: quienes se creen en posesión de certezas absolutas dejan de pensar, pues creen que tienen la llave del mundo y que pueden hacer con ella lo que quieran. En todo lo que hagan, tendrán razón, aunque se dediquen a aterrorizar y masacrar, porque para ellos su verdad absoluta justifica cualquier cosa que hagan.

»¿Ves la trampa? La verdad absoluta está del lado de la muerte. Genera un poder infinito para destruir a la vez que crea la falsa certeza de estar haciendo lo correcto. Esta es la peor trampa de todas, porque trastoca el sentido de todo lo demás: confunde la muerte con la vida, la destrucción con la creación, el mal con el bien. Es una brújula que funciona al revés, echándolo todo a perder.

—Entonces, al final, ¿es mejor vivir con angustia?

—Con angustia, no, pero ¡estando al loro! Vivir con angustia o mucha ansiedad nos paraliza y nos impide pensar. De hecho, se trata de dejar de lado tanto la certeza absoluta del fanático como la angustia del que vive en la incertidumbre total. Elegir la vida significa avanzar evitando siempre los dos extremos. La actitud de la que intento hablarte es siempre equilibrada: entre la angustia y el fanatismo, entre heredar el pasado e inventar el futuro, entre el realismo y la utopía, entre pensárselo todo demasiado y actuar con total espontaneidad sin reflexionar nada.

»Se trata de un equilibrio constante que nos mantiene en movimiento, como un equilibrista en la cuerda floja caminando sobre el vacío. Aunque la cuerda oscile de un lado a otro, el equilibrista se balancea, pero no se cae, sino que sigue dando un paso y luego otro; avanza en una frágil estabilidad que reinventa a cada instante.

—Vivir como un funámbulo, ¿esa es tu respuesta?

—Es una metáfora, pero me parece apropiada. El equilibrista, al sentir el balanceo, observa y calcula a la vez. Tiene que estar concentrado sin estar tenso, alerta y sereno en medio del peligro. ¿Cómo lo ves?

—¡Lo veo bien! ¿Y dónde está el equilibrio? ¿Cuáles serían los zapatos adecuados, la preparación mental?

—Para completar tu equipamiento, has de seguir cinco reglas, como los dedos de una mano, que te ayudarán a descubrir paso a paso, por ti misma, cómo vivir.

»En primer lugar, ¡*lee*! Lee todo lo que puedas sobre cualquier cosa. Es cargándote de ideas, emociones y descubrimientos como podrás seguir adelante por ti misma. Lee ensayos, novelas, poemas, libros de historia, obras antiguas, clásicos, obras modernas, contemporáneas, textos de autores fáciles y difíciles, eruditos y artistas, filósofos y narradores. Descubre a quienes te inspiren, a quienes piensan como tú, a quienes son tus amigos, tus hermanos, tus aliados. También puedes conocer a los que no te gustan, los que te indignan, los que te molestan.

»Escucha lo que dicen, asiste a charlas, pero no olvides el papel, las páginas que hay que pasar en silencio, el mundo en el que te encuentras sola frente a una hoja llena de signos que te abre la puerta al país de las ideas. Es ahí donde descubres cómo vivir. No solo ahí, está claro, pero es el punto de partida.

»Luego, ¡*piensa*! Nunca creas lo que lees sin pensar que alguien puede decir lo contrario o ver las cosas de otra manera. No rechaces las ideas opuestas a las tuyas: esfuérzate antes por analizarlas y comprenderlas con rigor, no necesariamente para adoptarlas, ni siquiera para tolerarlas. Conoce las ideas que te parezcan peligrosas para poder combatirlas mejor o reforzar las tuyas.

»Es más, practica el decir que "no" a tus propias convicciones. Haz objeciones, objeciones de verdad, no críticas simuladas, y a ver qué contestas. En eso consiste el pensamiento, en el "diálogo del alma consigo misma", como dice Platón: en ser varias personas en tu propia cabeza. El secreto está en saber tomar distancia con respecto a ti misma, a tu postura, a tus certezas, no aferrarte a lo que consideras verdadero, a lo que das por sentado.

»Un equilibrista no puede quedarse quieto: tiene que moverse para no caer. Del mismo modo, uno no puede quedarse en el mismo sitio, en la misma postura, con los mismos pensamientos. Tiene que existir otro yo si quiere avanzar en lugar de quedarse estancado, tiene que ser otro para poder vivir. Es porque el otro existe por lo que amamos o luchamos.

»¡*Ama*! No a todo el mundo, eso es imposible, por lo que ni se plantea. Ama si eliges la vida, pues ambas cosas son lo mismo: la vida se alimenta, se mantiene y se fortalece con amor, el sentimiento más poderoso y el más incomprensible. Podemos sentir amor por ciertas ideas, pero la idea del amor no existe, puesto que no se puede definir, no cabe dentro de una idea. El amor derrumba muros, nos hace bajar la guardia y olvidar precauciones, nos saca de nosotros mismos. El amor es irracional por naturaleza, en dos sentidos: no tiene motivos y no es razonable; esto es, no tiene causa aparente y es una locura.

»La vida tampoco es algo razonable. Esto no significa que haya que cultivar la locura o desconfiar de la razón, ni combatir las normas a lo loco o desafiar el sentido común. Lo que quiere decir es que el pensamiento racional no es lo esencial; es útil, incluso indispensable, pero no basta. El fracaso de muchos filósofos es creer que la razón es suficiente, que puede y debe controlarlo todo, guiar la vida en su conjunto y en todas sus dimensiones. Esto no es posible ni sería deseable.

»El amor sigue siendo el enigma que nos mantiene vivos. ¿Por qué nos arrastra?, ¿cómo nos saca de nosotros mismos?, ¿de qué modo nos hace entrar en un mundo que solo podemos conocer a través de él?, ¿qué mundo es este en el que nos encontramos con otros, muchas veces chocamos con ellos y otras veces sentimos que nos consumimos?

»No tengo respuesta a estas preguntas, y dudo que las haya, pero creo que un equilibrista enamorado nunca tiene miedo a las alturas.

»Así pues, haz del amor una regla. Es una regla paradójica, porque el amor siempre ha estado al margen de la ley. En otras palabras: déjate amar y escucha a tu corazón; no hay otro motivo para vivir.

»¡*Trabaja*!, ese es el punto número cuatro, que probablemente no te guste tanto. ¿Qué significa? Pasa a la acción, arremángate, cambia las cosas, ¡transforma el mundo!, y sin importar el ámbito. No te voy a repetir todas las consideraciones sobre el trabajo de las mujeres, su autonomía financiera, la igualdad salarial y profesional o la elección de oficio, la evolución del sistema productivo, el rechazo de la competencia... Solo quiero decirte una cosa muy básica: vivir es actuar. Trabajar, en el sentido más amplio de la palabra, significa encontrarse cara a cara con la materia de las cosas, con la materia de la realidad. No basta con leer, no basta con pensar, no basta con amar.

»También hay que construir casas, escuelas, leyes, organizar los medios de transporte, preparar comida, prestar cuidados, enterrar a los muertos y entretener a los vivos..., mil cosas que también se llaman "vivir" cuando se trata de seres humanos.

«Y todas esas cosas requieren tiempo, reflexión y corazón, así como aprendizaje, dedicación y esfuerzo. No basta con aceptar que hay tareas pendientes; hay que seguir reinventándolas, descubriendo cómo amarlas y transformarlas. Elegir la vida significa elegir trabajar y llenar de vida ese trabajo.

—¿Y la última regla?

—¡*Confía*! Esta es la más importante, y probablemente la menos obvia. Tienes miedo del futuro tanto por ti misma, porque no sabes cómo será tu vida y te preguntas cómo llevarla, como por la humanidad, porque ves que los peligros se acumulan, el clima se altera, las guerras se multiplican y los conflictos van a peor. Así, la angustia se apodera de ti y piensas que quizá la vida en el planeta no tarde en llegar a su fin ni la humanidad en desaparecer. Es posible que te embargue el desánimo al creer que es demasiado tarde, que vamos contra un muro y que todo va a reventar.

»No voy a negar la gravedad y la complejidad de las situaciones que tenemos delante, pero no creo que el mundo esté llegando a su fin ni que la vida esté al borde de la extinción. Antes se pensaba que la naturaleza era una amenaza; hoy se piensa que está amenazada. Antes se creía que debíamos protegernos de ella; hoy creemos que hay que protegerla. No estoy seguro de que estas formas de pensar sean un reflejo fiel de la realidad.

»Elegir la vida también significa confiar en ella, pues ofrece muchos más recursos, poder y resistencia de lo que podamos imaginar. La raza humana lleva decenas de miles de años sobreviviendo a amenazas, crisis, epidemias, superando conflictos y frustrando a la muerte. La aventura de la humanidad aún no ha terminado, y tú seguirás inventándola.

—¿Y mi tatuaje, mi frase para la vida?, ¿qué hago con eso?, ¿pongo «Elige la vida»?

—Si piensas atentamente en lo que te he dicho, no creo que te tatúes ninguna frase.

—¿Por qué?

—Porque una frase nunca es suficiente. La vida va siempre más allá de las frases, se lee entre líneas, se encuentra en la infinita fricción entre las frases y las situaciones que se nos presentan, en frases que se encuentran de improviso.

»En tu cabeza, puedes guardar cientos de frases, añadir nuevas siempre que quieras, compararlas, contrastarlas, elegir entre una y otra..., ¡pero tienes que volver a empezar!

⚘ *Diario de Alicia* ⚘

No entiendo nada. Ayer volví a casa y mamá estaba guardando la compra; me preguntó si había dormido bien, eso fue todo. Todo estaba como siempre. Dina sesteaba en el sofá. Miré el calendario y no había transcurrido ni un día. ¿El reloj? Habían pasado dos horas.

Sin embargo, es imposible que todo esto lo haya soñado. En primer lugar, lo recuerdo como si fuera real. En segundo lugar, tengo mi libro de frases conmigo. Lo he guardado en la mesilla de noche, en el cajón que se cierra con llave, así es más seguro.

De momento, he decidido no contarle a nadie mis aventuras en el país de las ideas. No hace falta preocupar a mamá ni responder a todas las preguntas que me haría. Con aplicar lo que he descubierto ya tendré bastante con que entretenerme.

Ha llegado un paquete por correo y, por la letra, veo que lo ha enviado el abuelo.

———

Mi pequeña y gran Alicia:

Te envío mi nuevo libro, *Alicia en el país de las ideas*, el cual te dedico. En él, he intentado responder a tu pregunta «¿cómo vivir?». Espero que te sea útil. Cómo siga la historia, depende de ti.

Quizá te preguntarás, mientras lo lees, por qué no nos reconocimos cuando viniste a verme.

Es porque entonces yo, más que tu abuelo, era el autor, y tú, más que mi nieta, eras la protagonista.

Probablemente, también te preguntes en qué sentido es real esta historia y hasta qué punto. Depende de ti averiguarlo. La relación entre ficción y realidad, entre las ideas y las cosas, entre los libros y los cuerpos también es protagonista en el país de las ideas.

Siempre puedes volver y estudiar el enigma, hablar de él con tus amigos, formular hipótesis, montar soluciones y desmontarlas.

Saludos del Ratoncito Cuerdo, el Ratoncito Loco, el Hada y la Reina Blanca.

Te mando un beso,

Tu abuelo

P. D. Canguro Zingular y Jean-Jacques Rousseau también te mandan besos.

Agradecimientos

En primer lugar, quiero dar las gracias a Canguro Zingular, al Hada, al Ratoncito Cuerdo y al Ratoncito Loco por ayudarme en este viaje, sin olvidar a la Reina Blanca, a la propia Alicia y a Lewis Carroll.

Este libro no habría sido posible sin la ayuda de los sabios, pensadores y filósofos que han tenido la cortesía de participar, y les estoy profundamente agradecido.

Quiero dar las gracias a los equipos de Albin Michel por su atención, apoyo y profesionalidad. Quiero también agradecer de forma muy especial a Gilles Haéri por haber aceptado este reto y haberme acompañado en él con determinación. Doy las gracias a Louise Danou, directora literaria, por su apoyo; a Benoîte Boutron, por la edición; a Solène Chabanais, por presentar la novela a editores extranjeros, y a Florence Godfernaux y Aurélie Delfly, por informar a los medios de comunicación.

Monique Atlan, mi compañera, compartió conmigo sus opiniones y su apoyo en todo momento a lo largo de este viaje y, como siempre, le debo más de lo que puedo expresar con palabras.

Los lectores que lo deseen pueden escribirme a través de mi página web: www.rpdroit.com.

La biblioteca del abuelo

ARENDT, Hannah (2023), *La condición humana*, Paidós.

ARISTÓTELES (2002), *Moral, a Nicómaco*, Austral.

ARMSTRONG, Karen (2017), *Los orígenes del fundamentalismo en el judaísmo, el cristianismo y el islam*, Tusquets.

AVICENA (2011), *Tres escritos esotéricos*, Tecnos.

BAKEWELL, Sarah (2021), *En el café de los existencialistas*, Ariel.

BERGSON Henri (2023), *La evolución del problema de la libertad*, Paidós.

BLOCH, Ernst (2007), *El principio esperanza*, Trotta.

CARROLL, Lewis (2018), *A través del espejo y lo que Alicia encontró allí*, Austral.

— (2021), *Estuche Alicia en el País de las Maravillas + A través del espejo*, Austral.

— (2023), *Alicia en el País de las Maravillas*, Austral.

Chandogya Upanishad. Capítulo IV: Tú eres eso, Vía Directa, 2022.

CLEMENTE DE ALEJANDRÍA (1996), *Stromata*, Ciudad Nueva.

CONFUCIO (2023), *Los cuatro libros*, Paidós.

COX, Gary (2011), *Cómo ser un existencialista*, Ariel.

CURRAN, Andrew (2020), *Diderot y el arte de pensar libremente*, Ariel.

DE BEAUVOIR, Simone (2017), *El segundo sexo*, Cátedra.

DE LA FONTAINE, Jean (2016), *Fábulas*, Cátedra.

DESCARTES (2010), *Discurso del método. Meditaciones metafísicas*, Austral.

DEWEY, John (2004), *La opinión pública y sus problemas*, Morata.

Dhammapada, Penguin Clásicos, 2015.

DIDEROT y D'ALEMBERT (2017), *La Enciclopedia* (antología), Debate.

D'HONDT, Jacques (2021), *Hegel. El último filósofo que explicó la totalidad*, Tusquets.

El Mahabharata contado según la tradición oral (incluye *Bhagavad-Gita*), Sígueme, 2010.

El Râmâyana, José J. de Olañeta, 2017.

EPICTETO (2021), *Manual de vida*, Ariel.

EPICURO (2010), *Carta a Meneceo. Sobre la vida feliz*, Diálogo.

FREUD, Sigmund (2017), *La hipnosis*, Ariel.

GALILEI, Galileo (1981), *El ensayador*, Aguilar.

GIRA, Dennis (2010), *El budismo explicado a mis hijas*, Paidós.

GOETHE (2018), *Fausto*, Austral.

— (2019), *Fausto. Segunda Parte*, Galaxia Gutenberg.

HEGEL (2022), *Principios de la filosofía del derecho*, Olejnik.

HEIDEGGER, Martin (2015), *Cuadernos negros*, Trotta.

HIPÓCRATES (1996), *Tratados hipocráticos*, Alianza.

HUME, David (2015), *Investigación sobre el conocimiento humano*, Alianza.

JAMES, William (2017), *Pragmatismo. Un nuevo nombre para algunos antiguos modos de pensar*, Biblioteca Nueva.

KANT, Immanuel (2013), *Lecciones de ética*, Austral.

— (2010), *Idea de una historia universal desde un punto de vista cosmopolita*, Prometeo.

— (2024), *Crítica de la razón práctica*, Sígueme.

KIRK, G. S., J. RAVEN y M. SCHOFIELD (2024), *Los filósofos presocráticos*, Gredos.

KIRKPATRICK, Kate (2020), *Convertirse en Beauvoir. Una biografía*, Paidós.

La Torá. Los cinco libros de Mose, Obelisco, 2021.

LAL, Vinay y Borin van Loon (2006), *Hinduismo para todos*, Paidós.

LAO-TSE (2023), *Tao Te Ching*, Paidós.

LENOIR, Frédéric (2019), *El milagro Spinoza*, Ariel.

LÉVINAS, Emmanuel (2014), *Alteridad y trascendencia*, Arena.

— (2015), *Ética e infinito*, A. Machado Libros.

— (2021), *De otro modo que ser o Más allá de la esencia*, Sígueme.

LUCRECIO (2016), *La naturaleza de las cosas*, Alianza.

MARCO AURELIO (2022), *Meditaciones*, Ariel.

MAQUIAVELO (2023), *El príncipe*, Ariel.

MARX Karl y Friedrich ENGELS (2017), *El manifiesto comunista*, Península.

MONTAIGNE (1993), *Páginas inmortales*, Tusquets.

— (2021), *Ensayos*, Acantilado.

Montesquieu (2016), *Del espíritu de las leyes*, Losada.

Nietzsche, Friedrich (2004), *Ecce Homo*, Losada.

— (2019), *La gaya ciencia*, Ariel.

Obras filosóficas de Al-Kindi, Coloquio, 1986.

Peirce, Charles Sanders (2024), *Claves semióticas*, Cactus.

Platón (1999), *Apología de Sócrates, Critón. Carta VII*, Austral,

— (1999), *La República o El Estado*, Austral.

— (2010), *Gorgias o De la retórica. Fedón o De la inmortalidad del alma. El Banquete o Del amor*, Austral.

— (2014), *Fedro*, Gredos.

— (2014), *Las leyes*, Alianza.

Plutarco (2016), *Vidas paralelas: Alejandro Magno. César*, Alianza.

Porfirio (2016), *Antro de las ninfas en la Odisea. Puntos de partida hacia los inteligibles*, Losada.

Ptolomeo (2014), *Tetrabiblos o los cuatro libros de los juicios de los astros y El Centiloquio o las cien sentencias*, Dilema.

Rousseau, Jean-Jacques (2012), *Discurso sobre las ciencias y las artes. Discurso sobre el origen de la desigualdad entre los hombres*, Alianza.

Russell, Bertrand (2021), *La conquista de la felicidad*, Austral.

— (2021), *Viaje a la revolución*, Ariel.

Sartre, Jean-Paul (2017), *Las palabras*, Losada.

Séneca (2022), *Cartas a Lucilio*, Ariel.

— (2022), *Sobre la felicidad y La brevedad de la vida*, Austral.

Sexto Empírico (2022), *El arte de cultivar una mente abierta*, Koan,

Spinoza, Baruj (2023), *Ética demostrada según el orden geométrico*, Trotta.

Stonebridge Lindsey (2024), *Somos libres de cambiar el mundo. Pensar como Hannah Arendt*, Ariel.

Voltaire (2013), *Tratado sobre la tolerancia*, Austral.

Vedanta Advaita, Gaia, 2025.

VV. AA. (2016), *Fragmentos presocráticos. De Tales a Demócrito*, Alianza.

Frases para tu vida

_____

_____

_____

_____

_____

_____

_____

_____

_____

_____

_____

_____

_____

_____

_____